21世纪首都文化发展研究

Research on Cultural Development of
Capital Beijing of 21st Century

申建军　李丽娜／主编

社会科学文献出版社
SOCIAL SCIENCES ACADEMIC PRESS (CHINA)

图书在版编目（CIP）数据

21世纪首都文化发展研究/申建军，李丽娜主编 . -北
京：社会科学文献出版社，2006.11
　ISBN 7-80230-324-9

　Ⅰ.2...　Ⅱ.①申...　②李...　Ⅲ.文化事业-发展-
研究-北京市-21世纪　Ⅳ.G127.1

　中国版本图书馆 CIP 数据核字（2006）第 121822 号

目 录

第一篇　文化与和谐城市建设

第二篇　首都的历史文化及现代开发

第三篇　生活视角中的文化和谐

第四篇　作为产业的文化

第五篇　首都文化事业的发展

第六篇　首都的文化传播

第七篇　首都文化发展之国际借鉴

CONTENTS

Part VII The International Use from Capital
Culture Development

第一篇

文化与和谐城市建设

　　党的十六大确立的全面建设小康社会的目标，是中国特色社会主义经济、政治、文化全面发展的目标。为此，北京作为中国的政治中心、文化中心和国际交往中心，不仅面临着推动首都经济跨越式发展的艰巨任务，还肩负着推动首都文化建设发展和社会全面进步的光荣使命。在这样一座具有三千多年建城史、八百多年建都史的世界历史文化名城中进行现代文化建设，无疑是一项规模宏大、任务繁重的系统工程。北京要在 2008 年率先基本实现现代化，我们应当审时度势，放眼未来，以"三个代表"和科学的发展观为指导，制定出既符合北京市实际，又具有前瞻性的首都文化发展战略。

第一章 文化：关于首都的解读

在以往的城市发展中，我们更多地从经济指标考察城市的竞争实力。而今，随着社会的不断进步，文化因素越来越多地受到人们的关注。因此，推动经济、政治、文化三个方面在现代化发展中相互关联、相互促进，将对城市的现代化建设整体格局产生巨大影响。在北京，进一步强化文化实力已成为提升首都整体实力的重要手段。

一 人与文化

文化似乎无处不在，但是，又很难用概括的语言把它表述清楚。中国传统文化研究会（香港）会长李土生先生对文化的解释给了我们一种很好的视角。他认为，首先，文是一种得体的装饰。在甲骨文中，"文"字就像一个人，正面站着，这个人的胸口有一个交错的图案，这个图案很简单，可能是文身，也可能是衣服上的花纹。其次，文是内在的美好东西的一种外在表达。《易传》上说："黄裳元吉，文在中也。"文不仅是衣服上美好的彩饰，也是内在精神的一种反映。在身上或者衣服上描绘一些花纹，可增加美感，更重要的是赋予描绘的图案某种意义，这是"文"的深层意思。例如，一个中国运动员的服装上必须印上中国国旗图案，而不是日本国旗的图案。《论语》中有这么一句："文质彬彬，然后君子。"这句话的本意不是说这个人温文尔雅，而是说一个人美好的言行举止、外表体态，要和他的内在精神相协调、相呼应，表里如一，这样才称得上君子。再次，文是美好精神的表现，也就是道德的象征。后来，干脆就专门指美德。郑玄注《礼记》："文，犹美，善也。"古人把"道德"、"文章"并称，文章的编写如同多彩锦绣的织造，不仅要优美，还要有美好的思想境界。

古人云："刚柔交错，天文也；文明以止，人文也。"这里的"天文"

是指自然界的各种错综复杂的现象，而人类的各种言行举止、外表体态得体，有分寸，知道什么该做，什么不应该做，是"人文"。我们通过"观乎天文"，观察自然界的各种现象，才能知道季节变化，便于在生产、生活中做出相应的调整；而通过"观乎人文"，用人的美德去影响人、感化人，让人的境界得到提升。这是最早人们对于文化的理解。

从以上的理解中，我们可以对文化的含义进行分析：

1. 文化表达的是一种人与自然的关系

（1）文化代表着人对自然的改造能力和水平。人之外的自然存在是自在的，没有自觉意识的支配。没有人，天地自行运转、江河自行奔流、草木自行荣枯，一切是纯粹的自然。它们没有意志，没有目的，没有情感，没有刻意的追求和造作。自然界中有人的活动，才会有文化的诞生。人化是文化的第一步。一块山上的石头，掉落到河流中，经过千万年以后，变得圆滑。这不是文化，而是自然界的作为。当一个原始人捡起一块石头，把它打造成一个用于捶打的工具，或者把它直接摆在自己的洞穴中，作为装饰品，文化就诞生了。因此，文化首先是人类介入自然的结果，它是人与纯粹自然状态的相对，是自然状态"人化"的特殊状态。

（2）文化代表着人对自然的态度。在古代社会，人们对于自然的态度是敬畏的，因此，他们给自己的行为制定了很多的禁忌。这些禁忌有些带有神秘主义色彩，有些则是生活经验的积累。这些禁忌使人类对自然充满恐惧与敬畏的同时，也造就了古代人的生存逻辑。随着近代科学的发展，人类不断征服各种疾病，找到治愈各种疑难杂症的方法并延长了寿命。但是，在社会发展的不同阶段，人类依然面临各种未知疾病的威胁，面对各种绝症而束手无策。人类用科学解决的问题越复杂，面对的问题也就越棘手。科学在不断解决旧问题的同时，也在不断提出新的问题。我们对科学的崇尚，逐渐演变为对于自然的漠视与狂妄，现代文明似乎已经具有了一种毁灭人类自身文化的能力。因此，今天谈论人类的文化，其实也是在探讨一种人与自然相处的态度与方式。在科学高度发展的今天，我们究竟是对自然敬畏、尊重、爱惜、欣赏，还是挑战、蔑视、践踏、掠夺？态度和行为的正确与否决定着人类文化是否能够延续。

2. 文化表达的是人与人之间的关系

（1）文化发展的水平代表着人与动物的距离。人也是一种动物，具有野蛮的原始天性。但是，当人不断从动物界提升出来，就需要有与动物完全不同的行为方式与规则，这就形成了人类自有的认识和观念，促进了道德、宗教、政治、法律的产生，并以此来约束、改造和提升人本身。孟子说过："人之所以异于禽兽者几希。庶民去之，君子存之。"（《孟子·离娄》）如果一个人被称为"禽兽"、"畜生"，甚至"禽兽不如"，是非常严重的侮辱。所以，凡是能够称得上是文化的事物、行为，必定同人的动物性相区别，能够超越动物性、兽性，使人得到升华。例如，人类的性行为通过升华，以爱情的方式实现。

（2）文化代表着人际交往的规则和方式，代表着一种道德境界。有文化的人，不一定有多么高深的学问，却可以在一举一动之间展示他的修养。这样的人是礼貌待人的，在维护自己利益的同时也尊重别人的选择；他是拥有怜悯之心的，能为需要的人提供帮助；他是懂得尊重自己的，不会为五斗米折腰，不会为了利益而行苟且之事，因为不苟且，所以有品位，即使是功成名就，也是谦逊待人的。

3. 文化表达着人的价值坚持

在文化中，最终是人类的品质、智慧和精神起决定作用。因此，文化可以说是以文来化自然和人自己，最终不断提高人类生存发展的境界。文化的最终目的应该是使人向善的，而这样一种对于心中某种"价值"和"秩序"的坚持，特别是在乱世中，更容易分辨清楚。在第二次世界大战中，占领巴黎的德国指挥官在接到希特勒"撤退前彻底毁掉巴黎"的命令时，决定抗命不从，以自己的生命为代价保住了巴黎。梁漱溟在日本军飞机的炮弹在身边轰然炸开时，静坐院落中，继续读书，思索东西方文化和教育的问题。两者对后世的影响或许不同，"抵抗"的姿态却是一致的。

二 首都与文化

文化是城市之魂，城市形象包括城市个性、品位和文化内涵，体现着一个城市独特的风格与魅力，它是城市生存的基础和城市人生活的精神支柱。一个城市是否具有竞争力，在一定程度上可以通过其文化资源、文化氛围和文化发展水平来衡量。随着世界经济的发展和科学技术的突飞猛进，教育、科技在全球竞争中的作用日益突出，经济文化一体化发展正成为现代化建设的潮流。首都北京在这样的背景下进行现代化建设，必须把握机遇，按照科学的发展观实现全面、协调、可持续的发展。在这个过程中，首都文化建设起着重要的、不可替代的作用。

1. 首都文化建设是推动北京现代化进程的内在力量

（1）首都文化建设可以为北京的现代化建设提供强大的精神动力和智力支持。文化有巨大的激励、导向功能，以其特有的力量鼓舞着广大市民的精神和斗志，形成强大的凝聚力、向心力以及城市认同感和亲合感。例如，用京腔京韵演唱的《故乡是北京》等歌曲、戏曲引发了多少人的自豪之情；以京味特色著称的小说、戏剧和电影，如曹禺、老舍的作品，引起了多少人对北京的向往之心。更不用说北京的古建筑已成为国家和民族的象征。文化还有巨大的教化、育人作用，以其特殊的方式提升市民的综合素质，形成强大的人力和人才集群，以人的综合素质的优势推进现代化的发展。如"做文明健康北京人"的系列活动对提高市民的文化素养、文化品位起了很大的作用。广义的文化包含了教育、科学、文学艺术、新闻出版、广播影视、卫生体育等广阔领域，这些事业的发展既是北京现有的优势，又对全市的现代化进程起着基础的、先导的作用。

（2）首都文化建设可以为城市发展创造环境，塑造形象，提升品位。北京的文化建设展示了城市的风格特征，体现了现代管理理念，代表着国家的科教水平，反映出市民的思想道德水平和综合素质。从这些方面看，文化建设对于北京的城市形象、市民形象和政府形象都是一个综合展示。只有健康、有活力的城市才能吸引投资和人才，只有热情、高素质的人群才能激发出活力和引起外界的注意，只有高效、廉洁的政府才能增加投资者的信心。北京的各区县都有自己的特色，如中关村的电脑节、CBD的商务节、大兴的西瓜节等，都有自己的文化形式和文化内涵，以特定的文化载体推动了地方经济的发展，展示了形象并吸引了投资。在北京举办的各种国内国际体育比赛、文化交流和国家庆典等活动无不包含了文化的内容，这些活动展现了政府的组织力、城市的文化和现代化程度以及人才水平，对于提升城市的整体形象都是十分重要的。

（3）首都文化建设可以为城市发展增加后劲，促进可持续发展，增强首都与周边、全国和世界的联系，形成包括人与自然、城市与农村等关系在内的良性互动。文化具有传播知识、汇集信息等作用，在信息时代发挥的作用比以往要大得多。北京的博物馆、图书馆、文化馆和展览馆等文化设施的数量在全国是最多的，这些设施对于城市整体发展起着巨大的推动作用。进入21世纪以来，会展经济体现出新的发展活力，北京在这方面具有优势。文化还具有桥梁和纽带的作用，在国家之间、民族之间、地区之间发挥了联络感情、增进了解、互通有无的功效。通过中外文化交流、文化支援及扶贫、文化下乡等活动，北京的城市动力进一步扩展，不断向郊区和更远的地方辐射和延伸。

2. 首都文化建设是提高北京城市竞争力的重要工程

在人类历史上，曾经作为城市发祥地的雅典、作为工业文明城市代表的伦敦、柏林、东京以及作为现代文明代表的纽约、巴黎等城市都是在一段历史时期内被人们公认为具有强大竞争力的国际大都市。从这些城市的发展过程可见，人类文明的脚步一直是与城市经济发展、城市不断现代化的进程相一致的。特别是到了近现代，文化事业和文化产业的发展，日益成为衡量一个城市竞争力的重要指标。全球化的进程伴随着的是全球文化的多元化进展，这对各个国际大都市提出了保持自己的文化特色、增强自身文化魅力和反文化渗透力等要求。北京要建成现代化国际大都市，从这些方面看尚有一定的差距，应抓住举办奥运会的机遇迎头赶上。

（1）提升北京的国际竞争力，要增强城市的文化控制力与影响力。首先，北京要巩固自身作为政治中心、文化中心的地位。不仅如此，还应当努力把北京建成东方文化之都，建成亚太地区乃至全球最具文化影响力的城市。作为世界文化交流中心之一，北京应当进一步培育自己独具特色的文化品牌，深入挖掘这座历史名城的文化底蕴，丰富城市的人文内涵，保持自己特有的东方文化和人文风貌。特别是我们将本着"人文奥运"的精神举办2008年的奥运会，更需要我们打好"文化牌"。打造城市文化品牌，提高北京的文化控制力与影响力，使我们在世界多元文化格局中占有重要的地位。

（2）提升北京的国际竞争力，要进一步发展北京的文化事业，从软硬两方面加强北京的文化建设，增强北京的文化实力。在硬件建设上，要在保护古都风貌的同时，加快建设一批具备东方神韵、魅力独特的文化建筑精品。此外，还要规划和保护一批文化功能区，如什刹海周边、颐和园周边的休闲文化区等，将这些文化区做成北京的亮点。在软件建设上，要加强对历史和民族文化遗产的保护，加强对自有知识产权作品的鼓励和保护，并继续推出一批高品位的文化活动，提高北京文化活动的国际知名度和国际竞争力，加强对文化输出和输入的管理，抵制外来腐朽思想文化的渗透和侵蚀等。

（3）提升北京的国际竞争力，要进一步发展北京的文化产业。要将北京文化产业的规模做大，使其朝着市场化、集团化、国际化的方向发展，增强综合实力和竞争力。要用先进的文化理念和管理模式推进北京的文化产业实现跨越式的发展，加强文化产业的融资能力，建立完善的支撑体系和营销网络，提高文化产品的信誉和质量，使我们的文化产业和产品在世界文化市场上占有重要的位置。

3. 首都文化建设是发展首都经济的新增长点

作为城市经济新的增长点的文化主要指的是文化产业的发展。文化产业是 20 世纪末发展非常迅速的朝阳产业，它以独特的集聚方式引发了人流、物流、资金流和信息流等一系列的变化，从而改善城市的产业结构，提高城市的综合实力。在文化产业发展比较好的城市，其对经济总量增长的拉动力是很大的，如洛杉矶的电影业、纽约的新闻广播电视业等都在城市经济总量中占有相当的份额。北京的文化产业虽然相对较弱，但已显现出广阔的发展前景，一批文化产业集团公司正在出现，一批有北京特色的文化产品正在走向市场，一批文化产业园区正在加紧建设以及一大批文化产业经营人才已经聚集，加上奥运这一机遇的拉动作用，北京的文化产业一定会成为一个新的增长极。

（1）加快发展北京的文化产业，能为首都经济注入新的活力。北京市的"十五"计划中，已经要求重视"以丰富文化资源为依托的文化型经济"，从而形成"符合首都功能要求、体现资源比较优势的经济结构"。从产业结构上看，文化产业属于第三产业的范围，而北京的第三产业比例从目前看还是偏低的。加快发展文化产业，会从一个很重要的方面改善北京的产业结构，同时还能发扬北京的文化资源优势，推动其他产业的进步，再加上文化产业有创造形象、引领精神的性质，可以精神变物质的方式刺激和加速首都经济的发展。

（2）加快发展北京的文化产业，能为首都经济增加新的亮点。从现在的情况看，首都经济占有高科技优势、现代制造业优势和城市服务优势等；从将来的预测看，还需要创造文化优势等新的优势。北京聚集了全国最优秀的文化人才，集中了众多国家级的文化团体和文化单位，具有政治文化中心和信息集散地等方面的便利条件，一定能在文化产业方面做出突出的成就。

（3）加快发展北京的文化产业，还能为首都经济开辟新的发展空间。文化产业涉及的面很广，能够带动首都经济向知识型、节能型、环保型等方向发展。文化产业能启发人们的思维，引导我们开辟新的投资领域和新的发展空间。近年来，新兴的旅游经济、会展经济、网络经济、中介经济、教育经济等都应当属于文化产业的范围。

4. 首都文化建设是推进北京政治文明和精神文明建设的主要环节

北京的现代化是物质文明、政治文明和精神文明总体的现代化。从上文我们已经看到文化的发展对于经济的发展和物质文明的发展起着重要的推动作用，但文化更重要、更直接的作用是推动政治文明和精神文明的发展。一个民族的强盛，一个城市的兴旺，与其雄厚的物质基础有关，也与其是否具有繁荣的文化基础有关，文化在未来的城市建设中越来越被人们所瞩目。

（1）推进首都文化建设，将为北京政治文明和精神文明建设提供更好的舆论环境和思想氛围。北京作为中国的首善之区，将进一步向民主化、法治化方向迈进。在这个过程中，文化起着加速和催化的作用。对于引导社会视点，协调各方面关系，化解社会矛盾，理顺群众情绪等各方面，文化都起着重要的作用。如在农村基层民主政治建设方面，提高村民的民主素质、形成民主风气十分重要，可以文化活动作为宣传教育的载体和媒介，让群众在潜移默化中受到影响，搞好自我管理、自我教育和自我服务。又如在社会转型加快、社会矛盾复杂化的情况下，依靠文化载体可以缓解人们的心理压力，引导主流思维，成为社会变动的"减压阀"和"疏通器"。此外，文化载体一个更重要的作用就是引导群众的价值目标，统一思想，协调行动，保证方向。

（2）推进首都文化建设，将为北京市民参与政治文明建设和精神文明建设提供良好的渠道。文化建设不论从知情和发言的渠道上还是方式上都能提供方便参与的条件。对于各种行政管理的公开透明，对于各种政府行为的解释，对于群众意见的上达和上级意见的下传，都可以用一些现代的方式进行，而这些现代的方式往往与文化建设有关。可以说，文化建设搞好了，政治文明和精神文明就有了基础。

（3）推进首都文化建设，将对北京市民形成良好的精神风貌，打造良好的社会环境起到重要作用。文化建设与精神文明建设虽然在定义上有一定的区别，但在实际工作中却是作为同一内容的工作来操作的。目前，"做文明健康北京人"的活动已经深入社区、深入人心，全市各城区都已通过北京市的文明区验收。通过评选文明市民、文明家庭、见义勇为先进分子等各种形式的表彰活动以及以搞好优质服务、建立优良秩序、创造优美环境为主要内容的"创三优"等活动，北京的社会风气呈现出良好、健康、向上、稳定的局面。这对于整个社会的进步和市民的安定生活都起到了积极的作用。

（4）首都文化建设是提高市民素质，实现人的现代化的重要途径。社会的发展，城市的进步，最终都要通过人的活动才能实现。人的素质的高低，直接影响着城市现代化的进程。文化建设对于提高市民的思想道德素质和科学文化素质起着重要的作用。科学和教育开启了人们的心灵，开发了人的智能；卫生保健和体育锻炼提高了人的身心健康水平，延长了人的寿命；文学艺术和文明的精神风貌净化了人的心灵，激发人的创造力。从这些方面看，文化建设对于人的现代化起着十分重要的作用。

以文化建设为途径实现人的现代化，是落实科学发展观的必然要求。科学的发展观，首先是以人为本的发展观，是一切从人民的利益出发的发展观，是强调人的全面发展的发展观。以文化建设为途径实现人的现代化，是城市现代化的必要指标。城市的发展在本质上体现为市民人文素质、思想道德素质和科学文化素质的提高。以文化建设为途径实现人的现代化，是产生人才，并为其他方面现代化奠定基础的重要工作。

第二章　形象：首都的文化定位

城市的文化形象是城市文化竞争力的核心。北京在城市文化竞争力的排名中仅居 21 位，这实在令人难以接受。北京，令十几亿中华儿女骄傲、自豪和向往的祖国首都，应该以怎样的形象呈现在全国人民面前，以怎样的形象立足于世界人民面前，又该怎样提升自己的文化形象、增强文化竞争力，这是每一个北京市民，特别是理论工作者应该思考和探讨的问题。

一　首都文化形象定位

随着经济全球化的发展，文化与经济、政治相互交融的程度越来越高，一些世界性城市越来越重视文化的发展，从自身角度对文化的发展提出了新的要求和新的目标。北京市政府也不例外，特别是 21 世纪以来，相关部门一直致力于推进北京文化体制改革，促进北京文化产业发展，塑造北京文化形象方面的工作。试图对北京文化形象作全方位的审视，以期为决策者提供一些有益的参考。

1. 北京首先应该是宜居的城市

作为中国第二大城市，要建设一个人居人爱的城市，除了创造干净、卫生、方便的生活环境以外，更重要的还应该在城市的文化形象方面有所建树。居民之间（包括本地居民之间、本地居民与外来人员之间）的和谐融洽，互爱互助，诚实守信，是城市文化形象的凝聚力所在。因此，北京首先应该是一个和谐友好的城市。

2. 北京应该是具有辐射力、吸引力及拉动力的城市

既要体现北京作为三朝古都的文化特色，又要在中国先进文化建设中起到领头羊的作用，因此，北京城市的价值观、城市的精神、城市的品格、城市的容貌等都应该既是北京市民喜爱和推崇的，也是全国人民推崇和向往

的，具有其独特的品位和力量。

3. 北京应该是活力四射、蓬勃向上的城市

作为发展中国家的一个现代化大都市，在文化形象的定位上既不能抱守祖宗文化的糟粕，又不能对外来的一切良莠不分。北京在保持北京传统文化特色的同时，应该以宽广的胸怀吸收国际上先进的城市文化，融合为自己文化的有机组成部分，树立与市场经济和改革开放相适应的文化形象，这样才能永葆青春和蓬勃向上的活力，立足于世界现代大都市之林。

二　首都文化形象的缺失

就目前首都文化形象来说，还存在着以下几个方面的缺陷和不足，甚至正在失去某些可贵的东西。

1. 北京正在失去的记忆

城市文化首先应该是个记忆库，特定历史事件虽然已远去，但其神韵却凝聚、沉积于历史文化遗产之中。只有从过去、传统和历史文化遗产中，现代都市人才能获得认识自身以及环境的必要知识，才能认清自己是谁、从哪里来、现在何处、应当干什么以及将走向何方，现代都市人的行动才可能是明智和理性的，才可以在"求善"、"求美"的过程中达到一个新的境界。

今天的北京，钢筋水泥结构的高楼大厦越来越多、越来越现代化，却不见了过去的胡同和四合院的古朴；宽阔的高速环形公路越来越快，却失去了传统羊肠小道曲径通幽的雅趣；漂亮的公园内现代化的设施越来越先进，却缺少了往日的休闲静养之功效。大企业、大商场、大剧院、大广场、大体育馆、大娱乐场所等如雨后春笋般地涌现，都充分地显示了现代城市与传统社会的巨大差异。日新月异的变化，割断了我们与历史的联系，北京正在失去那些曾经美好的记忆。

2. 缺乏美感的建筑风格和城市风貌

城市建筑是城市文化的具体体现，透过城市建筑，我们可以体会其背后所蕴藏的社会、经济和精神力量。城市建筑呈现了城市的精神风貌、文化品位的特点，呈现了城市的政治意识形态、宗教与哲学等。如巴洛克建筑是在文艺复兴建筑基础上发展起来的一种城市建筑风格，它所呈现的自由精神成为当时市民社会思想解放运动的象征；包豪斯风格建筑作为一种现代城市世俗精神的体现，一砖一瓦都彰显着人道主义建筑理想。

如今北京的建筑，某些地方不恰当地披挂上一些让人感觉不协调的饰

物，当古朴、庄重、典雅的四合院被高大的水泥建筑所取代时，我们无法从人造的钢筋混凝土中获得古都神韵应有的美感。在现代化进程中，不是非要现代化的北京继续以四合院的建筑为主，但我们应该在城市建筑风格上尽量体现出北京特色，让建筑这一物化的音乐，展示出北京人的风采，展示出北京市的精神风貌。

3. 缺乏文化特色与创新

一个具有独特文化品位和独特形象的城市有着巨大的张力、吸引力、感召力和凝聚力。而其独具的文化个性、文化风格、文化品位，则是不可或缺的软件与灵魂。

城市文化特色是指城市外在形象与精神气质的有机统一，历史文化与现代文化的有机统一。城市文化特色是长期以来由城市的物质生活、文化传统、民俗风情、社会风气、地理环境、气候条件诸因素综合作用的产物。可以说，文化特色是城市生命的体现，是城市的灵魂。北京在文化建设方面已取得的成就，几乎很难体现城市文化"形"与"神"、"历史"与"现实"的统一，很难突显某一方面的优势和特色。

北京建都已有八百多年的历史，在世界城市文化形象的塑造中，却很少出现对市民的欣赏形成强大冲击力、对市民道德精神和城市人文精神形成持久震撼力的作品。因此，我们主张弘扬人文精神，要从世界城市文化新形象的塑造入手，培育人文精神。

同时，北京城市文化建设缺乏世界城市文化建设应具有的创新力。北京缺乏的是基于城市文化大系统的科教文化、道德文化、生态文化、网络文化以及休闲娱乐文化等子系统的互动，并在其中提升城市整体的文化水平；缺乏的是立足于我们中华民族传统思维和传统文化的基础，糅合优秀传统伦理文化的诚、信、孝、仁、义，引导世界城市市民逐渐确立共同的崇高伦理价值观和人文精神的城市文化。近年来，上海通过举办诸如国际电视节、国际艺术节、国际魔术节、国际音乐节、国际少年儿童文化艺术节、国际哑剧节、国际电影节等大型国际文化交流活动，吸引了大批来自国内外的优秀艺术家和艺术团体来沪进行演出和交流，为上海带来了大量异域的优秀传统文化，增强了对世界优秀文化的吸纳，展示了上海"广采博收、兼容并蓄"的新形象。北京在这方面就稍显逊色。

4. 繁荣背后的精神涣散

城市绝不仅仅是许多个体的集合体，不仅仅是各种社会设施，如街道、建筑物、电车、电话等的聚合体，也不仅仅是各种服务部门和管理机构，如法庭、医院、学校、警察等的简单聚集。城市已同其居民们的各种重要活动密切地联系在一起，它是自然的产物，尤其是人类属性的产物。城市作为"人类属性的产物"，最根本的内涵是要符合人性化生存与发展条件，具有人文特色和人文精神。资本的涌入、GDP 的增加可以造就城市一时的发展，但难以形成持续发展的源泉，更难以形成城市的人文特色、人文精神。因此，北京在建设国际化城市、着力于 GDP 增长的同时，必须努力发挥城市的真正优势——人才集聚、思想汇聚、文化交融、制度创新等。

人类城市演进史也表明，城市不只是地理学、生态学、经济学、政治学上的一个单位，同时还是文化学上的一个单位。21 世纪，世界城市的发展把"人"的发展放在首位，而强调"人"的因素的核心是对人文文化、人文精神的关注。

而北京的状况却是经济繁荣背后的精神涣散，主要表现在：交通无序、市民缺乏规则意识，闯红灯、随意横穿马路等现象随处可见；卫生条件差，市民缺乏环卫意识，随地吐痰、便溺现象时有发生；服务态度恶劣，服务质量跟不上，公园里、马路边一些公共设施损坏后，久久无人问津。热心居民求助相关部门后，经常被敷衍了事，甚至遭到斥责。

城市的人文精神在本质上是关于人的存在和意义的形而上的思考。我们提出培育和塑造城市人文精神，一方面是顺应 21 世纪世界城市建设突显"人"的意义的新潮流，另一方面则是为北京文化形象的建设做出相应的贡献，为了缩短北京与世界城市的国际标准之间的差距。

三　首都文化形象的建设

在如何树立北京市文化形象方面，有太多的工作要做，重点包括以下几个方面：

1. 抓重点规划，推动整体形象塑造

城市文化形象的树立是一个系统工程，而且是一个长期的工程。应该根据不同时期的实际情况，分阶段地、有重点地进行多项建设规划和城市形象设计。例如，在 2008 年奥运会前后，围绕奥运会的绿色主题，建设绿色北京、文明北京、世界北京等。这就要求在 2008 年之前着重治理环境，改善城市基本设施和交通建设，培育文明市民。这个时期的基本特点是：立足现实，局部规划，侧重于治理性、改善性建设，实施宣传性和培训性的工程。

2. 抓城市总体规划，突显文化形象定位

在城市形象建设中要注意抓首都文化形象定位，注意把握城市形象建设的总体目标。根据上文对首都的文化形象的总体定位，应该明确地提出一些具体的、可操作的项目指标，包括：市民素质高的城市、人们乐于生活的城市、交通便利的城市、空气质量好的城市、美丽又充满绿色的城市、有生气的文化城市、市民生活富裕的城市、经济基础坚实的城市。突出以人为本、发展为主线和可持续发展这三个重要内容，体现未来城市的发展方向，顺应时代潮流。有人说，城市形象建设应以"居住者自豪、来访者羡慕、建设者满意"为目标。例如，北京市政府目前做的空气质量的检测，每年保证一定的蓝天数目等，便体现了这方面的努力。

3. 抓战略设施建设，从大处着眼推动城市形象建设

城市形象建设涵盖的多项内容是不可分割的整体，但有主次之分。作为首都，北京在城市建设中应从大处着眼，注意抓战略性项目，以推动城市的整体建设。在全国建设全面小康社会和和谐社会的总体进程中，北京应该提出与之相适应的市政建设新规划，紧紧围绕将北京建设成更全面、更高水平、更和谐的小康社会以及国际文化城、国际信息城、国际展览城、国际旅游城和国际友好城市的长远目标，落实加强城市现代化基础设施建设、城市运营的软件建设、高级信息处理系统建设、现代化交通建设和城市功能区建设的基本方针。可以说，北京市目前在城市建设中，抓住城铁的合理布局和环线高速公路的建设、CBD 商圈的建设、房山区大学城的建设等大项目，以谋求城市面貌的大变化，从根本上推动城市形象建设的理念和做法是非常有意义的，体现出了城市建设的战略眼光。

4. 抓形象工程，落实形象建设

一般来说，城市形象建设要落实好形象定位、形象设计和形象工程。形象定位是第一位的，而形象设计要体现定位的方向，形象工程又必须落实好形象设计，将这三者有机地结合起来，才能真正建设起一个既具有中国传统文化品位，又具有现代国际大都市之风采的北京。为此，要抓好以下几个工程：

（1）"城市绿地工程"。为美化城市、改善环境状况，抓"城市绿地工程"，可以根据北京市占地面积大以及旅游资源、自然资源丰富等特点，建立或扩建一些自然生态公园、鸟类生态公园、丛林公园、产业公园、市民体育公园等绿色公园，扩大城市绿地面积，同时强化"依法护绿措施"，启动

城市"绿色网络化工程"。

（2）"老北京重点景点建设工程"。例如，北京的皇家园林在世界上是首屈一指的，应该抓住这个特点，在园林建设中强化皇家文化的特色。北京的四合院不仅要完整无缺地保存下来，更应该加大投入，保证其传统的文化风味。

（3）"新北京新景点建设工程"。北京要建设成更高水平、更全面、更和谐的小康城市和更具国际化的大都市，就要保证传统文化和现代文化的和谐并存、传统景观和现代景观的和谐并存，既体现出老北京的味道，也要展现现代的价值观念和现代开放城市的特点。为此，应该设计一些具有现代气息的、体现当代北京人风貌的人文景观。

（4）"文化建设工程"。21世纪是城市文化时代，加强城市文化建设将是保持城市生命力和竞争力的最关键一环。加强城市文化建设，就要加大城市的文化含量，加大公共图书馆和文化活动中心的建设力度，积极支持各区基层文化事业的发展。

5. 抓治理整顿，改变城市形象

城市形象建设一要靠建设，二要治理整顿直接影响城市形象的突出问题，这两者缺一不可。在这方面，首尔的成功经验值得我们借鉴。近几年，首尔出现空气污染加剧、生活环境恶化等市民反映强烈的一些问题。在治理城市空气污染的过程中，首尔针对空气污染80%来自城市汽车排放的尾气这一情况，实施了严格的防止大气污染的标准，给汽车安装烟尘过滤器，启用环保汽车。针对一次性塑料购物袋、筷子和水杯等制品成为环境污染的"祸首"这一情况，开展了治理"白色污染源"、"限用一次性塑料制品"、"减少城市垃圾"的活动。通过这些活动，城市垃圾回收利用率从9.8%上升到15%，"白色污染"减少了，取得了明显的效果。同时，各社会团体、百货商场和饮食业建立了自查自律、自防自治的环保制度。此外，还吸取汉江大桥和个别百货公司建筑倒塌以及地下管道爆裂等多起重大事故的教训，加强了城市安全管理的整顿工作，建立了现代化的事故预防"城市安全工程"。从2000年开始，首尔在全市逐步建立起自动事故预报中心，筹建了城市安全救灾系统和综合数据库，还采取了加强市民民防和专家定期进行安全检查等措施，建立了专业技术人员岗位安全管理责任制。

6. 抓城市象征物宣传，弘扬城市精神

在城市形象建设中，弘扬城市精神具有十分重要的意义。通过向全市的市民征集或征求意见，确定城市象征物，宣传本城市某种特定的精神，在对内陶冶市民精神、对外扩大城市形象影响方面会起到重要作用。例如，确定市徽、市树、市花、市鸟和市民特性象征物等。

7. 抓住有利时机，大力推动城市形象的提升

要抓住有利时机，集中力量推动城市形象建设，不失时机地扩大内外影响。例如，借奥运会、国际性大型展览会和学术会议等机会，大抓场馆、展馆和会议中心的建设，治理整顿城市秩序，培养市民公德，不断改变市容市貌。

总之，北京在城市文化形象建设的过程中，应该从自身的历史特点、现实特点及其作为首都所具有的特殊政治地位等实际情况出发，因时因景而异，既要抓总体规划，又要注重具体工程的推进。

第三章　思考：首都文化的发展

为了推进北京的全面发展，从战略的高度对北京的文化发展进行总体性的、长期的规划是十分必要的。

在当代社会，文化在整个社会全面发展中的重要性日益凸显，文化是社会认同的基础，是社会发展的灵魂。北京的文化发展，是北京全面发展的一个极为重要的组成部分。制定首都文化发展战略，将为首都文化确立发展的指导思想、发展的基本目标、基本任务、基本步骤等，有利于充分调动首都各方面的力量、协调一致，推动首都文化建设健康、有序、快速地发展。

一　制定首都文化发展战略的依据

制定首都文化发展战略，是首都整体发展的需要，是首都对外开放的需要，也是首都文化发展的现实需要。

1. 制定首都文化发展战略，是首都整体发展的需要

首都的发展是包含经济、政治、文化等诸多方面的整体性发展，必须充分考虑到北京在中国的地位、在世界的地位等诸多因素，必须坚持整体发展观、持续发展观。制定首都文化发展战略，既是适应也是推进首都整体发展的需要。在首都整体发展中，经济发展是基础和核心，它的发展将为首都文化发展提供物质基础；而文化发展则是首都发展的灵魂，将为首都经济发展乃至整体发展提供智力支持和思想保证。随着首都经济的快速发展以及人民物质生活水平的提高，制定首都文化发展战略，协调和调动各方面的力量加快首都文化发展，提高首都文化建设水平和满足人民日益增长的文化生活需要，就显得更加迫切和更为重要。

2. 制定首都文化发展战略，是首都对外开放的要求

制定首都文化发展战略，必须充分考虑到中国对外开放和首都对外开放

这一历史背景。随着中国国际地位的提高和国际影响的扩大，提高北京对外文化交流的水平和加快北京对外文化交流的步伐，就显得更加迫切。

北京在对外文化交流中，必须显示自己的文化特色，找准自己的文化定位。作为一个具有悠久文化传统的国际大都市，保护、宣传、展示北京传统文化以及搞好传统文化与现代文化的相互结合、相互促进，将成为北京对外文化交流的主要方面；北京作为中华文化对外交流展示的窗口，应充分展示中国各民族、各区域文化以及各类型文化。北京应成为中国多元文化的聚集地和展示窗口；北京文化作为东方文化的典型代表之一，在对外文化交流中，应在表现东方文化的博大精深，扩大东方文化在世界文化中的影响，在保持东方文化应有的国际地位方面发挥更大的作用。

北京要成为国际文化的大都市，必须积极创造诸如政策、机制、资金、场所等各方面更加有利的因素，提高对外文化交流的水平，加快对外文化交流的步伐，使对外交流体制化、系统化。要充分利用北京 2008 年奥运会的有利时机，积极开展国际文化合作，加快北京文化、中华文化走向世界的步伐，使首都文化发展更上一个新的台阶。

3. 制定首都文化发展战略，是首都文化发展现实的需要

制定首都文化发展战略，要立足于现实，着眼于长远。作为中国文化中心的北京，应在文化发展方面走得更快、更好，在引领全国文化发展方面做更多的工作。

北京的文化发展战略，是一项基于众多积极因素和高起点的战略。北京具有悠久的文化传统，北京人民具有良好的文化素质，北京的各级党政领导具有丰富的文化建设的经验，北京拥有全国一流的各方面的文化人才、全国一流的各种文化设施以及全国一流的文化产业和文化市场。此外，北京又是全国党政机关的所在地，其在中国和世界的影响力，是中国其他城市难以比拟的。制定首都文化发展战略，就是要进一步发挥这些积极因素，整合这些有利资源，在高起点上使北京文化水平更上一层楼。

首都文化发展战略，也是一项针对当前文化发展中存在着的各种不利因素，寻找差距、明确职责和任务的务实性发展战略。首都文化整体战略性定位不够明确；首都文化在立法、执法、鼓励性政策及实施方面仍存在着不尽完善的方面；在市场经济方面，政府对文化的发展在直接用行政手段管理向以经济手段间接管理转变的前提下，如何有机整合各种文化力量，改变目前文化力量过于分散的问题，需要认真解决空间布局和时间安排等方面仍较散

乱的现状。北京文化设施的建设和布局，仍存在南北城区差距过大、城乡差距过大的问题。此外，新的文化市场培育问题、传统文化的保护和继承问题、对外来文化的客观介绍和科学评价问题、青少年的文化引导问题、网络文化的管理问题等，都应引起政府和社会的高度重视，认真加以解决。

总之，制定首都文化发展战略，要从现实出发，立足于全局，立足于长远，明确战略目标、实施步骤、职责和任务，调动各方面的积极因素，加快首都文化发展。

二　首都文化发展战略的基本内容

首都文化发展战略，应包含指导思想、基本目标、基本任务、基本步骤、基本要求等方面的内容。

1. 指导思想

首都文化发展战略的指导思想是：以马列主义、毛泽东思想、邓小平理论和"三个代表"重要思想为根本指南，遵照中共中央关于社会主义精神文明建设和发展社会主义先进文化的基本要求，从北京的文化发展现实和北京"新三步曲"（即北京到 2008 年基本实现社会主义现代化，构建起现代化国际大都市的基本框架；到 2020 年基本建成现代化国际大都市；到 2050 年完全实现现代化，建成国际一流水平的国际大都市）整体规划出发，以转变观念，建立"新北京文化观"为前提；以满足首都人民日益增长的文化需求和北京对外开放的需求为动力；以协调各方面文化力量，进一步改革文化管理体制和运行模式为手段；以大力发展文化产业和文化事业，形成具有特色性、多元性、现代性和国际性相统一的"新北京文化"为主要任务；从而实现建立与世界一流国际大都市相适应的文化形态的目的。

2. 基本目标

首都文化发展战略的基本目标是：建立体现社会主义先进文化性质的、具有与世界一流国际大都市相适应的新北京文化。新北京文化在文化性质上应是在马克思主义指导下，具有社会主义先进文化特征的、能满足人民群众对文化需求的、能体现传统文化与现代文化相统一的具有鲜明北京特色的文化。新北京文化在形态上应具有多元性、多层次性，能较全面地反映中华文化和北京文化的博大精深和丰富多彩，能反映社会各阶层人的精神面貌及对文化的追求。新北京文化在体制上要体制健全、制度完备、管理科学、文化产业和文化事业协调运行，能持续、有序、健康、快速发展。新北京文化在社会作用上要能对北京经济、政治等方面的整体发展起到积极的促进作用，为北京的整体发展提供智力支持和精神保障，成为北京精神文明建设的核心内容，并能在国内起到先进示范作用和引导作用，在国际上具有较广泛的社会影响。

新北京文化的建设将有一个较长时期的过程，需要逐步建设、逐步演化认识、逐步修改完善、逐步取得社会的广泛认同。

3. 基本任务

实现首都文化发展战略，是一个经历较长时间，需要解决众多问题和困难、完成许多艰巨任务的过程。实现首都文化发展战略，要完成的基本任务有：第一，要健全领导机制。应在市委和市政府的领导下，建立相应的领导机构和领导管理机制，该机制应能适应社会和市场的发展，能对首都文化发展的重大问题做出决策，能全面领导和协调北京各方面的文化组织，能具有定期的研究和检查制度，能及时地听取和研究社会各界对首都文化发展的重要建议和要求，能及时处理首都文化发展中的重大问题。第二，要制定具体规划。首都文化发展战略是一个十分复杂的系统工程，且影响巨大。因此，要在充分调查研究的基础上，制定首都文化发展的具体实施规则，要明确目标、明确任务、明确步骤，甚至明确责任单位与责任人，该规划要具有可操作性、可核查性，并且应向社会公布，以期得到社会各界的支持，并接受社会各界的监督。第三，要制定相应的适合实际的政策。实现首都文化发展战略，需要行政力量和市场力量的有机结合。首都文化发展战略，是一项涉及首都整体发展的重要战略，是一个惠及全市、影响全国的文化大工程。政府的主导作用及政策的保障和激励作用是十分重要的。在推动首都文化的发展方面，除了充分利用市场机制之外，要特别注意在诸如文化理论研究、群众性文化活动的开展、博物馆等文化设施的建设、传统文化的保护、农村文化的发展以及在文化领域奖励先进等方面制定相应的激励性政策，从而促进首都文化整体性、协调性发展。此外，为了推进首都文化的发展，建立相应的文化组织机构，建立适宜的文化运行机制，增加政府及社会各界对文化领域的资金投入等，都应成为需要认真完成的基本任务。

4. 基本步骤

首都文化发展战略的制定，要充分考虑到首都整体发展及其发展的具体进程和具体步骤。首都文化发展战略的贯彻、执行，应该与首都整体发展的"三步走"过程相一致。首都文化发展的基本步骤可以划分为：到2008年的近期目标、到2020年的中期目标和到2050年的远期目标。

首都文化发展近期目标的基本任务要求是：健全领导体制和组织机构，制定鼓励文化发展的政策。在广泛调查研究的基础上，明确首都文化发展存在的不足与问题，制定相应的工作措施。明确首都文化发展的总体要求和总体特征，全面建设文化设施，以迎接 2008 年北京奥运会为契机，大力开展各种类型、各种层次的文化活动，大力宣传北京和中国各方面的成就，特别是宣传在文化体育领域的成就，扩大首都整体文化形象在国内和国际的影响，为首都文化水平的全面提高做准备。

首都文化发展长期目标的基本任务和要求是：全面构建新北京文化。用国际一流大都市的文化标准去提升、构建首都文化。全面提升首都文化的国际标准和文化水平，大力推进首都文化的国际化进程，加强与世界其他一流国际大都市的文化交往，增进与国际上其他地区的文化交往。大力创建具有国际影响力的北京，积极利用国际电影节、国际文化节、国际音乐节、国际戏剧节、国际绘画节等文化发展交流平台。同时，提高文化场所的建设水平，文化艺术院校的教育水平，人民群众的文化素质和文化生活水平。具有世界一流水平的新北京文化，将在世界文化中占有重要地位，并对世界文化的发展做出积极贡献。

三 制定首都文化发展战略需要正确处理的理论问题

制定首都文化发展战略是一个复杂的系统工程，需要兼顾多方面的因素，也需要正确处理一系列理论问题，包括：怎样正确认识首都文化的战略地位、首都的传统文化与现代文化的关系、首都的民族文化与国际文化的关系、首都的商业文化与人文文化的关系等。

1. 首都文化的战略地位

正确认识首都文化的战略地位，对于制定首都文化发展战略、推动首都文化发展具有极为重要的意义。

首都文化是社会主义文化的典范，是属于社会主义性质的文化，是在马克思主义指导下，能反映广大人民精神面貌和精神需要的文化，是体现社会主义精神文明，对中国社会主义革命和建设起到积极推动作用的文化。因此，要坚持和发展首都文化的社会主义性质，坚持和发展马克思主义对首都文化的指导地位，用社会主义文化引导、教育、团结和激励首都人民，用社会主义文化理念占领文化领域，规范和管理文化产业和文化市场，抵制腐朽、落后的文化。首都文化应对全国具有积极的影响，应在探索社会主义文化的实现方式等方面走在全国的前面。特别应指出的是，应该运用积极健康、丰富多彩的社会主义文化教育引导广大青少年，是首都文化建设的主要组成部分，也是一项十分艰巨的精神文明建设任务。

首都文化应体现先进文化的发展要求。文化是时代精神的体现，是民族精神的体现，也是人民精神面貌的体现。首都文化应在继承优秀传统文化的基础上，反映时代发展的要求，反映首都人民积极向上、与时俱进的精神。创建先进的文化理念，构建先进的文化市场，运用先进的文化管理模式和手段，组建具有活力的、积极向上的文化队伍，建立先进的文化设施，应成为首都文化建设的重要内容。为此，首都在文化建设中要十分注意向国际上先进的文化和先进的文化管理模式学习，向国内其他省市的先进文化和先进经验学习，使首都的文化建设能在国内外处于先进行列。

首都文化应具有国内一流的运行和发展模式。改革开放的发展以及中国更广泛、更深入地融入国际社会，使首都文化原有的运行模式已不适应新的形势。努力探索和积极构建适应首都文化发展的、具有国内一流的文化运行和发展模式是一项长期的战略任务。首都文化的法规制度建设、监管体制和队伍建设、文化市场建设、投资和经济运行机制建设、文化团体和文化队伍的建设以及一切涉及首都文化运行和发展的方方面面，都要有统一规划，全面考虑，有序实施。在构建先进的运行和发展模式的过程中，必须考虑文化的性质，注重人文属性和经济属性的统一、文化管理的经济手段与行政手段的统一、运行模式的宏观规范和微观搞活的统一。

首都文化应是能集中体现中华文化和东方文明本质特征的，具有重要国际影响力的文化。首都的文化建设，不仅要考虑北京的区域文化特征，也必须考虑首都文化在中华文化和东方文明中所具有的战略地位。应在继续深塑北京区域文化丰富内涵的同时，充分展示中华文化的博大精深，弘扬东方文化的鲜明特征，提高北京文化、中华文化、东方文化的国际地位和国际影响力。应继续扩大首都文化与中国各地区的文化交流，扩大与国际上各个国家地区、民族的文化交流，建立稳定的、行之有效的交流机制，使北京更加了解全国、全世界，也使全国、全世界更加了解北京。

总之，首都文化应是多元化、开放型的文化，是具有广泛国际影响力的文化。

2. 首都传统文化与现代文化的关系

制定首都文化发展战略，必须要正确认识传统文化与现代文化的辩证关系，这在理论层面和实践层面都具有重要意义。

首都的传统文化记录了北京成长的历程，反映了前人的精神面貌，其源远流长、博大精深的丰富内涵，是一座巨大的文化宝库。首都的现代文化表现了北京的发展现状和美好前景，展示了今日北京的精神状况，其日新月异、生机勃勃的精神实质，是现代北京的精神源泉。

首都传统文化与现代文化的区别主要表现在：从存在形态上看，传统文化主要表现为隐逸性的生存状态，它散在地存在于社会精神的深层，内化于典藏古籍、建筑园林、生活风俗、书画文物等形态中，其精神特征主要表现为稳定、凝重、同一。现代文化主要表现为显性的生存状态，它较集中地存在于社会精神的表层，外现于时尚风情、影视网络、流行歌曲、商业广告、企业文化形态中，其精神特征主要表现为流变、张扬、差异。从社会地位上看，传统文化总体处于文化的边缘地带，与现代市场经济隔离较远，社会影响力总体偏弱，其存在形态总体偏陈旧，处于一种待拯救的地位；现代文化总体上处于文化的中心地带，与现代市场经济日益融合，社会影响力总体偏强，其存在形态总体偏新，处于一种强势地位。从主体和受众上看，传统文化的主体和受众主要是老年人，人数偏少，活动和影响力偏弱，其影响大多数表现在社区文化和公益文化中，其文化传播手段较少、较简单、较陈旧；现代文化的主体和受众主要是中青年和少年，人数庞大，活动力和影响力很大，其影响大多数表现在校园文化和商业文化中，其文化传播手段丰富多样、复杂新颖，传播速度相当快。从当前面临的任务看，应该对传统文化进行认真保护，积极宣传，适度开发，并注意批判与继承的统一，保护与开发的统一；现代文化应注意规范发展、有序运作，努力塑造人文精神。

首都传统文化与现代文化的联系主要表现在：首先，传统文化与现代文化是首都文化这个整体不可或缺的两个组成部分，二者并无绝对的区别。没有博大精深的传统文化，首都文化就会失掉它的"根"，就会丧失其浓厚的民族特点、区域特点，就会丧失文化的历史凝重感。而没有丰富多变的现代文化，首都文化就会失掉它的"朝气"，就会丧失其鲜明的时代性、进步性和前瞻性，就会丧失文化的现代生命力。其次，传统文化的挖掘、保护、继承和发展会推动现代文化的发展。如何评价、继承和发展传统文化是现代文化遇到的一个课题，人们必须站在当代的角度去挖掘传统文化的丰富内涵，才能保持首都文化的历史延续性和方向感，才能更好地保持文化的民族性，才能使首都现代文化在当代全球化的趋势中不丧失自我。再次，现代文化的充分发展，又会为传统文化的保护、继承提供良好的条件。全球化视野中的首都现代文化，必须要与传统文化有机结合，才能充分显示北京文化的历史感和民族性，充分彰显东方文明的博大精深及现代活力。

3. 首都文化的民族性与国际性的关系

继承和发展首都文化的民族性，是首都文化以更加开放的姿态走向国际舞台的基础和前提。在经济全球化时代，我们更应高度重视和努力发展文化的民族性，尊重自己民族的文化传统，合理利用传统民族文化这个重要资源。在博大精深的中华民族文化中，一些基本价值理念贯穿始终，如自强不息的奋斗精神，爱国主义的深厚情怀，和谐统一的博大胸襟，崇德重义的高尚情操，文化中国的理想追求，勤劳勇敢的志向秉性等。这些基本的价值观念，体现了中国传统文化的主流价值，反映出中华民族文化的特质。首都文化在发展过程中，必须保持和发展民族文化，认真研究和探索民族文化在当代的保护和发展问题。因为没有文化民族化，就会丧失中华民族自我认同的文化基础和价值理念，丧失参与国际文化舞台的竞争资格。

走国际化的发展道路，积极主动参与文化的国际交流和国际竞争，是首都文化发展面临的新课题，也是首都文化现代化进程的必由之路。首都文化必须通过引进来、走出去形成良好的交流竞争机制，抓住机遇，努力进取。参与国际化交流与竞争，必须认清和了解文化国际交往的形势、规则和途径、方法。在当代文化国际交往的舞台上，西方文化占主导地位，其在资金投入、宣传方式、交往经验、规则制定与运用、商业化运营等各方面都占有优势。西方文化的中心地位和东方文化的边缘地位的态势会长期存在下去，此外，在国际舞台上，文化帝国主义、文化霸权主义的存在也是不争的事实。对此，我们必须头脑清醒，高度重视，认真应付。

首都文化发展中兼顾民族性与国际性，使二者相互促进、共同发展是一项长期的战略任务。深塑民族性，是首都文化的立命之本；拓展国际化，是首都文化的壮大之路。当前，我们要抓住中国改革开放以及北京即将举办2008 年奥运会所带来的发展机遇，借鉴国际文化的发展经验，借助文化市场拓展的机会，针对具有鲜明民族特点的首都文化进行宣传，引导国际社会关注中国、关注北京、关注北京的文化，在国际市场上树立文化的"北京品牌"，借国际化以发展民族化。同时，我们也必须认真做好民族文化的批判与继承，在对其优秀成果加大保护力度的同时，加快开发步伐，利用文化事业和文化产业两种途径，调动政府和民间两方面积极性，开拓国内和国际市场，形成首都文化的民族化与国际化相互促进、共同发展良性循环的前进态势。

从当前的实际情况来看，首都文化的民族化过程中存在着群众重视程度不高，资金投入力度不大，对青少年影响力不强，文化精品意识不浓等方面的问题；首都文化的国际化进程中存在着对外宣传力度不够，引进成果分析评价不足，具有国际文化运作经验的文化企业不多，文化的内外交往"赤字"过大等方面的问题。总的来说，认清当前存在的主要问题，明确职责和任务，才能更好地推进首都文化的民族化与国际化相互促进的发展进程。

4. 首都文化的商业性与人文性的关系

当今社会，文化的商业性与人文性的矛盾日益突显，处理好二者的关系，对于制定首都文化发展战略的意义重大。

文化的人文性，是文化的本质属性，是精神文明的核心价值。首都文化的发展，必须在提高文化的人文性质量方面花大力气，在科学世界观、价值观的教育以及良好道德修养的培养、健康的精神面貌的塑造等方面，文化的功能是不可取代的。文化属于意识形态，具有重要的社会属性，文化发展所产生的社会效益是十分重要的。特别是在当代社会，随着经济进步和对外开放的发展，人们对文化的质量日益重视，对文化的需求日益提高，文化在建设社会主义和谐社会中的作用也日益突显。此外，在文化领域中，先进与落后、精华与糟粕的斗争也十分复杂、激烈，用先进的文化教育人和武装人就显得更为迫切。

文化的商业性是首都文化的重要属性，是文化产业的价值依据。推动文化的产业化在首都文化发展战略中是不可或缺的。深化文化体制改革，解放和发展文化生产力，对于建设社会主义先进文化，对于满足人民群众日益增长的文化需求，对于促进人的全面发展，对于促进经济增长，都具有重要意义。我们要一手抓文化事业的繁荣，一手抓文化产业的发展，使文化事业和文化产业统一起来。根据《2004～2008年北京文化产业发展规划》，北京将在现有文化产业基础上，抓住奥运会这一历史机遇，借助国有资本、社会资本和境外资本，培育市场主体，实施品牌战略，着力建设六大文化中心，即全国文艺演出中心、全国出版发行和版权贸易中心、全国影视节目制作和交易中心、全国动漫和互联网游戏研发制作中心、全国文化会展中心、全国古玩艺术品交易中心。到2008年，北京文化产业的产值将达到北京市生产总值的9%，成为国民经济的支柱产业。

　　兼顾文化的人文性与商业性，促进首都的文化事业和文化产业的协调发展，是首都文化发展战略的重要内容。文化产业是指从事文化产品生产和提供文化服务的经营性行业，在市场经济条件下文化产业必须进入市场，在市场中通过竞争优化资源配置，提高集约化经营水平，促进产业升级，实现跨越式发展。文化事业指的是公益性文化生产和文化服务事业，它为公众提供公共文化服务，在保障人们的文化权益、促进人的素质全面提高方面具有重要作用。在市场经济条件下，文化事业也是不可或缺的。文化产业和文化事业各有不同的行为目标、运行规则、管理体制，但二者又都是首都文化整体发展的重要部分，缺一不可。

　　在文化发展中，正确解决文化的人文性与商业性的矛盾、解决文化的社会效益和经济效益的矛盾是十分重要的。把社会效益放在首位，坚持经济效益与社会效益的统一，把文化发展的着力点放在满足人民群众精神文化需求和促进人的全面发展上，坚持以科学的理论武装人、以正确的舆论引导人、以高尚的精神塑造人、以优秀的作品鼓舞人。以社会效益优先，兼顾经济效益。通过法律、法规的规范，通过市场机制的竞争，通过道德力量的引导，通过行政手段的支持，使那些好的文化成果得以宣传和普及，得以占领文化市场，使它们获得社会效益和经济效益双丰收。对于那些片面追求经济效益、牺牲社会效益，而导致腐朽、落后甚至反动的文化作品流传的行为要根据法律、法规给予制止、处罚。

　　培育和规范文化市场，是坚持文化的人文性与商业性统一、经济效益与社会效益统一的重要途径。完善文化市场管理的法律、法规建设，培育各类管理有序的文化市场，充实文化市场管理队伍，扶持遵纪守法经营并具有竞争力的文化企业的发展，仍是当前发展文化产业面临的突出任务，要认真落实《2004～2008年北京市文化产业发展规划》，抓住奥运会的历史机遇，促进首都产业的发展，推动首都文化发展更上一层楼。

第二篇 ——————————
首都的历史文化及现代开发

　　2008 年北京奥运会的口号之一——"人文奥运"，是以北京深厚的历史文化为底蕴的。北京正在向现代化、国际化的大都市迈进，如何在"与国际接轨"的同时保持我们自身的特色，如何认识、继承和弘扬首都北京的历史文化，是摆在我们面前的一个重要课题。特别是在全球化浪潮汹涌澎湃的今天，这一问题显得格外突出和迫切。

　　本篇主要回顾北京历史文化的形成过程，分析北京历史文化的特点，并从北京的历史文物、文化生活等方面探讨如何继承和发扬北京的历史文化，我们将有针对性地提出意见和建议。

第四章　历史：首都文化的过去

北京是中国六大古都之一。三千多年的建城史和八百多年的建都史使北京具有丰富的文化底蕴和历史积淀，也使北京成为中国古代灿烂文明的象征。北京城的发展历史，是中华文明发展史的一个缩影；今天的北京，是中国重新走向强盛的见证。泱泱大国的气度、礼仪之邦的风范都在北京尽显无遗。

一　中国都城的变迁

城市是伴随着人类文明的发展而出现的。中国的城市起源很早，在《吕氏春秋》中就有"夏鲧作城"的记载，《吴越春秋》亦有记述："鲧筑城以卫君，造郭以居人，此城郭之始也。"近年的考古发现，至少在殷商时代就有了具有宫城性质的城堡。城市的最初功能是安全保卫。当国家出现以后，就需要有一个中心城市成为国家的神经中枢，这样的城市就是都城。

在汉语中，都城有多种称呼。称京，称都，称国，称邑，或称京师、京城、京华、京阙、京畿、国都等。其中，京师的称呼沿用最久，《诗经·大雅·公刘》中就有"京师之野，于时处处"的诗句。《释名》："都者，国君所居，人之所会也。"《左传》："邑有宗庙先君之主曰都。"《公羊传》："京师者何？大也。天子之居，必以众大之辞言之。"按照这样的解释，国都或京师是君主居住的地方，人群聚集之所。

中国古代很早就有了关于选择都城的基本标准，《吕氏春秋·君守》载："古之王者，择天下之中而立国。"在国家的中间地带立都，旨在确立都城的中心枢纽地位。管子又总结出几条重要的选都原则："凡立国都，非于大山之下，必于大川之上。高勿近旱而水用足，下勿近水而沟防省。因天材，就地利。故城郭不必中规矩，道路不必中准绳。"（《管子·乘马》）就是说，选都应该临近大山大河，既可以解决水源问题，又可以兼顾军事安全，这叫因材就利。

中国古都学专家史念海先生认为，一个城市被选择作为都城需要以下几个因素：第一，自然环境。主要显示在地理位置、地势、山川、土壤、气候、物产等方面。一般认为国都应该是国家的中心，且为交通的要冲，四通八达。第二，经济因素。都城是人口聚居的地方，这就必须要解决生活必需物资的供给问题。第三，军事因素。最好是地势险要，易守难攻。

按照叶骁军《都城论》的说法，中国都城发展的历史，根据城垣形制、城市布局和功能等几方面考察，从远古至明清，大致可以分为四个时期：二里头文化以前，可称为萌芽期；从二里头文化至战国时期，是雏形期；秦汉至隋唐是发展期；宋元明清是成熟期。至于辛亥革命以后，只是一点尾声。[①] 萌芽期的都城情况资料很少，南宋郑樵作《都邑略》，探寻三皇五帝之都，但根据的多是传说，具体情况已经很难考证了。河南偃师二里头文化晚期的夏代宫室遗址，是迄今发现最早的宫室遗址，遗址东西长 108 米、南北宽 100 米，布局严谨，主次分明。这一发现填补了关于夏代都城史料方面的空白。商代都城迁徙不定，史载至成汤已经八迁，至盘庚又已五迁。目前能够明确肯定的商都只有河南安阳的殷墟，但殷墟只有宫室，未见城墙。西周的丰镐两京位置至今难以确定，但东周末期诸侯国的都城蜂拥而起，却是有据可查。列国的都城皆有城垣，且建制相仿，都是大小城相依，小城是宫殿，大城是官吏和平民的聚居区。战国时代的都城，经济作用开始加强，出现了作为集中工商业区的"市"，这是引人注目的变化。另外，从西周开始，中国出现多都制，即一个首都，另外设一个或几个陪都。

秦始皇统一中国之后，定都咸阳，中国的都城也进入了快速发展的时期。秦宫咸阳经几代经营，颇具规模。据文献记载："咸阳北至九峻、甘泉，南至户、杜，东至河，西至汧、渭之交，东西八百里，离宫别馆，相望连属。"[②] 咸阳宫、阿房宫虽然毁于战火，但其美丽壮观我们仍然能够从史籍和文学作品的记述中得以想见。西汉建都长安，其宏伟不在咸阳之下。"长安城中，经纬各长三十二里二十八步，地九百七十三顷，八街九陌，三宫九府，三庙十二门，九市十六桥。"[③] 城南的上林苑中有离宫七十所，"皆容千

① 叶骁军：《都城论》，甘肃文化出版社，1994，第 1 版，第 2 页。
② 陈直：《三辅黄图校正》，陕西人民出版社，1980，第 7 页。
③ 陈直：《三辅黄图校正》，陕西人民出版社，1980，第 18 页。

乘万骑"。东汉定都洛阳，光武帝刘秀为了显示自己是皇亲正脉，亲自到长安经营宫室，寄怀祖之思，东汉以后的历代皇帝都承袭此制，长安遂成西京。刘秀为了纪念自己发迹之地，又将南阳定为南都。这样，东汉就有了三个都城：东京、西京和南都，张衡作《三都赋》，即是指此。

东汉末年，战乱仍频，都城迭迁。先是董卓挟汉献帝离洛阳徙居长安，后有曹操威逼迁至许昌。曹丕篡汉之后，明令以洛阳、谯、邺、许昌和长安为五都，而洛阳为首都。魏晋南北朝是中国都城建设的低谷时期，虽然有北朝洛阳、南朝建康等名都，但同其他时期相比，发展相对来说比较缓慢。

隋朝建立之后，杨坚在北周都城长安南面的龙首山营建新都大兴，隋炀帝杨广又营造东都洛阳，这两座都城的建立开启了中国古代都城营造的又一个新高潮。唐朝是中国封建社会发展的顶峰，唐王朝的首都长安堪称是当时世界上最大、最繁荣的都市。据史料记载，唐长安城的面积达83.1平方公里，按中轴对称布局，由外郭城、宫城和皇城组成。城内街道纵横交错，划分出110座里坊。此外，还有东市、西市等大型工商业区和芙蓉园等人工园林，城市总体规划整齐、布局严整，堪称中国古代都城的典范。

元代以后，北京城开始成为全国统一的首都，成为全国政治、经济、文化的中心。

在中国的历史上，都城被高度重视。曾经出现过三百多座都城，其数量之多，堪称世界之最。与外国的都城相比，中国的都城有自己的特点。

（1）都城是国家的政治中心。中国历朝的统治者都居住在都城的皇宫中，执掌天下的生杀大权。所谓"普天之下，莫非王土；率土之滨，莫非王臣"，首都就是皇权的象征，是政令所出之所。

（2）都城是经济中心。历代统治者在选择都城地址时，都特别考虑其经济潜力。比如，长安之所以能够成为汉朝的都城，就因为其所在的关中是富庶之地、天府之国。司马迁对关中的富庶赞不绝口："关中自雍、雍以东至河、华，膏壤沃野千里，自虞夏之贡以为上田，而公刘适邠，大王、王季在岐，文王作丰，武王治镐，故其民犹有先王之遗风，好稼穑，殖五谷，地重，重为邪。……故关中之地，于天下三分之一，而人众不过什三；然量其富，什居其六。"[①] 这样的原因使得长安成为千年古都。

（3）都城是文化、教育、科技中心。由于实行中央集权的政治制度和经

---

① 司马迁：《史记·货殖列传》，中华书局，1959。

济、文化政策，都城往往是人文荟萃之所，自然而然也就是文化中心。

（4）都城也是某一时期建筑规模最大、最雄伟、最优美的城市，代表了当时建筑艺术的最高水平。西汉时，萧何曾经为刘邦营造极为雄伟壮观的宫殿，刘邦不悦，萧何解释说："天子以四海为家，非壮丽无以重威，且无令后世有以加也。"[1] 这段话被历来的统治者奉为典范。

中国都城的以上特点，决定了其在中华文明的发展进程中的核心地位。这一座座都城，正是中华民族悠久历史和灿烂文化的集中体现和最高象征，而北京正是这些都城中的佼佼者。

二 北京城的发展历史

位于华北大平原北边的北京有着得天独厚的地理优势，其"左环沧海，右拥太行，北枕居庸，南襟河济"，四通八达，气候宜人。这些自然条件加之历史的风云际会，使北京脱颖而出。从一个方国都城，发展到军事重镇，然后一步步成为中国的政治、文化中心，在中华民族历史上扮演了越来越重要的角色。

1. 远古传说与燕都蓟城

根据现在的考古材料，距今 57 万年前，在北京市房山区周口店一带，就有了人类活动的痕迹。20 世纪 20 年代，中国的人类学家在周口店发现了原始人类的牙齿、骸骨和头盖骨化石，被人类学家命名为"北京直立人"，俗称"北京人"，属于旧石器时代早期。这一发现震惊了世界，它证明了北京是世界上最早进入人类社会的地区之一。此后，中国的考古工作者在这一地区陆续发现了生活年代距今 20 万年的"新洞人"和距今 2.7 万年的"山顶洞人"。在门头沟区的清水河畔，又发现了距今 1 万年左右处于新石器时代早期的"东胡林人"。这些发现使我们对北京远古先民的生活有了新的认识。

相传，黄帝曾经与炎帝结盟，在北京西部的涿鹿打败了蚩尤。后来，炎帝部落败盟，黄帝和炎帝遂"战于阪泉之野"，经过三次大战，炎帝部落战败。黄帝部落又"北逐荤粥"，并在涿鹿建立了都邑。商代后期，北京地区有两个著名的部族，即商族的同姓孤竹与燕亳，是商朝在北方的藩屏。西周初年，武王灭商之后，"封召公于北燕"（《史记·燕召公世家》）。这里的

---

① 班固：《汉书·萧何传》，中华书局，1962。

"北燕"沿用了过去古燕国的名字。召公封燕，虽然史书有载，但初封地究竟在什么地方却一直是一个谜。近年来，在北京房山琉璃河董家林的小村子里发现了始建于西周初年的古城址，还发现了墓葬和大量的器物。其中的董鼎铭文记载了分封的史实，这说明董家林古城址就是当时燕国的都邑，这也是已知的北京历史上最早的都邑。

周武王灭商，还曾经封帝尧的后裔于蓟。据专家考证，蓟大约在今天北京城的西南部，[①] 与董家林古城址相距百里，是两个独立的诸侯国。但东周以后，燕国的势力强大，吞并了弱小的蓟国。到燕襄王时，蓟已经变成燕国的都城了，原来位于董家林地区的古城则被冷落，以至沦为废墟。燕国以蓟为都，是出于交通和战略上的考虑，蓟城是当时燕山南北交通的枢纽，且东、北、西三面为群山围绕，东南是一片沃野，适合发展农业。燕都蓟城很快就成为当时"富冠海内"的"天下名都"之一。燕国也成为战国七雄之一，并在燕昭王时盛极一时，"乐毅伐齐"威震诸侯。但昭王死后即开始没落，公元前226年秦大将王翦率军攻陷蓟城，燕国立国800年后覆亡，蓟城作为燕国都城的历史也宣告结束。

2. 北方的军事重镇

自秦始皇统一中国直到隋唐时期，蓟城的地位从诸侯国的政治、经济中心变成了统一的封建王朝控制下的北方军事重镇以及汉族和北方少数民族之间经济、文化交流和汇合的要津。

秦始皇灭掉六国以后，为了防止六国的旧贵族复辟，不但将他们迁徙到关中、巴蜀等地管理起来，还在六国旧都处设郡，蓟城即成为广阳郡的治所。为了加强控制，秦始皇在统一后的第二年，就以咸阳为中心，陆续修筑通往全国各地的驰道。蓟城经渔阳到碣石（今河北秦皇岛）、蓟城经居庸关到达云中、上郡（今内蒙古和陕西地区）两条驰道的修成，使蓟城成为南接中原，西连云朔，北接蒙古高原的枢纽，对蓟城以后的发展意义重大、影响深远，奠定了蓟城作为北方重镇的地位。

西汉时期，燕地或为国，或为郡。此一时期的农业、水利事业得到了发展，1949年以来在北京城内外发现了许多西汉时期的水井。不仅如此，蓟城

---

① 燕国时期的蓟城具体位置一般认为是在今天北京城区宣武门至和平门一线以南。也有人做了更具体的推测，认为燕都蓟城的南垣大致在宣武区白纸坊地图出版社、法源寺以北一线；北垣可能在西长安街以南一线；东垣在和平门以东不远之南北一线；西垣则无法推测。参见罗哲文：《北京历史文化》，北京大学出版社，2004，第20页。

也是这一地区的贸易中心。《史记·货殖列传》载："夫燕亦勃、碣之间一都会也。南通齐、赵，东北边胡。上谷至辽东，地踔远，人民希，数被寇，大与赵、代俗相类，而民雕悍少虑，有鱼盐枣栗之饶。北邻乌桓、夫馀，东绾秽貉、朝鲜、真番之利。"生动地记载了当时燕地经济的繁荣景象。1974年，在北京丰台区大葆台发掘的一号汉墓，规模巨大，极尽奢华，从里面的随葬物品可以看出当年贵族的豪富。

东汉初年，匈奴、鲜卑等族乘东汉国势较弱，屡屡南下袭扰。光武帝刘秀遂遣比较能干的官吏镇守蓟城以北的渔阳、上谷，其中郭伋为渔阳太守时候，"整勒士马，设攻守之略，匈奴畏惮远迹，不敢复入塞，民得安业"（《后汉书·郭伋传》）。继任者张堪治内兴修水利，开辟农田，提高武备，出现了较为安定的局面。东汉末年，蓟城一带一直处于割据势力的统治之下。曹操统一北方以后，蓟城成为曹魏政权控制北方民族的重要城市。驻守广阳的魏征北将军刘靖在梁山（今石景山）的㶟水（今永定河）上修建了一座大坝，名戾陵坝，并在大坝东侧开凿车厢渠，这是北京历史上第一个大型水利工程，促进了当时农业的发展。

西晋时，蓟城地区亦十分受重视。在张华、唐彬等人的治理下，出现了一段相对安宁的时期。但西晋末年出现了"八王之乱"，幽州刺史王浚乘机割据幽州，图谋称帝，却无人支持，314年，被羯族首领石勒所杀。316年西晋亡，翌年，东晋建立，只能经营淮河以南的半壁江山，北方则开始了五胡十六国和北朝时期。后赵永宁元年（350年），鲜卑族的前燕君主慕容儁携兵从辽西南下，分三路攻入蓟城，后又迁都于此，这是北京第二次成为都城，北京也从诸侯国的都邑变为少数民族政权的都城。

北魏统一北方以后，燕郡属幽州，州、郡治所俱在蓟城。其时佛教大兴，太和十三年（489年），在今海淀温泉西车儿营建造巨大石雕佛像，至今犹存。

公元581年，隋文帝结束了南北朝时期的分裂局面。隋初废燕郡存幽州，又改幽州为涿郡，均治蓟城。为了加强对北方民族的控制和对辽东用兵，隋炀帝以涿郡为重点，兴建了三项重大工程：一是开凿永济渠。永济渠是隋朝大运河最北的一段，自洛阳到涿郡。运河开通后，隋炀帝亲自乘龙舟北巡。二是修筑弛道。公元607年，长达3000里、宽100步的自榆林至涿郡的御道开通。另有两条东西、南北方向的大道也交汇于涿郡。三是营建临朔宫。这是隋炀帝巡幸蓟城，督战辽东的行宫，后毁于战火，今无遗迹可寻。

隋炀帝以蓟城为基地，于公元 611~614 年三次发动对高丽的侵略战争，但都以失败告终。

公元 618 年，隋灭唐兴。唐又将涿郡改为幽州，仍治蓟城。蓟城的军事、政治地位进一步上升，因为北方东突厥复兴，东北的契丹人逐渐强大，高丽人也侵扰辽西，唐在此地区设重兵把守。贞观三年（629 年），唐太宗李世民发兵北伐，擒突厥颉利可汗。贞观十九年（645 年），随着国势隆盛，唐太宗以幽州为集结地，亲自带领军队远征高丽。他们在蓟城南郊誓师之后，分水陆两路进军。因为高丽人民的坚决抵抗，加之天寒粮尽，唐朝军队被迫撤军，无功而返。唐太宗退兵蓟城，为了安抚军心，便在蓟城东城墙内偏南的地方，建造了一座悼念阵亡将士的庙宇，命名为"悯忠寺"。这座庙宇经过历代重修保留至今，清朝改名法源寺，是现今北京市内历史最久远的寺庙之一。唐朝中叶以后，由于边患严重，在北方重镇设立十个节度使，又以范阳郡（742 年幽州改称范阳）为"诸镇之冠"。天宝十四年（755 年），身兼范阳、平卢、河东三镇节度使的安禄山起兵叛乱。他率部下在幽州城南誓师，南下渡过桑干河 33 天即打到洛阳。翌年，安禄山自立帝位，国号大燕，以范阳为大都。同年 6 月，叛军攻陷长安，唐玄宗出奔入蜀。757 年，安禄山被其子安庆绪所杀。两年后，安禄山部将史思明杀安庆绪，在幽州自称大燕皇帝，并将幽州改称燕京。763 年，唐朝借助回纥骑兵平定了长达八年的安史之乱，但唐朝也因此走向衰落。

从秦汉到隋唐，蓟城始终是燕山南北各民族角逐的舞台。魏晋以后，汉族政权式微，北方的游牧民族成了舞台上的主角，这在客观上加速了民族融合的进程。而蓟城也因此成为军家必争之地和各民族交流的中心。

3. 五朝帝都的辉煌

在北京城的发展历史上，辽、金、元、明、清是极为重要的时期，在这个阶段，北京取代了洛阳、长安等古都的地位，由一个华北平原的门户、北方的军事重镇，逐步上升为全国的政治中心。

唐末以后，原来居住在潢水（今内蒙古西剌木伦河）与土河流域的契丹族迅速崛起，就在唐朝灭亡的公元 907 年，契丹的一个部族首领——耶律阿保机统一了契丹诸部。916 年，耶律阿保机在临潢（今内蒙古巴林左旗）称帝，国号大契丹，成为北部草原一支强大的力量。十年之后，契丹又灭掉东邻的渤海国，"得地五千里，兵数十万"（《辽史·地理志》），实力更加雄厚。他们开始准备兴兵南下。此时，中原一带正值五代十国的混乱时期，后唐河东节度使石敬瑭为了篡权，不惜以割地燕云十六州、自称儿皇帝等屈辱条件，换取契丹出兵后唐。936年，契丹人帮助石敬瑭灭了后唐，石敬瑭做了后晋皇帝，而契丹则攫取了燕云十六州，从此整个华北便门户大开，无险可守了。

契丹人在获取燕云十六州之后，即改国号为辽，建都临潢府，以幽州为陪都，称为南京，又称燕京。幽州成为辽在华北的政治中心。辽南京城人口达到30多万，其中包括各种少数民族，城内划分26坊，各坊有围墙、坊门，以此来管理居民。

北宋统一中原后，一直将辽视为心腹大患，特别是燕云十六州的丧失，令赵宋王朝耿耿于怀，于是宋太祖赵匡胤多次兴兵北上，其中公元979年一度打到南京城下，但由于高梁桥一役的失利而功败垂成。宋、辽遂形成南北对峙的局面。

就在此时，生活在松花江流域的女真族强盛起来。1115年，完颜阿骨打建立金朝，定都会宁（今黑龙江阿城）。金朝军队举兵南下攻辽，节节胜利，并与北宋相约，对辽实行夹击。1125年，金灭辽，又乘胜攻下燕山府（即蓟城），然后挥师渡黄河，直捣北宋都城汴梁。1126年，汴梁陷落。宋徽宗、宋钦宗及皇室、官员3000人成阶下囚，城中被掠一空，北宋就此灭亡。金朝势力扩大，便准备把都城从遥远的会宁迁至燕京。1151年，金主完颜亮命孔彦舟、梁汉臣等在原燕京城的基础上扩建新都。扩建过程中，使用民夫80万人、士兵40万人，宫殿极尽奢靡。1153年，新都建成，完颜亮正式下诏迁都。改南京为中都，另设上京、东京、西京和南京。从此，北京城作为中国封建王朝统治中心的历史，就正式开始了。

金朝的中都，城周计37里余，设城门13座。其位置相当于现在北京市宣武区西部的大半。大城中部的前方为皇城，故址在今广安门以南，为长方形小城。皇城外是宫城，宫城西侧为苑囿。中都皇宫富丽堂皇，完全按照北宋汴京的规制构筑，其中的玉器珍玩、建筑材料甚至假山，皆为从北宋掳掠之物，建筑风格也沿袭了北宋的风气。

公元1206年，铁木真统一了中国北方日益强大的蒙古族各部落，号成吉思汗，建立了政权。1211年，南下大举伐金。两年后，蒙古大军包围中都，金宣宗被迫迁都汴梁。1215年，蒙古军队攻陷中都，将金朝的豪华宫阙付之一炬，中都城也被改为燕京。

40年后，成吉思汗的孙子忽必烈承汗位，这时的蒙古帝国已经地跨欧洲和亚洲，但政治中心依然在蒙古高原的和林。为了谋取南宋，统一中国，忽必烈决定在金朝旧都的东北郊选择新址，营造新都城。在营造新都过程中，忽必烈改变旧制，运用汉法，取国号"大元"，并把新都城命名为大都。1274 年，大都建成，蒙古人称其为"汗八里"，即"大汗之城"。

元大都，是忽必烈委托刘秉忠设计的。刘秉忠完全按照《周礼·考工记》中儒家皇权至上的指导思想来设计新都，即"匠人营国，方九里，旁三门，国中九经九纬，经涂九轨。左祖右社，面朝后市"。元大都是当时世界上最宏伟繁华的城市，街道整齐，形如棋盘。城内居民分 50 坊，南北东西共有 9 条大街。大街两侧，小巷胡同平行排列，规整划一。元大都也是当时的国际大都市，来自阿拉伯、波斯、高丽、缅甸的货商汇聚于此，大都城内各种集市达 30 多处。大批来自国外的传教士、科学家、医生、艺术家把大都变成了人文荟萃之地。对于元大都的繁华，意大利人马可波罗在他的游记中有极其生动的描绘。

元朝末期，农民起义风起云涌。1368 年，朱元璋建立了明王朝，大将徐达、常遇春领兵北伐，进占大都，元顺帝仓皇北逃。徐达攻取大都后，将其易名北平，明朝在此设北平布政司。1370 年，朱元璋封第四子朱棣于北平为燕王，以抵御北方蒙古族的南侵。1398 年，朱元璋去世，其孙朱允炆继位，年号建文。朱棣以清除奸臣为名，起兵北平，发动了"靖难之役"。1402 年，朱棣攻下南京，夺取帝位，建元永乐，是为明成祖。明成祖即位后，改北平为北京，并用 15 年的时间营造宫室，1421 年正式迁都北京。

明朝的北京城是在元大都基础上扩建而成的，但远比元大都雄伟壮丽。从全城来看，明北京城呈"凸"字型，外城包着内城南面，内城包着皇城，皇城又包着紫禁城，每城外围都环以宽且深的护城河。这样，占据中心位置的紫禁城处于层层拱卫之中，显出皇室的高贵和尊严。这座规模最大、保存最好的金碧辉煌的皇家宫殿群，仍然屹立在北京城中，成为世界建筑的瑰宝。在巍峨的紫禁城南门的左右两侧，明朝统治者又按照"左祖右社"的传统规制建造了太庙和社稷坛。此外，还在都城中营建了天坛、山川坛、日坛、月坛、地坛等，尤以坐落在南郊、皇帝每年祭天的天坛最为气势雄伟，庄严肃穆。

明北京城不仅是全国的政治中心，也是文化中心。明朝的最高学府有两处，在北京的称北监。永乐时在北京国子监学习的就有一万人，每隔三年就有成千上万的学生聚集北京参加会试和殿试。明政府还在太医院、钦天监、四译馆设科，培养医学、天文学、语言学的专门人才。北京的经济也相当繁荣，嘉靖二十年（1541年）到过北京的葡萄牙作家平托，称北京是个富足、文明、宏伟的"世界大都市"，"行走于街市之中，如入幻境"。

明朝末期，统治集团腐朽没落，内忧外患接踵而至。崛起于东北的女真族于1616年建立"大金"政权，对明朝虎视眈眈，农民起义也迅速在全国蔓延。1636年，皇太极改国号为清，清军进逼长城，威胁京师。1644年3月，李自成率领的农民起义军攻进北京城，崇祯帝自缢于万岁山，明朝灭亡。李自成的军队在北京仅仅停留了42天，就被吴三桂和入关的清兵击败，不得不退往陕西。清朝军队进驻北京，以摄政王多尔衮为首的统治集团决定把都城从盛京（今沈阳）迁至北京，开始了在北京267年的统治。

清朝定都北京以后，北京又成为中国的政治、文化和贸易中心。清朝的北京城完全沿用了明朝的北京城，没有什么变动，连紫禁城也只是一些局部的重修和改建。清朝把主要的物力、财力用于开发西北郊的园林风景区，就是通常所说的"三山五园"，即玉泉山静明园、香山静宜园、万寿山清漪园（颐和园）、畅春园和圆明园。其中，圆明园是中国古典园林艺术的顶峰之作，也是世界上无与伦比的园林建筑奇珍。"三山五园"是清朝帝王休养、处理政务之所，成为和紫禁城一样重要的另一个政治中心。可惜的是，随着清王朝的腐朽没落，鸦片战争之后，中国遭到列强的入侵。1860年，英法联军攻入北京，他们大肆抢劫破坏，许多珍贵的历史文化遗产惨遭浩劫。同年10月18日，英军头子额尔金下令焚毁圆明三园、香山、万寿山和玉泉山的皇家园林，大火延续数日，昔日的金碧辉煌转眼间化为废墟和瓦砾。圆明园的废墟今天尚在，成为那一段屈辱历史的见证。

4. 近现代历史的见证者

北京的历史几乎就是中国历史的缩影。特别是近现代以来，北京见证了封建王朝的结束、五四新文化运动的兴起、抗日战争的胜利以及新中国的诞生。1911年，爆发了辛亥革命。1912年2月，末代皇帝溥仪宣布退位，中国几千年的封建统治在北京画上了句号。

1937年7月7日，著名的卢沟桥事变爆发，揭开了中国人民全面抗战的序幕。同年7月29日，北平沦陷，成为日伪在华北的统治中心。经过长达8年的浴血奋战，中国人民取得了抗日战争的伟大胜利。1946年6月，国民党发动内战。1948年12月，东北野战军和华北野战军联合发起平津战役。1949年1月，傅作义将军在《关于和平解决北平问题的协议书》上签字，这座千年古城又完好无损地回到了人民的怀抱。

1949 年 9 月，中国人民政治协商会议第一届全体会议正式通过决议，中华人民共和国的首都定在北平，并从即日起改名为北京。同年 10 月 1 日，在北京天安门广场举行了隆重的开国大典，毛泽东主席向全世界庄严宣布中华人民共和国和中央人民政府成立。从此，北京掀开了发展的新篇章。

三 首都北京的历史文化及其特征

在长期的发展过程中，北京形成了自己的历史文化特色，概括起来大致包括以下几个方面。

1. 悠久性和连贯性

北京是世界上历史最悠久的古都之一。如果从周口店的"北京人"算起，已经有 50 万年的历史。如果从建城的历史来看，琉璃河的古城遗址可以追溯到 3000 年以前。定为都城的历史如果从辽、金算起，也已经有 800 多年了。[①] 这在世界现存的都市中，是首屈一指的。我们不妨和其他的世界名都比较一下：伦敦，建城于公元 43 年，建都于 17 世纪；巴黎，建都于公元 508 年，但那是法兰克王国，而非现在的法国；莫斯科，建城于公元 1156 年，15 世纪才成为俄国的都城；至于华盛顿，成为美国的首都不过 200 多年的历史。再和中国另外几个古都比较一下：古都安阳，是殷商后期的都城，距今已经有 3200 年的历史，是迄今为止可以考证到的最早的古都之一，但自周灭商以后地位一落千丈，只有三国曹魏政权时稍有复兴。如今，这个上古时代最繁华的都市已沦为一个普通的城市。号称"九代古都，八代陪都"的洛阳，是中国建都政权最多、建都时间最长的古都，但其地域狭小、不易回旋的劣势使其在北宋以后不可避免地走向衰落，除了在宋、金时期还保留了陪都的名义外，元、明、清三代都只是河南府所辖之城，其价值似乎只局限于军事意义。西安，古称长安，历史上有十个王朝在此定都，包括汉、唐两大盛世。但是，连年的战乱摧毁了富庶的关中，北方少数民族的迅速崛起又使中国的政治中心由西向东、由南向北迁移，盛极一时的长安从此成为"废都"。开封，曾经在北宋达到鼎盛，但无险可守、水患频仍等先天不足使

---

① 2003 年 9 月 20 日，一个青铜质地的纪念标识"北京建都纪念阙"在北京南城正式落成揭幕。纪念阙的基座上镌刻着著名历史地理学家侯仁之先生撰写的《北京建都记》。根据碑文，北京城的建都历史被确定始于 1153 年，在这一年，金主完颜亮在辽陪都南京城的基础上完成了对燕京城的扩建，定名"中都"。

其无法再现辉煌。至于南京和杭州，都缺乏帝都应有的雄浑刚健之气，在历史上只是因为北方少数民族势力的挤压作为偏安政权的临时性首都。相比之下，只有北京城，地位稳步上升，并且直到今天仍然保持了这种趋势，这不能不说是一个奇迹。

北京历史文化的悠久和连贯，造就了其特有的丰富、厚重的文化底蕴。北京地区现在拥有全国重点文物保护单位 42 处，时间跨度从距今 50 万年左右直到近现代，包括了古遗址、墓葬、皇宫、园林等。可以说，北京文化在各个方面都可以找到比较完整的系列。比如，在城市建设方面，我们在距今 3000 年的琉璃河董家林古城址中，可以找到古蓟城的文化遗存，也能够发现元大都的城垣遗址。在帝王陵寝方面，我们在北京可以找到房山金陵、明十三陵、清东陵和西陵组成的系列。在坛庙方面，北京现存的就有天坛、地坛、日坛、月坛、先农坛、历代帝王庙、太庙等。

在漫长的发展历程中，北京招揽四方之贤，广集天下之资，建成繁荣发达的首善之区和人文荟萃之所。考古发现，早在西周时期，燕地就有了青铜、漆器、玉器、蚌器以及带字的甲骨。秦汉时期，燕地涌现出不少文化名人，如撰写《韩诗外传》的韩婴、文学家崔卢植等。魏晋时期，涌现出卢毓、孙礼、韩观、张华、霍原等，形成了以卢阳范氏为代表的经学派和玄学派。南北朝时期，燕地学者云集，官学大兴。隋朝承北朝遗风，官学与家学并举，名人迭出。唐代，幽燕的诗歌、音乐、绘画、百戏空前繁荣，有"燕歌赵舞，观者忘疲"之誉。其百戏受北方游牧民族剽悍民风的影响，以惊险取胜。辽代主张"学唐比宋"，燕京成为学习汉文化的基地。儒学兴旺，科举发达，音韵学、文字学也有了长足的发展。辽代崇奉佛教，寺院建筑和雕刻称绝一时，著名的房山云居寺石刻经藏流传至今，堪称稀世奇珍。金朝的统治者也酷爱文化艺术。到了元代，杂剧勃兴，著名的元曲四大家中，关汉卿、王实甫、马致远都是大都人。其中，关汉卿的《窦娥冤》、王实甫《西厢记》等作品堪称中国戏剧史上不朽的经典。明清两代，北京也是人才辈出。近现代历史上，北京又是中国大舞台的中心，无数重大历史事件都发生在这里，许多风云人物都在这里留下了印记。在北京二环路以内大大小小的胡同里，名人故居甚多。比较著名的就有宋庆龄故居、郭沫若故居、鲁迅故居、毛泽东故居、李大钊故居、孙中山先生逝世纪念地、康有为故居、梅兰芳故居、程砚秋故居、齐白石故居、老舍故居、茅盾故居等。这些名人故居把我们带进历史，可以让我们重新体味那些风云激荡的岁月。

2. 代表性和典型性

作为千年古都，北京最集中地体现了中国五千年的灿烂文化以及深厚的文化积淀，已经使北京超越了其地域性而成为中国传统文化的卓越代表。在中国的古都中，北京蕴藏的中华民族文化底蕴最深厚，承载的中华民族文化内涵最厚重，折射的中华民族文化光辉最耀眼，弘扬的中华民族文化精神最大气，呈现的中华民族文化形式最堂皇。其城市文化不但体现了中华民族的大文化观，更是北京这座千年古都的城市之魂。

古都北京是中国古代帝都的最高典型，北京城的规划、设计本身就是中国古代哲学、艺术、科技之集大成。难怪丹麦著名的城市规划大师 S. E. 瑞思姆森说："整个北京城的平面设计匀称而明朗，是世界的奇观之一，是一个卓越的纪念物，一个伟大文明的顶峰。"英国现代城市规划学家培根也赞扬道："在地球表面上，人类最伟大的个体工程，也许就是北京城了。"[1] 北京城的整个布局沿袭了中国古代都城设计的传统规制，并结合特殊的地理条件，进行变化运用。从全城的建筑平面布局来看，外城包着内城，内城包着皇城，皇城又包着紫禁城。这样，皇帝居住的紫禁城就处在层层的拱卫之中，成为至尊的核心。紫禁城周围又分别建日、月、天、地诸祭坛，紫禁城俨然成为宇宙的中心了。

紫禁城（故宫）是当今世界上保存规模最大、最完整的皇宫。其规划布局运用了阴阳五行的观念，集中体现了中国封建礼制文化的精神。紫禁城取紫微星居于天地中心之意，表示这里是世界的中心，另外皇宫戒备森严，又是禁地，所以称为紫禁城。紫禁城东西宽 750 米，南北长 960 米，面积达到 72 万平方米，为世界之最。故宫的整个建筑被两道坚固的防线围在中间，外围被一条宽 52 米、深 6 米的护城河环绕；接着是周长 3 公里的城墙，墙高近 10 米，底宽 8.62 米。城墙上有 4 个门，南有午门，北有神武门，东有东华门，西有西华门，城墙四角还耸立着 4 座角楼，每座角楼有 3 层屋檐、72 个屋脊，玲珑剔透，造型别致，缜密布局举世无双，堪称中国古建筑中的杰作。

北京园林是北方园林的代表，是皇家园林的代表，也是中国园林的精华。北京园林，特别是明、清两代遗留下来的园林，多属帝王宫苑，园内建筑物体高大，气势雄伟，富丽堂皇。封建帝王凭借权势，集中全国财力、物

---

[1]　朱祖希：《北京城：营国之最》，中国城市出版社，1997，第 2 版，第 88 页。

力和能工巧匠，将国内各类园林的精华以及山水诗、山水画中所描绘的自然情致、仙居幻境，移植仿建于皇家苑囿之中，形成了景象万千的园林景观。这是北京乃至中国古典园林文化发展到鼎盛时期的一个显著标志。

3. 多样性和包容性

和中原的许多历史名城不同，北京的历史文化更具有兼容并包、海纳百川的特点，这或许和北京所处的地理位置和民族环境有关。北京自古以来就是中原汉民族和北方民族的交汇之地。北京处于华北平原的北部，三面环山，东南向海，是中原通往北方的门户。从北京向北，出张家口，是古代的游牧民族匈奴—突厥—蒙古系统；出古北口，经承德滦河中游陷落地带上坝，则是古代山戎—东胡—鲜卑—契丹系统；东出山海关，情况更复杂，既有鲜卑、乌桓、扶余等民族，又有室韦、肃慎—女真—满族系统。中原汉民族和北方民族有时和平共处，有时互相冲突，多民族的融合也由此形成。这种融合开始得很早，在北京发现的先秦时代的青铜短剑就兼有中原和北方民族的特色。南北朝时蓟城守将刘弘主持修复永定河的水利工程，鲜卑、乌桓等各族酋长率人来参与。唐代的幽州民族情况更复杂，不仅大量居住着东北的契丹、奚族、室韦、女真和高丽人，还有来自西北的吐浑、回纥等民族，安禄山是杂胡，会六种番语，当时的民族交融情况可以想见。北京被确定为都城后，极大地促进了民族的融合。早期在北京建都的辽、金、元都是北方少数民族，他们都有意识地学习中原的先进文化，也尽量保持着本民族的自身特点。比如，辽代实行双轨官制：南面官管理农业和赋税，针对汉人；北面官管理军事和畜牧，针对契丹本部和北方各民族。这种制度创新避免了民族间的冲突，给相互间的适应和融合提供了空间。北京作为政治与经济中心，客观上起到了加速融合的作用。清史专家戴逸在描述"宣南文化"时说，在清朝乾隆、嘉庆年间，南来北往的举子，住在宣南各会馆，带来的是各地文化，甚至包括口音和方言、饮食和穿戴，在京师这个大熔炉，经过锤炼和提高，成为京城文化的重要组成部分，然后又被举子们带回各地，从而完成了北京文化海纳百川又辐射全国的作用。另外，在生活习俗方面，北京除了保留了传统的汉族习俗之外，也自觉不自觉地融入多种民族特色，包括辽、金以来盛行的摔跤、打马球、端午射柳都来自于北方游牧民族，云居寺等寺庙坐西朝东来源于契丹人对太阳的崇拜，白切肉、萨其马等源于满族的饮食习惯等。这些做法使北京很自然地注入了多民族多文化的因素，当中原的封建文化走向烂熟并趋于保守时，北京却因为不断吸收新鲜血液而保持活力，也由此而形成了善于学习和吸纳、长于适应、包容性强的特点。

这种特点体现在各个方面。比如，在宗教信仰方面，北京具有多元性的特点。世界三大宗教在北京地区不仅得到了传播，而且已经融入了本土文化。荷兰学者施舟仁（译音）早就注意到，作为古代东方的大都市——元大都，城内各种宗教场所并存，而且神职人员之间和平相处，这在西方几乎是不能想象的。在元代的大都，既有来自中原的佛教与道教，有代表游牧民族的萨满教，也有来自西方的基督教、来自中东地区的伊斯兰教以及来自西藏的藏传佛教。在今天的北京，这种现象仍然存在。你既可以发现像法源寺、潭柘寺、戒台寺这样的千年古刹，也可以发现西什库教堂这样中西合璧的基督教教堂。在牛街，你还能够发现始建于公元 996 年的清真寺。当然，产生于本土的道教在北京也有很大影响，建于元代的白云观是中国现存最大的道观之一。北京市佛教协会在研究"宣南文化"时，惊奇地发现，在北京宣南地区，以北京建城纪念柱为中心的咫尺范围中，聚集着五大宗教的众多著名活动场所。这些场所有佛教的天宁寺、法源寺、长椿寺，有道教的白云观，有基督教的珠市口教堂，有天主教的宣武门教堂（俗称"南堂"），有伊斯兰教的牛街礼拜寺等。这种"宗教文化区"的现象在世界大城市中是罕见的，体现了北京城市文化海纳百川的独特魅力。

再比如，存留至今的白塔寺中的白塔，是尼泊尔的著名工匠阿尼哥（1245～1306 年）在 1262 年奉元世祖忽必烈之命修建的。这座覆钵式白塔，比起中原流行的密檐式、楼阁式，更具异域色彩和神秘气息。它浑厚中带有挺健，古朴中蕴涵着俊美。它以瑰丽巍峨的身姿，兀然突立于周围大批低矮灰色的四合院中，以其耀眼的白色映衬在蓝天白云之下，给人以壮美的震撼，成为京城西部一处标志性建筑。

北京园林吸取西洋园林文化精华，与中国皇家园林有机结合，这也是北京园林的特色之一。乾隆年间，圆明园中的长春园，第一次引进西洋园林文化，仿建一组西洋楼群。这组建筑包括谐奇趣、养雀笼、万花阵、方外观、海晏堂、远瀛观、大水法、线法山、方河等景点。以法国洛可式建筑及喷泉作为主体，形态端庄整齐，呈有规则的几何构图，表现了西方轴线对称的特点，但在某些布置装饰中，又糅合了中国造园的传统手法，如堆石叠山、重檐屋顶、彩色琉璃以及自然式弯曲小河、跨河小桥和环水小亭。这组建筑是西洋园林几何构图与中国园林自然山水式的有机结合，体现了中西园林文化的交流与融合。不仅没有破坏中国古典园林文化的总体布局，而且犹如把一朵西欧古典园林文化艺术之花，镶嵌在中国古典园林文化的锦缎之上，收到了锦上添花的艺术效果。可惜的是，这一奇观已经毁于战火。

事实上，北京对外来文化一直采取有选择地吸收，有意识地改造。比如，位于王府井的天主教教堂，是以灰色调为主的罗马式建筑，但在正面赫然镌刻一副中国式对联，上联是"庇民大德包中外"，下联是"尚文宏醵冠古今"，横批是"惠我东方"。在建造得非常华丽的西什库教堂（北堂），我们可以看到一幅圣母抱着耶稣的油画，这种题材在西方司空见惯，但北堂内的这幅油画格外与众不同，圣母穿着的是中国清朝皇太后的衣服，而小耶稣穿着的是中国小皇帝的衣服！

正如有的专家指出，北京文化不仅具有吸纳各种文化的特点，还有对外来文化的包容和提升的作用。北京城就像一座大熔炉，各种文化到此都要经过这座城市的检验和升华。清朝中叶进京的"徽班"是典型的民间艺术，经北京这座都城的醇化、提升，变成了地道的京剧；山东饭庄传来的烤鸭，变成了地道的北京烤鸭；西域的地毯变成了北京地毯，就连杭州西湖的美景也走进了北京的"三山五园"。这种作用既是北京文化的特征，又是中国古代"和"文化理念的生动展现。①

北京历史文化的以上特征多是从正面来说的，当然，北京历史文化也有其消极的一面。比如，近代以来形成的封闭心态；长期的政治中心地位造成北京人妄自尊大的文化性格；求稳怕乱，竞争意识相对淡薄等。这些东西是应当抛弃的，但总的来说，北京是一座拥有优秀传统的古都，这些传统是我们巨大的财富，是我们建设新北京的契机。拥有辉煌历史的北京人，必将拥有更辉煌的未来。

---

① 参见北京社会科学规划办公室副主任、人文奥运研究中心研究员李建平在"创造的多样性：奥林匹克精神与东方文化——北京 2008 奥运国际论坛 2004 大会"上发表的题为"北京城市'和'文化"的演讲。

第五章　遗迹：首都文物的保护

历史文物以其在文化发展史上的巨大价值，历来受到世界各国和地区的重视。北京以其文物历史悠久备受全世界的青睐。长城、故宫、天坛可谓古代文化遗址的精品，堪称首都历史文化一大品牌，打造了全球化的高品位文化橱窗。书法、字画、典籍等早已名扬海外，是世界文化百花园中的奇葩。

与此同时，文物的保护，尤其是古代文化遗址和历史文物的保护，又是首都文化发展的重点课题。做好这个课题，交出一份让中国人民引以为自豪的完美答卷是我们的社会历史责任。

一　提高文化保护意识，确保首都文化的中华特色

充分认识文物的社会价值是文物保护的基本出发点。北京的文物具有四大特点：

1. 文物历史悠久，构筑了源远流长的中华文明史

北京地处燕赵之地，又是具有三千多年历史的文化古都和名城，每个文物都有各自的历史掌故和传说。世人常言"千年历史看北京，百年历史看上海"，正是因为北京的建筑、石刻、书卷字画、历史典籍都蕴含着传统文化的特点，它们本身就是一部历史长卷。

当你面对中国古建筑，不仅会被它们宏伟磅礴的气魄折服，还会被其别具匠心的细节设计深深吸引。我们以故宫太和殿为例，单是屋脊上的走兽就会让你浮想联翩，惊叹这些小动物传达的人文信息。第一，这些小动物是装饰品，但是并不局限于美化建筑的功能，还具备实用功能，是融古代建筑技术和美学为一体的重要"构件"。因为中国古建筑大都是土木建筑，屋脊前的瓦片必须有承受多方作用力的保护措施，这些小动物就是起固定作用的瓦钉。把小瓦钉做成美丽的装饰品是中国建筑装饰的一大特点，我们的先人何

等智慧！第二，屋脊走兽只用小动物做装饰品，而不用其他形象的目的在于人们不仅赋予它们威严、勇猛、尊贵、公正的形象意义，而且有些是避火防灾的吉祥物。我们的先人在与大自然和谐相处的历史长河里，积淀了天、地、人合的理念，并将其运用于建筑中。第三，故宫太和殿上的屋脊走兽是王者的标志。各地古建筑上的屋脊的走兽数量是不一的，多为一、三、五、七等单数，只有故宫的太和殿用到了十个。因为皇帝的权力至高无上，金銮殿屋脊的走兽自然用到最高之数，这种根据建筑规模和使用等级来划分的标准，记录了沿袭几千年的封建君主专制独裁的政治体制，也给北京文物烙上了王者的标记。第四，"仙人骑凤"的历史沧桑。檐角最前面的屋脊走兽形象到清代已是队列的头人，称"仙人骑凤"。这个仙人是谁？民间有多种传说，且都和被民间神化的能臣姜子牙有关。其中一说就是：姜子牙的内弟想利用姻亲关系向上爬，找到姜子牙要高官，而姜子牙深知其才不堪大用，就对他说："你的官已升到顶了，若再往上爬就会摔下来。"古建筑师们就依此历史将姜子牙的内弟放到檐角的最前端，寓言再往上爬一步就会掉下去摔得粉身碎骨。凤凰是中华民族传说中能逢凶化吉的神鸟，"骑凤"是告诫他，稳坐在此，不要奢求亦可吉祥如意。"仙人骑凤"高居宫殿最显眼处，即有对官吏的一种警示，也是人们对吏治清明的一种企盼。凭借上述四点人文信息，我们足以体会到梁思成所说的，这些屋脊走兽是"整个建筑物美丽的冠冕"。

再如，位于延庆西部 15 公里处的古崖居遗址，是目前为止中国境内发现的规模最大的崖居遗址。已发现的 117 个洞穴分布在近十万平方米的崖壁上，是古代人为躲避战乱在陡峭山崖上凿建的居室。从防御的坚固、洞内设备的齐全、布置的合理以及规模的宏大，可以推想当年这里无疑是一个发达的社会群体的居所。目前，一些考古学家仍在挖掘考证，但是历史沧桑赋予它的价值是可以肯定的。

2. 文物数量众多，承载了优秀绵长的中华民族传统

以文化遗址为例，北京文物数量众多是通过多种形式表现出来的：先从地面建筑说起，名冠中外的万里长城、皇宫和王府的殿堂式建筑、皇家园林、祭坛、古寺、古塔……可谓星罗棋布。再往地下看，各种皇陵和王坟几乎贯穿了古都经历过的各个历史时期：以九龙山为中心的金帝陵、天寿山八十里的明十三陵、泰宁山的清西陵等。这些陵园规模巨大，保存完好。1973年秋，有关文物部门开始钻探和发掘琉璃河董家林的古燕园墓地，对已发现

的 200 多座墓葬进行发掘清理，建成了商周遗址博物馆。

众多种类和数量的文化遗址传达了中华民族自立自强、善良正直、勤劳智慧的优良传统，也传达了中华民族艰苦奋斗、不屈不挠的斗争精神。中国的万里长城作为世界七大奇迹之一，已被联合国教科文组织列为世界人类文化遗址，在北京就有八达岭长城、慕田峪长城、金山岭长城、司马台长城、古北口盘龙山长城、白岭关长城、居庸关长城等精华地段，是万里长城的杰出代表，尤其是八达岭长城，已是中国文化的象征。

3. 文物内涵丰富，为博大精深的中华文化增添了光彩

现存的文化遗址绝大多数都呈现了各种文化的融会和多种文化风格的贯通，其内涵相当丰富。尤以宫殿式古建筑最有独创性，堪称巧夺天工。以明清两朝皇帝祭祀之所的天坛为例：祈年殿用蓝色玻璃瓦殿顶表示天穹，皇穹宇则宛如一把金顶蓝伞，圜丘坛则巧妙运用几何学结构，把这三座建筑安排在南北向一条直线上，象征"天圆地方"，与整个皇宫、金銮殿同处北京老城中轴线上，天人合一。祈年殿更以其图像的美、色彩的美，突出了独特的艺术风格。回音壁、三音石、白石圆坛巧妙搭配，实现了天坛建筑群美学、声学、建筑学的完美统一，是先人们用智慧为我们创造出的极其珍贵的文化遗产。

北京古建筑中的彩绘艺术凝结了中国绘画的独特技巧，有许多精妙绝伦之作，颐和园的长廊即为其中的佼佼者。14000 多幅苏式彩画没有任何文字说明，却多层次、多角度地展示了诸多传奇典故，以其丰厚的文化内涵给人们提供无限遐思和情趣，成为皇家园林的建筑经典。

北京古建筑也吸纳了世界文化的优秀成果，取其精华为我所用。传统住宅的诸多王府宅地，如奕䜣的恭王府、醇亲王载沣的王府（也是溥仪的出生地），都是中西合璧的创新之作，让我们感受到中华民族的文化在不断学习中发展完善，海纳百川之后更加博大精深。

4. 文物受世界瞩目，极大地丰富了世界文化宝库

中国是世界上文明发源最早的国家之一，丰富的历史文物和文化宝藏是中国有四千多年文字可考历史的见证。从古代开始，中华民族就独具匠心地创造出各种文物珍品，极大地丰富了世界文化宝库。北京作为几代古都，每一处古建筑及其雕刻，无论宫殿、官邸、寺院，还是皇家园林、皇陵，都是研究首都历史的宝贵资料；从"清明上河图"到齐白石的"虾"，每一幅水墨画都表现了首都文化的美学意境；从器皿文物到民间工艺小制作，每一件

文物都蕴含着首都人民的生活变迁。连续七届的北京国际旅游文化节在中外文化交流中更为广泛地向世界展示了风采各异的历史文化，更深层次地突显出古老文化的艺术活力和独特魅力。从 2004 年初开始的中法文化交流成为一大亮点，北京市民在巴黎香榭丽舍大街的激情表演与法国近 200 名艺术家表演团盛装行进永定门相映成趣，古老的中华建筑艺术在首都北京的城市现代化发展中焕发了青春的光彩。

综上所述，文物保护任重道远，充分发挥文化经济的作用是建设社会主义精神文明的重要组成部分，保护好祖宗留给后代的文化遗产，又是无上光荣的义务。

二 健全和完善文化保护和开发的法规法案，突出首都文化的优势地位

1. 规划"申遗"的近期和长远纲要，扩大首都文化保护的世界影响

保护文化遗产是衡量一种文化持久性的标准，但是不得不承认的一个事实就是，各国传统文化遗产面对现代化所产生的复杂多样的矛盾，诸多古迹尤其是传统建筑受到城市面貌改造的威胁，文化典籍也因经济全球化不断以各种形式流入异国他乡，给文物保护带来不稳定性因素。为了唤起各国的文物保护意识，联合国教科文组织在 1972 年第 17 次大会上正式通过《保护世界文化和自然遗产公约》，到 2003 年已在 128 个国家确定了 754 处世界遗产。其中，文化遗产 582 处，自然遗产 149 处，文化与自然双重遗产 23 处。中国是位列世界第三的遗产大国，有 30 多处被列入世界遗产名录。作为古代军事工程的万里长城仅北京段就有八达岭长城、司马台长城和金山岭长城三处被列入世界文化遗产，被称为世界人类优秀文化遗产，如此之高的世界声誉有力地带动了中国的文物保护工作。目前，包括北京在内仍有 300 多项文物正在继续申报为世界遗产。

申报世界遗产成功所产生的巨大经济效应和社会效应，影响着世界遗产保护的发展和走势，所以，近十几年是世界遗产申报积极，保护发展最迅速、变化最快的时期。世界性的"申遗"热潮也提高了"申遗"的门槛：不仅对相关保护措施和管理水平的要求高了，而且根据 1999 年《凯恩斯决议》，更强调世界遗产在不同国家和地区间、不同类型之间分布的均衡性。2004 年 6 月 28 日在苏州开幕的世界遗产委员会第 28 次会议上，更进一步讨论世界遗产"不平衡"的问题，将采取措施把重心从"世遗富国"向"穷

国"转移。这无疑是对世界遗产大国，并有上百个文化遗产预备登上《世界遗产目录》的中国的一次新的挑战，我们应当把新挑战作为一种新的机遇，调整和规划好"申遗"工作。制定近期和长远纲要应充分考虑以下原则：①不能盲目追求经济效益，对文物资源搞竭泽而渔的掠夺性开发，应留有余地。②对已登录世界文化遗产的文物必须合理利用，对灿烂的文明古迹应制定详细的保护措施和法案，重在保护，而不能只顾眼前经济利益。③对预备"申遗"项目，注意拓展范围，侧重人类口头和非物质遗产优秀作品的整理和发掘，用"申遗"带动管理，用"开发"促进保护，形成带有前瞻性的、科学的、先进的开发和保护文物的举措，扩大首都文化保护的世界影响。

2. 制定文化保护和发展的综合规划，突出首都文化经济的独特作用

从世界经验来看，为遏制对文化遗产的掠夺性开发，进而保护文化遗产，普遍建立、完善法律制度是切实可行的做法。北京市第十二届人大常委会第十三次会议审议通过了《北京市实施〈中华人民共和国文物保护法〉办法（草案）》和《北京历史文化名城保护条例（草案修改稿）》，使北京历史文化名城的保护有法可依，具有特定历史时期的传统风貌以及民族文化特色的古建筑及住宅将作为历史文化保护区得到整体保护。

但是，要真正做到保护有效、利用合理、管理现代，还必须针对文物保护的诸多因素产生的正、副影响切实进行分析，制定出综合规划。相比较而言，有两个问题必须注意防止：

（1）重开发、轻保护的现象时有发生。因为文化遗产的价值逐渐得到重视，文物资源的开发和充分利用也在普遍地展开，在短期利益驱动之下，在利用文物价值方面做了大量投入，但是忽视甚至没有进行文物的保护，这是文物保护所面对的人为因素的障碍。

（2）气候变化使文物本身质变带来的文物濒于毁灭的可能性增加。随着城市现代化脚步的加速，旧城区改造频繁的各种施工影响地质结构；气候的不稳定性影响人类生存条件的同时，也恶化了文物遗址的存在环境和文化典籍的保护效果，这是非人为因素的破坏。与前一种破坏因素相比，第二种因素更有不可逆转性和不易预测性，因此给文物保护，尤其文化遗址的保护增加了难度。近几年来，卢沟桥石狮风化破损严重，户外石刻文物保护已成为亟待突破的科研课题。如国家一级重点保护文物、被列为世界自然文化遗产的云冈石窟，多年以来一些洞窟已严重风化。对已列为世界优秀文化遗产的万里长城的保护应不仅仅是加大力度，而需要研讨制定一套科学的方案。石刻文物尚能风化，若对砖土结构的长城不加保护，年接待中外560万游人的情况必将缩短其寿命，况且它已经存在2500多年了。自然力能令山河破碎，文物的保护在某种意义上就是人力对自然力的较量，其困难程度远远超过人与人之间的作用力。因此，文物的保护与开发比较来看，文物保护应当放到第一位，当然，这种保护应当是积极的、科学的、有效的。

三 认真做好文物保护的四项实效性工作

（一）深入开展文物普查工作，充分开发和利用文物资源

群众路线是中国共产党的根本政治路线和组织路线，"一切为了群众，一切依靠群众"是党长时期在敌我力量悬殊的艰难环境里进行革命活动的无比宝贵的历史经验的总结。在社会主义建设过程中，群众路线仍然是党的根本领导方法和工作方法。从认识论上说，调查研究把党的实事求是的思想路线同依靠群众的工作路线有机地统一起来。文物普查是对文物状况的调查研究过程，也是发扬中国共产党群众路线的光荣传统，充分开发和利用文物资源的好方法。这是因为：

1. 通过文物普查可以广泛教育群众，提高文物保护意识

文物普查的开展，将加深广大群众对首都文物所代表的灿烂中华文明的热爱之情，进一步认识文物资源广泛开发的必要性，从而增强文物保护的紧迫感。文物普查让我们重新审视祖宗留下的文明遗迹的价值，真正意识到保护好这些文明遗存是每个公民的责任和义务。教育群众的过程能为文物保护奠定深厚的思想基础。

2. 通过文物普查可以动员群众自觉地参与文物资源的开发和保护

人民群众是历史的主人，人民群众创造历史的同时也创造了灿烂的中华文明。文物保护的最终目标在于保持和发扬中华民族传统文化的民族风格和民族特色，人民群众与历史文物的开发和保护密切相关。

生活在古都北京的老百姓对古代建筑及其背后的文化发展及历史掌故的了解程度，可以用"耳熟能详"四个字加以概括。许多宫廷珍宝、文化典籍辗转落入寻常百姓家，他们是历史文物的私人收藏家，人类一些口头和非物质性文化遗产的发掘很大程度上要依靠民间艺人，但是如果没有深入的宣传、教育过程，这些历史文物和文化遗产充其量只能作为传家宝流传下去，难保不流失掉。我们不能忘记20世纪中国文献典籍"百百宋楼"藏书，由于楼主陆心源之子坐吃山空、急欲出售，家藏典籍被外人劫掠，当全部船载

东渡，归属了岩崎家族的静嘉堂文库时，日本汉学家惊喜异常，岛田翰甚至说这是日本的一大胜利。藏书家后代保不住国宝，一般老百姓在无法准确评估其价值的情况下，历史文物的命运只能是毁灭。再以陕西长安县斗门镇中丰店村村民张振华家藏九道圣旨为例，张家祖上多为总兵、参将、提督之类的武官，因此家藏分别出自雍正、乾隆、嘉庆、道光四位皇帝之手的九道诰封圣旨，幸由一位"文化大革命"时下放劳动的昆虫学专家的提醒，才得以保存下来。由此可见，文物普查这一全面、细致、深入的教育过程，势必抢救无数国宝。

文物普查就是动员群众，依靠群众，为文物资源的开发和文物保护奠定坚实的群众基础。

3. 通过文物普查，形成合理、正确的文物开发和保护方案

群众有伟大的创造力。深入细致的文物普查，不仅可以实事求是地掌握文物资源状况和文物保护的现状，还可以广泛听取群众的意见、要求，集中群众的经验和智慧，从而找到正确解决矛盾冲突的办法。比如，随着城区改造规划的制定，一些具有历史文化特色的民居住宅可能被拆除或腾挪；再比如，国家征集文物与个人收藏出现利益冲突时，需要舍小家为大家。文物普查是引导群众和组织群众的过程，是确保文物开发和保护更加科学、有效的好方法。

（二）运用市场经济机制协调关系，调动一切积极因素，带动历史文物的开发和保护

1949年，人民解放军解放北平的前夕，为了保护几代古都的风貌，毛泽东同志亲自下达注意保护北平重要文化古迹的指示：像沙河、清河、海淀、西山等重要文化古迹区，解放军派兵保护或派人联系，对一切原来管理人员亦是原封不动，相信和发动国民党政府时期的文物工作者，激发他们对新政权"爱护文化遗产"号召的积极态度和积极作用；注意与清华、燕京等大学教职工、学生联系，和他们共同商量如何在作战时减少损失；当年准备攻城的人民解放军战士的城区简图上标出了重要的历史遗址和文化古迹地址，以避免毁于战火。这一切教育了当时对新政权持观望态度的人：中国共产党人在勇敢地打碎旧世界的同时，已在规划怎样创造一个新世界。人民解放军入城十天之后，北平军管会就派罗歌到故宫博物院，传达军管会指示，与曾经阻止破坏行为的故宫工作人员团结起来，承担故宫的保护工作。中华人民共和国诞生之初，面对国民党留给我们的烂摊子，百废待兴，国家政府仍然投

入人力和精力，适时地组织和领导文物保护工作，并且初步积累了保护古代建筑遗址的实践经验。

时至今日，尤其是经历改革开放的社会主义经济建设新时期，文物保护已纳入精神文明和政治文明建设的正常发展轨道，取得了令世人瞩目的成绩。中国是文化遗产拥有量方面的"世界大国"、"富国"，但是必须看到，若从目前的综合国力以及国民经济快速发展需要大量资金的现状来说，仍然采取由国家或各级政府包下来的政策，资金短缺的问题就会突显出来。政府部门在文物保护中的作用与以前相比出现了变化：一方面，中央和各级政府在文物保护中起着举足轻重的作用，是遗产保护最主要的资金来源，应制定出各种切实可行的法规法案保护遗产；另一方面，政府部门不能直接地、长期地出面干预和管理遗产保护，也不可能由政府部门单一负责筹划遗产保护资金。再加上文物资源开发正在向纵深方向发展，经历时代变迁造成的文物流失等一系列新问题不能只凭政府的力量来解决。若能充分发挥社会主义市场经济的优势，通过经济杠杆协调各方关系，从而调动一切积极因素，集合全民的人力、物力，将使历史文物的开发和保护出现新的局面。

从中国文物资源历史悠久、涵盖内容丰富的特点来看，一些规模大、级别高的国家级文化遗址和国家级文物，如长城、圆明园等，不宜采用单纯由集团和私人出钱、出人维修等办法，具体保护方法也应当与国家政策方针相一致，应当由国家进行宏观调控和统一管理。那些流失程度严重的国宝级文物，如战乱中散失的或者被盗窃的部分文物，既给文物价值和鉴定增加了困难，又不利于充分发挥文物市场的作用，必须由国家政府、文物局等相关部门出面协调甚至干预，这样才能充分发挥国家对社会主义市场经济的宏观调控作用。以山东的牟氏庄园为例，它是中国现存规模较大、保存最完整的封建主庄园，故有"民间小故宫"之称。牟氏庄园始建于清朝雍正元年，拥有5500 多间房屋，土地近 6 万亩，山庄 12 万亩，现在仍完好的厅堂楼厢仍达480 多间，占地 2 万多平方米，仍能清楚看到其建筑文化的博大精深和历史文化的艺术特色。"文化大革命"时期，牟氏庄园被辟为阶级斗争展览馆进行革命传统教育，在客观上完好地保存了这座百年庄园，室内物品仍按原来位置摆放。同时，也从民间搜集了一些阶级教育的展品陈列在这里，其中有一扇屏风，从何人之手、通过什么办法征集来的已经无法准确说明，但有一点则是肯定的：此扇屏风是慈禧太后当年所用。经文物主管部门查证核实后，此屏风调回故宫展出，因为它与牟氏庄园无关，不能发挥其真正价值意义。虽然这个例子比较特殊，但为在文物保护中发挥国家宏观调控作用提供了一种可借鉴的模式。

当前，文物保护、开发与市场相联系应当注意同时抓好文物的征集和文物市场的管理两个方面的工作，使两者密切关联、相得益彰。

1. 文物的征集可以采用捐赠义举和有偿征集两种模式并行

圆明园西洋楼景区海晏堂前十二生肖铜雕像，1860 年惨遭英、法联军劫掠，国宝级铜首流失海外 140 多年。先是在 2000 年由保利艺术博物馆抢救回牛首、虎首和猴首铜像，2003 年又由何鸿燊博士捐款 600 多万元自海外抢救回猪首铜像。他们救国宝的义举谱写了国宝回归的中华文化壮曲，中华儿女的赤子心、爱国情是文物征集的先决条件和思想基础，为调动民间力量、通过公益方式抢救文物树立了光辉的典范，也带动了文物征集工作。

一些民间收藏家曾经为保护文物作出了巨大贡献。比如，上文提到的陆心源，他是中国清末四大藏书家之一，早在太平天国期间，江南战乱动荡时就开始广为收购珍本秘籍，累计收购到 15 万册，其中宋本量达到 120 部，而且有许多明清名人抄校本，为保存文献典籍作出了巨大贡献。可惜其子在家境中落之时急于出售家藏，而日本三菱财团则深知掌握大量中国古典文献会为其发展带来莫大利益，因此积极谈判收购。消息传出，商务印书馆的夏瑞芳、张元济筹集到 8 万银元（相当于商务印书馆资本的 1/5），他们多方奔走，设法再筹款，也曾力劝管学大臣荣庆拨款购买，由筹建中的京师图书馆收藏，但是荣庆毫不理睬，结果这批文献典籍仅以 10.8 万银元（开价 55 万银元）被外国人杀价购买，百年来让中国数代学人痛心疾首、永远难忘。倘若当时清政府重视，倘若有钱人肯出资助夏、张二人一臂之力，倘若陆树藩有点起码的文化经济常识，倘若……这一切都不会发生。蜀地商人樊建川倾囊收藏 1 万余件抗战文物、20 多万件"文化大革命"物品，抗战文物中不乏孤品，军事博物馆曾翻拍他的 800 多张抗战照片，他还捐赠出保存在自己手中的实物。樊建川的收藏带动了跨国的文物捐赠，以其非常人生写成了"现代启示录"，突显了文物所涵盖的中华民族爱国主义传统的震撼力和感召力，但是，市场经济运作中，个人的力量是绵薄的。除了捐赠义举的方式，采取有奖、有偿征集也是重要、可行的方式。

在现实中，历代文物散失是普遍的现象。比如，王府文物中清皇室的书画作品、高档明清古家具，清王室家庭成员的官服以及家居服饰，都记载着王府信息，是研究历史的重要资料。但是，由于被毁被盗、被卖被损流失殆尽，如今搜集起来极其困难。以中国现存王府中保存最完整的清恭王府为例，关于其府邸文物下落仅有的几条线索都很难有下文。据文化部恭王府管理中心文物管理部主任鲁宁介绍，有的即使知道下落也很难索回。早在1936年，经奕䜣之孙溥儒之手卖给外国人的唐韩翰《照夜白图》卷，现藏于美国大都会博物馆，因为是当年卖给人家的很难索回。府中家具，有一些现存戒台寺，通过积极协商后可能回置原处，那些不知下落、查找希望渺茫的部分则需要动员全社会力量。

为了尽可能多地征集到承载着王府信息、反映王府文化特点的文物，国家在筹建王府博物馆的同时，通过收购、移交、调拨、交换、捐赠等方式征集文物收藏品，每年至少拿出500万元用于奖励文物征集。2004年9月5日，小恭亲王爱新觉罗·溥伟向恭王府捐赠了王室字画，成为捐赠王府文物的第一人，为王府文物回归开了好头。

北京文物在"文化大革命"期间流失严重，值得注意。"文化大革命"期间，林彪、江青反革命集团疯狂鼓吹和煽动历史虚无主义和无政府主义，把保存了千百年的历史文化遗产统统作为"四旧"加以横扫、摧毁，北京的文物古迹因此遭受了一场空前劫难。第二次文物普查统计表明，1958年保存下来的6843处文物古迹中，竟有4922处被毁掉，古代建筑、各种塑像和石刻、石碑等文物古迹被毁最为严重。共计200多间古建筑，如白塔寺的山门和钟鼓楼、恭王府的近80间房屋被拆毁、拆除；700多尊佛像被砸毁，如碧云寺、西山八大处、北海及团城等处的明代塑佛、清代塑像，潭柘寺、戒台寺、法源寺的佛像基本被砸光；120多块石碑被砸，仅东岳庙一处就多达78块，西山八大处、潭柘寺各毁千余块；仅从各个炼钢厂就抢救出各类金属文物117吨。文学类损失更是无法统计，古刹上房山兜率寺数万卷历代佛经被烧掉、撕毁；仅从造纸厂抢救出图书资料达320多万吨；从各个查抄物资的集中点拣选出的字画18.5万件，古旧图书235.7万册，其他各类杂项文物53.8万件。如此灾难，令北京文物数量锐减，一些极珍贵的国宝散失范围更广。劫后余生，文物弥显珍贵，重新征集散失文物困难更大。通过有偿征集，将鼓励流失的文物真迹、真品征集工作健康有序地开展起来，带动和活跃文物市场，并且克服文物市场上造假、集假等非法因素的干扰和蔓延。

2. 注重商业化市场运作与法制化管理相结合

控制文物的拍卖并不等于把文物市场管死。文物走私是世界现象，伊拉克国宝在美军攻入前后的流失已足够给我们留下沉痛教训了。许多当时售出的国宝级文物如上文提及的陆心源藏书，可能进入了文物市场；又如，据当事人说，1905 年日本山中商会曾集中购买了一批恭王府珍藏，但现在已下落不明；也可能像圆明园十二铜首一样，通过文物拍卖回归故地。对于拍卖行的文物必须严加审查，与文物保护专业部门直接挂钩，严防国宝级文物从市场渠道合法地流失。因此，严把文物市场关既可减少文物走私对文物流失的推动力，又可以发挥文物市场对文物征集的凝集力，两者会有良性互动。相信具有中国特色的社会主义市场经济机制的启动，会成为文物保护、开发的一大经济杠杆。

（三）运用现代化科学技术，提高文化保护和开发的质量

1. 文物的价值在于真实的存在

对古迹、古建筑等文化遗址的保护就是想办法保存好这些珍贵的历史遗存，换句话说，想办法让它们仍然以原貌存在的时间尽可能持久或得到延长，最好的办法就是运用科学技术的手段。因此，应克服大量重修古迹、遗址、古建筑的短视行为，把文物保护重点放在修缮、维护方面。

不言而喻，历史文化有着化腐朽为神奇的无限生命力。比如，一个平淡无奇的小村子或者已成荒漠的不毛之地，因为发掘出了古代文化遗址或出土了稀世文物，便可能一夜之间声名远播，给人一种历久不衰的吸引力。曾经一段时间里，重修古城、古庙、古住宅之风盛行，关于圆明园是否重建的问题在数年里掀起了多次讨论高潮，除了一种对文化遗产再创造的精神力量之外，绝大多数方案仍然是不同意大规模重建，因为不可行。即使找到原来图纸和设计方案按原样仿造出来，人们也不会产生历史感，倒是现存的断垣残壁让参观者的爱国激情油然而生。当人们走在卢沟桥上，看见被炮火炸得凹凸不平的桥面的时候；当人们登上金山岭长城，抚摸墙面的弹洞的时候，都会浮想联翩。广东丹霞山，明朝时以其寺庙著称于世，但如今已仅存一点遗痕，为此 20 世纪 80 年代补建了大部分寺庙，但怎么看都是在建现代寺庙，因为在有着几千年悠久历史的中国，佛教文化早已植根于人们心中，这种造庙失去了修复古代文化遗址的意义。并且，很多重修古迹、重建古建筑、盖庙修塔的主张源于追求经济回报的考虑，实在不可取。

不必追求完美，在历史遗迹方面，残缺也是美。英国、法国、意大利等诸多发达国家把历史遗存以残破的原貌保留到现在，已给我们提供了许多有益启示。罗马作为欧洲文明中心曾在公元 72 年开始修建椭圆形大竞技场。它占地 2 万平方米，可容纳 8.7 万名观众，甚至可以模拟海战。有人曾预

言：大竞技场在，罗马则在；大竞技场垮，罗马则亡；罗马亡，世界末日将临。从此，大竞技场就像一座宏伟的纪念碑，成为罗马这座永恒之城的象征，成为欧洲文明的代言标志。5世纪下半叶到6世纪初，大竞技场几经修缮，但在13~14世纪连续三次遭地震破坏，加上无人修理，大竞技场曾一度成了大采石场，幸亏教皇贝内戴托十四世下达"大竞技场为圣地、禁止采石"的命令，才对它严加保护起来。然而，随着岁月的流逝，在工业污染、毒草、地震的混合作用下，如今的大竞技场仅以半废墟形式存在。意大利人没有进行大规模重修以再现它昔日辉煌的原貌，但是大竞技场依然是历史的丰碑，世界人民看到这些残破的历史遗存仍然能联想到当年罗马帝国的强盛。英国工业重镇考文垂，在第二次世界大战中几乎被德国轰炸机夷为平地。今天，重建后的考文垂仍然留下一部分残存城址，看到它们，人们会联想到不屈的考文垂，不屈的英国。这些残存城址是最有价值的文化遗址。

当然，某些遗址复原的可能性和必要性也存在，如位于外交部街胡同内的迎客馆就在东城区整修胡同的过程中，按照老照片中的样子将大门恢复原貌，进行了整修保护，使中国最早的外交部大门得以复原。重修的理由比较充分：一是修建于1908年的迎宾馆从时间上看迄今尚不到一个世纪。二是保存完好的程度很高，只稍加修葺便可面貌一新。从建成后一直未废置，相反由于一直是政府要地，基本保存原貌。1912年，袁世凯在迎宾馆就任临时大总统，并居住在此；从1949年中华人民共和国成立到1966年一直是外交部所在地。又如团河行宫的修复，位于大兴境内的团河行宫是北京地区最大的一座行宫，虽然遭到八国联军的洗劫、日寇飞机的轰炸以及长年风雨侵蚀，但是仍留下御碑亭、翠润轩等当年古建筑和100多棵古柏，是南海子四座行宫中唯一保存下来的行宫。建筑布局吸纳江南园林特点，记录了从乾隆到光绪六位皇帝的活动，特别是乾隆致力于满汉文化融合这一历史伟绩。因此，将它作为皇都第一行宫，按市文物局的规划进行了修复。

2. 改变文物保护模式

当前，中国文物家底大，又处于经济发展时期，我们的文化遗址保护的重点应当放在运用高科技手段进行维修式保护模式上，而不应采取大规模重修式的再创造模式。科技手段的运用有两层含义：一是帮助我们准确认识和把握文化遗产的原貌，只有对它们了如指掌，才能保护好它们，进而发挥它们的价值。另一层意思是制定出有科技含量的修缮（包括抢救）文化遗址的方案，从而有效地预防和制止文物被毁坏。

经过国家文物局考察，平遥古城墙坍塌的主要原因是由于地基不稳。平遥古城墙壁在明清时期都曾做过修缮，明代城墙地基比较稳固，清代城墙地区比较松散，造成地基修复衔接不稳固。再加上城墙只用两层砖砌成，它们之间未相互搭建连接，也未与夯土相接，终于造成古城墙的局部坍塌。假若当初我们开发平遥古城墙遗址时，能用高科技手段对整个城址做一个哪怕是简单的探测，就能掌握其内部结构，包括一些力学的数据和建筑材料的质地等具体数据，进行相关的研究分析，恐怕就不至于出现城墙坍塌的情况。其实，这方面有一个很好的先例可寻。兴建于1173年的意大利比萨斜塔，因为伽利略的自由落体定律实验而闻名于世。由于水土流失和地壳运动，斜塔逐渐倾斜，现在它已偏离垂直线将近15米。科学家们计算出它倾倒的速度，及时采取了各种有效加固措施，尽管其每年还是要倾斜一点，但至今仍未倒下。

失败的教训会让我们聪明起来。仍以平遥古城墙坍塌为例，吃了未采用科学技术保护文化遗址的亏之后，在局部修缮方案的制订上应既充分考虑当地传统做法，又结合现代保护技术，加强墙砖的防酥碱措施和基础地质勘探，探清地质结构，通过计算决定修复墙基的厚度，对城墙进行加固和排水处理，可有效防止城墙出现新问题。

在大型文化遗址，特别是户外遗址如长城、古寺、雕刻等的保护方面，应当广泛吸取外国成功运用科技手段和科学理念的实践经验，制定具有前瞻性的科学保护方案。例如，对北京长城的保护完全可以借鉴英国对哈德良城的保护。哈德良城是在公元122～130年由戍守不列颠的罗马帝国的三个军团建造的军事工程，其长度73英里、宽8～10英尺、高15英尺，每隔一罗马里建一道门和一个碉堡，以便与北方"蛮族"作战。其规模远小于中国的万里长城；建筑时间比中国万里长城晚数百年；所经历的天灾人祸的毁灭性破坏总体上也比中国长城严重得多。今日的哈德良城已经支离破碎，城墙、里堡、军事要塞基本都是考古发掘出来的遗迹，长度仅及原来的1/5，所存城墙最高的一段也只有原来的2/3，但它"独一无二的世界性价值"，仍使其在世界文化遗产名录上与中国长城平起平坐。

充分研究英国学者对哈德良城的保护特点，对中国长城的保护可以从五个方面进行：

（1）制定长远的、全国统一的大型文化遗址保护、维修和管理规划。比如，中国长城分布于好几个省，北京长城只是其中一部分，且开发较早、较好，到长城观光的人数集中、数量庞大。因此，既要与全国长城统筹管理，又应在保护措施上形成可定期修改的规划；既能确定近期应达到的目标，又要确定未来保护管理的长期指导原则；既有旅游旺季、人数集中时的应急保护制度，也应有长期坚持的保护措施，防患于未然，着眼长远利益。

（2）与改造周边环境综合治理相一致，保护文化遗址。北京长城段分布在密云、延庆较多，周围不远就是人口稠密的城镇；近年来气候多变，山峦水土流失常有发生，而登山缆车的运行使攀登便捷的同时也集中了游客的流量，几个著名景点的磨损程度大大增加；生活垃圾的集中和运送；长城墙根两旁树木已长高、长密……如何运用科学理念，在符合客观规律的同时，科学地延长北京长城作为历史遗存的存在时间，贯彻文化遗址以维护为主的指导思想，而不是整段长城的多次重修，已经提上重要议程。

（3）运用科学手段进行监测。对长城保护状况必须心中有数，最基本的方法是不断进行科学的监测。比如，城墙是否松动，城垛是否发生重大变化，地质结构及周边水文资料等，都可以用现代化仪器进行监测。可以利用收集的数据制作宣传材料，引导游人爱护长城，发动群众寻找潜在的隐患，以便及时发现问题，从而制定有效修复计划。即使重建和仿造某些墙体，也尽量使用原有材料，恢复其原有形态，制"旧"而不是制"假"，可保存长城文化遗址的真实性，使文物价值在开发、利用和保护中得到"再发现"和"再创造"，形成长期的良性循环，这种保护是科学的、高质量的。

（4）采取科学的保护措施，形成科学的保护理念，使文化的保护与利用产生良性互动。开发和利用世界遗产的旅游与经济价值，一般情况下会与遗产的保护相矛盾。但是，实践证明，随着各项科学保护措施的推出，不仅可以化解上述矛盾，还可以形成良性的互动。世界遗产必然带动旅游业，并成为周边经济的主要支柱，文化遗产的不断开发大大扩展了旅游空间，带来了商业价值。反过来，由于能够直接从世界遗产、文化遗存的保护和利用中受益，对遗址周边居民来说，保护好这些遗产已经成为与个人经济利益息息相关的一件事。但在市场经济尚未成熟的今天，经济利益的驱动阻碍文物保护方面的教训实在太多。教育当地居民参与文化遗址的保护和管理，进行理念的更新，把个人利益与民族和国家利益联系在一起，显得尤为重要。

（5）综合运用各种维护手段。由于北京文物数量多、分布广泛，有些文化遗址范围、规模都相当可观，但是因为创建的时间跨度和当时社会物质条件有很大差异，因此，在保护手段上不可能采取整齐划一的某种模式，必须依据文物的特点，综合运用多种方式。

从目前的情况看，文物保护的重点在于解决文化遗址、古建筑、雕刻的自然风化问题。自然条件的变化以及工业发展所带来的环境污染是损坏文物的两大主要根源。即使在保护水平高的故宫博物院内，也可以看到洁白的大理石上、汉白玉的表面已开始变得色彩斑驳，室内存放的佛像彩色部分已退色无光，器皿或明清的高档家具发出一股霉味，一些香炉因为大量香火熏染已灰头土脸；户外的文化遗址就可想而知了，香山、潭柘寺、戒台寺的塑像、宝塔因为北京的扬沙天气较多，周身已形成一层薄薄的"沙衣"，表面的污染如得不到及时清理，将是严重风化的开始。防止开始风化最简单易行的办法就是清理、刷洗、清除表面的尘灰，而且应当经常进行。到过欧洲旅游的人都知道，当地人经常对城市雕塑和各种建设物上的装饰进行清洗；摩天大楼的窗户、外表也都进行刷洗，重新涂上保护膜。北京的文化遗址应当以健康的、清洁的形象置身于高楼林立的现代化大都市中，才能与首都地位相匹配。

为了防止风化，还应当按文物保护规划的要求，不断进行遗址的加固保护。首先，为了减轻表面压力，可以封存部分表面，如卢沟桥留出原桥供人行，另辟一条可以通行车辆的新桥，还在桥中间留出一段当年的桥面保护起来，其余部分可以步行游览。故宫、天坛的加固，也应当采用这种手段，供游客参观的同时应该考虑保护其中最薄弱的环节，免受集中的冲击和压力等人为外力损害。其次，对遗址的整体尤其是地基，必须采取加固措施进行保护。要达到一定保护效果，需要与建筑工程、化学涂料等方面专业人员协调，使这些加固工程更具有科学性。对仍处于发掘时自然状态的户外遗址、石刻，必须充分评估多年累月风吹雨打可能造成的损坏和已开发作为景点的文化遗址存在的不同程度的安全隐患，尽快进行加固保护，可以运用先进的技术设备、化学涂料、新式构件，保证加固工程运作的准确性。可进行经常性监测，确保文化遗址、古建筑的结构体系的安全存在。比如，天坛的祈年殿，就应当内置摄像仪自动监测系统，而不是用人工肉眼来观察其微弱的变化，我们应当有一种防患未然的前瞻性预见，而不是等出了问题再去补救。最后，可以用市场机制促进加固保护的实现，这里集中讨论一下"门票"的问题。近年来，笔者曾经做过文艺演出市场门票价格的调查，在北京各个主要场馆的文化演出，包括歌舞、乐曲、服饰表演，国内艺人演出报酬在50～100元之间（个别属公开排练的门票不算），而国外艺人在华演出的报酬少则千元。相比之下，八达岭长城景区的门票只有 45 元，这就太不合理了。不谈文物保护的费用，仅就长城的文物价值一点，这种票价就是当代人对中华文化遗产的自我贬值！收入在每个月百元以上的中国老百姓，不可能天天、月月都去长城、故宫、天坛（天坛等公园还出售月票，只是不包括主要建筑物的门票），大家带着一种朝圣的心情去瞻仰就不再是单纯游玩，收取上百元门票是物有所值。对文化遗产不能只开发不保护，只索取其价值，不付出对价值的平等换取，况且这些文化遗产是无价之宝，是不能再生的客观存在，早晚会消失的历史遗存！全国各地多少文化古迹因为人们在拥有的时候不在意对它的保护、维修，已在自然风化面前濒于毁掉。笔者认为，高收费可能会引起人们出于物质利益驱动更关心文化遗址的加固问题。

文化遗产的保护是费时费力，需要大量经费和科学知识、文化智慧的一项复杂的系统工程。莫高窟已经为我们提供了中国文化遗产保护的范例。人们面对寒风、黄沙、盐分和水构成的大自然挑战，运用了全方位的保护和管理理念，构建了文物保护实验室、科学和环境研究机构、美术和考古研究所、出版物和展览单位，吸引了当代科学技术和国内外艺术保护专家，使莫高窟的文物保护从理念到技术都更加科学化。如今莫高窟和承德避暑山庄两个景点，已经形成文化遗产保护的"中国原则"：赋予文物保护原则以神圣的地位，颁布一道跨学科的管理程序，运用现代化手段，实现有效的文物保护。

3. 对古建筑的保护采用建博物馆的保护模式

在欧美发达国家，参观博物馆已成为人们的一种生活方式，文化旅游人数的多少已成为衡量一个国家人口素质的一个重要因素。近几年来，参观博物馆这一文化休闲新理念逐渐进入中国人的生活，首都市民更是走在前面。在节假日，有相当一部分市民选择了参观美术馆、博物馆、名人故居等。这些很有文化品位的休闲活动丰富了生活，加深了人们对博大精深中华文明的理解和感悟。

应当说，北京市的博物馆在数量上相对于其他大城市还是比较多的，而且受到有关部门的重视，其作用发挥得也比较好。1996 年北京市曾经搞过"我喜爱的博物馆展览"评选活动，在宣传中华民族优良传统的同时，进一步推动博物馆的展出功能。北京的博物馆还与其他国家和城市的博物馆建立比较紧密的关系，互相交流传播中华文明，介绍世界文化。比如，万寿寺，因为是明清两代帝王西游时必经的行宫，故有"京西小故宫"之称。万寿寺和新加坡国立文物馆结为姊妹馆，这所北京唯一的寺庙、行宫、园林浑然一体的古刹，开始向世界人民展示中国古代寺庙建筑与园林建筑相结合的独创特色，同时带动了人们对万寿寺的文物保护。实践证明，在文化遗址原址基础上成立的博物馆，更能集珍藏、科研、生产于一身，并且可以吸引资金、技术等外力，这就是博物馆在保护文化遗产方面的巨大作用。埃及的阿布辛贝勒神庙的保护给我们提供了巧借外力保护古迹的范例。他们用建博物馆的方式已成功保护了包括木乃伊在内的各种已有四五千年历史的文物，极大地开阔了我们的思路，况且中国古建筑的住宅本身就是一座博物馆。

王府和名人故居等古住宅是众多博物馆中吸引游客较多的景点。如恭王府花园已被辟为全国重点文物保护单位，本身就是清代王室建筑的标本；宋庆龄故居则是由梁思成改建的中西合璧的清代醇亲王府的一部分；郭沫若故居是庭院式两进四合院，鲁迅故居则是鲁迅亲自设计改建的普通小四合院，两者都可称得上是北京古住宅四合院文化的典型。走进这些王府宅地、古住宅，仿佛走进历史去体味明清或更早时期贵族达官、政治名人、文化先驱的人生，可以消除当代人尤其年青一代与前人的历史隔离感，使其更加了解中华民族浓厚的文化底蕴，发挥博物馆的社会教育功能。

对古住宅保护的诸多措施中，有一种比较成功的经验就是采用"住人"的保护方法。以日本仙台的鲁迅故居为例，为了把鲁迅故居作为中日两国友好的象征，仙台市从市长做起，竭尽全力保留了鲁迅生活遗址的原貌。众所周知，鲁迅先生曾在日本学医，并且在仙台东北大学的阶梯教室与藤野先生同桌上课。现在东北大学仍然是日本的重要大学，并且每年招收400多名中国留学生，每天照常上课，但是他们把阶梯教室列为重要历史遗迹完好保存下来，桌子上面摆出标志，让参观者重温当年中日文化交流的历史。仙台东北大学由于具备博物馆功能，更加名声大噪，并且由于对鲁迅生活遗迹的保护赢得了现实利益。当年鲁迅先生居住的那栋日式木结构住宅，并没因为四周所发生的各种城市化改造的巨大变化，如住宅翻修、修建道路等而发生改变，仍然保持着老样子。因为那里一直有人居住，所以就像爱护自己的居所一样把故居完好地保存下来了。仙台市则由于对鲁迅故居的良好保护，成为吸引大量外国留学生和中国旅游客的重要城市。

用住人的办法保护古住宅在中国民间早就普遍实行了，东南诸省远渡重洋的各国华人的祖屋更是流行这种简单可行的办法。比如，祖籍广东香山人的家庙、祠堂都一直有人居住，连当年的一些街道、店铺也照样进行商业活动，参与社会生活，拿老百姓的话说，这叫借助"人气"。这能有效地防止内部建筑结构由于长期关闭空气不流通而松动或霉朽现象的发生，不断通过粉刷、油漆、修建加固原址，不仅减少了管理费用，还动员普通老百姓参与文化遗产的保护。所谓借助"人气"，是给文物的保护注入了活力。

采取建博物馆保护古住宅的模式应当注意以下两个方面的问题：

（1）注意展出方式和效果的统一。既然博物馆具有展出珍藏、科研、开发文物价值、促进旅游业的综合功能，就应当避免产生历史遗存都是呆板、僵化的文物展出的副作用。现存一些博物馆，尤其建在民居原址上的古住宅博物馆，基本是文物、图片等文字资料加上讲解员的解说，比较珍贵的文物则放在玻璃罩内，观众只能在远距离观看，若随旅游团参观的话，更是走马观花，不能仔细观看，缺少一种深入历史的凝思和回味。如宋庆龄故居，由于宋庆龄生平活动的特殊意义，从门外有武警把门就可见其管理的规格是很高的，虽然馆藏不如上海故居，但由于这里是宋庆龄晚年生活近二十年的地方，仍然保存大量文物，包括孙中山生前所读图书、所穿衣服都属珍藏。其中，有一份孙中山赠给宋庆龄的手书"共进大同"题字更是激励宋庆龄一生，但是一般参观者是无缘见到庐山真面目的。如果把压在卧室床头柜上的真迹复制一份放在外面让观众参观，这种感性认识的感染力会远远胜过隔着玻璃窗往里看的效果；如果把二楼几个房间辟出一小块空间，让参观者置身室内，站在孙中山的书架前，相信当年他追求真理、探索救国的精神对宋庆龄的吸引力，能够跨越时空的局限对当代年轻人产生强烈的感召力。

名人故居往往给人一种文物堆集、资料罗列的感觉。可以通过科技手段，把文物从故纸堆中"救活"过来，使文物与名人生平活动互动。比如，宋庆龄一生的活动基本都有照片记载，如果制成一部传记片，在各展区播放会比全贴在墙上的效果要好得多。鲁迅的《阿Q正传》、《祝福》，郭沫若的代表作《女神》人人皆知，但是人们并不熟知写作的背景，如果把这些文学大师在故居的活动与当时的社会历史条件用影视资料联结起来，就会是生动的再现。在展示实物的同时，还可以介绍最新学术研究成果，历年对这些名人的纪念活动，配合重大历史活动推出专题展，举办部分可让观众参与的学术研究活动等，这样观众不只停留在对名人历史地位的了解，而能上升到对他们的人生观、价值观等更高层次的感悟，进而思考自身的现实问题。

（2）为了鼓励、动员广大人民群众投入文物保护，应当逐步采取收票参观和提供免费开放相结合的门票制度。古住宅博物馆应当定位在长期的、持久性的文化休闲场所，应当鼓励和吸引青少年、老人、上班族等各个群体性的参与。为此，可以根据实际情况，采用收费参观的门票制度，还可以在具体情况下提供免费开放或采取少收门票的办法，动员社会力量集资支撑学术活动，既丰富了博物馆的教育功能，提高了效果，也可解决部分资金问题，从而减轻由政府出资保护古住宅的财经压力。需要注意的是，中国文物保护工作还处于起步和发展状态，会发生许多始料不及的问题，一切过程需要时间，需要扎实地去做，实践出真知，只要我们汇聚全国人民的智慧和力量，一定会做好文物保护工作。

（四）培养专业人才队伍，确保文化保护和开发的可持续发展

科学技术是第一生产力。在生产力中，人的因素仍然是最重要的、最活跃的基本因素，因为再高的科学技术是由人掌握的，所以在文物保护工作中必须培养一支专业人才队伍，才能确保文化保护和开发的可持续发展。

文物保护可以用现代化设备和机器进行监测、维修，甚至可以按原材料进行仿古式重建，但无论如何只是一种文化遗存的再创造。况且现存文化遗址、古建筑都是自然经济条件下生产力低下的产物，以个体分散的劳动为突出特征的劳动成果，且多具有个性，对其进行现代化保护必须针对具体个性进行具体分析，采取不同办法才能做好，这就需要一批能够进行文物鉴定、熟悉文物历史沿革、具备古代建筑技巧、具有一定古典文化艺术水平的专业人才，他们是文物保护和管理方面必需的人才资源。

中国是文化遗产的富国，既不乏创造这些遗产的人才，也不乏保护它们的专业人才。北京房山云居寺的房山石经是中国乃至世界文明史上的一大奇迹，从高僧慧思把佛经刻在石头上，以便历难而不毁，传于后世的最初创意，到门徒静琬及其弟子的刻经壮举，先后历经辽、金、元、明，长达千载，终于在14278块石块上刻下了1122部3572卷华严经，完成了中国继万里长城和京杭大运河之后的又一项伟大工程。静琬在开创文化遗产的同时，又独创了文化遗产的保护方案——以洞穴收藏石经，这是防止石经风化的最佳方案，成功地把房山石经分别藏于云居寺东北石经山九个藏经洞和寺内压经塔下的地穴中，这是一种科学、合理、实用的保护措施。云居寺曾在20世纪40年代毁于日军炮火，有一部分地穴内石经拓印后未放归原处受到严重风化，1999年9月9日9时9分9秒，北京房山云居寺举行隆重仪式，让8000块辽金石经再度回归地穴收藏，这个办法就是专业人才充分研究先人"石窟地穴式"保护石经的经验后采用的，收到了良好的保护效果。参与修复柬埔寨吴哥窟周萨神庙的中国保护吴哥窟工作队，还是首次参与文化保护国际行动。他们从 1997 年开始对吴哥窟古迹进行考察，在中国队修复周萨神庙南塔门和藏经阁的工程中，中国队充分施展传统工艺，在尽量保持原状、使用原构件的基础上作局部复原处理或合理地控制使用代用品，大胆采用中国古代传统材料和传统做法，确保了工程"速度快质量好"，国际社会和柬埔寨政府对中国工作队的工作给予了很高的评价。吴哥窟已成为世界各国文物保护工作者充分展现智慧才能和技术水平的大舞台，中国工作队是其中的佼佼者，向全世界宣告了：中国不仅拥有众多世界遗产，还拥有丰富的文化保护方面的人才资源。

人才的培养不仅需要实践的锻炼，需要经过系统的理论教育和专业技术的培训，还应当充分估计到当前教育制度下课程设置以及由此引发的择业方向变化。目前，对各类文物保护人才和管理人才的需求量大幅度增加，但很难在短时间内找到学有所用的适合人选，加上这些人才应当是兼有专业技术和管理头脑的跨学科人才，培养人才的难度是很大的。为了解决专业人才问题，除了坚定不移地制定人才培养战略之外，还有两点可行：

（1）使用一批具有一定水平的建筑、工程力学、建筑艺术、美术雕刻专业的大学生、研究生，做一些科研课题，参与文物保护的实际工作，在实践中发现和培养出文物保护和管理的人才。

（2）建立管理文化遗产的综合经济部门，直接隶属文物局。从出售文物到科学管理文物，从宣传古代遗址价值到维修古建筑、古遗址，从研究收藏技术到把中国文物投入商品交换市场，从申报文化遗产到相关产品的专利权注册（如中国文化遗产的标志和形象的专有商标），都可以利用经济杠杆，拉动社会需求，增加资金投入，把文物保护人才的培养与文化经济统一起来，容易收到实效。

综上所述，文化保护是一项复杂、艰巨的大工程，需要动员全社会人力、物力、财力，整合国内外一切积极因素，必须坚定信念，保持清醒的头脑，在进行文物保护和管理同时，合理开发和利用文物资源，使文物保护具有科学性和前瞻性。

第六章 京味：传统文化的延续

改革开放以来，北京城市建设日新月异，古老的北京充满着现代化的气息，钻入低矮但静谧幽幽的小巷与胡同，感受四合院古色古香的生活情趣，听那茶馆里老北京绘声绘色的评书、戏院里铿锵的京剧，仍然可以感受到老北京地道的京味。京剧、相声、茶馆、胡同、四合院、天桥、庙会等老北京的传统文化生活仍然是今天首都文化生活的一部分。

一 首都传统文化生活的现状

能够展现老北京风情的京味文化生活内容丰富，包括：以皇宫紫禁城为代表的宫廷文化，以北海、颐和园为代表的皇家园林文化，以天坛、地坛、孔庙等为代表的坛庙文化，以各地会馆和名人故居为代表的会馆宅邸文化，以京剧、相声为代表的戏曲文化，以四合院、胡同为代表的市井文化，以天桥、各种庙会为代表的老北京民俗文化，以大栅栏为代表的商业文化，以全聚德烤鸭、东来顺涮肉和京味小吃为代表的饮食文化等。

1. 戏剧曲艺

流行于北京地区的戏剧、曲艺历史悠久。京味戏剧除了起源于元末的昆曲外，最为著名的是堪称国粹的从乾隆五十五年（公元1790年）徽班进京以来形成的京剧，还有河北梆子、评戏等。此外，流行于北京市面的还有花鼓戏、八角鼓、北京琴书、单弦、京韵大鼓、快板书、梅花大鼓、评书、太平鼓、相声等不同形式的小型戏剧。其中，具有代表性、得到广为流传的是京剧、评书、相声等。

京剧是深受老北京居民喜欢的一种艺术，因形成于北京而得名，但它的源头还要追溯到几种古老的地方戏剧。1790年，徽班进京后常与来自湖北的汉调艺人合作演出，于是，一种以徽调"二簧"和汉调"西皮"为主，兼收昆曲、秦腔、梆子等地方戏精华的新剧种诞生了，这就是京剧。在 200 年的发展历程中，京剧在唱词、念白及字韵上越来越北京化，使用的二胡、京胡等乐器，也融合了多个民族的发明，终于成为一种成熟的艺术。

评书本是说唱相兼的艺术，后改为光说不唱，演者仅一人，其道具不过是醒木一块、手绢一块、折扇一把。所说的书目多是大套整本的长篇，每说完一小段便使"扣子"，用以抓住听众。清代，民间说评书的，绝大多数是在街面的甬路两旁支棚立帐，摆上长板凳，围成长方形的场子，谓之"摆地"。只有少数评书艺人才上茶馆献艺。庚子事变（公元 1900 年）后，评书茶馆才畅兴起来。中华人民共和国成立以后，我们更多的是在广播和电视中听到评书，在少数茶馆中也能听到评书，如 20 世纪 80 年代天桥宣武书茶馆有连丽茹说的评书《东汉》、《西汉》、蔡连贵说的《隋唐》。现在，天桥乐茶园有马增琨说的评书《七侠五义》等。

相声是地道的北京"土特产"，是由八角鼓演变而来的。相声是一种"搞笑"的表演形式，讲究说、学、逗、唱，以口技见长的相声演员能学飞禽走兽的叫声、学磨剪磨刀的、甚至斗蛐蛐的声音，样样逼真。相声有单口相声、双口相声，近年来，又增加了群口相声、彩扮相声，常以笑剧、闹剧、滑稽戏的形式出现在各类节日晚会和电视节目中。

2. 市井文化

老北京的胡同和四合院是老北京居民的生活写照，蕴涵着旧时的风情、风物、风味、风俗、风景。

胡同的名字取自元代，胡同历经数百年的风雨，是老北京人生活历史的象征。北京的胡同就像密密麻麻的血管遍布在城市的每个角落。北京到底有多少胡同呢？老北京人说："有名胡同三百六，无名胡同似牛毛。"最近的统计显示，北京的街、巷、胡同（即广义上的胡同）超过 6000 条，直接称为胡同的超过 1300 条。把这些大大小小的胡同连起来，又是一条万里长城。胡同现在占据着市中心的主要面积，居住着市区内 1/3 的人口，胡同内的居民们仍保留着许多旧有的生活方式。今天，北京已在传统民居保存完好、民风民情古朴丰富的什刹海地区开辟了胡同游览专线，旅游者可以坐着旧式三轮车游览胡同，并且到普通百姓家做客。

北京的四合院，始于 12 世纪，是北京城数百年来的传统住宅形式，早在数千年前就已定型，我们今天所能看到的北京四合院，大多是元、明、清和 1949 年以前的建筑。四合，是指东南西北的房子都有，布局严整，院落敞亮，使人有雅静舒服的感觉，而且长幼有序，各居其室，作息方便。一座结构最简单的四合院，不论是一扇门、一间房、一座影壁，还是一对门礅，都蕴含着丰富多彩的传统文化内容。随着北京大面积的危房拆迁、道路改造，在今天林立的高楼大厦中四合院越来越少，有的胡同也不复存在了，不过有一批已经被列为文物保护单位。

3. 老北京民俗文化

北京在历史的发展中形成了底蕴厚重的北京民俗文化，如天桥、庙会、时令节年、婚丧嫁娶等，内容十分丰富。

以庙会为例。庙会俗称庙市，既是一种集市形式，又往往结合宗教活动进行。北京庙会大体可分为三类：一是每月定期轮流开放的庙会。这些庙会的后期逐渐演变成商业性、娱乐性的集市。如隆福寺、护国寺、白塔寺、土地庙、花市等。二是传统节年或结合佛、道两教祭祀活动按惯例开放的临时庙会。如：前门关地庙、五显财神庙、大钟寺、黄寺、黑寺、雍和宫、蟠桃宫、妙峰山、卧佛寺等。这种庙会的特点是以宗教活动为主，兼有日用百货和儿童玩具出售、民间艺人到此演出。三是行业庙会，过去很多行业都有祭祀祖师的定例，每年一次。一般都是结合本行业祖师诞辰日子举行"善会"。例如，八月初一至初三日崇文门外花市的灶君庙（厨行）；五月初五安定门外极乐林（瓦木行）和三月二十九日丰台花神庙（花农），都有善会。像厂甸庙会就是节年开放的庙会，厂甸是和平门外南新华街路东的一条小街。厂甸庙会是北京典型的春节集市，为多阶层的北京人所喜爱。每年春节，与厂甸相邻的琉璃厂东西街口、南新华街和北新华街街口、吕祖阁、玉皇阁、大小沙土园的摊贩都连成一片，成了一个大集市。厂甸庙会一直是以展销文玩、书画著称的贸易集市。"中华民国"以来，琉璃厂一带的古玩商生意兴隆。由于清政权的覆亡，八旗王公及官宦世家的公子哥儿们常常将珍藏的古玩拿来卖给古玩铺，一些新贵、军阀、财东附庸风雅，则常来购买一些古玩字画。每逢庙期，南新华街马路中间高搭席棚，广陈古今名人字画、书帖、金石、珠宝玉器、雕漆琳琅、象牙雕刻、陶瓷、古铜以及仿古工艺品，琳琅满目，广招顾客。厂甸庙会还以卖应节儿童吃食玩物著称，庙会上的儿童玩具数不胜数。如琉璃喇叭、大风车、大糖葫芦、空竹、地轴儿（风葫芦）、江米人、吹糖人、泥人、泥模子、猴戏、手推蝴蝶车、大鞍车、铁皮罐头盒做成的鸡啄米、竹木刀枪、鬼脸、戏剧花脸、胡子、小泥鸟登枝、纸蝴蝶、九连环、竹蛇、彩绘蛋壳、蜡鸭子、蜡瓜果、玻璃葡萄、玻璃瓜果梨桃、多种料器的飞禽走兽、布娃、布老虎、西洋景、转花筒、氢气球、金鱼缸、袖箭、弹弓、高粱秆或砖料做的楼台殿阁以及各种火炮、灯笼、各式各样的风筝等，不一而足。

今天的庙会都是在春节期间开放，如地坛、龙潭湖、厂甸、白云观、大观园、石景山游乐场等，规模较人的要数地坛庙会和龙潭湖庙会。庙会上有文艺表演，包括京剧、木偶戏、杂技；也有动物表演；有各种游戏，如套圈、打枪、飞镖等；有小吃一条街，卖各种风味小吃，像煎饼、煎灌肠、油茶、面茶、羊肉串和糖葫芦等；还卖各种小孩玩具及各种具有传统特色的玩具和物品，如面具、空竹、灯笼、风筝、中国结、剪纸、贴画、风车等。庙会已经成为首都老百姓过春节的一个好去处。

4. 传统商业文化

传统商业是历史上长期存在的、符合当地民族生活习惯的、具有明显特色且不断继承发扬的商业和服务业。以大栅栏商业街、琉璃厂文化街、前门商业文化区、什刹海地区的传统商业街（烟袋斜街、荷花市场等）、隆福寺商业街为代表的传统商业文化是老北京传统文化生活的重要组成部分。

大栅栏是老北京最典型的商业文化区。大栅栏地区东起前门大街，西至南新华街，南邻珠市口西大街，北接前门西大街，总占地面积为1.1平方公里。历史上，该地区业态丰富、老字号云集，如瑞蚨祥、同仁堂、全聚德、六必居、月盛斋等，是北京城区历史延续最长的传统市井商业区。目前，该地区仍然较为完整地保存了旧时的街道、胡同和城市空间形态，是北京城市发展史中延续时间最长的城市布局，我们几乎可以搜集到其发展的全部历史信息。

5. 饮食文化

北京饮食文化内容丰富，品种繁多，特色名菜及风味小吃至少有两三百种。北京菜又称京菜，主要指宫廷菜（以仿膳饭庄为代表）、清真菜和地方风味菜。北京地方风味菜由鲁菜转化而来，受其他菜系影响（粤、川、湘、鲁、苏、闽、浙、皖为八大菜系），品种、口味都有变化。烤鸭、涮羊肉、烤肉是北京特有的三大名菜。北京小吃融合了汉、回、蒙、满等多民族风味小吃以及明、清宫廷小吃而形成，品种多，风味独特，包括：佐餐下酒小菜，如白水羊头、爆肚、白魁烧羊头、芥末墩儿等；宴席上所用面点，如小窝头、肉末烧饼、五福寿桃、麻茸包等；作零食或早点、夜宵的多种小食品，如艾窝窝、驴打滚等。其中，最具京味特点的有豆汁、灌肠、炒肝、麻豆腐、炸酱面等。一些老字号专营其特色品种，如仿膳饭庄的小窝窝、肉末烧饼、豌豆黄、芸豆卷，丰泽园饭庄的银丝卷，东来顺饭庄的奶油炸糕，合义斋饭馆的大灌肠，同和居的烤馒头，北京饭庄的麻茸包，大顺斋糕点厂的糖火烧等，其他各类小吃在北京各小吃店及夜市的饮食摊上均有销售。

二 首都传统文化生活中存在的问题

1. 戏剧曲艺都面临着继承、发展和创新的问题

例如，中华人民共和国成立以来，艺术工作者在京剧的内容和形式上都进行了大胆的改革，对传统剧目进行了加工、整理、改编，在新编戏中大量吸收中外其他艺术的精华，使之更加适合观众的欣赏要求。特别是 1978 年以来，京剧界继续坚持"百花齐放，推陈出新"与"传统戏、新编历史戏、现代戏三者并举"的方针，除演出了许多传统戏外还新编了一批历史题材和现代题材的剧目。据统计，目前京剧剧目已达 5800 多个。另外，为不断推出新人新戏，文化部等单位多次举办了各种形式的京剧大奖赛，涌现出了大批的京剧后起之秀。虽然改革开放以来，许多团体和许多有识之士大力提倡和发展京剧事业，为京剧事业的振兴做了大量的工作，如不断地举行广播、电视大奖赛和选举观众喜爱的演员等活动。然而，京剧的复兴仍然任重道远。振兴京剧的呼声已经响起多年，大型"群英会"已举办三届，"梅花奖"也已梅绽数度，拥有 230 万字的三卷全套本《中国京剧史》已由中国戏剧出版社出版，由徐城北撰写、季羡林作序的《京剧春秋》也早已隆重推出，社会各界都在为京剧的振兴而努力。然而，一直到今天，收效甚微，京剧门票收入在下降，这是一个不争的事实。京剧虽然仍拥有全国最大的戏迷群，但与通俗歌曲、电影大片等相比还是相差甚远。如果没有观众，没有市场，继承和光大传统文化就是一句空话。

相声经过了改革开放初期的一段辉煌后现在也走入低谷。目前，专业相声队伍中从业人员的整体素质较低，相声创作中的精品较少，相声这种"搞笑"的表演形式难与喜剧电影、喜剧戏剧、电视情景喜剧、喜剧小品等竞争，一些相声演员转行表演喜剧小品。同时，用人机制不适应社会主义市场经济的要求，相声从业人员绝大多数在国家事业单位工作或"官办"的文艺团体工作。"铁饭碗"的用人机制惯出了一些人的惰性，也埋没了人的积极性。所以，要将传统的戏剧曲艺发扬光大，繁荣首都的文化生活，就必须进行改革和创新。

2. 市井文化在逐渐消失

北京的胡同、四合院，是中国唯一幸存的帝王时代首都的民居建筑，是八百多年古都北京市井文化的载体，具有珍贵的历史、科学、文化价值，同承载帝王文化的故宫、天坛、颐和园一样重要。伴随着北京大面积的危房改造，大量的胡同和四合院正在消失；同时，现存的四合院也存在着一些问题，如至少有 90% 以上的四合院沦为大杂院。院内生活设施陈旧，外观破损，倾颓的门楼，残破的大门，凡此等等，使每个进入胡同的人难以找到历史的感觉，体味不到文化的温馨。胡同和四合院是历史文化名城的重要标志，胡同和四合院作为北京传统文化的载体，如果这些东西消失了，文化也就没有了。

加强对胡同和四合院的保护已引起了政府的高度重视，2004 年 7 月 20 日，在市政协召开的政协提案督办会上，委员们呼吁：历史文化名城保护是一项长期而艰巨的工作，要树立整体保护意识，妥善解决好保护文物与危旧房改造的关系，保护好北京的古都风貌，为子孙后代留下丰富的文化遗产。作为 2004 年政协督办的重点提案，陶信成等委员提出的《关于加紧落实北京四合院保护工作的呼吁和建议》和罗晓路等委员提出的《关于保护北京街区、胡同的建议》，得到了市政府有关部门的高度重视。在接到提案后，有关部门马上组织办理，认真听取委员意见，及时给予委员满意的答复。

3. 民俗文化、传统商业文化和传统饮食文化亟待抢救

随着非物质文化遗产概念的推广，许多人开始为民俗文化的拯救与保护奔走呼吁，特别是 2008 年奥运会即将召开，"人文奥运"的理念深入人心，拯救和保护传统文化已经成为各级政府的重要议题。

民俗文化中，一些特殊的民间艺术和民间特殊技艺逐渐失传；"年俗"中，"年味"变淡，过年举办的庙会在管理和文化活动的内容、品味、层次、食品卫生等方面还存在一定问题。

北京具有极其古老的商业文化，但是，近年来受到市场经济和商业大潮的冲击，反映老北京商业习俗的文物日益流失，亟待抢救。古老的传统商业区，如大栅栏地区，人口稠密，基础设施缺乏，商业也不如西单、王府井地区繁荣，居住环境较差。

传统饮食文化受到外来文化的影响，特别是生活节奏的加快，洋快餐受到年轻人的喜爱。现在有些传统小吃已很难见到、吃到，早点、夜宵变成了面包、肯德基、麦当劳，有些京味小吃的失传，是饮食文化的一大损失。

三 首都传统文化生活的发展思路

传统文化是人类历史发展过程中所创造的物质财富和精神财富，传统文化传承着生产生活的文化智慧，首都传统文化是民族传统文化宝库中的一个重要组成部分。光大首都传统文化生活，不断地扬弃、改造和更新，不仅可以丰富今天的文化生活，而且更重要的是传统文化属于无形资产，价值难以量化。传统文化不仅融合在商品和服务中，而且还融合在政府和企业的经济活动及经济理念中，对首都经济发展和提升经济发展的质量具有重大作用。文化建设已成为首都经济发展的新支柱，特别是面对2008年第29届奥运会的巨大商机，把首都传统文化活动作为文化产业和旅游文化的有效载体，把最具亮点的首都传统文化品牌做大做强，构建起强大的民族文化平台，以带动首都经济发展。

首都传统文化生活的发展思路应本着"继承、保护、弘扬和利用"的原则，保护为主，抢救第一，合理利用，继承发展；政府主导，社会参与，长远规划，分步实施，明确职责，形成合力。适应社会主义市场经济发展的要求，整合传统文化资源，通过市场机制使首都传统文化资源得到最有效的配置和利用，为首都经济发展服务。

1. 繁荣与发展传统戏曲艺术，提供杰出文化产品，为首都文化产业发展服务

现在，奥运的接力棒传递到北京手中，按照国际奥委会的规定，北京奥运的国际化宣传随之全面启动，新一轮的世界性文化消费将开始聚焦北京。奥运"焦点效应"的威力将带来全世界对北京和中国文化的兴趣和需求，带来寻觅杰出文化产品和特色文化服务的如潮的文化消费需求。面对奥运机遇，面对巨大的消费需求，传统戏剧曲艺艺术应抓住时机，借此实现跨越式发展，打造精品节目。

要使传统戏剧曲艺得到繁荣与发展，必须积极推进文化体制改革和机制创新，发展文化产业，完善文化产业政策，发挥市场机制作用，积极培育戏剧曲艺市场。

（1）改革应从北京的文艺院团入手，扶持一批，放活一批，改制一批。对民族的传统艺术和高雅艺术，如京剧、评书、相声、昆曲、评剧、河北梆子、交响乐等要加大财政扶持力度；鼓励市场运作较好、有良好市场前景的院团走向市场；将一些差额拨款的事业单位改为股份制企业。

（2）以昆曲和京剧为重点，进一步繁荣北京的传统戏曲事业。要使戏剧曲艺发扬光大，必须有两个条件：一要出精品，有绝活；二要有舞台，有市场。戏剧艺术是一种依赖于舞台的艺术、依赖于程式化的表演依赖于它的观赏性、愉悦性，这就是它的艺术特性与艺术魅力之所在。表演是它存在的独特文化价值的精髓，所以，戏剧艺术要在表演上下工夫，要通过提高本身的艺术魅力来吸引观众。以京剧为例，在培育市场和培育观众方面要做很多工作。例如，由市文化局支持，团市委、市学联主办，北京大学生京剧协会承办的京剧进校园系列公益活动已正式启动，在清华大学举行了专场演出，还分别在北京大学、师范大学和中国人民大学等高校举办京剧讲座，由戏曲艺术家从京剧的思想性、艺术性入手，详细介绍京剧的基本知识，并穿插专业演员演出一些有教育意义、弘扬优秀传统道德的剧目，以增强观赏性和教育性，吸引大学生的眼光，使大学生能够了解中华民族的传统文化的代表——京剧的基本知识，领悟其艺术真谛和独特的美学价值，从而提高青年学子的文化素养，加深对传统戏剧艺术的理解和关注。首都高校还成立了北京大学生京剧协会，它是北京学生联合会的直属协会，又名"海外票友联谊社"。协会的宗旨是弘扬祖国传统文化，在首都高等学校中传播京剧艺术，提高大学生的文化素质。目前，协会主要通过两个途径开展工作：一是从业务上指导各高校京剧社团组织的活动，并为各校社团提供支持。现在，清华大学、北京大学、中国人民大学、北京师范大学、中国政法大学、北京理工大学、北京工业大学、北京化工大学、北京农业大学、首都师范大学等十几所高校均成立了学生京剧社团组织，参加者近百人，各校社团均为北京大学生京剧协会成员单位，业务上接受协会指导，并以成立京剧社团的学校为基地，向全市各高校辐射。二是和京剧专业院团、戏曲学院和著名艺术家们建立广泛联系，求得业内人士支持，增强协会专业性。大学生协会通过努力，已经和中国京剧院、北京京剧院、中国戏曲学院、北京戏曲学校、天津京剧院青年团、北京军区战友京剧团等专业院团、学校建立了良好的合作关系，协会还聘请王金璐、刘增复、欧阳中石、孙岳、李玉芙等几十位京剧著名表演艺术家、理论家为艺术顾问，为同学们进行艺术指导，并在高校中开展京剧艺术赏析类讲座，取得了很好的效果。

（3）加强戏院、演出场所和相关文化设施的建设。针对目前北京演出场所设备单一、老旧，难以满足现代强调声、光、电特技的演出需要，应建造更出色的演出场地。改善和美化首都剧场、长安大戏院；完成吉祥剧院、西单剧场的复建；改造、修缮包括安徽会馆大戏楼、湖广会馆等在内的各具特色的宣南传统剧场区和其他剧场。

（4）申报无形文化遗产，使无形文化遗产得到保护和发扬光大。新建成的首都博物馆专门设立了一个北京民俗展览馆，不仅展示有形的物品，还将对老北京的很多无形文化遗产进行传承和发扬。目前，保护无形文化遗产的任务非常紧迫，据了解，中国很多的无形文化遗产先后被国外申报。昆曲是中国第一个申报成功的世界无形文化遗产，而北京有资格申报这一称号的无形文化遗产还有很多，如京剧、天桥绝活儿、庙会以及节庆习俗等都可以申报。

（5）打造精品节目，提供旅游文化消费资源。凝聚戏剧人才，荟萃戏剧精华，开发出气势宏大、群众喜闻乐见的、传统与现代相融合的精品节目，使之成为展现中国悠久民族艺术的文化窗口。充分考虑多元文化需求，抓住"奥运机遇"，探索符合时尚化消费、人们愿意接受的传统文化艺术的新表现形式。打造首都文化名牌，为首都经济发展提供旅游文化消费资源。例如，"女子十二乐坊"将中国民乐用时尚化的演出形式表现出来，风靡日本、东南亚，仅在日本就售出178万张光盘，现在又把市场拓展到美国。我们从中可以得到启示。

2. 对以胡同、四合院为代表的市井文化区的保护、开发和利用

开发一个以胡同、四合院等老北京典型的文化建筑为主的平民文化生活展示区，展现老北京的民风民情，为国内外游客增添一个全面了解北京历史文化的休闲旅游场所。开辟胡同游览专线，利用北京独特的民俗风情、民间艺术、胡同民居等现实文化资源，为发展北京旅游业服务。四合院和胡同中有一批已经被列为传统文化保护街区，但以往公布的历史传统街区的数量和分布区域，还不能全面反映出北京历史名城的传统文化和地方特色。所以，要从整体上，全面地保护北京历史名城的传统文化，继续加大对传统四合院平房区的保护工作。1990年，市政府已经公布的第一批文化保护区包括东交民巷、南锣鼓巷、西四北一条至八条、阜成门内大街、国子监街、什刹海地区等六片区域。根据北京历史名城的特点，今后保护规划应将内城的四合院、胡同、街巷作为重点，要成片、成区域地加以保护。根据保存现状和名城保护的需要，北京市《名城规划》已增设了对历史传统街区进行保护的条款，包括：第一，东四北三条至八条四合院街区，这一区域的四合院、胡同、街巷是在元代街巷格局上发展形成的，是明清北京城重要的传统街区。其特点为胡同东西向，平直顺畅，南北有小巷相连，宅院规模较大，多为明清官僚宅邸，建筑布局特点突出，整体上能反映老北京的民居传统特色。第二，地安门东大街至东四十条西口，平安大街展宽后，北侧街面得以保留，南侧仍建成传统形式的建筑，这条大街不仅历史悠久，而且建筑内容丰富、特点突出。在全长 1200 余米的街面上，较为集中地保留的古代建筑和纪念建筑有：清代后期的太医院旧址、僧格林沁祠、孙中山逝世纪念地、和敬公主府、欧阳予倩旧居、和亲王府（即段祺瑞执政府旧址）、"三一八"惨案发生地、清代的海军部和陆军部等历史文物建筑遗迹，反映了清代至近现代北京地区的历史内容和历史事件。第三，西城区柳荫街为明代形成的与定阜街、前海西街、龙头井街相连的胡同街区，全长 600 余米，沿街东侧为全国著名的恭王府和花园，西侧为清代涛贝勒府和部分传统四合院。此街与什刹海历史文化街区相连，两侧多为东、西两府高大的灰色府墙和高低错落的屋脊等传统建筑，配以成荫的柳树，街区幽静清雅、传统特色深厚。通过对这些具有典型北京特色街区的保护、开发和利用，展现北京市民传统生活方式，创造北京文化旅游新资源。

3. 将民俗文化、传统商业文化和传统饮食文化密切结合

恢复各区有代表性的庙会，包括厂甸、白塔寺、护国寺等，丰富庙会的文化活动，把民俗文化、传统商业文化和传统饮食文化密切结合起来，把购物、娱乐、餐饮、休闲、服务结合起来，有关部门要加强规划和管理。在民俗展示上，应将传统庙会上的民间信仰成分变为更具时代色彩的文化活动，并为其营造场所，使其更贴近民众、更切合现代人们的心理需求。对民间特殊技艺，如"天桥绝技"，政府部门要特别关注并加以保护，要从观念上给予重视，从物质上给以支持，给民间传统文化形式以展示的舞台。同时加大宣传，可以鼓励新闻媒体多多参与这项利国利民的活动，使民众了解并关心自己的文化。应注意培养民间特殊技艺传人，关心民间文化艺术表演者的生存状态，给他们提供物质上的保障，通过适度市场化的运作使他们获得一定回报。因为物质生活的提高将有助于他们安心坚守这块阵地并吸引新生力量的加入，进行传统文化的创新，为传统文化注入新的活力，避免出现 2004 年 5 月 18 日《新京报》报道的天桥绝技艺人于键及其绝活"丹田吸碗"所遭遇的尴尬——欲传艺却无人肯学。此外，北京也可以通过发展文化产业，通过市场化运作来发展民间特殊技艺。市场化运作就必须有市场，发展文产业必须要针对老百姓的兴趣和爱好，这样才能有市场。如潘家园南边有个华声天桥，是由几个天桥艺人自个搞起来的。开业以来，成千上万的北京市民络绎不绝，摔跤、中幡、蛐蛐葫芦……老北京有意思的玩意儿活生生地在这里展示，它为北京发展京味儿文化产业做了有益的尝试。

关于传统商业文化，一方面，是对传统商业街区的保护与改造；另一方面，是对老字号的保护与恢复。中国传统商业早就有"购物、娱乐、餐饮、休闲、居住、服务"等现代商业的多项功能，利用北京有形和无形的传统文化遗产，繁荣首都现代商业，打造名胜、名街、名店、名牌、名剧、名厨、名菜肴、名小吃等，把具有北京特色的传统商业文化融合到现代商业发展中，提供特色文化服务，在满足物质消费需求的同时，满足文化消费需求。例如，对大栅栏传统商业文化区的规划、保护、开发和利用，宣武区做得很出色。宣武区政府 2003 年已经批准了《北京大栅栏地区保护、整治与发展规划》，未来的大栅栏地区以占地 17 公顷的国粹商业区为核心，辅之以四合院保护区、市井民俗区、商馆区及旅游休憩区等几个功能区，在有效保护古都风貌的基础上，依托天安门地区、前门地区及琉璃厂的旅游聚合效应，打造一个高品位的北京古都商业风貌游览购物区和休憩区。大栅栏是北京城的"龙口"所在，如何在这个传统商业环境中提升文化层次，使文化和商业协调发展，宣武区政府做了充分的考虑。如对大栅栏地区的劝业场这个百十年前的西式建筑，如何同中国传统文化配套问题做了充分的论证，广泛征求专家的意见，2004 年 2 月大栅栏改造的意向被确定下来，即将改造的大栅栏劝业场有望成为"中国油画艺术中心"。劝业场是百十年前的西式建筑，搞中国传统文化显然不配套，而用以展示油画艺术促进旅游和商业发展最为适宜。中国油画协会建议中国油画艺术中心由 5 部分组成：一个中型油画作品展厅，一个以油画资料为主的图书馆，一个中国油画协会办公地点，6 ~ 10套用于作画和交流的画家工作室和一间咖啡厅。北京市有关领导对这个建议表示满意，并着手准备落实。此外，地处大栅栏地区的琉璃厂文化区总面积80.7 公顷，将发展成为北京面积最大、品位最高的文化艺术品集散地和古都风貌游览区，同时也是中国传统手工艺品集散地。

又如，据《北京娱乐信报》2005 年 2 月 17 日报道，2005 年春节期间，由民俗博物馆承办的"老北京商业民俗文物展"，在东岳庙展出了有关老北京商业民俗的 300 多件文物，包括货郎担子、全聚德店匾、张一元茶叶盒、宝善堂抓药号牌等凝聚老北京商业文化的文物。这些文物是 2004 年初，由民俗博馆启动的"老北京商业民俗抢救工程",面向社会公开征集反映老北京商业变迁的老物件。展出的 300 余件文物是国家级重点研究课题"老北京商业民俗抢救工程"的初步成果。由民俗博物馆承担的"老北京商业民俗抢救工程"共分为老北京的行业习俗、北京的老字号、北京的庙会、北京郊区村落商业民俗、北京都市街区商业民俗等几个子课题,所有这些项目都将在 2008 年前完成。这将为传统商业文化的保护、开发、利用作出贡献。

此外,改革开放以来,随着经济的发展和老百姓生活水平以及对外开放程度的提高,饮食业空前的繁荣,对饮食文化的流行趋势与深化发展的探讨成为热门话题。从需求角度看,最突出的趋势是饮食消费的大众化和饮食消费的潮流化。从供给角度看,表现为西风东渐、粤菜北上、家常菜流行和快餐化发展。这种趋势对传统饮食文化造成了一定的冲击,积累了多少代的传统手艺如何发扬下去成为人们关注的问题。传统饮食文化的发展,一方面,必须适应饮食文化的流行趋势和现代社会快节奏的生活方式,了解当今消费者的需求和消费心理;另一方面,要体现京味特色,把传统饮食文化和传统民俗文化、传统商业文化密切联系起来,在名厨、名菜肴、名小吃、美味、健康上下工夫。要制定传统饮食文化发展长期规划,采取各种有效办法培养名厨;通过各种形式展示名厨技艺和风采,继承、恢复和开发各种名菜肴、名小吃;利用现代传媒手段传授讲解名菜肴、名小吃的制作方法;恢复和发展老字号饭庄;利用风味小吃发展中式快餐和"早点工程"等。

把传统饮食文化和传统民俗文化、传统商业文化密切结合起来,将为北京旅游业和文化消费提供新的消费产品和消费场所,游客可以通过观光、购物、娱乐、休闲来品味古都风貌,了解北京的风土人情。

第三篇 ■

生活视角中的文化和谐

政府的作用是铸造"首都之魂"——打造首都的文化品牌，奏响生活的主旋律。人们对文化共同价值观念的确定，成为凝聚和激励城市各阶层群体的重要精神力量，从而为建设首都提供强大的精神动力。北京提出的"人文奥运"理念反映了未来发展的中心和立足点。北京的文化建设应博采众长，借鉴上海、广州文化建设的经验，在保持传统风格的同时，主动引进、吸收外来文化，增强商业意识，大力发展文化产业。

第七章　政府：文化和谐的保障

政府在首都文化生活中最关键的作用就是铸造"首都之魂"——打造北京的文化品牌。人们对文化共同价值观念的确定，成为凝聚和激励城市各阶层群体的重要的精神力量，从而为建设首都提供强大的精神动力。文化是城市之魂，失去自己的文化，就失去了自己的个性特征，乃至一种精神。文化也是生产力，必须充分认识文化的经济功能和经济的文化含量；充分认识到没有文化的经济是没有前途的，文化经济一体化是社会经济发展的大趋势。

一　"798"引发的思考

位于北京东北郊机场路附近大山子地区的"798工厂"① 如今是北京最著名的艺术社区。《纽约时报》将之与几十年以前曼哈顿的SOHO② 相提并论。"798"被认定为"后现代主义艺术基地"、"民间艺术村"。但根据规划和产权方的计划，2005年底这一带将拆迁建设电子园区和新大楼，按有关规划，北京东北部应该发展电子工业与电子贸易，计划"克隆"中关村模式，在"798"地区建起第二个海龙大厦。

---

① "798"厂房建于20世纪50~60年代，是由苏联援助、德国设计建造而成的。据了解，"798"工厂与周边工厂重组后进行出租，半年前一家香港出版社驻京联络处和日本东京艺术画廊率先入驻，后来的入驻者包括著名雕塑家隋建国、当代艺术家黄锐、实验手法与大众媒体结合最成功的当代艺术家赵半狄等，已出现设计、出版、展示、演出、艺术家工作室等文化行业，也有精品家居、时装、酒吧、餐饮等服务性行业。短短半年，在外界不知不觉中，"798"空间正凝聚着中国顶尖的当代艺术与文化。

② SOHO现象是指，由艺术家对废弃场所进行再创造，先吸引文化交流中心、画廊等艺术机构，再聚集商业产业（如餐饮、服务业），渐渐兴起娱乐业，最终带动当地的房地产热。这样的现象在纽约、柏林、伦敦等城市都出现过。

为了把"798"这个自发形成的、全中国独一无二的艺术区保存下来，艺术区内的艺术家、北京市人大代表李象群先生曾在 2004 年北京市"两会"期间提交了一份议案，把以"798"工厂为代表的大山子艺术区与城市规划及产权方的矛盾摆上桌面，建议政府相关部门邀请各领域专家组成专家组，正式评估该地区的潜在价值，在拟订发展规划前暂停实施原有规划。李象群先生将他的理论归纳为"五大价值说"：一是建筑价值；[①] 二是历史价值；[②] 三是艺术价值；[③] 四是经济价值；[④] 五是奥运价值。[⑤] 李象群认为，"798"之所以能够产生艺术家聚集的社区，是天时、地利、人和综合作用的结果，顺其自然发展下去，很有可能成为像美国纽约 SOHO 那样的艺术核心区，即"艺术 CBD"，成为中国当代艺术的浓缩点；这样的艺术 CBD，体现出北京既有古老的文化也有新文化，能潜移默化地影响中国未来的新艺术、新文化，其价值远胜于"中关村第二"。[⑥]

·这个案例很值得深思。当很多人整天在想着如何能住上拥有观景阳台的楼房时，另一部分人却把自己的家安在了城市郊区的废厂房里。这是一些特殊的人，他们是搞艺术的，所以他们比普通人更有理由展示自己的个性。作为政府，应该理解他们，给艺术以广阔的发展空间。政府在制定城市发展规划时，不仅应考虑到经济的 CBD、金融区、科技区，也要考虑到艺术的"CBD"、剧院区、画廊区、美术馆区、经典文化区。政府发挥作用，要合理区分政治领域、公共领域和私人领域三者的界限，要爱护艺术家们的创造性，要因势利导，才能引来"百花齐放"的艺术春天。

---

① "798"工厂是由 55 位德国专家设计出来的，采用了当时世界上最先进的工艺和包豪斯设计理念，是为不可多得的现代工业建筑珍品。目前在中国仅此一件，理应保护。
② 该地区见证了中德人民的友谊，见证了社会主义同盟时期的历史风云，是一本新中国建设的历史教科书。
③ 2003 年，北京首度入选美国《新闻周刊》年度十二大世界城市，原因就是这个艺术区的发展证明了北京作为世界之都的能力和未来的潜力。
④ 若这一地区得到政策支持而持续发展，以其现状及未来发展的潜在模式而论，这里有望成为北京最大的民间资金集散地之一，在无须政府投资、银行贷款的情况下，建成一个新的文化、经济区。
⑤ "新北京·新奥运"，现代艺术区正是新文化的象征，这种新兴文化体现了一个国家的艺术水平和精神状态。
⑥ 关于"798"的案例引自朝阳区有线电视台提供的资料。

二　科学界定政府的文化管理职能

目前，有一种忽视政府的必要作用甚至滥用政府权力的倾向。一些人对于政府应当承担什么职能，在理论和实践上均不同程度地陷入误区之中，尤其是出现了两种看似矛盾而症结相同的情况：一方面，一些政府官员不愿放弃已有的权力，为了自身的利益对企业和社会领域进行不正当的干预，却美其名曰"要对社会和市场进行必要的调控"；另一方面，把本应由政府承担的责任和义务推给了社会，却美其名曰"向社会和市场放权以加快市场化进程"。前者属"抓好处"，政府权力侵害了社会领域，做了不应当做的事情；后者则属于"卸包袱"，推卸必要的社会责任，即应当做的事情却没有做。之所以出现上述这种"抓好处"、"卸包袱"的行为，从根本上说是我们对国家与社会、政府与市场的界分还没有一个比较全面、科学的认识，以致一些政府官员不知道应当做什么、不应当做什么。

正确认识国家和社会的界分，对于中国的改革和发展是很有现实意义的。在改革以前的传统体制下，政治—经济—社会的高度一体化，国家与社会的各个领域交织在一起，很难找出清晰的界限，政府的职能无所不包，经济和社会的一切事务都由政府包办，社会信贷及市场机制没有机会发挥自身的功能。结果是社会缺乏活力，政府履行社会公共职能也无法达到最佳的效果，产生了很多弊端。市场经济兴起的政治含义，就是对政府干预的范围做出界定，政府的作用不再是漫无边际的，经济领域的事务要根据经济运行的法则即市场规律来进行。中国的改革放权，在某种意义上就是要重新认识和确定国家与社会的界限，所谓"小政府、大社会"或"小政府、大服务"的提法，都反映出这一趋势。

在探讨政府作用的限度和与此相关的国家与社会的关系时，要合理区分政治领域、公共领域和私人领域三者的界限，既不能扩大政府的作用，使国家随意侵占公共领域，又要防止私人利益对公共领域的蚕食。目前，中国出现的以权谋私、化公为私等政治腐败（特别是法人腐败）现象，就是这种问题的典型表现。

政府是经济和社会发展中不可或缺的一个重要体制因素。在市场经济日趋发达的今天，经济的高效、有序运行，社会的全面发展，都离不开政府作用的有效发挥。尤其是文化建设和发展，更离不开政府的文化管理职能。

（一）政府的文化管理职能

政府的文化职能是指政府指导和管理文化事业，领导和组织精神文明建设的职能。这里讲的文化职能是一种大文化的概念，广义上的文化概念，包括教育、科学、文学艺术、新闻出版、广播影视、卫生、体育、文物、图书馆、博物馆等。因此，政府的文化职能包括意识形态职能、发展科学技术和教育的职能、发展文学艺术和体育卫生的职能、加强社会主义道德建设的职能以及清除有害文化产品的职能。主要有：第一，确立文化建设的指导思想，制定科学文化教育发展总体战略、规划和计划；第二，制定和颁布重大的科学文化教育的政策和法律法规，对文化建设与发展进行宏观调控、政策引导，清除糟粕，坚持社会主义先进文化的发展方向；第三，组织力量对重大科技项目进行协调攻关，指导、监督、协调科研部门和教学单位有效地贯彻国家科学文化教育发展规划；第四，有领导有秩序地逐步开展科技、文化、教育的改革，发展科技、文化和教育队伍，对其所属部门的领导人员进行考核、任命和监督；第五，建立文化基础设施，创造文化软环境。文化管理职能是国家行政管理最古老、最重要的职能之一，并且在不同时代、不同国家有着不同的内容和方式。政府的文化职能，一般是通过文化管理机构来实施。

政府在首都文化生活中最关键的作用就是铸造"首都之魂"——在城市规划上，打造北京的文化品牌。文化是城市之魂。人们对文化共同价值观念的确定，成为凝聚和激励城市各阶层群体的重要的精神力量，从而为建设首都提供强大的精神动力。

（二）现阶段中国文化管理体制存在的问题

改革开放以来，中国的文化管理体制（这里的文化管理体制是指狭义上的文化，即上述广义文化概念中除了教、科、卫、体以外的）改革取得了积极的成果，大大推进了文化产业的发展。但是，因为种种原因，政府在办文化向管文化的模式转换中力度还不够大，文化经济活动的市场调节比例还很小。据了解，我们还大多沿用过去计划经济条件下的文化管理模式，对文化事业发展所需资金、人才、资源方面实行过多的包揽，干涉了文化单位的产品生产和经营活动等。

（1）政府包揽过多，束缚了文化企业和个人生产经营的手脚，阻碍了市场配置文化资源基础性作用的体现以及文化市场的培育和发展。政府对文化生产单位包揽过多，不仅束缚了文化生产企业和其他文化生产者的手脚，而且使大量的文化市场和活动领域准入得到强大的硬性限制，文化生产资源的调节基本维持权力真空，文化市场规则和文化市场的调节规范不能得到严格履行。此外，政府包揽过多，也已成为当前文化市场发育缓慢，文化市场中介组织发展滞后，文化市场资源配置功能匮乏的关键所在，文化经纪领域仍然存在法规落后、经纪人素质参差不齐、运作不规范、缺乏监督管理等现象。

（2）管理手段未充分体现公平准则，不遵守市场规律。"管办不分"，管理规范和措施偏向本部门自己办的文化事业和文化产业，是最典型的表现。政府在推动文化事业发展和文化产业经营方面做了一定工作，但是有的工作没有做好，有的违反市场规律，没有发挥应有的作用。由政府主办或推动的各类大型文化活动过于追求规模和场面，渐渐远离文化市场和大众的真正需要，产生了主办单位只关注收取会费，参会人员和单位层次下降，缺少国外艺术单位等诸多问题，使得该会逐渐成为食之无味、弃之可惜的"鸡肋"，已经失去了最初的辉煌。

（3）有些管理手段太具体，不灵活，与艺术发展规律相悖。不少文化事业和文化产业主体认为，高质量的戏曲、国画等文化作品的出台需要一定时间的积累和孕育，而现有文化管理制度却制定了量化的指标，如每年应当生产多少剧目、培养多少新人、演出多少场次、提交多少绘画作品等。这其中，有的目标有必要也能够量化，但是有的目标是不宜量化的，至少不应当量化得太具体；否则，为了完成指标，会产生很多应景之作。这种情况的长期存在有违艺术规律，不利于生产出真正有价值的文化艺术作品。

（4）缺乏明确的扶持对象、范围以及具体的措施。目前促进文化事业和文化产业发展的扶持政策太少，并且不够明确，这影响了文化市场的发展，也不利于保护传统优秀民族文化。

（5）管理依据不充分、有盲点，造成管理与文化有序、健康发展的要求相脱节，造成执法队伍无法实施有效监管。有的法规不够严密，不利于执法，如《文化娱乐市场管理条例》虽然对提供具有赌博功能的游戏机型、机种、电路板的经营场所规定了处罚条款，但对于赌博机具却没有规定相应的没收条款；有的查处"黄、赌、毒"大多只能靠文件、通知等非法律规范，难以做到公开、公平。

（6）多头管理现象依然存在，执法工作不够协调。目前，文化市场的许多管理法规仍然分属于不同的部门，存在多头管理的情况。如文化稽查部门对于违法经营场所和违法经营行为只具有警告、罚款、停业整顿等一般性处罚权力，至于取缔和关闭的职权主要在工商部门，而工商部门由于自身监管任务繁重，有时会发生二者联合执法的不协调问题。

（7）文化法制建设滞后。目前，文化方面的法律只有两部，即《文物保护法》和《著作权法》（也有三部之说，即《通用语言文字法》或《拍卖法》），与中国民主法治建设的进程不相适应。不仅与相对完备的经济立法不可比，与教、科、卫、体相比亦差距甚大。文化法制建设滞后，严重影响了文化艺术事业的发展。

（三）政府文化管理职能转变的原则

政府文化管理职能转换的各项基础工作非常重要，是关系到政府能不能真正实现文化管理职能转换的大事，是关系到文化企业是不是能够真正活起来、能不能在国际和国内文化市场竞争中取胜的大事，是关系到能不能增强中国和北京文化综合实力的大事。各项职能转换的基础工作要有创新，但必须按文化经济规律办事。具体讲，在进行各项文化管理职能转换的基础工作中必须遵循三项原则。

1. 间接管理为主的原则

间接管理是社会主义市场经济条件下政府管理经济（包括文化经济）的基本准则，即政府通过调节文化市场实现对文化企业的管理。如果把文化产品分成官方文化、民间文化、大众文化和高雅文化四种类型，那么，政府实现间接管理的对象乃是大众化的文化产品生产企业和部分通过一定手段转换成大众化的民间文化产品生产企业。大众文化产品即通俗文化产品的特征是：为大众消费而制作，它具有消遣性和娱乐性的功能。大众文化产品往往作为一种批量生产产品被投入市场，比如，媒体的节目制作，报纸编辑印刷投放，大众影视剧目的制作和拍摄，院团大众文化节目编剧生产，大众影碟、图书出版等。当然文化企业不同于一般的物质产品生产企业，特别是各个企业文化产品生产的内容不同，在管理上也会有所不同。因为有些文化企业既承担了大众文化产品的生产，又承接了官方文化和高雅文化产品的生产。对于这样的文化企业，政府可采取补贴和部分补贴的办法，让他们进入市场。鉴于文化产品的特殊性，间接管理并不排除政府在有的时候或者对有些文化产品的生产和生产企业进行直接管理，即微观管理。

政府对文化产品生产企业的间接管理，应主要通过经济、法律和必要的行政手段来实现，使文化企业沿着正确的方向发展，一般不能再给文化企业直接下任务（除大众文化产品生产外的文化产品生产），不再把文化企业看成政府的附属物，不再将行政命令强加于文化企业。文化企业作为独立的市场主体应主要接受市场竞争、经济手段和法律手段的调节。

2. 社会效益与经济效益相结合的原则

文化产品作为一种特殊商品，具有不同于一般产品的精神或思想感情的属性，它会影响社会伦理、道德、文化环境等，会产生物质产品所无法比拟的社会效应；文化产品的内涵直接或间接地反映了社会经济和政治特点，体现一定社会利益集团的意志和要求。但文化产品具有价值和交换价值，文化产品在经济和社会发展中的重要地位决定，文化产品又要追求它的经济效益，这个经济效益主要体现在"大众"文化产品的生产上。文化产品的社会效益仅靠文化市场运转是不可能实现的，因为市场经济的性质决定经营者常常以追求利润的最大化为目标，以"卖出去，利润高"为经营思想。这说明，政府在考虑放权于文化企业的时候，绝不能撒手不管，应通过一定的法律、经济和行政手段给文化企业以方向上的指导和管理。

邓小平指出，"思想文化教育卫生部门，都要以社会效益为一切活动的唯一准则，它们的所属企业也要以社会效益为最高准则"。据此，政府管理要根据不同类型的文化产品，对高雅的严肃文化、通俗的民间文化和官方文化（国外称宫廷文化），如影片《生死抉择》等有关反映加强统治、反腐倡廉的官方文化产品，又如高雅的交响乐等严肃文化，应在文化政策、资金投入、法律保障等方面予以倾斜。绝不是绝对的间接管理，绝不能搞一刀切，而应当有区别地、分门别类地将文化企业推向市场，实行该放的放开、该收的收拢、收放结合。

3. 责、权、利相统一的原则

政府让文化企业进入市场的时候，不管是对文化企业实行承包、租赁，还是拍卖、出售，无论是对企业进行宏观管理，还是微观指导，都要坚持责、权、利相结合的原则。从这个原则点出发，选择既有利于处理好三者关系又能充分调动文化企业生产积极性的企业组织形式，以保证文化产业的顺利发展。强调给予经营者权力，是因为经济权力是由经济责任所决定的，为文化企业承担的经济责任服务，是对经济活动主体拥有手段的肯定和保护，是实现组织共同劳动目的和任务所不可缺少的。强调文化经营企业和文化经营者的利益，是因为物质利益仍是社会主义条件下推动经济发展的内在动力，是人们最基本的需要。而且，文化企业经营效益的好坏，往往与所承担的文化经济责任相联系，它必须依靠责任的完成来实现，而责任的完成是责任者付出相应劳动才能获取的，按社会主义劳动分配原则，理应给予相应的报酬。因此，政府在文化企业管理过程中，应正确对待权力和物质利益问题，应正确地、适时地赋予文化企业和经营者适当的权力，并给予相应的物质利益保证。

特别应该指出的是，政府在确定文化企业的组织形式之后，要正确地处理好文化企业、文化经营者、国家三者利益，较合理地核定国家、文化企业和文化经营者个人的经营收入比例。它对充分调动文化企业和文化经营者的工作积极性，不断提高文化经济活动的实际效果是非常重要的。

三　中国与国外文化管理的比较分析

（一）西方主要国家管理文化事务的做法

西方国家对文化艺术事业的管理大体有三种模式：一是美国模式，主要采取间接管理；二是英国模式，采取直接管理和间接管理相结合的办法；三是法国模式，主要采取直接管理。其他西方国家管理文化的方式大同小异，分别不同程度地采用类似美、英、法三国的某些做法。

1. 美国：完备的法律

美国政府没有管理文化事务的专门机构，但他们有"联邦艺术暨人文委员会"、"国家艺术基金会"、"国家人文基金会"等社会中介组织（或者说是准官方机构），它们代表政府行使一部分管理职能。

美国对文化艺术事业的管理和资助主要依靠法律。例如，1965 年颁布的《国家艺术和人文基金法》规定：政府对文化艺术给予有限支持的方式是对非营利性质的文化艺术团体和公共电台、公共电视台免征所得税，并减免为其赞助的个人和公司的税额。

《联邦税收法》具体规定下列组织可以享受免税待遇：①交响乐和类似的团体；②促进爵士乐发展的音乐节或音乐会组织者；③合唱艺术团体；④组织青少年艺术家演出的团体；⑤组织艺术展览的团体；⑥促进戏剧表演的团体、舞蹈艺术团体和学校；⑦促进对历史文物欣赏和保护的团体；⑧促进手工艺发展的团体。

由此可见，美国政府对高雅艺术、民族艺术、有形和无形文化遗产采取鼓励、支持和保护的政策。

对于营利与非营利的区分，不在于其是否赢利，而是看其经营目的，即营利性机构在于为老板或个人和股东谋利；而非营利性机构除了支付雇员的工资和场租费用外，其收入、财产和赢利不得为个人所有。因此，美国的文化艺术团体均可自愿以本身的宗旨选择登记为营利或非营利机构。若登记为营利机构，则与一般商业公司一样，需要照章纳税，好处是赢利可以自由支配。若登记为非营利机构，好处是可以免税，并能得到政府和社会的资助，但赢利不得为私人所有。当然，除了百老汇等少数艺术团体为营利机构，其他一般性艺术团体，特别是从事高雅艺术的团体，大都属于非营利机构，因为他们根本不可能赢利，必须得到政府、企业和社会的捐助，否则便无法生存。

2. 英国："一臂之距"原则

英国政府有管理文化艺术事务的专门机构，1992 年设立文化遗产部，1997 年工党布莱尔上台后更名为"文化新闻体育部"。

英国尽管有文化部，但文化部作为政府机构，不直接与文化艺术团体发生关系，而是通过社会中介机构（或称准官方机构），如英格兰艺术委员会、工艺美术委员会、博物馆和美术馆委员会等由专家组成的机构，对艺术团体进行评估和拨款。这样的好处有二：一是减少了政府机构的行政事务；二是政府机构不直接与文艺团体发生关系，有利于检查监督，避免产生腐败。这就是有名的"一臂之距"原则。

另外，英国通过发行彩票以弥补文化经费的不足，发挥了积极作用。英国近年来经济不景气，文化经费短缺。1994 年开始发行"六合彩"，每年彩票收入达 20 多亿英镑，其中用于文化事业的超过 6 亿英镑，几乎与国家的文化经费相等，文化部门受益很大。由于文化在彩票中所占份额最多，因此人们干脆称之为"文化彩票"。

3. 法国：中央集权式

法国是欧洲的文化中心，文化艺术备受重视。文化部是政府中重要的内阁成员。文化部负责管理全国的文学艺术、新闻出版、广播电视、遗产保护、图书馆、博物馆、建筑和美食等。

文化部机关有一二十个司局，1100 多名工作人员。另有 1.4 万名工作人员由文化部派往巴黎或地方各省的文化机构。法国文化部从 20 世纪 70 年代开始向各省、市派遣文化局长。政府法令规定，地方文化局长属文化部官员，是中央政府派遣到地方的文化代表，受文化部和地方政府的双重领导，负责落实政府文化政策，协调政府与地方的文化关系，制定地方文化事业发展规划，为发展地方文化事业提供建议，督促文化设施的运转并充分发挥作用，组织开展重大文化活动等。通过文化部与地方政府签订文化发展协定，确保国家和地方文化发展目标的实现。

法国政府对文化的投入采取直接拨款方式，公益性文化单位完全由政府负担，工作人员享受公务员待遇（如图书馆）。政府对艺术表演团体的资助数额巨大，对于5个国家剧院来说，财政拨款占剧院总收入的60%～80%不等。

德国与美国相似，联邦政府没有文化部，但各州有文化部，对文化的投入也很多。据巴伐利亚州文化部介绍，该州仅艺术教育的经费就占到全部教育经费的5%。

瑞典、丹麦、澳大利亚等国多采取英国模式。澳大利亚有艺术通讯部，政府对文化建设非常重视。

随着中国与世界各国文化交往的日益扩大，我们要善于学习、借鉴国外文化管理的长处，促进我们转变政府职能，丰富和发展有中国特色的文化管理学。

（二）推进文化体制创新，促进中国政府文化管理职能的转变

1. 努力提高公务员的素质

近年来，中国文化市场活跃，消费需求旺盛，市场潜力很大，已为许多国外跨国公司看好。但由于市场机制不灵活，文化产业规模弱小，特别是既懂得市场运作、掌握国际贸易服务规则，又具有较强经营管理能力的人才严重不足，一些人还迷信"文化特殊论"，排斥文化产品的商业属性，已成为制约文化产业发展的头等因素。

转变政府职能的一个重要前提，是要改变公务员队伍的现状，不断提高公务员的素质。这就要求大力加强对公务员的教育培训，帮助他们转变观念，更新知识，适应时代发展的需要，努力提高行政能力和行政水平。

要认真执行干部"四化"标准，建立人才激励机制和淘汰机制（考试录用、公开招聘、竞争上岗、破格提拔、任前公示等），不搞论资排辈，杜绝用人上的腐败行为，做到能者上、庸者下，真正形成能上能下、能进能出的用人机制，不断优化公务员队伍，建设一支高素质的专业化国家行政管理干部队伍。

西方国家的文化行政机关主要做三件事：一是调查研究；二是制定政策（法规）；三是检查监督。这就要求公务员必须有较高的文化水平、理论水

平、政策水平，如对现状的分析与趋势的预测，提出正确的建议与对策等。

2. 加大宏观调控力度，实施分类指导

要改变以往单一的行政管理方式，转为采用以经济的、法律的手段为主，辅之以必要的行政手段这种综合管理方式，加大对文化事业管理的宏观调控力度，逐步减少政府直接出面操办具体文化艺术活动的频率和次数。

中国文化艺术事业门类众多，情况复杂，必须采取分类指导的原则。根据中共十四届六中全会《决议》的精神，文化大体上分为三种类型：国家给予经费保证；政府资助；交给市场。对于后者，应当主要按市场规律进行调控，尽量减少不必要的行政干预；而对于前两类文化，则要通过完善文化经济政策，实施有效的宏观调控。

文化是典型的公共产品，必须加大财政投入。20 世纪 80 年代初，邓小平同志指出，教、科、文、卫、体的投入在整个社会经济发展中不成比例。二十多年之后又出现了新的不成比例：教育、科技经费大大提高了，而文化经费反而比"六五"、"七五"期间有所降低。文化事业经费"总量偏少，比例偏低"的问题长期得不到解决，文化部门宏观调控的能力较弱。

西方国家的文化管理都充分利用经济杠杆来体现国家意志。如英国资助制片商，鼓励拍摄所谓英国电影；法国通过奖励放映法国和欧盟的影片，抵制美国的文化侵略等。

3. 加强决策民主化、科学化建设，提高决策水平

决策是行政管理的重要环节，建立民主、科学决策的机制是转变政府职能的重要内容。要实现决策民主化、科学化，不断提高决策水平和执政水平，必须形成以下制度：

（1）调查研究制度。调查研究应当成为公务员（包括各级领导干部）的基本功和一项日常性工作，因为调查研究是科学决策的前提。不了解情况，不切合实际，就有可能做出错误的判断，一旦盲目决策，就会差之毫厘、谬以千里，给事业带来不应有的损失。调查研究一定要深入实际，切忌做表面文章。

（2）科学论证制度。在调查研究的基础之上，还要广泛听取各方面的意见，特别要注意听取有关专家学者和富有实践经验的同志的意见，建立听证和论证制度，增强决策的科学性、可行性和透明度。

（3）民主决策制度。民主决策是科学决策的保障，一定要确保决策的民主程序，切实贯彻民主集中制，防止个人独断专行，造成错误决策。

（4）决策追踪制度。某项决定或政策出台之后，还要建立检查、评估制度，以保证决策的贯彻执行和不断完善。

（5）失误追究制度。实践是检验真理的唯一标准。如果一项决策在实践中行不通，甚至造成了严重后果，一定要实行责任追究制度。

4. 健全行政（权力）监督机制

江泽民同志在中共十五大报告中强调："要建立决策、执行和阶段的监督。"《行政程序法》将和《行政复议法》、《行政诉讼法》构成对政府行政行为事先、事中、事后三个阶段的监督。另外，全国人大还要专门制定了《监督法》。

行政监督既是依法行政的重要内容，也是确保依法行政得以实施的重要条件。尽管《行政程序法》尚未出台，行政复议和行政诉讼也还没有形成气候，但依法治国、依法行政已是大势所趋，行政监督也必将得到重视和完善。行政监督是从严治政，建设廉政、勤政、务实、高效政府的必然要求，目前腐败之风的根源就是缺少权力监督和制约机制。

5. 切实转变政府职能，按照市场经济的法则规范政府文化部门的行为

革除机构交叉重叠，政出多门、多头管理，部门分割的弊端，按照行政管理和市场经济的内在规律，建立精简、高效、廉洁、权威的大文化政府管理体制。

一是文化管理行政部门同文化事业单位分离，同文化企业脱钩，文化企事业单位作为独立法人自主经营、自我发展。文化行政部门由过去具体办文化逐步过渡到管理文化，依靠社会力量，实现社会文化社会办。二是强化政府文化部门的管理职能，改变文化事业单位既是文化活动经营者，又是文化行政管理者的状况。

6. 培育文化市场，为文化产业的市场运作营造良好的环境

一是要建立统一的文化市场管理机构。可以借鉴上海等地的经验，成立文化行政执法局，解决多头管理的矛盾。二是大力发展文化中介机构，拓展文化电子商务，丰富文化营销手段。三是加快培育和完善文化产业的要素市场、劳务市场和产权市场，国有文化企业在明晰产权的前提下，积极开展资本运营，多渠道吸纳资金，促进文化产业的发展壮大。

在社会政治、经济、文化三大系统中，文化处于最高层，起着统率和导向作用。它可以依附语言或其他文化载体，超越具体的历史时代和个人的心理，形成一种社会文化环境，对生活于其中的每个人产生同化作用。特别是一个社会的主体文化，能培养起一代代人对该社会制度的归宿感和认同感，使社会生活的主要方形成共同的价值观念，从而成为一个民族的民族精神。民族精神是文化的精华，是文化的最本质、最深刻的体现，我们重视文化建设，就尤其要重视民族精神。正如中共十六大报告中所指出的"民族精神是一个民族赖以生存和发展的精神支撑"。一个民族，没有振奋的精神和高尚的品格，不可能屹立于世界民族之林。一个国家、一个民族的发展离不开民族精神的支撑，同样一个城市的发展更离不开精神培育和提升。城市各个阶层群体只有形成一种强烈、深刻的同类价值意识和观念，进而提升为城市精神，才能进一步增强城市各阶层群体的归属感和认同感，增强凝聚力和向心力，调动人们的积极性和创造性，从而为建设首都提供强大的精神动力。

现代化不仅是物质的现代化，最根本的是人的现代化，文化的作用就是引导、规范、激励和提升人的行为方式和精神境界，文化的根本任务就是人的全面发展。

建设首都不仅要体现在一流的城市设施和城市管理上，更要体现在一流的市民和素质上。市民素质的提升，必须以一定的文化知识底蕴为支撑，才能持久。市民素质提高，社会生产力和经济文化发展水平也逐步提高，二者相互结合、相互促进，成为首都发展的重要动力。

城市形象是城市外在面貌与内在精神的有机统一，是历史文化与现实文化的统一。对于民族而言，文化是一个城市的重要组成部分。因此，树立良好的城市文化形象，将成为首都的重要标志。

城市形象包括城市个性、品位和文化内涵，体现着一个城市独特的风格与魅力。其良好的建设、先进的设施、优越的环境，是一个城市必备的硬件与形象，独具的文化个性、文化风格、文化品位，则是其不可或缺的软件与灵魂，犹如精气神韵。具有独特文化品位的城市形象有着巨大的张力、吸引力、感召力和凝聚力，对于优化城市经济环境、投资环境、商业环境、人才环境有着重要的影响。因此，城市文化形象和文化品位是现代化城市的重要构成要素。

四 城市化进程中的矛盾与问题

经济的发展，要求城市向更高层的文明迈进，但另一方面，那些悠久的、灿烂的、古朴的文化遗产却需要人们的保护。这一矛盾与冲突，必然引发出一个问题，究竟怎样处理经济与文化的冲突，才能有利于整个城市的发展？中国的城市化进程迅猛，在这一进程中，似乎越来越呈现出一种趋势，经济与文化总是先冲突，而后以融合或分离的方式去解决矛盾。

封建社会改朝换代时废旧市、换国都、烧旧城已经使我们的文化遗产损失了许多，而目前盲目地"除旧列新、旧貌换新颜"也会加速城市文化空间的破坏。

城市的特色和精髓是它的历史文化环境，而城市的魅力首先来自它的建筑美。为了生活现代化，我们不断改造着城市，随之而来的负面影响常常被忽视。如果历史文化只留在书本里，那么就没有了能亲身感知的空间。文化的内容应该更多地表现在大片大片的民居中，它是城市整个生活文化的载体，也是城市真正的特性之所在。各个民族、地域、城市的文化都是一方水土独自的创造，都是对人类多元文化的一己贡献，失去自己的文化，就失去了自己的个性特征，乃至一种精神。

目前，中国的城市化过程进展迅速，已拥有3.7亿城镇居民，各地的城市建设蓬勃发展，到处都在盖大楼，仿佛大楼越高、越多越现代化，这是我们对硬件与软件的理解错位造成的。大楼是硬件，是表面的现代化，但它是钢筋混凝土，它无法代表历史，也无法包容寻古探幽的内涵。在这方面，欧洲的伦敦、巴黎、罗马是我们学习的榜样。欧洲的名城全都充满着浓郁的历史感，尤其是雅典、罗马与巴黎。巴黎的历史感，并不仅仅来自埃菲尔铁塔、凯旋门、罗浮宫和圣母院，其真正的历史感，是在城中随处可见的那一片片风光依旧的老街老屋之中。如果将这些老街老巷、老楼老屋拆了，活生生的历史必然会散失、飘落，无迹可寻，损失也就无法弥补！这些城市的市政府在尽力保存其历史的风貌，而不是把这些历史名城都变成充满摩天大厦的纽约。[①]

五　文化也是生产力

我们常常提"科学技术是生产力"，从没人提过"文化艺术也是生产力"。实际上，在欧洲和北美洲数得上的城市，都愿意在当代美术馆上投资，在文化上挣名，在经济上挣钱：伦敦的泰特现代美术馆于2000年开馆仅一年，就为伦敦经济贡献了10亿英镑，更不用说在旅馆、餐饮、交通等方面

---

① 冯骥才：《对城市而言文物与文化不是一个概念》，2000年7月25日《北京青年报》。

起到的带动作用。有多少城市的名字都是与世界一流的文化机构联系在一起的：卢浮宫、米兰歌剧院、费城交响乐团、毕尔巴鄂美术馆……这些著名的文化品牌，为其所在的城市带来了多少经济效益！[①]

以往存在着一种认识误区，认为文化只是从属于政治的，单纯强调文化产品的政治属性和意识形态特性，忽略了其商品属性。长期以来所形成的传统观念认为，文化与生产力似乎是各自独立，互不相干的。文化的生产力功能和经济功能被忽视，主要是因为在人类生产力发展水平较低的阶段，文化与经济结合还不紧密，文化的生产力功能还不明显，文化的教化功能即意识形态功能则显得比较突出。在现代生产力日益发达，科学技术和精神文化对生产力发展的作用日益提高的情况下，文化与经济日益融合，文化的生产力功能和作用日益显著，文化成为了生产力的重要因素，成为了生产力大系统中不可缺少的重要组成部分。因此，我们必须充分认识文化的经济功能和经济的文化含量；充分认识在当代社会中"文化的经济化"和"经济的文化化"是不可避免的；充分认识没有文化的经济是没有前途的，文化经济一体化是社会经济发展的大趋势。

全球化的文化资源配置已成为一种时代的潮流，传统的文化资源只有进行现代化的转化和开发，才能产生巨大的经济和社会效益。因此，我们有必要重新审视自身的资源优势，深刻认识文化的经济价值，积极保护、利用、开发文化资源，发展文化产业，创造自己的文化品牌，走以文化促进经济发展的路子。这不仅仅是一个策略问题，而且是未来社会经济发展的重大战略问题。文化具有重要的生产力功能，文化是创造财富的重要资源，是经济社会发展的动力和源泉。文化与经济的相互促进、相互融合，已成为当今世界的一个新观点、新趋势。因此，建设城市文化不仅是一种精神活动，而且其本身也能创造巨大的经济效益，促进经济社会的发展。

---

① 娜斯：《是文化，也是生产力》，《三联生活周刊》2004 年第 24 期。

第八章　奥运：文化发展的重要契机

北京提出的"人文奥运"理念反映了北京的文化优势以及北京未来发展的中心和立足点。"人文奥运"中的"人文"是一个外延宽广、内涵丰富的理念，涵盖了人类社会的各种文化现象。

一　人文奥运的内涵

北京 2008 年奥运会提出"绿色奥运、科技奥运、人文奥运"三大理念，其中"人文奥运"是北京向世界提出的具有独特价值的创新理念，是三大口号中的核心和灵魂。"人文奥运"理念的提出，为北京奥运注入了新的人文思想，以博大精深的丰富内涵赢得了世人的瞩目。百年奥运，风云变化，不变的是始终如一的人文精神。在光彩照人的奥林匹克精神中，人文内涵是不朽的底蕴，它作为一种特殊的精神动力，凝聚着人们向往进步的共同心声，感召着人类挑战困难的强大动力。

人文奥运的基本内涵，是在筹备和举办奥运会的过程中要始终突出人文精神。一方面，高扬"以人为本"这个主题，通过奥运会促进人的身心全面发展。另一方面，突出文化的特色，"以文化人"，通过开展多方面的文化教育活动，使体育竞赛与文化教育相结合，达到用优秀的文化改造人、教化人的目的，实现人类社会和谐发展与人类和平。也就是说，人文奥运的理念包含两个相互联系的方面。

（一）要把提高人的素质、促进人的全面发展作为举办奥运会的根本目的和手段

也就是说，不是为举办奥运会而举办奥运会，也不是单纯以夺金牌为目的，要通过举办奥运会提高人的素质，实现人的身体与精神的全面发展，这既是举办奥运会的根本目的，也是办好奥运会的根本手段。

中共十六届三中全会提出科学发展观："坚持以人为本，树立全面、协调、可持续的发展观，促进经济社会和人的全面发展。"坚持以人为本，就是要从人民群众的根本利益出发谋发展、促发展，不断满足人民群众日益增长的物质文化需要，切实保障人民群众的经济、政治和文化权益，让发展的成果惠及全体人民，以实现人的全面发展。实施人文奥运，就是要使筹备和举办奥运会的过程成为切实提高人民物质文化生活水平的过程，成为提升全市人民的思想道德素质、科学文化素质和健康素质的过程，成为倡导科学、文明、健康的生活方式与提升城市文明程度的过程，促进人的全面发展。

将"以人为本"的思想体现在2008年的奥运会中，就要在筹备和举办奥运会的工作中，更加自觉、全面、充分地发挥科学发展观对筹办工作的指导作用，把以人为本和全面、协调、可持续的要求体现在筹办工作的各个方面、各个环节，始终把促进人的全面发展、促进人与自然、个人与社会、人的精神与人的体魄之间的和谐发展作为根本目的。一方面，无论是奥运场馆建设、市政设施建设，还是城市文明氛围的营造、服务工作的开展，都要突出以人为本的宗旨，体现出时时、事事、处处考虑人的实际需要，关心人、方便人这样一个基本指导思想。另一方面，就是要大力促进人的全面发展。不仅重视增强竞技实力，也要重视发展群众体育；不仅重视竞赛结果，也要重视竞赛风格和体育精神；不仅重视本国的金牌和荣誉，也要尊重"别人"的尊严和情感；不仅重视对强国选手的服务和喝彩，也要重视对弱国运动员的鼓励和支持。充分体现中华文明"和而不同"、和谐包容的精神。

将"以人为本"作为奥运理念，就要把提高人的素质作为办好奥运会的根本保证。办好奥运会需要多方面的保障。一方面是物质、硬件设施方面的保障；另一方面是人的素质、软件方面的保障。既要抓好场馆、交通、环保等硬件建设，又要抓好市民文明素质、文化教育等软件建设，绝不能放松。在抓好硬件建设的同时，更加重视软件的建设。

（二）通过文化和教育的途径提高人的素质

奥林匹克运动不仅局限于体育比赛，它更是一种学习活动。通过传播现代奥林匹克精神，展示中华民族灿烂文化，推动东西方文化的交流合作，促进人与自然、人与社会、人的精神与体魄的和谐发展。这需要把筹备和举办奥运会的工作与首都精神文明建设、与北京创建学习型城市的工作紧密结合起来。体育与文化结合、与教育结合，是奥林匹克运动的突出特点。

今天，承办奥运的城市更应当成为一座学习型城市。北京市民将通过举办奥运会，学习现代理念、先进思想，弘扬中华民族的创新精神，这将促进全民学习风气的形成。举办奥运是推进首都精神文明建设和学习型城市建设的重大机遇。我们要抓住这个历史性机遇，紧紧围绕人文奥运，创造一流的市民素质、一流的人文环境、一流的服务水平、一流的社会风气，把2008年奥运会办成一届学习型奥运会。

学习型城市的突出特点是自觉地把人的教育和学习放到城市发展的主导地位。学习型城市是不断学习创新的城市，是一个能够根据外界环境的变化及时做出反应因而不断进步的城市，是以学习与教育为主导，以人的全面发展为目标的、可持续发展的城市。北京市委、市政府决定，北京市要在2010年率先成为一个学习型城市。

总之，要在筹备和举办奥运会的过程中，高举"以人为本、以文化人"这一人文精神的旗帜，把2008年奥运会办成一届突出人的全面发展的奥运会、突出文化特色的奥运会，办成一届学习型奥运会。

二　人文奥运的定位

（一）人文奥运——以人为本的奥运会

创立奥林匹克运动的目的就是为了培养和谐发展的人，因此2008年奥运会将成为歌颂人、尊重人、一切以人为中心、塑造和谐发展的人的舞台。这种思想将体现在2008年奥运会的理念和实际行动中，在选择新建场馆、奥运村、新闻中心和交通、通信、住宿等基础设施以及竞赛日程安排、体育场馆的赛后使用等方面，应考虑如何更有利于运动员、裁判员、官员、新闻记者、赞助商、游客和当地人民群众。

2008年奥运会的组织者将为运动员创造一个理想的生活、训练和比赛环境，使他们欢乐相聚并创造最好的成绩；为新闻记者提供良好的工作条件、最先进的通讯设施和手段，使他们能最快捷、准确地把奥运会盛况传遍世界。主办者还将同所有的合作伙伴和赞助商密切协作、互相支持，使数十万游客和观光者满意。一切举办奥运会的设施，将有利于改善北京市的环境，并在环境保护方面造福于广大市民。

体育没有人文，失却灵魂；人文失却体育，便成空虚。奥运发祥地希腊，就是体魄与精神（人文）融为一体的开创者。那是多么奇妙的结合：最发达的人文与最健美的体魄放射出灿烂的光芒。

人文奥运的精髓就在于竞技体育的发展已经超脱了单一体育的范畴，上升到了文化的高度。一个人既要身体强健，也要精神强健，而身体强健是精神强健之本。身体和精神，并不是并行的，更不是对立的，而是关联的。

（二）人文奥运——体育与教育相结合的奥运会

教育是奥林匹克主义的出发点和归宿，创立奥林匹克运动的真正目的就是通过体育运动教育青年。正如奥林匹克运动的宗旨所指出的：通过没有任何歧视的体育活动来教育青年，从而为建立一个和平的、美好的世界作贡献。奥林匹克教育是沿着由个体到社会、由微观到宏观的逻辑顺序，首先使个人得到全面发展，进而扩展到社会，实现其改造社会、建立美好世界的目标。

在奥林匹克运动一个多世纪的发展过程中，人们早已认识到，离开了教育，奥林匹克主义就不可能实现其崇高的目标。离开了教育，现代体育就会出现异化。在经济与科技迅猛发展的今天，奥林匹克主义正面临着竞技运动价值观异化的严峻挑战。过度商业化，兴奋剂泛滥，将运动员和观众视为赚取巨大物质利益的手段和工具等问题严重困扰着奥林匹克运动的继续发展。因此，举办体育与教育相结合的奥运会，将使人们重新认识奥林匹克运动的宗旨，使奥林匹克运动真正实现它的神圣目标。

北京举办 2008 年奥运会，将推动全民学习工程，宣传全民学习、终身学习、创建学习型社会的新理念，通过学校教育、媒体宣传向全世界和全中国传播奥林匹克主义、弘扬奥林匹克精神，通过各种媒介宣传奥林匹克运动的宗旨，用对人类理想的追求、对祖国的热爱和对其他国家的尊重来净化运动员的心灵，使他们视参加奥运会为一项崇高而神圣的活动，并成为奥林匹克精神的楷模。

（三）人文奥运——东西方文化交融的奥运会

奥林匹克运动是一个动态发展的、开放的世界文化体系，它需要大量地、不断地从世界各个民族的文化中汲取有益的养分，丰富自己的内涵。在这个全球文化体系中，古代与现代、东方与西方汇聚一处，融为一体，五大洲各个国家和地区绚丽多姿的民族文化，为之提供了取之不尽、用之不竭的文化源泉。

在北京举办 2008 年奥运会，将有助于中国传统文化和世界文化进行广泛深入的交流，推动奥林匹克运动中东西方文化的互补和互动，使奥林匹克运动真正成为跨文化、跨民族、跨国度的世界性文化体系。同时，北京 2008

年奥运会也将给奥林匹克运动的世界化带来新的发展机遇。有三千余年建城史的北京，是中华传统文化的典型代表，奥运会在这里举行，将使东西方文化在中国大地上碰撞与交融。千百年来流传至今的中国传统体育，将以其充满着个性魅力的价值观念、文化观念、思维模式和行为方式，对奥林匹克运动产生深刻的影响。

中国偏重于人体的康寿、保健、疗治的养生体系，有完整的结构功能和理论基础，并具有普遍的适应性。对于奥林匹克运动中出现的注重高水平竞技运动能力的培养及追求肌肉强化，而忽视人体精神与外形的和谐，忽视人体与自然和谐的状况，无疑是一种完善和补充。具有儒家色彩的传统体育伦理思想中所表现出的公正、诚实、仁爱、友善等观念，对当今世界体育竞赛中出现的兴奋剂浊流和球场暴力的阴影无疑具有净化作用。这使得中国传统体育文化与奥林匹克运动的互补成为一种发展趋势。中国传统文化将造福于人类的未来，中国传统体育将对奥林匹克运动的发展作出巨大的贡献。

奥林匹克主义的源泉之一就是永不枯竭的人文精神，"人文奥运"的提出，正是旨在通过新的文化活动，将奥林匹克精神和中国几千年来的人文精髓传播到世界各地，展示一届"和谐、交流与发展"的人文主题的奥运会，促进世界和平、友谊和进步。毫无疑问，"人文奥运"将成为歌颂人、尊重人，一切以人为中心，塑造和谐发展的人文舞台。我们赢得世界的支持，其中一个重要因素就是我们提出的"人文奥运"理念。我们承诺办出一届与众不同的奥运会，通过"人文奥运"普及奥林匹克精神，弘扬中华民族优秀文化，展示北京历史文化名城的风貌和市民的良好精神风貌，推动中外文化的交流与融合，加深各国人民之间的了解、信任与友谊；突出"以人为本"，以运动员为中心，提供优质服务，努力建设使奥运会参与者满意的自然、人文环境；遵循奥林匹克运动的宗旨，以举办奥运会为主线，开展丰富多彩的文化教育活动，丰富全体人民的精神文化生活，促进青少年的全面发展；以全国人民的广泛参与为基础，推进文化体育事业的繁荣发展，增强中华民族的凝聚力和自豪感，实现中国举办奥运会的战略目标。这是历史给我们带来的机遇！

三　人文奥运是首都文化生活发展的契机

人文奥运体现了东方文化特别是中华文明对奥林匹克精神的开拓与发展，是历史悠久的奥林匹克与源远流长的中华文明的一次完美结合。实现人文奥运理念，就要积极地以中华民族传统文化补充、发展奥林匹克文化，从而突显 2008 年奥运会独一无二的历史价值：不仅要将举办奥运与城市发展及改善人民生活质量结合起来，还要将奥林匹克运动与人的教育、公民素质的提高、社会文明程度的提升联系起来；要扩大对人文奥运的宣传教育，使人文奥运走进社区，走进百姓心中，让人们深切感受到奥林匹克精神，促进身心和谐全面发展。

以奥运为契机，以历史的视野、开放的意识建构北京的发展战略，从而实现"以奥运促发展"和"以发展办奥运"两个相辅相成的目标。2008 年北京奥运会将是一次人文奥运的盛会。它将普及奥林匹克精神，弘扬中华民族优秀文化，加深各国人民之间的了解、信任与友谊。北京奥运会将坚持"以人为本"，以运动员为中心，构建体现人文关怀的环境，为八方来客提供全方位的优质服务。围绕这届奥运会，一系列丰富多彩、形态各异的文化、体育活动将陆续展开，汇成普天同庆的文化盛典。奥运搭台，人文唱戏，北京这座历史文化古城，提出"人文奥运"这个理念，更重要的是借奥运契机将人文北京推向世界。

纵观举办重大国际性主题文化活动的目的，各国、各城市有惊人的一致：塑造良好形象，利用文化活动强大的焦点效应，吸引外部投资和消费，带动百业高速发展。

1964 年奥运会产生了一个经济学新名词："东京奥林匹克景气"，世界因此开始接受日本的国家形象。日本借筹办奥运会之机，建设新干线高速列车，开通高速公路，用其构建的大阪、神户、名古屋三个城市间著名的产业铁三角，奠定了日本经济起飞的重要动力基座。筹办期的有效运作，使举办期成为国家文化和社会能量的爆发期，不仅日本的国民生产总值由会前的年增长 10% 飙升到会后的 26%，而且日本文化从地域性开始出现向国际文化提升的征兆，亚洲出现了第二次世界大战后第一个跨越式发展的国家奇迹。

第 17 届利勒哈默冬奥会被公认获得巨大成功，其重要标志之一就是挪威本国公民的反应：以自己是挪威人而感到自豪的公民比例从会前的 79% 上升到 88%，认为祖国是完美国家的公民比例从会前的 29% 上升到 48%，奥运的人文效果使主办国的凝聚力与公民自信心显著增强。

运动会是一种文化，北京举办 2008 年奥运会是向世界人民展示中国文化的一个契机。奥运之表是体育，体育之质是文化，首都文化建设贵在创新，奥运文化建设的创新体现在学贯中西、突出特色、强化优势，形成创意文化产业，建立学习型城市。

北京以首屈一指的人才资源、首屈一指的文物古迹、首屈一指的文化设施、首屈一指的文化活动，诠释着首都文化的独特魅力：著名高校和科研院所云集北京，每年为祖国各地输送大量优秀人才；北京有中外驰名的颐和园、圆明园、故宫、天坛、长城等文物古迹，给这座古城增加了厚重的文化气息；北京有一流的音乐厅、图书馆、影剧院、博物馆等功能完备、风格多样、布局合理的标志性文化设施，是展示全国优秀文化作品的标志性窗口；各种高水平的专业演出目不暇接，群众喜闻乐见、格调高雅的文化活动开展得如火如荼……所有这一切，都显示出北京在发展文化事业方面得天独厚的优势。

作为全国文化中心的北京，在文化建设上，以博大精深、兼容并蓄、与时俱进、争创一流为特色，确立了未来首都文化建设的新目标、高目标，提出要用四个"一流"——一流的市民素质、一流的人文环境、一流的服务水平、一流的社会风气，确保首都文化建设始终走在全国前列。

现代化是人类文明发展的重要阶段。首都率先基本实现现代化，不仅要实现经济的现代化，而且要实现包括文化在内的社会的现代化。当今世界，文化与经济、政治日益相互渗透、融合，其在经济社会发展中的地位和作用越来越重要，已经成为综合国力的重要标志。人民群众不仅需要物质的满足、政治的民主，也需要精神文化生活的充实。文化作为衡量首都城市现代化程度的重要标志，作为全面提升首都城市综合国力的重要内容，在整个现代化进程中具有极端重要的地位和作用。只有加快文化建设步伐，才能实现首都社会的全面进步，首都的现代化建设才能有不竭的生命力和发展动力。

随着对外开放的不断深入，中国加入世界贸易组织，北京筹办 2008 年奥运会，对北京文化发展的目标任务、政策环境提出了全新的要求。特别是筹办奥运会，为北京文化发展提供了难得的发展机遇，同时也提出了更高的要求。如何突显北京奥运会的三大理念，体现独特的北京奥运文化魅力，使文化与经济在筹办一届出色的奥运会中最大限度地融合渗透，都需要文化发展有新思路、新举措、新办法和新突破，需要以更加积极的姿态，主动出击、主动应战，加快文化发展的步伐。

城市是人类文明的最高表现，文明是一个城市的灵魂。阅读城市需要融入其中的生活，综观其中的历史，感知其中的精神。中国的文明、北京的文明以历史的厚重和现代的气派铺成"人文奥运"的背景音乐。周口店敲响了

人类文明的进化之钟；长城体现了古代劳动人民的智慧结晶；十三陵记载了
辉煌的明代历史；颐和园承接了清代的皇家风范；圆明园的残迹申诉着中国
惨遭的侵略凌辱；卢沟桥回荡着抗日战争的第一声枪响；天安门铭刻了中国
人民的胜利。在这座城市里，中华民族五千年的精神文明和物质文明，达到
了光辉灿烂、登峰造极的境地。

　　如果一个城市没有高度的文明，"人文奥运"将会因缺少内涵而苍白无
物；如果一个拥有高度文明的城市不能很好地展现自身的价值和经营自己的
特色，"人文奥运"会因为城市色彩单调和历史的断续零碎而杂乱无章。
"人文奥运"与举办城市的文明相辅相成，城市的文明奠定了"人文奥运"
的基调，"人文奥运"提升了举办城市的文明。把中国的文化融入奥运的参
与文化之中，才能是名符其实的"人文奥运"，通过奥林匹克运动会直接形
成的"奥运文化现象或景观"才是"人文奥运"！人文奥运的参与不只是体
育场内的参与，重在体育场外！参与时空不受限制，交流、互动才是人文奥
运参与的最大主题！奥运会是具有巨大吸引力、穿透力和凝聚力的一项全球
性参与活动，是更广泛、更多人参与人类文明的传播活动。

　　城市的文明体现在千年文化积淀的古韵上。北京出台了 2003～2008 年
的"人文奥运"规划，重点营造北京历史文化名城的基本格局、风貌。力争
重现什刹海风貌区、国子监古建筑群游览区、琉璃厂传统文化商业区、皇城
景区、古城垣景区的历史文化内涵；重现金中都、元大都、明清北京城等逐
渐形成的京郊风景名胜区，即西郊风景名胜区、北京段长城风景保护区、帝
王陵寝保护区、京东运河文化带、宛平史迹保护区、京西寺庙景区。

　　北京是一个兼容并蓄的城市。北京将吸收世界先进文化，把奥林匹克的
精神融合到北京的人文奥运中，用人文奥运推动北京全市的精神文明建设，
并通过精神文明建设，塑造这样一个城市：高效廉洁的城市管理，可持续发
展的经济结构，生态型的城市环境，学习型的城市风气，创新型的城市
文化！

四　人文奥运是丰厚的首都文化生活载体

　　奥运会不仅仅是一个契机，更是一个丰厚的文化载体。

（一）展现古城风貌

　　人文奥运内涵的一个重要方面，就是多元文化、多层面交流。通过文物
古迹展示北京这座古老的历史文化名城蕴涵的民族文化的精华，将给来到北

京的客人带来全新的体验。

北京这座为奥运守候已久的古老城市将以其深厚包容的历史积淀，在2008 年的人文奥运舞台上演出一场东方韵味浓郁的文化重头戏。为迎接2008 年奥运会，北京将新建和改造大批与之相关的体育场馆、宾馆饭店等建筑设施。届时还应以纯正、浓郁、庄严、辉煌的东方形象展现在世人面前。

如果说奥运场馆的建设展示了新北京现代的一面的话，那么深入发掘、系统整理北京的历史文化内涵，完整地体现北京古城的格局，展现北京鲜明的文化特色，将是北京"人文奥运"的重要组成部分。不能把北京迎奥运的目标仅仅定位在建设现代化国际大都市上，应更注重发挥北京历史文化名城特色的优势。北京作为历史文化名城在全世界是独一无二的，打历史名城这张牌才能彰显北京的优势，才能增强北京的吸引力和号召力，才能促进中外文化交流。如何最大限度地保护文化遗产，更加深入地发掘丰厚的历史文化内涵，让世界看到一个有着东方悠久历史、灿烂文化的既古老又现代的城市，已经成为实现"人文奥运"的一个目标。

北京城在几百年前就有了一套完整的规划设想，随着历史的发展形成了以"里九外七"（内城九座城门、外城七座城门）为外围，以皇宫为中心，南北贯穿中轴线的平面布局，这样完整有序的城市规划在世界上都是领先的。几十年前，美国著名的城市规划学者爱德蒙德·培根就曾做出这样的评价："北京可能是人类在地球上建造的最伟大的单体作品，它的设计是这样的光辉灿烂，为我们今天的城市提供了丰富的思想宝库。"丹麦规划家罗斯穆森说："整个北京是一个卓越的纪念物，象征着一个伟大文明的顶峰。"从明清时期发展到现代，北京城内留下了许许多多的历史印记，就连一个个小胡同的名字都是有讲究的，都蕴含着历史的意义，具有独特风格的北京民居四合院更是中外闻名。

外国人过去把北京叫做"Green City"（绿色的城），是因为四合院里有许多大树，从高处看，北京城里一片绿。这样的生态环境，到现在更显得珍贵，这恰恰符合"绿色奥运"的要求，这些都是北京赖以名扬全球的城市特色，一旦失去这些，北京的价值就会大大降低。现在的北京城，历史布局虽已遭到了相当程度的损坏，但只要以皇城为中心，把南至天坛、先农坛，北至钟鼓楼、什刹海、德胜门，西至阜成门，东到东四、东单、朝阳门，这一片整体地保存下来，作为一个已经残损但相对完整的城市历史格局，其价值还是相当高的。

就城市规划来说，以故宫为中心，统一轴线、两翼对称整体方正的棋盘式格局，凝聚了中国几千年形成的文化传统和理念，具有鲜明的民族特征。目前，北京每年吸引近一亿旅游者，除了是首都外，更重要的原因是它的文物古迹和文化特色。

高科技在不断发展，日新月异，今天看来是先进的，很快就会成为过时的，而北京作为一座具有重要历史意义和丰富文化内涵的历史文化名城，其价值是永恒的。它的价值是科技含量很高的现代化高楼大厦永远无法比拟的。因此，保护好这个"人类在地球上建造的最伟大的单体作品"应当是"人文奥运"的主要内容。

北京丰富的历史文物资源对办好人文奥运极为有利。因此，北京要将这些最具特色的文化古迹加以重点建设发展，应花大力气保护北京典型的四合院、胡同、王府大宅、会馆等。虽然在人文奥运的大规划下，北京的文物保护现状已经得到了很大程度的改善，但如何从单体修缮转移到整治和改善环境上来，从景点保护转移到成片保护、形成风貌上来，如何使城市建设与古城保护和谐发展，还是一个艰巨的任务。

当前旧城改造的重点，应该是大力加强基础设施建设，适当疏散人口，提高居民生活质量，而不是全部拆旧建新。应按照保护古城整体格局和风貌的要求，调整和细化北京历史文化名城的规划，并采取有效的措施逐步落实。因为保护好这个"象征着一个伟大文明的顶峰"的北京城，反映了广大人民群众的根本利益和长远利益，只有这样才是真正实践了"三个代表"的要求；也只有这样才能让北京真正做到既是古老的又是现代的，既体现优秀的文化传统又表现了先进的时代精神，以一个名符其实的历史文化名城的面貌迎接 2008 年奥运会的到来。这不禁让人想起中国学者季羡林的那句断言："推崇'天人合一'的中国文化将被人类重新审视，21 世纪将是东方文明的世纪。"

（二）积极发掘传统文化

"人文奥运"的提出给了首都文化建设一个很好的平台。我们应该围绕"人文奥运"，充分发挥北京的传统文化资源，探索不同历史时期的辉煌，发现不同历史阶段的亮点，展示中华民族的灿烂文明，以文化魅力吸引世界，促进全球文化向着和谐、融合、协调的方向发展。为塑造"人文奥运"而进行的北京文化建设，除了要抢救、保护有形的物质载体之外，对无形的文化艺术"活载体"也要积极地发掘抢救。对于那些对中国文化充满好奇的外国友人来说，如果北京的楼堂茶坊中充斥的都是爵士乐和流行歌曲，东方文化自身的魅力又在哪里呢？

要重视传统文化的承传和普及，这已成了迫在眉睫的问题。传统文化是人文奥运的殷实底蕴。如果不能把北京新文化的构筑与继承北京传统文化结合起来，我们所企盼的新文化体系就会失去本源。举办一届最成功的奥运会只是我们的一个目标，在为这个目标而奋斗的过程中，北京的经济加速发展，北京的城市更加美丽，科技、环保、人文的精神通过奥运会的举办在这个古老的国家和城市得到更加广泛的传播，中华文明通过奥运的成功举办在世界上得以宣扬，这才是重要的。更重要的是，在这个过程中，在我们享受这个盛会带来的各种快乐的同时，自身在不断地进步。

（三）提升北京市民综合素质

江泽民同志指出，用科学的理论武装人，用正确的舆论引导人，用高尚的精神塑造人，用优秀的作品鼓舞人。这正体现了高层次社会文化的巨大作用，其作用的落脚点在人，在于促进人的政治思想素质和科学文化素质的提高，在于促进人的身心健康，促进人的全面发展。中共中央《关于加强社会主义精神文明建设若干重要问题的决议》中，强调"提高全民族的思想道德素质和科学文化素质"，强调"加强思想道德建设，发展教育科学文化"，并把它作为精神文明建设的重要内容。这说明发展文化教育事业，提高人们素质的重要作用。

通过对北京古迹的整治，展现中华民族古老悠久的文化，体现东方古国人民新的精神风貌，保护文物和利用文物只是工作的一个方面；提高人的素质，让我们的市民和我们的文化相得益彰，这需要我们每一个人的参与，自觉地提升自我素质。因为人文奥运的核心还将是人，就像刘淇同志特地提到的，北京市民要注意改掉自身的小毛病。

网上列举的北京市民的 12 个"小毛病"是：随地吐痰、加塞儿、出地铁车门太难、过马路心太切、乘出租车仍有不满意处、"京骂"、缺乏微笑、路标不指路、没有说"对不起"的习惯、对"老外"比对外地人好、话太多。虽然说的是"小毛病"，却反映了精神文明建设的大问题。我们提出了"新北京、新奥运"的口号，提出了"绿色奥运、科技奥运、人文奥运"的理念，精神文明是其中很重要的组成部分，必须采取有效措施，切实提高全体市民的修养和公共道德水平，塑造北京市民的良好形象。

大力提倡文明礼貌，提升每个市民的综合素质、精神面貌、道德水平。

不仅要懂得礼貌与礼仪，更重要的是要有发自内心的尊重人的意识。其实，在物质生活水平迅速提高的中国，礼貌、礼仪所代表的人文精神早已不是社会的一时之需，而是一种必然的需要。一些人的精神生活颓废、内心世界空虚已成为当今一大社会问题，再加上长期的封建礼教等级观念对中国人心理的影响，中国社会正处在学术界所称的人文精神断裂时期。如果我们利用奥运会这次机会，在全社会大力宣传和教育人性的尊严、人与人之间的互相尊重，那么，北京奥运会对中国的意义就不只是停留在教人礼貌用语的表层上。

东方文化悠久厚重的历史积淀，无疑是北京实现"人文奥运"承诺的巨大优势和深远背景。然而，当东方最典型的中华文化将一览无余地展示在2008年奥运会上时，我们会发现，人文奥运的实践是一个"润物细无声"的过程，这个过程需要形象展示，但更多的工作渗透在社会的方方面面，需要花大气力去完成。

2008年奥运会，是向世界人民展示中国文化的一个契机，展示的焦点是一个"仪"字。这个"仪"包括国仪、家仪、市仪、人仪。作为国家要给市民一个"仪规、仪纲"，让市民在与世界人民的交流中，体现出我们的城市精神。

从2005年的1月1日起，北京市全面启动为期一年的文明礼仪教育实践活动。这一活动以"礼仪北京、人文奥运"为主题，以生活礼仪、社会礼仪、赛场礼仪、职业礼仪、校园礼仪和涉外礼仪为主要内容，普及文明礼仪知识。与此同时，市属主要报纸纷纷推出专版专栏，开展"人文奥运、文明礼仪"系列报道。北京人民广播电台、北京电视台都在黄金时段开设类似"文明30秒"等有特色的文明礼仪专栏。千龙网推出了网上宣传基地，开辟网上论坛和专栏，并利用DV作品和FLASH作品大赛等主题活动宣传文明礼仪。一个立体化、全方位、地毯式的人文奥运热身赛使首都面貌焕然一新。

从此次启动文明礼仪教育实践活动的情况看，全方位、多途径的强势特征非常明显，这正代表着一种决心、一种理念的根本转变，标志着以"人文奥运"为切入点，首都北京的发展重心正在发生重大转向——以奥运为契机，以文明礼仪为支点，全面推进首善之区建设将成为重中之重。

推进精神文明创建活动。要着眼于为奥运会创造良好的人文环境，积极开展创建文明城市、文明行业、文明村镇"三大创建"活动。城市间的竞争，表面看是经济的竞争，但归根结底是文化的竞争、文明的竞争。一个文明的、充满关怀的社会,不仅深刻地影响着一个城市的吸引力、聚集力和竞争力,也在很大程度上决定着一个城市居民的生活品质和幸福指数。城市精神是城市的风景线,是城市之魂。北京的城市精神是"求知、宽容、创新、谦和"。首都城市精神重在培育,培育的过程也是群众自己教育自己的过程,是政府不断完善的过程。

城市居民的人文素养是城市文明的核心,城市的建筑是静止的音乐,城市的语言是流动的音符,城市的秩序体现了市民的修养,城市的建设代表着市民的智慧。城市居民就是城市这个舞台的参与者和观众,是他们决定了城市的文明。著名历史学家汤因比在《历史研究》中说:"只有遭遇挑战,迎难而上,接受挑战,通过改造自己的生活方式来克服挑战的族群,才能创造出文明。"公众场合,文明是换位思考,想及他人;街头巷尾,文明是邻里团结、生活幸福。在每一个需要真情的地方,文明是奉献社会、弘扬公德。北京城将因为市民素质的日益提高和自我的不断完善而显得更加朝气蓬勃。

五 人文奥运为首都文化生活发展提供广阔空间

奥运会不仅仅是一个丰厚的文化载体,还能为文化发展提供广阔的空间。

(一) 给后人留下一份具有深远意义的文化遗产

早在殷末周初,《周易》中就写下了"观乎人文以化成天下"的词句,中国人自古就认为人文感化是影响世界的根本,这在2500年后恰好与北京市将"人文奥运"列为奥运会三大理念之一的想法不谋而合。奥运会的人文价值,将为中国和世界的文明进程作出巨大贡献。

文化底蕴是奥林匹克运动之魂。现代奥运会创始人顾拜旦说过:"体育是美、是正义、是勇气、是荣誉、是和平、是进步、是培养人类精神的沃土。"从古代奥运会开始,人文精神就贯穿奥运始终。而在现代奥运会历史中,奥林匹克更被理解为一种生活哲学和生活方式,是一种展示人的价值、树立榜样力量,激励普通人追求理想的价值观。

奥林匹克主义不是锦标主义,不是狭隘的民族主义,它是以奋斗中所体验到的乐趣和对优秀榜样的教育价值等的推崇为基础的。奥林匹克强调的不是比赛本身,而是体育的人文精神。

奥林匹克主义真正希望奥运会传递给观众的,是通过运动员在比赛中的拼搏来展示人的价值,并由此激励观众、感染观众,最重要的是,让观众能从中获得积极向上的力量。因此，观众不是单纯的看客。奥运会本质上并不推崇挑战极限，也不追求比赛成绩，观众应该通过奥运会理解到：每一个拼搏的人都是伟大的，包括自己在内。因为每个在场上的运动员都值得尊重，每个运动员的成绩都值得赞扬。更深远的意义是，许多中国人将从此改变观看体育比赛的态度，他们将会通过观看比赛激励自己，这正是我们的社会现在所需要的。

北京奥运会应该在传播奥林匹克精神的过程中让运动员、教练员意识到，为国争光固然值得赞扬，但奥运会的意义绝不仅于此。让更多的人了解奥林匹克积极向上的精神，能使更多的人改变对体育比赛、对运动员训练与培养方式的看法，让更多的普通人和运动员、体育单位从"锦标主义、金牌至上"的枷锁中解放出来。这个意义也是与人文奥运的价值追求相一致的。

以此次奥运会为契机，推动中国社会向真正实现人文精神而努力，从而把北京奥运会办成是对中国乃至全世界都具有深远意义的一份文化遗产。这要求北京市不仅仅是做好实现奥运人文理念的外在工作，更需要做好培养人和改变人文软环境的内在工作。

雅典在申办奥运会时提倡"度"的理念。因为在古希腊奥运会对精神的追求要强于物质，当时在举办奥运会期间各种战事都要暂停，以此来表达人们向往和平的美好追求。同时，也只有控制好精神与物质之间的度，才能实现人类对科技、人文和绿色的向往。科技、人文和绿色也理应成为世界范围内合作交流过程中的主旨内容。

没有人能够确切预测迅速变化的北京在 2008 年时将会变成什么样子，这种不确定性使人对北京奥运可能产生的高额回报极为兴奋。这一潜在的高额回报就是北京奥运将给中国和世界留下的"独一无二的宝贵遗产"。北京市市长、北京奥申委主席刘淇说："通过在世界上人口最多的国家举办奥运会，国际奥委会已经为体育事业留下了一份宝贵遗产。举办奥运会能改善中国人民的生活水平，加快中国的改革，这也会给中国留下一笔重要遗产。"

经济学家预测，"奥运经济"将带动多个地区、多个行业的迅速发展，创造上万个就业机会，成为中国经济新的增长点。由于奥运的催化剂作用，中国在 21 世纪的前十年将高速发展。国家统计局匡算表明，今后 7 年，奥运会平均每年将拉动国内生产总值增长 0.3～0.4 个百分点。最有活力的中国经济将对世界经济发展具有促进作用。在经济上，北京奥运除了对中国和世界意味着巨大的商机，最有意义的是，世界将会通过奥运工程的建设见证中国经济开始全面以市场经济模式运行。

2008 年奥运会将是开放的奥运，为了办好这次国际性体育盛会，北京将欢迎来自世界各地的资金、技术、人才进入中国，进入北京。国际奥委会副主席凯万·戈斯帕说："世界在'历史上独一无二的时机'，帮助中国向世界开放，这对中国和世界都是好事。"

（二）展示首都文化的途径

北京奥运会期间，中外文化的大规模交流不可避免，这是中国文化第一次如此全方位、大容量地展现在世界面前。我们要展现的不是神秘的、肤浅的中国文化，而是中国人想要展现出来的让全世界分享的中国文化，如何清楚地表达并让外国人理解中国文化，值得去研究和实践。北京奥运会将是在很长一段时间内，化解中西方文化隔阂的一次良机。

申奥陈述人杨澜在援引英国著名历史学家汤因比对中国的评论时说："如果他可以停留在历史上的任何时候的任何地方，那么他的选择将是什么呢？汤因比回答说，我愿意停留在一千年前中国唐朝的丝绸之路。因为在历史上的这一点，所有的文化、宗教和种族的人民融合交汇，和平共处。"通过北京奥运，中国的文化将和世界的其他文化建立新的和谐。

人文城市要有一定的要素、条件，如有世界著名的大学，有频率较高的国际文化交流活动，有标志性、世界知名的文博事业。而城市史表明，城市的发展，不仅是一个经济命题，也是一个人文命题。

为了迎接 2008 年奥运会，北京地区的博物馆届时将达到 150 座。新建的三十多座博物馆包括国家博物馆、国家美术博物馆、电影博物馆、汽车博物馆和首都博物馆新馆五座大型博物馆，除此之外，北京还将对铁道博物馆、印钞造币博物馆等新题材的博物馆进行改扩建。

举办丰富多彩的文化活动，精心策划各项文化活动，力争总数达到 800 项以上。奥运会期间，世界五大洲有特点、有代表性的文化艺术，都将在北京举办主题活动，届时很多著名艺术院团和知名艺术家都将参与其中。

开展有特色的群众体育健身活动。每年组织一次主题鲜明的全民健身活动周，每两年举办一次"北京奥林匹克体育节"，每年"6·23"国际奥林匹克日要确定一个能吸引群众参与的主题，在标志性场所组织大型群众体育健身活动。

加强文化设施的规划，发挥文化设施作用。在奥林匹克公园内规划和建设一批与体育场馆相配套的文化设施。建设好国家大剧院、国家博物馆、首都博物馆、中国电影博物馆、中央电视台和北京电视台新址等一批重点现代文化设施；改建中国体育博物馆等一批博物馆，扩充中华民族园，充实规划展览馆，形成一批城市景观的新的标志性建筑。文化设施是文化事业和文化产业发展的基础，是城市文化活动的重要载体，也是城市文明形象的重要标志。结合筹办奥运会，对全市文化设施进行结构和布局调整，既要规划建设一批体现城市形象和特点的标志性文化设施，也要高标准规划社区文化设施，形成合理的城市文化设施网络。

加快制定首都文化产业的发展规划。确立适合首都特点的文化产业形式，制定文化产业政策，鼓励多元主体进入文化产业，逐步形成结构合理的文化产业链，使文化产业真正成为首都经济的支柱产业。加快文化旅游产业发展。努力把北京建成人才集中、品种丰富、演出繁荣、交流活跃的全国文艺演出中心；建成出版能力强、发行渠道畅通、版权贸易发达的全国出版发行和版权贸易中心；建成经营理念先进、生产制作量和交易量最大的全国影视节目制作和交易中心；建成原创能力强、制作手段先进、传播渠道畅通的全国动漫和网络游戏制作交易中心；建成会展经济发达、会展数量最多、具有国际影响力的全国文化会展中心；建成交易数量多、交易额大、市场规范的全国古玩艺术品交易中心、传统文化保护中心。

从雅典到北京，中国人将把东西方文化融汇在 2008 年奥运会中。其实从北京申办奥运起，北京人就已深切地体会到了奥林匹克的精神与文化。2008 年，北京人可以在现场观看奥运会和残奥会、大型奥林匹克文化艺术节，其中包括国际奥林匹克博物馆珍品展，奥林匹克集邮、收藏展和中国传统文化展等。对奥林匹克精神与文化的体会，将成为北京人生命中最重要的一部分。2008 年的奥运会无疑是北京经济文化社会发展的一个巨大的助推器。在更高、更快、更强的奥林匹克精神的赛道上，北京将高举着五千年熊熊燃烧的文明火炬，健步奔向光明的未来。

人文奥运从古代奥运（公元前 776 年）至今已经发展了两千多年，现代奥运会的历史也已长达一百多年。现代奥运会已经成为一个专门的产业，成为了世人关注的社会现象。它的发展和变化表现了社会需求的变化，反映出人们的社会需求、心理需求、审美需求、享乐需求在不断地发展，这也使奥运会的内容和形式不断地更新。国际奥委会很早就提出奥运和文化结合的目标，因此对于北京这样一个具有三千多年历史的文化古城来说，不仅要反映我们的辉煌历史和灿烂文化，同时也要反映出改革开放带来的新文化、新形式、新内容。

要确立文化发展在首都经济社会发展中的重要战略地位，把文化作为提升首都城市综合实力的重要手段，在突出文化发展的首都特色、增加首都文化中心的功能上做文章。

第一，要树立"首都文化"的发展观念，改变过去以行政方式分割资源和市场的做法，真正从首都的角度出发，更好地发挥首都文化中心的功能，充分利用首都文化的资源优势，整合北京地域上的各种文化资源，规划和构思首都文化发展，切实利用好首都文化的比较优势。

第二，要把塑造首都文化特色和打造城市文化现象，作为关系首都兴衰的一件大事来抓，形成首都文化的特有气质。"博大精深、兼容并蓄、与时俱进、争创一流"概括了首都文化的特色，这个特色应该体现在首都人的精神面貌、文艺创造、文化生产、文化发展环境的营造等各个方面。要在市民素质培育、城市形象定位及首都文化品牌打造上，体现和突出这个特色。营造一种以首都文化理念为支撑的，辐射文化产品和文化服务的首都文化发展氛围。

第三，要以 2008 年奥运会为契机，实现首都文化的新整合。要制定奥运文化经济战略，利用奥运会配置资源的聚合力，把不同部门的资源重新整合，使文化与经济紧密融合在一起。通过奥运会这个纽带，汇集文化人才，整合文化资源，全面提高文化生产的能力，推动文化市场的繁荣，使北京在文化产品的生产制作、文化消费需求的培育、文化市场的规范、文化人才的培养和使用等各个方面都能够得到全面提升。

要围绕筹办奥运会，做好首都文化活动规划。注重探索利用市场机制，开展文化活动的新形式和新办法；注重奥运文化宣传与文化交流、社会经济发展的内在联系，借助奥运实现经济文化整合，打造文化活动知名品牌，提升首都的文化品位，扩大北京的国际影响。首都北京是中国面向世界的窗口，古老的北京带着她数千年的灿烂文化和新时期创造的举世瞩目的成绩，将重新焕发青春，走向更加灿烂的明天。

第九章 社区：文化活动的新载体

随着改革的深化，中国经济的发展和城市化进程的加快，人民群众的生活水平不断提高，精神文化需求日益增长。大力加强城市社区建设，尤其是社区文化建设，以先进的文化促进社区发展，进一步提高为群众服务的水平和城市管理水平，提高社区居民素质和文明程度，已成为我们当前面临的一项迫切任务。

一 社区文化建设的主要内容

文化是人类在社会发展过程中所创造的物质财富和精神财富的总和，有时也特指社会意识形态以及与之相适应的制度和组织结构。社区是文化的发祥地，社区文化交融而构成社会文化。社区文化包括意识形态、思维方式、价值理念、精神状态、风俗习惯等思想形态以及学习、交往、审美、娱乐、健身、休闲等日常活动，是社区成员精神活动、生活方式和社会规范的总和。社区文化建设的根本任务和精神实质在于，通过宣传、学习和开展丰富多彩的文化教育活动，提高居民的文化素质和文明程度，展示中华民族的优秀文化，促进人的全面发展。社区文化包括的内容很多，主要有以下几方面：

1. 精神文明建设

精神文明是由最先进、最正确的意识和思维所构成的一种高级心理状态。文化是精神的旗帜，是民族的精神。先进文化是人类文明进步的结晶，是推动人类社会不断前进的精神动力。精神文明建设是社区文化建设的统领。江泽民同志在"七一"重要讲话中指出："在当代中国，发展先进文化，就是发展有中国特色社会主义的文化，就是建设社会主义精神文明。"坚持什么样的文化方向，推动建设什么样的文化，是一个政党在思想上精神上的一面旗帜。搞好社区精神文明建设，就是在社区建设中弘扬有中国特色社会主义的先进文化，充分发挥文化的渗透力和影响力，营造健康向上、文明和谐的社区文化氛围，把人民群众牢牢团结在有中国特色社会主义的伟大旗帜下，努力为社区发展提供精神动力和思想保证，为社区居民提供积极健康、丰富多彩、喜闻乐见的文化环境和文化服务，满足人民群众日益增长的精神文化需求，把精神文明建设落到实处，为社会主义现代化建设培养高素质的人才创造良好的社会环境。

2. 社区文化教育

社区文化教育是社区文化建设的基础工程，大力发展社区教育，提高人口素质，是增强社区综合实力的需要，是经济建设和社会发展的需要，也是加快城市现代化进程的需要。城市社区作为城市基本单位，由于具有地域、社团组织以及联系百姓和政府的桥梁纽带优势，义不容辞地担负起社会教育载体的职能。社区教育泛指一切影响人的思想品德、增进人的知识和技能的活动。社区教育的内容包括培养才智、训练技艺、普及科学、宣传道德和法律等，其任务是培养有理想、有道德、有文化、有纪律的公民，提高社区成员的道德法律素质、科学文化素质和艺术审美素质。

3. 社区文艺活动

社区文艺活动指社区成员所从事的业余文学艺术活动，是社区文化建设的精华展现。社区文艺包括娱乐、欣赏、创作和表演等活动，其突出特点是全民参与、自娱自乐、丰富多彩、雅俗共赏。社区文艺活动是形成社区认同感和归属感的主要途径，具有宣传、娱乐、交际、审美、教育、经济等功能。社区文艺活动开展得好，可以形成强烈的吸引力、凝聚力、感化力和创造力，直接或间接地展现社区艺术风格、民俗特色和经济活力。

4. 社区体育健身

体育健身包括大众健身和竞技比赛两个部分。前者是人们在闲暇时间所从事的一项重要活动。社区体育健身是社区文化建设的一个重点。体育不仅有健身的功能，还有审美享受、智力开发、性格培养的功能。健康和长寿是人类的基本需求和永恒愿望，在现代都市生活中，由于体育锻炼与身体素质、生活质量、工作效率、精神面貌都有直接的关系，所以健身越来越为人们所重视。

二　社区文化在都市生活中的功能和特点

1. 社区文化的功能

社区文化涉及的范围很广，包括信仰、风俗、制度、法律、科技、文学、艺术、休闲等，可以说是融民俗、文艺、体育、教育和精神文明建设为一体，其功能主要包括：

（1）社区文化具有陶冶人、塑造人的功能。社区文化通过宣传教育、开展各种群众文化活动、倡导文明风尚，在思想道德、科学文化、身心健康等诸方面全面提高社区居民的素质，增强社区居民的凝聚力、感召力和创造力，促进社区整体文明程度、生存质量的提高，居民在生活中自觉形成相互关心理解、互相帮助、和睦相处的良好氛围，充分调动社区建设主体的积极性。

（2）社区文化具有教育和再教育功能。当今时代是知识经济时代，是知识爆炸的时代。知识在不断更新，要跟上时代的发展，就必须不断地学习，在学习中不断地认识事物、积累经验、增长才干。开展社区文化教育，就是要创造各种条件来满足人们增长才智的需求，促进社会生产力的快速发展。

（3）社区文化具有提高人们认识美、创造美的功能。审美需求是更高层次的精神需求，满足人们的审美需求对于提高人们的文化素质、道德情操具有极其重要的意义。社区居民的审美需求一般来说包括文艺、体育、服饰、环境等。因此，适合社区开展的审美活动有很多，如绘画、书法、音乐、舞蹈、体育、曲艺、园艺等，都是人们喜闻乐见的形式。通过这些活动，可以培养人们认识美、创造美和欣赏美的能力，提高审美情趣和艺术修养。

（4）社区文化具有休闲、娱乐和健身功能。休闲、娱乐和健身是社区居民从事社区文化活动的重要目的，是社区文化和文明发展的主要途径。人们在紧张的工作之余需要休息、消遣娱乐、放松神经、消除疲劳、愉悦身心。在过去温饱问题没有解决的情况下，人们只能为生存而奔忙，没有时间、精力和财力从事休闲、娱乐健身活动。随着生产的发展以及生活水平的提高，人们才会有财力，有闲暇来放松身心，享受生活。社会的发展水平越高，生活越富裕，人们对生活质量和身体健康的重视程度也就越高，对休闲、娱乐和健身的需求也就越强烈。在当今社会，休闲、娱乐、健身已不仅是出于保健的心理需要，而且也源于交际、审美、娱乐等心理需要，已成为一种社会时尚。

2. 社区文化的特点

社区文化是社会发展状态的具体表现形式，是社会文化在社区中的综合反映，社区文化具有明显的特点。

（1）社区文化具有明显的地域性。对于一个社区来说，它的地理、生态、气候等自然环境，人口构成、风俗习惯、经济模式、建筑风格、园林绿化等人文环境，都会对社区文化的内容、形式、质量、特色产生直接或间接的影响。因此，搞好社区文化建设是这个社区地域内所有成员、所有单位组织共同的事情，也是义不容辞的责任。为共建社区美好家园，驻区内政府各职能部门和各群众组织以及所有的企业不但要自己组织各具特色的文化活动，还应为社区综合性文化活动出谋划策、出人出力。

（2）社区文化具有明显的大众性。很多文化活动的开展都是由社区成员自己创意、自己组织，参与的人多、面广，包括男女老少。这些活动既包括人们的日常活动、风俗习惯、历史传统，也包括流行趋势、现代时尚。如读书看报、唱歌跳舞、下棋弹琴、跑步打拳、比赛表演等，都是喜闻乐见、深受群众欢迎的。很多活动不用发动和组织，大家都自觉自愿参加。这些百姓休闲、自娱自乐的活动，是社会精品文化的基础。

（3）社区文化具有明显的综合性。社区开展的各项文化活动，如精神文明建设、民俗文艺、文化教育、体育健身等，看起来好像是相对独立的，但实际上每项工作都是相互交叉、互相渗透的。

三　首都社区文化生活现状

1. 政府积极倡导，初步形成社区文化建设新格局

人的文化需求总是随着经济的发展和社会的进步而日益增长的，随着中国经济的发展和人民物质文化生活水平的提高，群众对于文化生活的要求日益强烈，文化参与心理日益高涨、日益迫切，社区文化需求不断增长。满足人民群众的物质生活需求和精神文化需求是社会发展的根本目的，是政府的一项重要职责。近几年，在各级政府的高度重视和相关部门的大力支持下，相继出台了一系列扶持政策和管理规定，统筹指导社区文化工作的开展，作为政府派出机构的街道办事处更是把社区文化作为一项重要的任务认真研究，加以落实。各社区街道积极利用本地文化资源，在发展社区文化方面做了大量卓有成效的工作，开展了丰富多彩、健康有序的文化、教育、科普、体育和娱乐活动，建立了社区文化站、文化中心、图书馆、阅览室等文化基础设施，各种文化节、艺术节、庙会、游园会、露天电影、歌咏比赛、全民健身、小型运动会搞得红红火火、热闹非凡，这些不仅较好地满足了社区居民不断提高的、多方面的精神文化需求，同时也有效地促进了首都人文环境的优化和社会政治的稳定。

2. 与时俱进、观念更新

社区文化活动之所以能够蓬勃开展有赖于社会各界更新观念，深入理解社区文化理念。社区文化从原来狭义的"文艺"概念变成由文艺、科技、教育、卫生、体育、环境等相结合的大文化概念，拓宽了文化活动的阵地，获得了各方面的支持和协作，减少了分歧和矛盾。社会主义市场经济的实行，更是为社区文化的有偿服务提供了理论和政策的支持，使得社区文化市场出现生机勃勃的景象，文化产业观念开始形成。20世纪80年代以前，社区文化的资金主要来自政府，政府的经济负担很重，可社区的文化经费却仍然严重不足。改革开放以后，人们的生活水平有了较大提高，人们有了花钱买娱乐、花钱买健康的文化消费需求，社区也就自然出现了文化消费的供给，正在实现由过去单一的无偿服务向部分有偿服务或完全市场型服务转变，在重视社会效益的前提下，尽可能创造良好的经济效益。社区文化服务产业化是社区服务产业化的重要内容，是社区经济的重要组成部分，提供场地和设施设备、开办各种文化培训班是社区文化有偿服务的主要方式。社区文化有偿服务减轻了政府的经济负担，弥补了开展社区文化活动经费的不足。

3. 社区单位成员积极参与

社区是所有社区成员和驻区单位共同的家园，社区内企事业单位在努力搞好自己单位文化活动的同时，还要参与社区整体文化工作，共同协商、共同谋划、共同实施，出人出力、出场地，扩展社会文化工作的空间，这是驻区单位义不容辞的责任。例如，西城区德外街道各会员单位不但积极参加社区文化活动，而且还各自根据自己的文化强项和经济实力，主动承办一些社区的大型文化活动，如华北电力设计院承办"华电杯桥牌赛"、石油天然气总公司承办"石油杯围棋赛"、国防科工委承办"国防杯群星百花文艺会演"等。西城区政府发出"学校体育资源与社会共享"的号召，希望学校能把体育场地和设施在空闲时间向社会开放，驻区各学校积极响应，纷纷将校内的篮球场、羽毛球场、乒乓球桌向周边居民开放。资源共享大大弥补了社区公共文化场地的不足，对社区文化建设和城市可持续发展作出了积极的贡献。

4. 不断壮大文化工作队伍

广大社区文化工作者常年活跃在社区文化建设的第一线，兢兢业业、任劳任怨，为丰富和普及群众文化、传播精神文明作出了积极贡献。建好队伍，充分发挥他们的专长、兴趣和带头作用，是发展社区文化的重要基础。

这几年，各社区街道在队伍建设上普遍加大了力度。通过不断调整人员，健全组织，抓好培训，使文化工作队伍日益扩大，素质明显提高。例如，崇文区文化馆坚持把培训基层文化干部业余文艺骨干作为一项重要任务，每年都举办培训班，并派人或请人到各街道进行指导。目前，在岗的街道文化干部全部参加过文化馆组织的业务培训，90% 的文艺团队接受过专业人员的指导。区教委专门举办培训班，陆续培训市民文明学校教员 500 人次。目前，崇文区具体负责文、教、科、体工作的专兼职工作人员队伍共有 81 人，其中专职人员 66 人、兼职人员 956 人；各街道共有业余文艺团队 72 个，其中舞蹈队 17 个、合唱队 4 个、戏曲队 9 个、曲艺队 2 个、民乐队 1 个、健美操队 24 个、时装表演队 2 个，总人数达 2930 人。丰台区各街道也有许多活跃在居民社区中的业余文艺团体，有些街道达到几十支，他们有些受过专业训练，演出水平很高，多次代表丰台区、北京市参加文艺会演。

5. 各类文化活动丰富多彩

首都的社区文化充分发挥了自身的特点与优势，一年中各种文化活动连续不断，高潮迭起。春季有"五月的鲜花"群众歌咏活动，夏季有娱乐纳凉的"夏日文化广场"活动，秋季有围绕国庆、重阳等节庆纪念日开展的金秋系列文化活动，冬季有元旦、春节期间的拜年、联欢活动和文化庙会等。各区政府和各社区街道在群众文化社团开展活动的基础上，组织了艺术节、运动会、音乐会、演唱会、歌咏比赛、书画笔会、舞会、庙会、民间花会、夏日广场、时装表演、收藏展览、居室美化设计和各种单项体育比赛，可谓多种多样，丰富多彩。清河地区组织了百人扇舞、百人竹板、百人秧歌、百人健身球队伍，有京剧艺术表演队、社区文艺巡回表演队等，丰富、活跃着社区文化生活，在社区文化建设中发挥着重要作用。崇文区广大居民积极参与文化艺术、社区教育、科普宣传、体育健身和休闲娱乐活动，各街道每年除了积极参加区里组织的大型活动以外，还立足本社区，面向居民，联合辖区单位，利用传统节日，结合形势任务，因地制宜地开展各种地区性活动。据不完全统计，近年来，崇文区每年由街道一级组织的有主题、有规模的文化活动 800 多次，平均每个街道每年 100 多次；由居委会组织的小型文化活动 9000 多次，每个居委会平均每年 60 多次；由居民自发组织的自娱自乐活动数量之多，已无法统计。崇文区教委充分发挥社区教育委员会的作用，派出专职教师，依托市民文明学校，帮助各街道组织、开展一系列培训活动，促进了社区教育的发展。区科委通过区科协对社区科普活动实施指导，他们每年组织策划的"迎新春科普系列活动"、"科技周系列活动"、"普之夏系列活动"，有效地带动了社区科普活动的开展。区体委通过对街道体育工作实施量化管理，大力推广广播体操和晨练、晚练等活动，使全民健身活动在社区得到了广泛普及。

6. 重视文化设施建设

清河地区充分挖掘和利用社区文化设施资源，大力举办市民学校，建设文化广场，提供大众文化传播阵地，逐渐形成社区文化特色。街道对"碧水风荷公园"进行升级改造，新建"广济月波园"、"绿馨安宁园"，使这些园区成为该区居民集休闲、娱乐、健身为一体的大型公共活动场所。据统计，街道已投资兴建或开辟了为广大群众喜闻乐见的露天文化广场 12 个，建成健身文体广场 18 个。下一步，街道还将继续建成超万米的"翠谷人文绿化带"和清河文化体育广场，为该区居民开展文化活动创造更好的条件。崇文区积极克服地域狭小、人口居住密集、经济相对落后、各级财力紧张带来的困难，各街道积极挖掘潜力，合理调配资源，多方筹措资金，同时区政府和文、教、科、体等职能部门也给予了不少扶持，经过几年的努力，各街道已陆续建起了一大批可供居民进行文化娱乐、学习培训、体育健身和科普教育的活动阵地。据 2001 年的不完全统计，该区各类活动阵地已发展到 597 个，总面积达 22745 平方米。西城区为建设文化场地投入了大量资金，10 个文化站的建筑总面积达到 5700 多平方米，其中文化活动厅（室）的使用面积达到 3000 多平方米，可同时容纳近 2000 人。现在每年到文化站参加文化活动的人数高达 20 多万人。

四　当前首都社区文化建设存在的困难和问题

多年来，党和各级政府对社区建设投入了大量的人力、物力和财力，在精神文明和物质文明建设方面取得了巨大的成果。但是，社区文化建设中仍然存在着一些问题，亟待克服。

1. 对社区文化建设的认识有待进一步提高

目前，一些社区领导对社区文化建设的重要性认识不够，缺乏战略眼光：有的领导重专业，轻业余；有的社区工作者局限于具体事务工作，将社区文化与群众文体简单地等同起来，认识层次较低，工作方法单一；有些社区存在着居民社区文化的群体意识不强的问题，参与积极性不高。以上这些问题都在一定程度上影响了社区文化工作的开展，使社区文化发展没有对本地区的社区建设起到良好的促进作用。

2. 社区文化建设的管理机制尚未健全

社区建设是政府主导、社会各方共同参与的一项事业，需要多方共同沟通协作，发挥最大合力。社区文化建设也是如此。由于社区的工作体制还没有理顺，社区文化的发展也受到了一定的影响。目前，社区管理体制是"分级管理、条块结合、条专块统"，不可避免地使社区文化建设的管理机制存在着缺陷。有些地区没有社区文化发展规划和具体实施方案，严重缺少资金和场地，对社区文化人才的培养和对文化设施建设的资金投入相对薄弱；工作有盲目性，活动表面化的多，扎扎实实的少；社区文化建设管理机制不顺畅，文化市场混乱，账目管理有漏洞，工作者队伍不稳定，工作缺少计划性和连续性。这些直接影响到社区文化资源的综合利用，造成社区文化资源在无形中被消耗而得不到开发利用。

3. 社区文化工作者队伍还不够理想

各社区街道文化干部尽管工作都很努力，但存在着人员少、兼职多、任务重的矛盾，有的干部业务素质和专业能力难以适应工作需要。社区文化活动经费和人员编制都无法可依，工作存在着很大的随意性，相应的政策法规不够健全，缺乏必要的保障措施。社区文化工作者不能完全适应现代社区文化建设的需要，普遍存在着年龄老化、知识水平偏低的问题，整体素质亟待提高。随着社区文化建设任务的加重和要求的提高，对街道职能科室和文化站专职人员的调整配备以及对专业人才的培养、引进，是一个需要认真研究解决的问题。

4. 基础设施不能满足社区文化建设发展的需要

随着生活水平的不断提高，人们对生活品质、精神文化的需求也在不断增长，而社区对这种文化需求的合理配置和供给能力是有限的。目前，各街道虽然都有文化站、市民文明学校和体育健身场所等，但有的面积很小，有的数量不够，有的设施简陋，难以满足实际需要。造成这一状况的主要原因是缺少空间，缺少资金。而且，在社区进行文化活动的主要以老年人和儿童为主，还需要扩大社区服务项目，不断创造新的文化活动方式，满足越来越多的青年人和中年人对社区文化活动的需求。

5. 社区文化建设中的投资体制还不够健全完善

社区内单位的内部资源对社区群众开放，实现资源共享，是满足广大居民需求、完善社区功能、推进社区建设的重要举措。但北京市目前对社区的资源共享缺乏配套的扶持政策，如资金补偿、税收优惠等，有些社区文化建设投资体制仍然是政府包揽，社会其他方面参与极少。中国处于社会主义初级阶段的基本国情决定了，政府不可能有充足的资金用于发展社区文化，这就严重阻碍了社区文化建设的发展。因此，需要发展和培育中介组织，进一步调动辖区内各方面的积极性，尤其是鼓励和引导非公经济企业投资社区文化建设，真正形成多方通力协作的投资体制。

五 进一步丰富社区文化生活的措施及对策

1. 加强学习，提高认识

搞好社区建设首先要进一步深入学习"三个代表"和"以德治国"的重要思想，提高认识，用新的观念看待社区文化，从战略全局的高度，充分认识发展社区文化对于推动精神文明建设、占领社区思想文化阵地的重要性和紧迫性，增强抓好社区文化建设的责任感。树立"大文化"观念，搞清社区文化的深刻内涵，强化一盘棋思想，切实把社区的文化、教育、体育事业和思想道德建设列入社区建设总体规划，加强部门间的协调配合，形成齐抓共管的局面。

2. 理顺管理体制，加强队伍建设

搞好社区文化生活涉及文艺、教育、体育、环境等各个方面，需要社区内所有单位共同参与，因此，首先要进一步理顺工作和管理体制，这是提高社区文化工作效率的前提。目前已经建立的"政府统筹、分工负责、归口管理"的社区文化管理体制应继续坚持，其不足的方面要通过建立协调机制加以完善，真正形成一个上下贯通的领导、协调、执行和管理机构，使社区文化健康快速地发展。由政府领导、社区主任、居民代表、单位领导、社会知名人士共同组成的社区文化工作委员会是一种很好的机构形式，可以统一协调和指导包括社区文化在内的全区社会文化工作。委员会要建立较为完善的工作制度制度，定期分析形势，通报情况，交流经验，协商问题，统筹安排重大活动，协调各方共同抓好落实，这对于推动社区文化工作的顺利开展无疑是非常有利的。

其次，建立一支高素质的社区文化工作者队伍，是搞好社区文化活动的组织基础。要对社区街道专职文化干部进行必要的调整，将不适合做文化工作的人员分流出去，通过竞争上岗和大胆引进人才，配齐配强科室人员。应将街道文化站正式列为文化事业单位，通过招聘的方式尽快落实编制。对社区文化干

部要加强政治素质和专业技能的培训，使他们具有扎实的文化素养、高尚的敬业精神。培训可以采取脱产、半脱产和在职进修等几种形式，文化馆要切实负起培训文化干部的职责，教委、科委、体委要分别对社区教育专职教师、科普宣传员和体育指导员加强管理和业务培训。各街道要注意发现优秀文化人才和民间知名艺人，大力发展具有特色的业余文化团队，力争每个街道至少建立一支水平高、有影响的品牌文化团队，以带动地区文化活动的开展。

3. 积极挖掘潜力，开发文化资源

社区文化建设过程实际上就是社区文化资源的开发过程，因此，对社区文化资源的开发利用是建设社区文化最为重要的条件。

（1）注重人才和社团组织的作用。社区文化人才是社区文化的宝贵资源，是社区文化的主导力量。社区各种单位人才济济、藏龙卧虎，要通过开展社区人才资源调查和各种文化活动，积极发掘社区文化人才，充分发挥他们的特长，使社区文化更具活力、更有魅力。群众文化社团组织是社区文化建设的骨干力量，社团组织要注重组织制度建设，制定组织章程，就组织目标、性质、会员资格、民主议事、财务管理、活动方法等项内容做出明确的规定。社团组织内部要实行规范化管理，积极创造条件向标准社会组织或俱乐部模式过渡。

（2）开发利用社区设施资源。社区设施资源是开展社区文化活动的重要保证，根据实际需要增建文化设施是开发社区文化资源的一项重要任务。随着人们生活水平的不断提高，人们的文化活动会越来越多，对文化设施的需求量将越来越大，文化设施的数量和质量就成为一个城市文化品位和经济实力的体现。因此，政府、企业和社团组织应该想方设法增加文化设施的数量。为了提高设施资源的利用率，设施资源共享是开发社区文化资源的另一项重要任务。由于历史的原因，许多单位过去都承担着社会职能，并且拥有自己的文化设施和场地。实行市场经济以后，单位的社会职能弱化了，文化设施和场地大量闲置；而社区的职能越来越多，文化设施和场地资源明显不足。实行文化设施和场地资源共享是社区文化发展的需要，也是城市实现现代化的需要。资源共享可以采取无偿、低偿和市场化三种形式，在目前阶段应以前两种形式为主，以后逐步向市场化过渡。

（3）保护利用文物资源。文物资源是人类文明的宝贵遗产，其价值会随着时间的推移而不断增加，应充分对其加以保护利用。在保护的同时，充分利用文物的研究价值、欣赏价值可以创造直接的经济收益，但利用文物资源要注意坚持经济效益和社会效益相结合的原则，合理收费。

4. 注重文化特色，丰富文化活动

经济发展、社会稳定、文化繁荣的重要标志是人民群众享有丰富多彩的文化生活。政府和文化工作者的重要职责之一就是尽可能地满足人们多种多样文化的需求，尽最大努力为群众的各种文化活动提供组织、协调等服务。组织文化活动应当遵循全面性、系统性和连续性的原则，文化活动和文化作品以及产品应注意保持自己的特色。有特色才有生命力和竞争力，才会有知名度和吸引力。要充分发挥本社区文化人才、组织、设施和文物的优势，逐步使某一两项文化活动形成传统特点，形成规模和特色。

5. 实现产业经营，注重经济效益

社区文化服务产业化是社区服务产业化的重要内容，是社区经济的重要组成部分，提供场地、设施设备和开办各种文化培训班是社区文化有偿服务的主要方式。社会主义市场经济的实行，为城市文化市场带来了生机，也为社区文化的有偿服务提供了理论性支持。文化服务，除福利性服务之外，也要遵循市场经济原则，逐步实现社区文化消费和供给的产业化经营。实践足以证明社区文化有偿服务减轻了政府的经济负担，弥补了社区文化经费的不足。当产业化经营形成了规模效益后，还可以上缴税收，增强城市和国家的经济实力。但是，要注意的是文化产业的运作和管理要逐步规范化、法制化，在充分重视社会效益的同时，使国家、集体和个人都能受益。

第十章　特色：三大城市
文化生活比较

　　北京、上海、广州分别是中国华北、华东、华南的一线发达城市，其文化生活状况对于周边较大范围的二、三线城市有引领和推动作用。掌握这三个城市的文化生活状况，分析、研究这三个城市文化生活的特点，可以启发首都文化生活发展的思路。

一　京、沪、穗文化生活状况

（一）北京市近年来文化生活状况

1. 文化艺术繁荣活跃

　　2001 年，全市各主要剧场共举行文艺演出 1 万余场，其中涉外演出 3000 多场。创作了一批优秀剧目和作品，其中《宰相刘罗锅（第二本）》、《想变蜜蜂的孩子》等作品荣获全国"五个一工程奖"。北京的新年音乐会已成为有重要国际影响的音乐盛事。年内成功举办了第二届全国少数民族文艺会演等一批重大演出。2001 年末，全市有市、区（县）文化馆、群众艺术馆 278 个，公共图书馆 26 个，档案馆 20 个；各类行业博物馆、家庭博物馆开始兴起，博物馆已达 110 个。2001 年共摄制电影故事片 50 部。2002 年，全市各主要剧场共举行文艺演出 1.3 万余场，引进国外以及中国香港、澳门、台湾地区来京交流项目 131 批，来京的涉外演出 201 台、3290 场次。社区文化、企业文化、校园文化、家庭文化蓬勃发展，城乡人民业余文化生活丰富多彩。2002 年末，全市有区县级文化馆 20 个，全市各街道和乡镇基本都建有基础文化设施（文化站），建筑总面积达 18.2 万平方米。建成各类文化广场 972 个，总面积 454 万平方米，总投资 14.6 亿元。以基层文化工作者、文化志愿者和业余文艺骨干为重点的基层文艺队伍日益壮大，全市基层文化工作者队伍共有 12.4 万人，群众业余文艺创作更加繁荣，涌现出一大批业余文艺创作精品。全市有 31 部作品和 270 余名业余文艺骨干在"群星奖"等全国各类文艺评比和赛事中获奖。

2. 公共图书馆事业规模不断扩大

全市已初步形成以国家图书馆、首都图书馆、市少儿图书馆为龙头，区级图书馆为区域中心，乡、街文化站和图书室为基础的公共图书馆体系。到 2002 年底，全市共有公共图书馆 26 个，其中少儿图书馆 5 个；5 个图书馆建筑面积达到万平方米以上，平均每人拥有藏书 2.8 册。全市有 5 家社区图书馆挂牌成立，成为北京市首批社区图书馆。

3. 影视、图书出版事业欣欣向荣

2001 年，北京人民广播电台的 7 个系列台平均每日播音时间达到 189 小时。北京电视台与北京有线广播电视台合并后，资源得到合理调整，平均每周播出时间达到 857 个小时。光缆传输网络扩大，已拥有用户 177.7 万户，全市 46% 的居民可以收看到 40 个频道的电视节目。2001 年末，北京地区出版的报纸达到 240 种，平均期印数 3343 万份，分别比上年减少 3% 和 5%；出版的杂志达到 2352 种，平均期印数 5909 万册，分别比上年增长 3.5% 和减少 3.4%；全市出版图书 55130 种，总印数 91006 万册（张），分别比上年增长 0.6% 和减少 19.7%。到 2002 年底，全市共有各类电影放映单位 213 个，电影院 64 个。北京电视台电视节目 17 套，广播电视综合覆盖率达 99.9%。广播电视播出时间位居全国前列。出版发行业经过改组改造，集约化程度不断提高。2002 年末，北京地区出版的报纸达到 244 种，总印数 67.4 亿份，分别比上年增长 0.4% 和减少 2.8%；出版的期刊达到 2378 种，总印数 8.2 亿册，分别比上年增长 0.29% 和 1.3%；全市出版图书 81782 种，总印数 12.6 亿册，分别比上年增长 27.9% 和 22.6%。至 2003 年底，全市共有各类电影放映单位 180 个，其中电影院 56 个。放映场次 10.3 万场，观众人次达到 609.4 万人，票款收入 1 亿元。北京电视台电视节目 19 套，数字电视频道已经在北京试播，广播电视综合覆盖率达 99.9%，有线电视入户率为57.9%。出版发行业经过改组改造，集约化程度不断提高。北京地区出版的报纸达到 248 种，出版的期刊达到 2375 种，均与上年基本持平；出版图书 88687种，比上年增长 8.4%。共有 26 种图书、期刊、音像制品在国家各类大奖的评选中获奖。

（二）上海市近年来文化生活状况

1. 文化艺术取得了长足发展

2001 年内成功地举办了第三届中国上海国际艺术节、2001 年上海国际服装文化节、上海之春国际音乐节、第五届上海国际电影节等一系列国内外大型文化交流活动。特别是 APEC 文艺演出以及世界著名歌唱家的独唱音乐会，体现了上海国际大都市的文化水准。在全国和国际性文艺评奖中，上海共获奖 100 余项，其中电影《生死抉择》获"五个一工程"特等奖。2002 年内成功地举办了 2002 年国际旅游交易会、第四届中国上海国际艺术节、2002 年上海国际服装文化节、第六届上海国际电影节等一系列国内外大型文化交流活动。在全国和国际性重要文艺评奖中，上海共获奖 60 余项，其中杂技《兜杠》获十四届初登舞台国际杂技艺术节"金 K 奖"优秀剧目奖。2003 年内成功地举办了 2003 年上海国际服装文化节、第七届上海国际电影节等一系列国内外大型文化交流活动。在全国和国际性重要文艺评奖中，上海共获奖 20 余项，其中话剧《商鞅》和京剧《贞观盛事》入选年度国家舞台艺术精品剧目；电影《父亲》获二十七届开罗电影节最佳影片奖。

2. 新闻、出版和广播电影电视事业取得新成就

2001 年全年共摄制电影故事片 12 部。广播电视播放时间延长，节目丰富多彩。上海人民广播电台节目 6 套（其中对台广播 1 套），平均每天播音 89.7 个小时；上海东方广播电台节目 4 套，平均每天播音 76.7 个小时；上海电视台节目 7 套，平均每周播放 910.3 个小时；上海东方电视台节目 4 套，平均每周播放 497.7 个小时；上海教育电视台平均每周播放 119.5 个小时。全国有 11 个省、市、自治区卫星电视节目进入上海电视网播放。新闻出版事业继续发展。2001 年共出版报纸 16.98 亿份、各类杂志 1.85 亿册、图书 2.68 亿册（张）。全市 1012 个东方书报亭成为城市文化的重要补充，体现了现代化国际大都市的文化风采。2002 年全年共摄制电影故事片 10 部。2002 年内上海人民广播电台和上海东方广播电台通过整合，实行广播频率专业化，设置了新闻、交通、文艺、戏剧等 10 套新节目。上海人民广播电台节目 4 套，平均每天播音 76 个小时；上海东方广播电台节目 6 套（其中对台广播 1 套），平均每天播音 94 个小时。上海电视台节目 7 套，平均每周播放 949 个小时；上海东方电视台节目 4 套，平均每周播放 511 个小时；上海教育电视台平均每周播放 129.5 个小时。全国有 11 个省、市、自治区卫星电视节目进入上海电视网播放。新闻出版事业发展迅速。2002 年共出版报纸

16.46 亿份、各类杂志 1.8 亿册、图书 2.59 亿册（张）。2003 年共摄制电影故事片 9 部。上海文广新闻传媒集团专业频率共有 10 套，平均每天播音时间 172.7 个小时。其中，上海人民广播电台节目 4 套，平均每天播音 75.9 个小时；上海东方广播电台节目 6 套（其中对台广播 1 套），平均每天播音 96.8 个小时。专业频道共有 11 套，平均每周播出时间 1475.1 个小时。其中，上海东方电视台节目 4 套，平均每周播放 523.8 个小时；上海电视台节目 7 套，平均每周播放 951.3 个小时。上海教育电视台平均每周播放 122.5 个小时。全国有 27 个省、市、自治区卫星电视节目进入上海电视网播放。至 2003 年末，有 30 个有线台（网）收转了上海卫视节目，其中中国澳门地区以及日本、澳大利亚各 1 个。2003 年内上海东方电影频道正式开播，成为全国第一个地方电影频道。新闻出版事业发展步伐加快。2003 年内组建了新的上海文艺出版总社和上海世纪出版集团。全年共出版报纸 17.05 亿份、各类杂志 1.83 亿册、图书 2.74 亿册（张）。

3. 公共图书馆、群众艺术馆、档案馆、博物馆等取得新发展

至 2001 年末，全市有市、区（县）文化馆、群众艺术馆、文化艺术指导中心共 36 个，公共图书馆 32 个，档案馆 50 个，博物馆 20 个，文化部门艺术表演团体 29 个。至 2002 年末，全市有市、区（县）文化馆、群众艺术馆共 53 个，公共图书馆 32 个，档案馆 44 个，博物馆 21 个。上海博物馆首次成功举办了晋唐宋元书画国宝展，共展出 37 天，接待观众 23 万人次。文化部门艺术表演团体 28 个。至 2003 年末，全市有市、区（县）文化馆、群众艺术馆共 36 个，公共图书馆 35 个，档案馆 45 个，博物馆 23 个。2003 年内上海博物馆成功举办了《淳化阁帖》最善本特展，共展出 38 天，接待观众 14.3 万人次。文化部门艺术表演团体 28 个。

（三）广州市近年来文化生活状况

1. 文化事业欣欣向荣

2001 年各艺术院团共获国际奖项 11 个，全国奖项 20 个，省级奖项 21 个。《紫荆勋章》、《土缘》等四部佳作均获"五个一工程奖"。在第 11 届群星奖评选中，广州五部参选作品全部获得金奖。2003 年文艺创作和群众性文化艺术活动蓬勃开展。广州市承办了"金狮奖"第二届全国木偶皮影比赛和第五届全国老年合唱节，中国音乐界综合性专家大奖——"金钟奖"永久落户广州，新春音乐会和"魅力广州"大型元旦晚会展示了广州的风采和魅力。

2. 新闻、出版和广播电影电视事业健康发展

2001 年全市有广播电台 8 座，电视台 5 座。广播人口覆盖率 99.8%，电视人口覆盖率 99.5%。全年发行各种新影片 102 部。全年出版各类杂志 2.09 亿册，比上年下降 7.3%；报纸 27.08 亿份，图书 2.66 亿册，分别比上年增长 15.8% 和 0.6%。2002 年全市有广播电台 8 座，电视台 5 座。广播人口覆盖率 99.78%，电视人口覆盖率 99.52%。全年发行各种新影片 95 部。全年出版各类杂志 1.99 亿册，比上年下降 4.5%；报纸 28.31 亿份，图书 2.89 亿册，分别比上年增长 4.6% 和 8.8%。2003 年全市有广播电台 2 座，电视台 3 座，广播人口覆盖率为 99.8%，电视人口覆盖率为 99.5%。全年发行各种新影片 96 部。全年出版各类杂志 1.96 亿册，报纸 27.03 亿份，图书 2.98 亿册。

3. 公共图书馆、群众艺术馆、文化馆等建设及文物保护工作取得新进步

2001 年，全市有各类专业艺术表演团体 18 个，群众艺术馆、文化馆 14 个。文物博物工作开拓了新的发展领域，进行了南越国宫署遗址儿童公园地块的发掘、番禺先秦沙丘遗址和棠下施工工地考古以及广州百货大厦施工现场考古工作等。营造了良好的文化、娱乐、宣传、教育环境。2002 年末全市有各类专业艺术表演团体 18 个，群众艺术馆、文化馆 14 个，公共图书馆 15 个，出版社 18 家。2003 年末全市拥有各类专业艺术表演团体 18 个，群众艺术馆、文化馆 14 个，公共图书馆 15 个，出版机构 18 家。文物和历史文化名城保护工作取得新进展，从化广裕祠获 2003 年度联合国教科文组织亚太地区文化遗产保护杰出项目奖第一名，城市文化品位进一步提升。

二 京、沪、穗文化生活比较

（一）京、沪、穗文化生活特色

综观三地文化生活状况，可以看出，"一方水土养一方人"，京、沪、穗——中国社会三个极具代表性的城市，由于不同的地理位置、不同的历史渊源，形成了三种极具鲜明特色的地域文化。①

1. 北京人：大气张扬，潜在的贵族意识

北京人更务虚，是一种典型的舞台型人群，乐于表现，勇于表现，惯于

---

① 贺新：《透视京沪穗三地消费文化 北京人潜在贵族意识？》，2004 年 7 月 16 日《中华工商时报》。

饰演大众中心人物。①

北京是全国的政治、文化、科研、教育中心。这里党政机关云集，高校林立，也有中国唯一的"硅谷"。长期生活在首善之区、天子重地的北京人，对政治的热情较之其他城市要高得多，北京人更关注生活中宏观层面的东西。很多人都有这样的体会，北京的出租车司机讲起国家大事、国际形势来如数家珍；北京人对于公益事业的热情也是其他城市无可比及的。零点集团2002年的居民生活质量调查显示，在最关心的社会问题上，有超过四成的北京人提及"环保问题"，而上海人和广州人相应的比例仅为30%和20%。在北京，很容易掀起一场诸如"迎奥运，全民学英语"的运动。②

北京人考虑问题往往从社群的角度出发，喜欢从大处着眼，重视群体氛围，重视大家的感受，社会责任感也比较强。有关调查数据显示，在问及"为什么努力工作"时，北京人"受责任心驱使"而努力工作比例最高（30.1%），选择"为增加个人收入或提高个人待遇"而努力工作的比例最低（27.4%）。此外，选择"能为国家多作贡献"的北京人相对较多。

另外，北京人受传统文化的影响比较大，天桥的剧场、老北京的茶馆、城墙根的胡同、老式的四合院，这些都常常让北京人感受到传统的厚重。作为历朝古都，北京无疑也是中华民族传统文化的杰出代表，北京人密切注意着外来文化对自己文化传统的影响，注意着自己文化传统的细微变化。他们偏于传统，有着深厚的历史积淀，但也喜欢接受各种新事物，并将传播各种新概念作为己任。比如，北京人对首都建筑特色的苦苦追寻，既不能全盘照抄欧美风格，也不能一路青砖灰瓦琉璃顶下去，于是就出现了激烈的争论。

北京人秉持尊老爱幼的传统道德，也将乐于助人的精神发挥到了极致。北京人总会耐心地给外地人指路，而热心过度的则恨不能亲自带你去。

2. 上海人：精明能干，固有的小资情调

上海地处长江三角洲的中心位置，是中国最大的港口和金融中心，拥有全国所有城市中最高的GDP总值和人均GDP值，上海强大的经济实力和丰富的信息来源让上海人或多或少地带着优越感，他们以身处国际大都市为荣，在生活中也每每以国际化为自己的追求。这和北京有些被动的国际化是完全不同的。上海人洋气，他们总是试图改变，推崇境外的时尚，用以表现

---

① 汤雪梅：《地域消费文化的差异》，http://www.3see.com，2004年11月10日。
② 汤雪梅：《北京、上海、广州消费文化解读》，《商业时代》2004年第20期。

自己的独特。他们是生活细节与外显时尚的领导人群。

城市的地理位置和历史渊源决定了上海文化更多地受到西方文明的影响。上海的文化可以说是西方文明和传统文化双重影响的产物，海派文化是一种具有上海地方特色的文化氛围，其显著的特点是在开放性和变革性中孕育着一种实实在在的内容，上海人在引进、吸收外来文化的同时，得到现实生活中的实惠。

来自《北京青年报》的数据显示，上海人有较强的自我意识。38.5%的人是为了"增加个人收入或提高个人待遇"而努力工作。上海人追求高档，追求完美，同时又要追求经济，追求合算。就像一个天平，他们永远在寻求品味和金钱之间的最佳平衡点。上海人是微观化的，喜欢从小处着眼，注重细节。他们特别关注人际关系的深度，传播细节，强调在熟人群体中的传播。

和北京人相比，上海人的排外意识比较强，但是一旦能够做出成绩，就会得到上海人的认可。那一大批收入未必是最高，却受过良好教育，有着聪慧心智和时尚品位的沪上白领阶层，能够成为这个城市公认的形象代言人。

和北京的传统风格相比，上海的现代都市特色尤为明显。2002 年勺海公司所做的京、沪、穗三地电话调查显示，上海人认为上海最有特色的景观是东方明珠广播电视塔、外滩、金茂大厦，提及比例分别为 30%、21% 和 19%；而北京人提到最多的是故宫、长城……

3. 广州人：敢闯敢拼，港人的务实本色

广州是中国改革开放的前沿阵地，经济发展势头之猛也带动了周边小城市的快速发展，在华南地区拥有举足轻重的地位。广州离中国香港最近，广州人也处处以港人的生活模式为范本，关心大事也关心小事，重要的是务实。他们讲究自我认同，自我享受，受香港文化影响大。主观上广州人追求稳定的生活，他们不是时尚的狂热追求者，但随时寻求最佳交易的努力使他们在客观上表现为不断创新。广州人有勇气，他们是真正精明、善于投资的商人，具有明确的商业意识。他们更多地关心如何赚钱，务实精神和商品意识是广州人最为突出的特点。

来自《北京青年报》的数据显示，有 43.7% 的广州人"为增加个人收入或提高个人待遇"而努力工作，而选择"受责任心驱使"及"为国家多作贡献"而努力工作的人最少。零点公司 2002 年的居民生活质量调查也显示，广州人对"经济发展问题"的关注度达到了 35%，超出北京和上海 10

个百分点。

相对于北京人和上海人来说，广州人对下一代的关注尤其注意。广州的私立学校到处都是，教学设施也足以令其他城市居民羡慕。零点公司 2002 年的居民生活质量调查显示，广州人对子女教育问题的关注比北京人和上海人高出 10 个百分点。另外，2002 年下半年"中国主要城市理财综合指数"对京、沪、穗、渝四城市的调查显示，广州人在教育方面的投入比例最大。

（二）沪、穗的文化生活给我们带来的启示

首都是国家形象的代表，是国家的门户，它的示范效应对整个国家来说，是不可小视的。首都是国家的政治中心、文化中心、科技教育中心和国际交往中心，因此，是国内外主流媒体最为关注的地方，也是报导最多的城市。首都是历史文化名城，是传统文化特色最为突出的城市，同时，也是最为现代化的城市。国际交往的频繁，会引进异域文化，首都是传统文化、异域文化和现代文明的交汇处，这使首都文化呈现出多样性。

北京的文化建设应博采众长，借鉴上海、广州文化建设的经验，在保持传统风格的同时，主动引进、吸收外来文化；在保持对政治、公益事业、社会问题热情的同时，增强商业意识，大力发展文化产业。

1. 融传统性与现代性、民族性与世界性为一体，代表社会主义中国的文化

（1）把塑造首都文化特色和打造城市文化现象，作为关系首都兴衰的一件大事来抓，形成首都文化的特有气质。首都文化的特色应该体现在市民的精神面貌、文艺创造、文化生产、文化发展环境的营造等各个方面。要在市民素质培育、城市形象定位及首都文化品牌打造上，体现和突出这个特色。营造一种以首都文化理念为支撑的、辐射文化产品和文化服务的首都文化发展氛围。

随着对外开放的不断深入，中国加入世界贸易组织，北京筹办 2008 年奥运会，对北京文化发展的目标任务、政策环境提出了全新的要求。需要文化发展有新思路、新举措、新办法和新突破，需要以更加积极的姿态，主动出击、主动应战，加快文化发展的步伐。

（2）确立文化发展在首都经济社会发展中的重要战略地位，把文化作为提升首都城市综合实力的重要手段，在突出文化发展的首都特色、增加首都文化中心的功能上做文章。

要树立"首都文化"的发展观念，改变过去以行政方式分割资源和市场的做法，真正从首都的角度出发，从更好地发挥首都文化中心的功能、充分利用首都文化资源优势出发，整合北京地域上的各种文化资源，规划和构思首都文化发展，切实发挥好首都文化的比较优势。扩大与各省市、港澳台地区以及国际间的文化交流，办好重大的政治、体育、经贸、科技活动，进一步提升首都文化的国际地位。

文化作为衡量首都城市现代化程度的重要标志，作为全面提升首都城市综合国力的重要内容，在整个现代化进程中具有极端重要的地位和作用。只有加快文化建设步伐，才能实现首都社会的全面进步，首都的现代化建设才能获得不竭的生命力和发展动力。

要发挥示范引导功能，把北京建设成为全国精神文明的窗口。北京文化事业发展必须坚持"为人民服务"、"为社会主义服务"的方向，贯彻"百花齐放、百家争鸣"、"古为今用、洋为中用"的文艺方针，培育和发展健康繁荣的文化市场，做到社会效益与经济效益相统一。我们培育的文化市场，是社会主义的文化市场。对传统文化和外来文化，不仅要吸收、融合，更要善于扬弃、取舍。北京在发展文化事业过程中，必须具有抵御境内外一切文化糟粕传播的能力，必须在追求经济效益的同时，讲求社会效益；否则，文化事业的发展就会偏离正确的方向，就会影响示范、引导功能的正确发挥。

（3）发挥辐射渗透作用，充分利用科技人才优势，推动经济发展，使北京成为全国高新技术方面赶超世界先进水平的先驱城市。北京具有推动科学技术发展的得天独厚的优势和条件。北京的科研院所集中了全国一流的优秀科技人才，拥有先进的科研仪器和设备。北京拥有全国一流的教师队伍，拥有占全国总数 29% 的国家重点实验室，校办高科技产业年产值已占全国高校校办产业总值的 1/3 以上。

要积极吸取国内优秀人才到北京寻求发展，同时，要积极吸引国外优秀艺术家、艺术院团来京演出，吸引高水准的大型国际文化交流活动来京举办。还要深化教育体制改革，提高办学质量，推动教育产业进程，吸引国内和境外优秀学子来京深造，发挥好北京作为教育基地的作用。

为文化要素的聚集提供良好的环境和条件，不仅要广聚国内外优秀文化人才，更要在改革人才发展机制上下工夫，为人才成长创造条件，防止人才流失，推动文化事业发展。应在广泛吸引和合理利用优秀人才上下工夫，要为人才成长、流入、发挥才干创造宽松、平等的文化环境，并不断优化人才管理机制，建设高素质文化人才队伍。深化文化体制改革，合理配置文化资源，全方位推进精神文明创建活动，提高全社会的文化生活质量，扩大先进文化的覆盖面和影响力。

2. 充分发挥首都文化资源优势，促进产业规模扩大和水平提高

经济文化一体化是当代社会发展的大趋势。实现经济文化一体化，必须以文化为导向，培养优良的社会机体，促进经济的发展和人的全面发展。发展文化产业的主要目的在于促进人的全面发展，促进社会文化的发展，促进社会文明、社会全面进步，促进社会主义精神文明。

（1）从不断满足人民群众日益增长的精神文化需求出发，坚持把社会效益放在首位，坚持社会效益和经济效益相统一的原则，整合文化资源，扶植优势文化产业集团，引导和鼓励多种所有制经济进入文化产业，大力发展文化产业。

总体上看，北京的文化消费市场规模较大，层次也比较高，具有很大潜力。但受文化产品市场化、产业化水平低，消费渠道、质量、层次等因素影响，文化消费供需之间缺口较大。按有关专家测算，目前文化消费需求和文化供应之间的缺口高达5000亿元。主要表现在：对于大规模的文化需求的有效供应力不足，实际文化消费的吸纳力弱小，难以将理念上的文化资源转化为经济意义上的综合效益；适应北京消费层次与需求的文化产品还不够丰富，有些文化产品和文化服务质量不高，难以满足需求。

市民文化消费水平的提高，固然为文化产业、文化服务业的发展提供了条件，但同时也提出了新的挑战。不能适应这种挑战，谋划新的文化发展战略，就不能更好地满足人们的各种新需求，就不能使人们的生活质量和消费水平提高到一个新的层次，也就不能很好地促进文化事业的兴旺发达。

要做到基础文化产业的经典化和商品化，枢纽文化产业的功能化和营销化，政府专业机构的服务化，生产出有个性化、高质量的文化特色产品，提高精神文化产品的质量。按照中央《关于加强社会主义精神文明建设若干重要问题的决议》中所指出的："树立精品意识，实施精品战略。"目前，北京还没有经过政府专家和大多数市民充分认同的、具有先进性和稳定性的、可感知和细节化的理想文化形象。由于没有一个清晰的形象，影响了核心文化产业的确定以及文化消费趋势的展示，缺乏具有人见人爱的魅力、代表地域特色和中华文化气派的文化产品和文化服务，使首都形象的美誉度受到了影响。

（2）不断拓宽市场，培育新的经济增长点，促进文化产业向其他产业渗透。文化不仅以其广阔的领域和巨大的潜力对社会生产具有广泛的渗透力，同时，文化产业本身及其带动下的科学技术、场馆宾馆、设备建设、交通运输等相关行业的发展及投资环境的改善，为国民经济结构优化与发展，为社会安排就业开辟了广阔的发展空间。北京应在充分认识文化功能特殊效应的基础上，顺应时代发展潮流，制定相应的、切实可行的发展战略，推动经济社会发展。

要以2008年奥运会为契机，实现首都文化的新整合。要制定奥运文化经济战略，利用奥运会配置资源的聚合力，重新整合不同部门的资源，使文化与经济紧密融合在一起。通过奥运会这个纽带，汇集文化人才，整合文化资源，全面提高文化生产的能力，推动文化市场的繁荣，使北京在文化产品的生产制作、文化消费需求的培育、文化市场的规范、文化人才的培养和使用等文化发展的各个方面都能得到全面提升。

（3）确立适合首都特点的文化产业形式，制定文化产业政策，鼓励多元主体进入文化产业，逐步形成结构合理的文化产业链，使文化产业真正成为首都经济的支柱产业。

文化经济、文化产业是都市的主导产业，这是21世纪的发展趋势。要从巩固和强化首都文化中心地位，增强首都文化的辐射带动功能出发，规划首都文化的内容组成、活动形态、空间布局和时间安排。要加强文化的区域规划，从全市的高度，对各区的文化功能进行定位，划分不同的功能区。在项目摆布、项目设置上，向功能区集中，形成集聚效应，使某些产业在某一特定区域内形成气候，凝聚人气，吸引投资者和消费者，真正发挥文化的辐射带动功能。

（4）适应发挥文化中心功能、净化和培育文化市场的需要，加快文化市场管理的法制化、规范化进程，加快各项配套法规的制定，加大文化市场的行政执法力度，引导文化产业进入良性循环轨道，使文化市场真正走上依法管理、健康繁荣的发展道路。进一步完善文化政策法规。通过政策法规的不断完善，学会运用经济和法律杠杆调控文化发展。综合运用行政、经济和法律等手段，为文化发展创造有利的政策环境，努力形成文化事业与文化产业相互促进的发展机制，形成文化与经济社会良性互动的大文化的发展格局。

第四篇

作为产业的文化

　　当今全球范围内文化产业的发展如火如荼，并对全球进程产生着广泛而深刻的影响。20 世纪 90 年代以来，文化产业已成为人们普遍关注的焦点。文化产业与城市发展之双向推动的发展态势，更为众多有识之士所密切关注，并被普遍认为是全球化时代衡量城市综合竞争力的重要指标。

　　北京是令人瞩目的国际大都市，也是全国的政治、文化中心。这个具有古都特色、中国风格、东方气派的古老而又现代、辉煌而又朴素的世界大都会，文化产业在城市经济中的比重已大幅度提升，从经济规模看，按照国家新颁布的文化及相关产业分类，文化产业已经成为了首都经济的重要支柱产业。

第十一章　消费与休闲：产业化的条件

世界经济发展的规律表明，当一个国家或地区国民经济规模达到人均GDP 3000 美元以上、人民生活水平越过温饱走向小康阶段时，随着社会成员人均占有财富以及闲暇时间的增多，经济发展必然要寻求新的市场空间，人们对文化的需求会产生一个强烈的"凸起"。1999～2004 年北京地区生产总值连续 6 年保持 10% 以上的增长速度，2001 年人均 GDP 突破 3000 美元，2005 年人均地区生产总值达到 5000 美元。随着经济的快速发展，北京市居民对文化消费的需求稳步上升，为文化产业形成奠定了必备的社会条件，并为文化产业的发展提供了广阔的市场。

一　首都文化消费的研究与分析

文化消费从广义角度分析，泛指物质文化消费和精神文化消费之总和；从狭义角度分析，特指文化艺术消费。本文所指文化消费介于两者之间，是涵盖教育、文学艺术、新闻传媒、广播电视、娱乐、旅游等多行业的文化消费。

（一）首都居民消费趋势的总体分析

改革开放以来，特别是实施"九五"计划以后，中国经济建设和社会发展取得了重大进展，人均 GDP 已经超过了 1000 美元。2001 年，北京实现国内生产总值 2817.6 亿元，人均 3060 美元。按照世界银行 2000 年提出的标准，北京已经进入中等国家和地区行列。随着居民收入的增加，特别是近年来国家一系列扩大内需措施作用的显现，社会需求结构和消费结构正在发生深刻的转变，食品支出在整个消费品支出中的比重（即恩格尔系数）在下降。人们开始追求一种精神和文化含量更高的生活和消费，社会经济开始向精神—文化消费转型。满足人们的精神—文化需求也就成为经济增长极为重要的动力。具体表现为以下特点。

1. 消费总体大幅度增加，规模进一步扩大

1995～2002年的8年间，北京城市居民人均消费性支出按前、后四年两个阶段分别计算，支出总量后四年比前四年明显增加。1995～1998年间，北京城市居民人均消费性支出2.43万元，1999～2002年间为3.52万元，后四年比前四年增加了1.09万元，增长了45.1%，平均每年递增9.7%。（见表11-1）

表11-1　北京城市居民人均消费性支出总额增长情况

单位：元,%

1995～1998年 人均消费性支出总额	1999～2002年 人均消费性支出总额	后四年比前四年 增加额	后四年比前四年 增加幅度
24251.9	35200.5	10948.6	45.1

2. 消费性支出全面增长，文化消费增速提高

2002年北京城市居民人均可支配收入达13134.9元，比1995年增长了1.2倍，扣除物价因素影响，年均增长8.5%。与此相适应，文化生活消费性支出大幅增长。（见表11-2）

表11-2　北京城市居民人均消费性支出对比

单位：元,%

指标名称	2002年	1995年	2002年为1995年的百分数
人均消费性支出	10285.8	5019.8	204.9
其中：食品	3472.5	2634.6	131.8
衣着	863.7	757.2	114.1
家庭设备用品及服务	636.2	442.5	143.8
医疗保健	950.1	147.8	642.8
交通通讯	1271	236	538.6
娱乐教育文化服务	1809.5	510.8	354.2
居　住	925.5	227.8	406.3
杂项商品及服务	357.3	261.3	136.7

2002 年北京城市居民人均消费性支出首次突破万元，达到了 10285.8 元，与 1995 年相比增长 1.05 倍。从支出类别来看，食品、衣着、家庭设备等支出增长不足一倍，而交通通讯、娱乐文化等支出增长了两倍以上，文化生活消费增速明显。

3. 居民消费倾向由降转升

1995～2001 年，居民收入中用于消费的比例即消费倾向逐年下降，从 1995 年的 0.885 下降到 2001 年的 0.771。2002 年消费倾向增强，为 0.825，边际消费倾向为 1.538，表明 2002 年居民收入每增加一个百分点，消费支出增加 1.538 个百分点，消费支出增加的幅度要高于收入增加的幅度。（见表 11－3）

表 11－3　1995 年以来北京居民消费倾向情况

类　别	1995	1996	1997	1998	1999	2000	2001	2002
消费倾向	0.855	0.832	0.825	0.823	0.817	0.821	0.771	0.825
边际消费倾向	0.779	0.698	0.781	0.786	0.742	0.853	0.350	1.538

居民消费倾向由降转升，说明国家采取的一系列扩大内需的措施作用在 2002 年开始逐渐体现出来，也是北京市政府提高对贫困群体的保障程度、扩大就业等政策作用的体现。同时，也表明北京市居民在以家电为主的第二次消费革命以后，经过多年的积累，以轿车、住房、通讯等为主的文化生活消费革命已经来临。

4. 消费结构逐步改善，生活质量进一步提高

随着收入的增加，北京城市居民消费结构悄然升级。2002 年恩格尔系数为 33.76%，与 1995 年相比，平稳下降了 14.8 个百分点。随着恩格尔系数的下降，衣着、食品消费下降 6.7 个百分点，家庭设备等消费下降 2.6 个百分点，而汽车、住房、通讯等逐年上升。北京城市居民从满足吃、穿、用等生存型消费中逐渐淡出，逐步转为享受型和发展型的文化生活消费。2002 年以来，北京城市居民逐渐形成了汽车、住房、旅游、通讯、教育等为主的消费热点。其中，居民投向通讯、娱乐、教育和文化的消费更是大幅度增长。我们根据 2003 年北京城市居民住户调查资料，利用扩展线性支出模型（ELES）计算出了北京城市居民消费投向系数。（见表 11－4）

表 11 – 4   北京城市居民消费投向及收入弹性系数

类 别	消费需求投向系数	收入弹性系数
食 品	4.1	0.32
衣 着	4.5	0.69
家庭用品及服务	2.4	0.50
医疗保健	7.0	0.90
交通通讯	10.5	0.99
娱乐教育文化及服务	7.6	0.52
居 住	8.5	0.55
杂项商品及服务	3.4	1.14

从计算结果可以看出，北京城市居民在满足基本消费需求之后，剩余的货币 48% 投向消费性支出。其中，投向交通通讯支出比重为 10.5%，居第一位；其次是住房、娱乐教育文化和服务。从前三位的数字来看，北京城市居民的文化生活消费已经成为消费热点。

（二）首都文化消费的现状

改革开放以来，首都文化消费发生了很大变化，呈现出"快、高、多"的特点。

1. 文化消费规模迅速膨胀，速度快于同期经济增长

"九五"期间，北京市最终消费（包括居民消费和政府消费）规模由 1995 年的 506.6 亿元上升到 2000 年的 1221.3 亿元，增长了 1.4 倍，其中居民用于文化生活及服务性消费的支出由 50.3 亿元上升到 245.8 亿元，增长了 3.9 倍。如果加上政府消费中用于文化消费的支出（据历年统计，该部分消费约相当于居民文化生活及服务性消费支出的 25% 左右），1995 年和 2000 年，北京市的实际文化消费额分别为 62.8 亿元和 307.3 亿元，文化生活消费的规模五年来扩大了 5 倍，成为消费支出规模增长最快的因素之一。"九五"期间，北京市的 GDP 年均增长速度为 10%（算术平均数）。同期，居民用于文化消费支出的年均增长速度为 24.4%，大大快于经济增长速度。

2. 文化消费比重不断提高，居民生活质量明显改善

"九五"期间，首都居民总消费水平由 1995 年人均 3519 元上升到 2000 年的 7326 元，其中食品占居民消费性支出比重从 48.5% 下降到 36.2%，文化生活及服务性消费则由 1995 年的人均 469.6 元上升到 2000 年的 2219.5

元，消费比重由 13.4% 上升到 30.4%，而且还有逐年递增的趋势。随着经济的发展，居民用于文化消费的支出已经接近居民食品消费，并且呈现出快速增长的势头，这表明人民的生活水平正走向追求生活质量提高的新阶段。这从居民文化消费耐用品的增加可以得到证明。对北京市 1000 户家庭抽样调查的结果显示，一些 1995 年尚未成为热点的耐用文化消费品，2000 年已经成为居民家里的常用品。如每百户居民家庭拥有家用电脑 45.3 台、摄像机 8.0 架、影碟机 51.7 台、移动电话 62.4 部。家庭文化耐用品的增加，表明居民文化生活越来越丰富，生活质量明显提高。

3. 多层次文化消费格局正在形成

据北京市社科院首都文化发展研究中心与北京市委宣传部对海淀区、朝阳区、怀柔区居民文化消费所进行的问卷调查，1998 年三区户均文化消费支出为 1926.8 元。这次调查，是按人口职业结构比例抽样填写，根据当今北京居民消费实际状况，共开列了 8 大类 35 个文化消费项目，不含广告业、拍卖业、文化经纪业、版权贸易业等与居民无关的行业所发生的消费。其中，不在上述圈定的文化产业范围内所发生的消费包括：学历教育消费，占 12.9%；信息工具购置费，占 13%；旅游消费，占 11.3%。扣除这几项支出，三区户均文化产业消费也在 1320.2 元。按目前全市常住户籍人口约 1100 万人、以户均人口为 4 人计算（实际户均人口为 3 点多人），仅常住人口的文化消费一项已达 396 亿元。另据 1999 年的数据，北京市最终消费中居民消费与机关企业团体消费的比例约为 7:3。仅按此比例计算，机关企业团体文化消费也达 160 亿元左右。

综上分析可以看出，随着经济的发展，居民用于 8 大类文化消费的总量都有不同程度的增长，但具体排序和所占比例则出现了新的变化。总的趋势是：传统文化消费比例不断下降，新兴文化消费地位不断上升。同时，文化消费呈现出多层次性。一是必须的文化消费范围扩大，除了传统九年制义务教育外，学历教育、就业培训发展迅速；二是生活普及型文化消费内容不断丰富，除了电影电视、报纸杂志、文艺演出等传统文化消费内容外，网络文化、国内文化旅游已经成为普及型文化消费的重要内容；三是"奢侈型"文化消费的热点不断增多，出国旅游、各种高级进修班、老年文化班等，在高收入群体中已形成市场。各层次文化消费又随着消费者的收入、学历、年龄、地域、职业的不同呈现出较大的差异性，但不管文化消费的排序随着时间推移如何变化，文化消费的多层次格局将长期存在。

4. 进入 21 世纪后，首都居民文化消费增长平稳

当前，首都城市居民生活水平总体实现了小康，正向富裕迈进，文化消费水平不断提高。据北京城市住户调查资料显示，2001 年，居民家庭人均消费性总支出为 8922.72 元，同比增长 5.1%。人均文化消费支出为 1429.15元，主要包括文娱耐用消费品、教育费用、文化娱乐用品和文娱服务费等消费支出，比上年的 1283.85 元增加了 145.30 元，增长了 11.3%。占人均消费性总支出的比重上升到 16.0%，比 2000 年攀升了 1.0 个百分点。从娱乐文教类支出构成看，呈现以下特征：

（1）教育费用支出及比重增长迅速。据对首都城镇住户调查的资料显示，仅教育支出一项，就由 1997 年的 332.5 元，增加到 2002 年的 880.5 元，增长了 1.65 倍。教育支出占文化消费支出的比重呈逐年上升趋势，比例由 1997 年的 37% 上升到 2002 年的 49%，上升了 12 个百分点。在教育支出中增速最快的是成人教育费用支出，2002 年人均为 94.9 元，比 1997 年增长了5.1 倍。学杂费、托幼费、购买课本及参考书的费用增幅也较快，分别增长1.34 倍、40.6% 和 87%。教育支出快速增长的主要原因包括：一是学杂费继续提高，部分小学升入初中仍然实行择校收费，致使这部分费用增幅继续走高；二是目前居民业余学习的内容和年龄范围日益扩大；三是下岗职工再就业参加培训学习和购书自学者也不乏其人；四是各种教材、参考书、学习磁带、录像带、CD、VCD 等形式多样，且价格不菲；五是成人教育费用居高不下，且成倍增长。

（2）精神文化与娱乐文化支出同步增长。2001 年，北京市居民家庭人均文化娱乐消费支出继续迅速增长，人均支出为 316.66 元，同比增长5.4%。其中，书报杂志和文娱费支出为 88.67 元和 145.13 元，分别比上年增长 10.7% 和 14.3%。文娱用品支出为 82.87 元，比上年下降 11.3%。随着人们生活质量的提高和各类文化书市的推动，居民读书看报蔚然成风。在北京市文化娱乐消费支出中，居民人均用于文娱活动费用的支出增幅最高，人均支出 145.13 元，比上年的 127.02 元增加了 18.11 元，增长了 14.3%。

（3）文娱用品成为消费热点。进入 21 世纪，首都居民家庭人均文化娱乐用品支出迅速增长。2002 年，人均支出为 525.2 元，比 1997 年增长了74%。以家用电脑、摄像机、彩电等为代表的高档文化娱乐用品拥有量继续增长。调查资料显示，至 2002 年末，居民家庭平均每百户拥有摄像机 9.3架，家用电脑 55.5 台，钢琴 3.2 架，组合音响 34.9 套，影碟机 52.3 台，照相机 99.6 架，彩色电视机 148.4 台，中高档乐器 13.0 件，录像机 49.4 台。文娱耐用消费品正在居民的日常生活、信息处理、学习教育、通讯服务、多媒体欣赏等方面发挥着越来越大的作用。同时，电脑制作、数字电视与数字化家用设备的综合应用又推动着居民耐用消费品的更新换代。

（4）高、低收入家庭文化消费水平差异变化较大。2002 年，20% 的高收入家庭和 20% 低收入家庭的文化消费支出为 2692.2 元和 1271 元，分别比 1997 年增长 1.79 倍和 97.7%。而且，高、低收入组文化消费各有特点，其共同的特点是高、低收入家庭用于教育的支出最多。2002 年，高、低收入户人均教育支出为 947.4 元和 771.6 元，分别比 1997 年增长 1.34 倍和 2.57 倍。很显然，低收入户用于教育方面的支出增幅比高收入户高出 1.2 倍。如果从教育支出占文化消费支出的比重来看，低收入家庭教育支出占文化消费支出的比重在 2002 年与 1997 年分别为 60.7% 和 47.6%，而高收入户则为 35.2% 和 29.7%。这表明各类家庭在对下一代的教育方面都比较舍得投入。

（三）首都文化消费存在的问题

在首都文化消费快速发展的同时，还存在一些值得重视的问题：

1. 文化消费快速增长的势头受到遏制

从首都近两年文化消费的状况来看，文化消费虽然在不断增长，但其增长幅度却不很稳定。在 2000 年的最终消费中，城市居民用于文化生活及服务性消费的支出额比上年增长 7.2%，比 1999 年的增幅下降了 10 个百分点；2001 年仅比上年增长 4.4%，比 2000 年的增长又下降了 3 个百分点，文化消费过早呈现出增长减缓的趋势。其原因是：随着住房制度的改革，居民用于房屋消费的支出明显增加，1998 年、1999 年和 2000 年分别比上年增长 101.8%、33.8% 和 65.2%，呈非正常状态，挤掉了部分本该属于文化消费的支出。同时，随着医疗、教育制度改革措施的相继出台和国有企业改革的进一步深入，居民用于生老病死、教育、失业保险等方面的消费预期增加，支出变得更为谨慎，影响了现实文化消费支出的增长。目前，据有关资料统计表明，首都居民最终消费率只有 49.4%，远低于国际上发达国家的 65% ~ 70% 的水平，这直接导致了文化消费需求的下降。

2. 文化消费发展不平衡，部分行业处于停滞、萎缩状态

从文化消费的主体看，不同收入的群体之间、不同地区之间，文化消费具有明显的不平衡性。据对首都 1000 户城镇居民家庭、2710 户农民家庭消费支出的调查，2001 年，城镇居民个人用于娱乐、教育文化服务的年均支出额为 1429 元，农民为 553 元，前者是后者的 2.6 倍；城镇居民低、中、高收入户人均用于上述项目的支出额分别为 989 元、1311 元和 2395 元，高收入户分别是低、中收入户的 2.4 倍和 1.8 倍。同期，农民用于上述项目的支出额分别为 317 元、513 元和 944 元，高收入户是低、中收入户的 3.0 倍和 1.8 倍。以上数据表明，不仅不同地区居民用于文化消费的支出极不平衡，同一地区不同收入水平的居民对文化消费的支出也有很大差距。

从消费的内容看，传统文化消费发展缓慢，部分内容处于停滞、萎缩状态，有的甚至处于消亡状态，如少数剧种已多年不再上演。相反，一些新兴文化消费发展迅速。据对首都 1000 户城镇居民的调查，1996～2001 年，居民用于电影消费的支出基本平衡，用于书报杂志支出的年增长速度仅为 9%，而用于教育、文化娱乐耐用品和电讯费用的支出增长速度分别为 25%、19% 和 40%，大大快于传统文化消费的发展。尤其是近两年，北京市国际旅行社组织国内居民出境旅游的人数平均增长速度在 50% 以上，呈现出超常规发展的势头。

文化消费呈现出上述的不平衡性，与新技术使用、居民休闲时间的增多及社会发展节奏的加快等因素有很大关系。再加上网络通信技术的快速发展，使网上文化消费成为一种新的文化消费业态，并受到了广大居民的喜爱。此外，居民收入水平的不断提高，为度假旅游提供了经济基础，而政府对休假制度的调整，又近一步刺激了居民的旅游消费行为。加上社会主义市场经济体制的建立，对劳动力素质的要求越来越高，极大地促进了教育消费需求的增长。

3. 居民文化消费的潜力没有得到充分挖掘

2001 年，首都市民实际用于文化生活及服务性消费的支出达 342 亿元，占首都市民最终支出的 30% 以上。但另一方面，我们必须看到，首都文化消费还有很大潜力。据文化部专家判断，2000 年，中国文化消费的潜在能力达 3000 亿元，是实际消费能力的 3.75 倍。按照这样的标准测算，2001 年，首都文化消费的潜在市场应为 1283 亿元左右，实际消费量为 800 亿元，市场潜力巨大。

造成首都居民文化消费潜力没有很好发挥的一个重要原因是文化生产不适应文化消费的需求。面对人们就业、收入、消费需求的多元化，文化生产单位反应迟缓。一方面，文化产品存在着大量的低水平重复生产的现象；另一方面，不同层次的文化消费需求又得不到满足。2001 年，首都 20% 高收入户城镇居民年现金收入为 6.8 万元，人均为 2.5 万元；而 20% 低收入户的年现金收入仅为 2.4 万元，人均才 0.7 万元；60% 中收入户年收入为 3.8 万元，人均为 1.3 万元。三个收入层次的人均收入比例约为 4：1：2。如此巨大的收入差异，反映在文化的需求上会有很大程度的不同。高收入户追求的是精品化、个性化的文化消费品；低收入户还处在温饱状态，对文化的需求主要体现在公共文化消费方面；大量中收入户是大众文化消费的主力军，但这一收入群体又因年龄、文化、职业、爱好不同，表现出文化消费的多样性。而文化消费供给又远远跟不上这种变化。

4. 流通渠道不畅使文化消费发展受阻

中国是世界上图书市场潜力最大、需求量增长最快的国家，北京作为全国的政治、经济和文化中心就更是如此。据有关资料显示，自北京图书大厦 1998 年开业以来，共有中外读者 4000 多万人次来书店参观购书，书店曾先后组织过 500 余次公益文化和销售活动，经常出现热烈的火爆场面。但是，在火爆的后面我们应该看到一个不容忽视的问题，那就是与巨大的图书市场需求潜力相对应的图书市场的有效供给不足。而供给不足主要是市场流通不畅造成的，国家出版科研机构——中国出版科学研究所组织实施的第二届"全国国民阅读与购买倾向抽样调查（2002 年）"结果显示：56.1% 的人选择图书信息主要还是自己去逛书店和书市。另据《中国图书商报》近四年连续所做的全国读者调查，读者认为"买书难"的比例（1999～2002 年）分别为 80%、59.5%、58.8%、43.5%。这意味着在中国至今仍有四成多读者的购书意愿难以得到满足。据笔者了解，在近几年新建的大型住宅社区，都没有相关的大型图书文化市场，如望京、天通苑小区的居民，由于社区位置离大型图书市场较远，加上北京日益加剧的交通拥堵，从而压抑了图书消费需求。与此相对应，出版社却有数十亿的库存积压，造成"读者买书难"、"出版社卖书难"的现象同时并存。

耗费巨大国力构建的中国邮政运递网、信息网和结算系统，随着大众通信方式的改变，因未能及时改变相关的服务内容和传统业务的日益萎缩、仓储能力及投递人员的大量富余而日益萧条。中国邮政于 2002 年 4 月开始正式将图书音像作为邮政的增值业务开展，但 2002 年全国邮政系统图书音像业务的统计销售额仅为 3.5 亿元。而全国图书市场的销售总额在 800 亿元以上，音像制品的销售总额至少也应在 200 亿元以上。可见，邮政系统的服务差距和潜在的发展空间都是巨大的。

（四）发展首都文化消费的思考

当今世界，文化与经济和政治相互交融，在综合国力竞争中的地位和作用越来越突出。文化的力量，深深熔铸在民族的生命力、创造力和凝聚力之中。文化消费是推动社会主义文化繁荣的重要环节，应引起高度的重视。中共十六大报告明确指出："要随着经济的发展不断增加城乡居民收入，拓宽消费领域，优化消费结构，满足人们多样化的物质文化消费需求。"首都已经率先进入小康社会，正大步迈向更高水平的小康社会。加快文化消费的发展，既是中共十六大提出的任务，又是首都自身发展的要求，具有很强的现实意义。为此，我们应采取以下措施推动首都文化消费更快发展。

1. 深化对文化消费的认识，加强对文化消费的研究

发展文化消费不仅关系到首都经济的发展，也关系到市民素质的最终提高。因此，各级领导要充分认识到文化消费是一个关系到首都经济社会发展的长期战略性问题。要结合市场经济体制的建立，进一步强化文化消费的产业特性；要结合消费结构的升级换代，进一步促进文化消费主导地位的确立；要结合学习贯彻中共十六大精神，解放思想、实事求是、与时俱进，实现文化消费领域的制度创新；要把文化消费既当作文化产业的重要一环，又当作市民素质提高的重要内容，制定出适合首都特点的文化消费规划和相关政策。

2. 加快文化生产领域的改革力度，生产出适销对路的产品，提供多样化的服务

要加快首都文化的开放程度，引导社会资金、民营资金参与文化产业的生产和经营。要规范政府文化管理方式，加大立法步伐，规范企业行为，完善市场环境，促进企业生产出丰富多样的文化产品，提供高水平的文化服务。同时，在市财力增长的同时，加大支持文化公益事业发展的力度。扶持重要新闻媒体和社会科研机构，扶持体现首都特色、民族特色和国家水准的重大文化项目和艺术院团，加强对重要文化遗产和优秀民间艺术的保护工作，努力为市民提供优秀的文化消费产品和便捷的活动场所。

3. 努力提高居民收入，缩小收入差距，扩大中等收入者的比重

首先，保持经济快速发展，以保证居民收入的增加。收入是决定消费最重要的因素，是促进文化消费最重要的途径。居民收入增加，就会有效改善居民的收入预期，减少过度储蓄，扩张即期消费，促进经济增长。其次，要实行就业优先和社会保障优先的政策，以提高城市居民可支配收入，减少预期支出。最后，必须采取有力措施防止收入差距过分拉大，尤其要增加对困难群体的就业支持和转移支付，重点扩大中等收入者的比重，使之成为拉动文化消费的中间力量。

4. 加强对文化消费的引导，进一步挖掘文化消费的潜力

要研究首都文化消费的现状及发展趋势，按照文化消费需求调整文化商品及服务的生产与布局，改变供求不对路的现状；要充分利用媒体向社会输入"文化消费"概念，开拓与引导社会扩大文化消费，不仅要挖掘传统文化消费的潜力，还要积极鼓励新兴文化消费，并加强对重点领域文化消费的扶持；要以中、低收入居民和农民为对象，通过技术改造、基础设施完善、网点增设等措施，增加广播电视、书报杂志、电影戏剧等文化消费的覆盖面，以扩大传统文化消费群体；要以广大中等收入者为对象，宣传教育培训、文化旅游、网上文化消费等消费热点；要以高收入者及广大青年学生为重点对象，积极鼓励数字文化、体验式文化、互动式文化等新兴文化消费，不断形成新的文化消费热点。

二　首都休闲方式的现状与预测

从某种意义上说，文化就是人类的生活方式。美国人类学家威斯勒（C. Wissler）将文化解释为"Mode of Life"（生活样式），中国著名学者梁漱溟先生也称"文化并非别的，乃是人类生活的样法"。这些解释都明白地道出，文化就是一种"活法"。可以说，因为有不同的"活法"，所以也就有不同的文化。从这个意义上说，休闲（生活）方式与文化的关系非常密切。

（一）休闲与休闲方式

1. 休闲的内涵

"休"在《康熙字典》和《辞海》中被解释为"吉庆、欢乐"的意思。"人依木而休。"《诗·商颂·长发》中释"休"为吉庆、美善、福禄。"闲"，通常引申为范围，多指道德、法度，还有限制、约束之意。"闲"通"娴"，具有娴静、思想的纯洁与安宁的意思。从词意的组合上，表明了休闲所特有的文化内涵。因而，它不同于"闲暇"、"空闲"、"消遣"，表达了人类生存过程中劳作与休憩的辩证关系，又喻示着物质生命活动之外的精神生命活动。①

马克思也十分敏锐地关注到了休闲。他始终都把休闲与个人的全面发展、休闲与社会进步的关系连在一起。在马克思眼中，"休闲"一是指"用于娱乐和休息的余暇时间"；二是指"发展智力，在精神上掌握自由的时间"。"休闲"就是"非劳动时间"，"不被生产劳动所吸收的时间"。② 在马克思看来，休闲是人生命活动的组成部分，是社会文明的重要标志，是人类全面发展自我的必要条件，是现代人走向自由之境界的"物质"保障，是人类生存状态的追求目标。人类要获得自由，首先必须赢得休闲时间。人们有了充裕的休闲时间，就等于享有了充分发挥自己一切爱好、兴趣、才能、力量的广阔空间，为"思想"提供了自由驰骋的天地。在这个自由的天地里，人们可以不再为谋取生活资料而奔波操劳，个人才能在艺术、科学等方面获得发展。归根结底，"社会发展、社会享用和社会活动的全面性，都取决于时间的节省。一切节约都是时间的节约。"③ "自由时间，可以支配的时间就是财富本身"。④

美国著名的休闲学家杰弗瑞·戈比认为，休闲是指从文化环境和物质环境的外在压力中解脱出来的一种相对自由的生活，它使个体能以自己所喜爱的、本能地感到有价值的方式，在内心之爱的驱使下行动，并为信仰提供一个基础。也有学者从社会学的角度指出，休闲应被理解为一种"成为人"的过程，是一个人完成个人与社会发展任务的主要存在空间，是人的一生中一个持久的、重要的发展舞台。"成为人"意味着，摆脱"必需"后的自由；探索和谐与美的原则；承认生活理性与感性，物质与精神层面的统一；与他人一起行动，将生活环境转变为促进自由与自我创造的场所。休闲是以存在与"成为"为目标的自由——为了自我，也为了社会。

将休闲上升到文化的范畴，是指人在完成社会必要劳动时间后，为不断满足人的多方面需要而处于的一种文化创造、文化欣赏、文化建构的生命状态和行为方式。休闲的价值不在于实用，而在于文化。它使你在精神的自由中历经审美的、道德的、创造的、超越的生活方式，它是有意义的、非功利性的，它给我们一种文化的底蕴，支撑我们的精神。因而，它被誉为"是一

---

① 马惠娣：《休闲：文化哲学层面的透视》，《自然辩证法研究》2000年第1期。
② 《马克思恩格斯全集》第26卷第3分册，人民出版社，1975，第287页。
③ 《马克思恩格斯全集》第46卷上册，人民出版社，1975，第120页。
④ 《马克思恩格斯全集》第26卷第3分册，人民出版社，1975，第282页。

种文化基础"，"是一种精神态度，是灵魂存在的条件"，它是一种对社会发展的进程具有校正、平衡、弥补功能的文化精神力量。它包括情感、理智、意志、生理、价值、文化及所有组成行动感知领域的一切，也包括价值观、语言、思维方式、角色定位、世界观、艺术、组织等。休闲取决于每个个体的经济条件、社会角色、宗教取向、文化知识背景及类似的因素。

中华民族具有五千余年的悠久历史，为人类思想文化宝库作出过重要的贡献，特别是在休闲方面，有着独特的理解方式和行为方式，成为人类思想文化宝库中一颗璀璨的明珠，是中华文化上下五千年传承的载体。中国的休闲文化虽历史久远，但在近代以前，主要反映在官宦、士大夫阶层以及文人墨客中。在优秀的传统文化记录中，休闲的内容十分丰富，从《诗经》、《楚辞》、《汉赋》、《唐诗》、《宋词》、《元曲》到清代的闲适小品都记述了古人追求自由快乐的灵性文字。不仅如此，古代圣贤们还常常将休闲与自然哲学、人格修养、审美情趣、文学艺术、养生延年紧密地连在一起。正如舒展先生所说："中国传统文化中的许多精华，举世无双的品类，皆是休闲的产物。"[①] 由此可见，休闲作为一种特殊的文化形态，往往以渗透、融合、感染、凝聚、净化等多种形式影响人的生活方式和生命质量。因为它的意义不仅在于恢复体力，更重要的在于休闲生活结出的美丽硕果——精神的调整与升华。

2. 休闲方式及其功能

休闲方式，是在一定的社会历史条件下，人们利用闲暇时间进行活动的方式。根据其基本内容，可以大致分为三类：娱乐性活动、提高性活动、交往性活动。[②]

娱乐性活动是休闲活动的一项重要内容，它可分为不同的类型。从活动目的来看，可分为一般消遣型活动和娱乐充实型活动。前者是指活动主体基本上没有刻意的追求，活动者大多以纯消遣的态度来投入活动，活动的目的是为消磨时间而进行的，对自身个性完善发展并无直接益处。后者是指以娱乐为主要目的，但在娱乐中能得到较多艺术的熏陶和人生的启迪，如看电影、听音乐、旅游、体育锻炼等。从活动形式来看，则可分为被动受传型活动和创造型活动。前一种如看电视、读报纸

①　舒展：《漫话休闲》，《中外论坛》1996 年第 2 期。
②　风笑天、林南等著《中国城市居民生活质量研究》，华中理工大学出版社，1998，第 1 版，第 54～56 页。

等，活动者处于接受他人传播信息的状态。虽然在受传过程中，活动者也可以发挥自身的能动性，但总的说来，处于一种被动状态。后一种如园艺、唱歌、绘画等，活动者能充分显示自己的才能，在活动中体验自身价值和创造的乐趣。

提高性活动是休闲活动的较高层次，它也可分为两类：学习提高型和自我发展型。前者是以提高自我为目的的活动。这类活动在主观上一般都有一定的主题，或获取信息或艺术欣赏或增强体力等，如学习、阅读书报等。该类型的活动能使人增长知识、拓宽思路、陶冶情操。后者则体现了个人对精神需求的深化，对自我发展的追求，如参加各种讲座、进修培训、参与公益性的社会活动等。

交往性活动。在工作劳动和家庭生活中，人们的交往空间往往受到一定的限制，而单一的交往方式和狭窄的交往范围会造成个人知识贫乏、心胸狭隘，不利于人的全面自由发展。只有在闲暇时，人们才可能超越这种限制，获得更为广阔的社会交往空间。

随着休闲生活方式的丰富，休闲活动的功能也在不断拓展，主要包括：

（1）实现劳逸结合，恢复在劳动中消耗掉的体力和精力。劳逸结合是人的生理规律的要求，人在劳动之后总要休息，休息的方式可以是睡觉，但只有这种消极的休息方式还不够，还需要通过消遣娱乐性的积极活动达到恢复精力、消除疲劳的作用。特别是随着科学技术的发展，生活节奏的加快，人们的劳动强度，尤其是脑力劳动的强度和心理紧张程度都在增加，更需要通过消遣娱乐的活动方式恢复精力和心理平衡。至于人们采取怎样的消遣娱乐方式来补偿和恢复劳动精力，则受职业劳动的性质以及个人的年龄、性别、文化水平、家庭条件和兴趣爱好等因素的影响和制约。

（2）休闲与教育融合，不断提高劳动者的专业技能和适应社会变迁的能力。现代科学技术的发展，加快了社会变迁的速度。人要适应社会，就要在劳动、生活、社交等方面不断学习，不断接受教育，强化个人的生活行为。对现代人来讲，成人教育、终生教育越来越重要，教育已不再是传统意义上的对未来生活的准备，而成为了人们的生活过程。现代人休闲时间的增加，为满足这种需要提供了可能。休闲与教育相融合，越来越成为现代休闲生活方式的重要特征。

（3）为社会成员个性的和谐发展开辟了广阔天地。虽然在社会主义很长的一段发展阶段中，由于生产力不发达，人们将受到专业分工的限制，对许多劳动者来说，职业劳动还是一种谋生手段，职业劳动的选择还不能完全顾及到劳动者的兴趣、爱好和专长，还不能和个性和谐发展的需要紧密结合起来。但是，社会发展的必然趋势为人的全面发展创造了条件。人们可以根据个人的意愿选择活动方式，全面发展自己的个性。

（4）扩大社会交往，促进家庭职能的发挥。人们的闲暇时间很大部分是在家中度过的，闲暇时间的增加，意味着家庭成员之间可以有更多的相处机会，可以更好地交流感情和思想，使老人享受更多的天伦之乐，使孩子从父母那得到更多的关心和教育，使家庭成员在一种幸福愉快的伦理关系中生活。此外，人们在闲暇时间还可以和朋友、同学交往，或者参加各种业余团体和组织的活动，从而开阔视野。

（二）首都休闲方式的现状、存在的问题及思考

1. 首都休闲方式的现状

（1）首都居民闲暇时间增加。根据中国人民大学王琪延博士负责的《北京市居民生活时间分配调查》课题组的调查显示，首都居民每日平均闲暇时间为 5 小时 45 分钟（工作时间为 5 小时 1 分钟）。从居民实际的时间分配看，2001 年首次每日闲暇时间超过工作时间 44 分钟。从表 11 - 5 可以看出，在 1986 年首都居民的闲暇时间为工作时间的 46%，不足一半；到 1996 年闲暇时间为工作时间的 80%；5 年后的 2001 年闲暇时间超过工作时间的 15%。

表 11 - 5　首都居民每周生活时间分配历史变动

单位：分钟

年份	工作（学习）时间	生活必需时间	家务劳动时间	闲暇时间
1986	453	589	190	207
1996	364	646	139	291
2001	301	671	123	345

资料来源：景体华主编《2004 年：中国首都发展报告》，社会科学文献出版社，2004，第 145 页。

闲暇时间的大量增加主要有以下几个方面的原因：首先，科技的进步和劳动生产率的提高，缩短了人们的社会必要劳动时间，从而相应地增加了人们的闲暇时间。这是闲暇时间增加的根本原因。其次，受政府政策的影响。

随着劳动生产率的提高，中国实施"双休日"制度，由原来的周工作 48 小时减少到周工作 40 小时。劳动时间的缩短直接影响到闲暇时间的变化。最后，从表 11 - 5 可以看出，家务劳动时间呈现出减少的趋势。由于家务劳动的社会化，使得家务劳动的时间减少了，从而增加了闲暇时间。

（2）首都居民闲暇时间的分配情况。依据国内学者近年来的两次抽样调查进行论证。一次是 2000 年 7 月，北京社会科学院的学者雷弢等人采取入户访问方式，对 16～70 岁的北京市常住和暂住居民进行的抽样调查（有效样本 1003 人）。这次调查的结果表明，首都居民平均每周的闲暇时间为 50 小时，超过了每周的平均工作与学习时间。从就业状况看，全职工作人员的周平均闲暇时间为 41 小时；全职学习人员为 44 小时；无业人员为 62 小时；离退休人员为 65 小时。以全职人员来看，即使在工作日，大多数人每晚也有 2～3 个小时的闲暇时间。表 11 - 6 是在这次调查中，受访者在闲暇时间中按其占用时间多少所进行的活动排序情况。

表 11 - 6   2000 年首都居民日常生活中最主要的闲暇活动排序

排 序	休 闲 方 式	加 权 值
1	欣赏电视、广播、音乐	2.080
2	读书看报	1.339
3	与朋友同事交往	0.632
4	体育锻炼	0.587
5	个人兴趣	0.446
6	业余学习	0.369
7	其他	0.268
8	看电影、文艺表演、展会	0.141

注：加权值越高，表明该项活动在闲暇时间中占用的时间越多。

资料来源：景体华主编《2001 年：中国首都发展报告》，社会科学文献出版社，2004，第 362 页。

另一次是 2001 年 11 月，北京社科院的雷弢、中国人民大学的王琪延等人在北京市八个城区范围内对 15～70 岁具有北京户口的居民的抽样调查。表 11 - 7 和表 11 - 8 是根据这次调查编制而成的。

表 11-7　2001 年按首都居民平均每周投入时间多少进行排序的闲暇活动

单位：分钟，%

排　　序	活　动　种　类	时间长度	占整个闲暇时间的比重
1	看电视	1112	46
2	游园散步	200	8.3
3	其他娱乐	170	7.1
4	休息	158	6.6
5	其他自由时间	114	4.7
6	学习文化知识时间	103	4.3
7	阅读报纸	103	4.3
8	体育锻炼	93	3.9
9	阅读书刊	74	3.1
10	使用计算机及上网	68	2.8
11	听广播	58	2.4
12	教育子女	23	0.95
13	公益活动	12	0.49
14	观看影剧、文体表演	11	0.46
15	参观各种展览	7	0.29

资料来源：景体华主编《2002 年：中国首都发展报告》，社会科学文献出版社，2002，第 193 页。

表 11-8　2001 年与 1996 年北京市居民闲暇时间比较

单位：分钟

休闲方式	1996 年	2001 年	2001～1996 年
学习文化科学知识	42	15	-27
阅读报纸	18	15	-3
阅读书刊	15	10	-5
看电视	100	159	59
听广播	9	8	-1
观看影剧、文体表演	4	2	-2
观看各种展览	2	1	-1
游园散步	20	29	9
其他娱乐	22	24	2

休闲方式	1996 年	2001 年	2001 ~ 1996 年
体育锻炼	12	13	1
休息	20	23	3
教育子女	7	3	– 4
公益活动	0	2	2
探访或接待亲友	18	15	– 3
其他自由时间	16	16	0

资料来源：王琪延等著《中国城市居民闲暇时间的利用研究》，参加第一届中国休闲与社会进步学术研讨会提交的论文。

　　表 11 – 7 是按首都居民平均每周投入时间的多少而进行排序的闲暇活动内容表。首都居民闲暇时间分配的情况一目了然。表 11 – 8 则较好地反映了首都居民闲暇时间分配的历史走势。

　　综合表 11 – 6、表 11 – 7 和表 11 – 8 所显示的调查情况，首都居民的休闲活动有以下几个明显的特点：

　　第一，在个人闲暇时间中占用时间最多的活动是看电视。根据表 11 – 7，平均每天居民有 2 小时 39 分钟用在看电视上。而且从表 11 – 8 可以看出，1996 ~ 2001 年，居民用于看电视的时间平均增加了 59 分钟，占闲暇时间的 46%，呈现出一种上升的态势。

　　第二，除了看电视以外，在闲暇时间，受访者从事最多的活动是读书看报，这从表 11 – 6 中看得很清楚。我们把表 11 – 7 中的学习文化知识时间、阅读报纸、阅读书刊这三类加总，可得出大致是 280 分钟，如果在表 11 – 7 中排序，可排第二。这充分反映了首都特有的文化氛围。但遗憾的是，根据表 11 – 8，2001 年与 1996 年相比，首都居民的这三类时间都有所减少，分别减少 27 分钟、3 分钟和 5 分钟。

　　第三，总的看来，平日晚上一般居民是待在家里的，但居民的年龄与晚上的闲暇时间的安排有着很强的相关性。青少年学习、玩电脑及上网的多，中年人读书看报的多，老年人出门散步、跳舞、扭秧歌的多。

　　在双休日，首都居民的活动模式主要表现为两类：一类是头天晚上看电视，第二天上午做一些家务，下午休息或从事其他休闲活动，晚上接着看电视，第三天基本循环往复，间或有些出户活动；另一类是头天晚上看电视，第二天上午睡得很晚才起来，下午做一些家务，晚上接着看电视，第三天基本上循环往复，间或有些出户活动。

（3）首都居民休闲方式所表现出的贫富差距。从表 11 - 9 可以看出，"使用健身器材"、"打保龄球"和"打高尔夫球"都属于需要花费较高的休闲方式，特别是最后一种，这对于低收入家庭来说是一笔无法支付的开支，是能够明显地区分高收入家庭和低收入家庭的休闲方式。在"旅游"上，北京的高收入家庭和低收入家庭也存在着明显的差异，因为旅游也需要支付大笔的金钱，低收入家庭无法负担这笔费用。休闲方式中的贫富差距是一个值得我们关注的问题。

表 11 - 9 北京市城镇高收入家庭和低收入家庭经常采用的休闲方式

单位:%

休闲方式	高收入家庭			低收入家庭		
	被访者	配 偶	孩 子	被访者	配 偶	孩 子
散 步	80	76.7	85.7	87.9	66.7	71.4
跑 步	10	10	5.6	3.0	0	0
健 身 操	16.7	3.3	5.9	0	0	0
游 泳	10	3.3	0	0	0	0
逛 公 园	3.3	3.3	0	3.0	6.7	7.7
看 电 视	60	66.7	82.3	81.8	50	61.5
看 电 影	10	7.4	5.9	3.0	0	0
打 麻 将	26.7	21.4	0	18.2	13.3	0
看 报 纸	60	34.5	0	21.2	20.0	7.7
看 文 学 书	10	0	0	0	0	0
看 专 业 书	23.3	10.3	0	0	0	0
用 健 身 器 材	30	13.8	0	0	0	0
打 保 龄 球	43.3	31	0	0	0	0
打 高 尔 夫	30	20	0	0	0	0
玩 电 脑 游 戏	6.7	0	11.1	0	0	0
旅 游	56.7	46.7	50	0	0	0

资料来源：李银河主编《穷人与富人：中国城市家庭贫富分化调查》，华东师范大学出版社，2004，第 206 页。

2. 首都休闲方式中存在的问题及思考

（1）休闲方式与整个经济社会发展的程度不相适应。发达国家在居民消费结构上的变化规律证明，在吃、穿等基本需要被满足后，人们的消费倾向便会向着物质消费的多样化、高级化以及精神消费领域转移。而随着个人生存水平和环境条件的物质欲望得到满足以后，消费者开始注重自我实现、自我价值开发，更愿意在修养、健身、娱乐、观光旅游等方面花钱，以满足精神需求。

目前首都居民的闲暇时间每人周平均约为 50 小时，已经超过了人均周工作和学习时间，但主要的闲暇活动是看电视、看书读报或散步、聊天，双休日仍以看电视为主，加上休息和做家务，这三项活动共占去首都居民双休日一半的闲暇时间。尽管在双休日首都居民最想做的事情是旅游，想在双休日外出旅游和在城郊旅游的比例分别达到 22.13% 和 24.33%，但实际上能实现这个愿望的人数比例很小，个人双休日平均郊游或旅游时间只有 10 多分钟。由此可见，2001 年首都居民的闲暇消费尚处于一种刚刚满足吃、穿等基本生存需要的低级阶段。此外，伴随着经济增长和居民收入提高，贫富差距不断扩大，由此导致了休闲方式上的差距。国家统计局在 1999 年的抽样调查显示，中国城镇居民中 20% 的最高收入家庭与 20% 的最低收入家庭的人均月收入比为 8∶1，而北京市的这一比例为 11∶1，这种收入差距已经超过了发达国家的水平。这是造成首都大多数居民休闲方式处于低级阶段的重要原因。

解决的办法有：一方面，要贯彻科学发展观，落实人民共享经济繁荣成果，而不是少数人享有，多数人享受不起；另一方面，大力发展多层次的、适合不同收入层次居民需要的休闲文化产业。休闲是人们对可以自由支配时间的一种利用，是自己可以做主的，人们可以自由选择各种休闲方式。不同的休闲方式需要不同的休闲产品和服务，这就需要有能满足这种需要的休闲文化产业。因此，要大力发展多层次的休闲文化产业，满足不同收入阶层居民对休闲文化活动的需要。

（2）居民休闲内容单一，休闲技能缺乏。居民以一般消遣型和被动受传型的休闲方式为主，娱乐充实型和提高性的休闲方式比较少。如前所述，首都居民平均每天看电视 2 小时 39 分钟，约占总闲暇时间的 46%，相当于阅读、散步、探亲、公益活动等 11 项休闲时间的总和。20～60 岁的北京女性在休息日看电视耗费的时间，除睡觉以外均"雄踞首位"。看电视是一种比较典型的消遣型和被动受传型的休闲方式。

"不会休闲"还表现为休闲空间狭小，户内外活动比例不协调。根据2001年的调查，"非在业者"人群中，仅有21.5%出游过市区及附近风景区，2.9%出游过郊区度假村，5.7%出游过市内风景区。闲暇时间还往往因闲置而浪费。如城市下岗失业者，平均每天的学习时间为3.97分钟，仅占其闲暇时间的1.03%，其户外活动时间中，约有40%被用于逛商场、超市等。近些年来，在老年群体中，心血管疾病、"三高"（血压高、血脂高、血糖高）、痴呆等疾病高发，很大程度上是休闲不当导致的。闲暇时间的利用与分配单调，也使青少年群体自由发展的空间变狭小，压抑了他们的思想创造性，影响了他们的健康成长。

不会或不善于利用闲暇时间这个问题的出现有其必然性。近现代以来，科学技术的迅猛发展，不但为人类创造了前所未有的物质财富，而且使得人们的工作日不断缩短；相应地，自由时间不断增加，为人的多方面的发展创造了越来越大的可能性。但是，人类似乎并不懂得充分利用这种可能性来完成自己的使命：使自己获得自由而全面的发展，相反，却在不断膨胀的物欲面前付出了"异化"自己的代价，这不仅加剧了人的自由时间被更多地挤占，而且也最大限度地远离了自由。

马克思把闲暇时间区分为两种：一种是从事较高级活动的时间，另一种是从事普通活动的闲暇时间。休闲既包括积极、主动地发挥人的本质力量的较高级活动，也包括消极、被动的一些消遣活动。但休闲的价值主要体现在第一种活动中。他曾写到："如果音乐很好，听者也懂音乐，那么消费音乐就比消费香槟酒高尚。"

为了更好地支配和利用我们的闲暇时间，就必须对人们进行休闲教育。休闲教育能使每个人都培养出鉴赏力、兴趣、技能，发现机遇。这些东西能够使他们以一种有益的方式去安排自己的休闲时间。而且，他们将体会到：为什么这种生活方式对于他们的幸福及维系一个社会来说是至关重要的。纳什从自我建设（或叫道德建设）的角度，提供了一个休闲等级模式（见图11-1）图。在纳什看来，创造性活动是最高级的休闲，而犯罪活动则位于最低的等级。我们认为，这一图示给出了休闲教育的可能性和应当努力的方向，即休闲教育的过程是不断提升休闲层次的过程。

通常休闲教育的目标是：①闲暇行为价值判断的能力；②选择和评估闲暇活动的能力；③决定个人目标与闲暇行为标准的能力；④对合理运用闲暇时间的重要性的意识和理解。休闲教育的课程及其达到目标的途径：①智力的、审美的、心理的、社会的和物理的经验；②创造性地表达观念、方法、形状、色彩、声音和运动；③主动参加并从事活动的经验；④社会参加和表达友谊、归属和协作；⑤野外生活经验；⑥促进健康生活的身体娱乐；⑦培养一种达到小憩、休息和松弛的平衡方法的经验和过程。① 然而，休闲教育在中国还是一个盲点。

图 11 - 1　休闲等级模式图②

总之，对休闲活动的改造，包括结构和内容两个方面。所谓结构的改造，就是引导每个首都居民从自身的不同需要出发，建立起娱乐型和发展型活动、主动参与型和被动接受型、体能型和精神型活动、家庭内和社会场所活动之间的合理结构，从而使休闲活动的多种功能得到充分发挥。所谓内容的改造，就是消除休闲活动中的单纯消费心理和"反文化"现象，改变休闲活动的低俗性，提高休闲活动的品位。这个任务要由休闲教育来完成。

（三）首都休闲方式的变化趋势

1. 随着闲暇时间和居民收入不断增长，丰富的文化资源必然促使首都居民的休闲方式日益走向多元化

据统计，五年来北京市市级文化设施总投资达到 12 亿元。中华世纪坛、

---

① 沈金容：《社区教育的发展和展望》，上海大学出版社，2000，第 195 页。
② 杰弗瑞·戈比著《你生命中的休闲》，康筝译，云南人民出版社，2000。

首都图书馆新馆、中国评剧大剧院、北京戏校排练场等相继落成，首都剧场、长安大戏院、中山公园音乐堂等，以崭新的姿态重新焕发英姿。全市308 个街道、乡镇建起文化站（文体中心、文化服务中心）315 个；城市社区和农村村一级建起文化室（文化俱乐部、文化科技大院）4896 个，各类文化广场、文化活动点 2852 个。一大批高水准的标志性文化建筑的兴建，使北京的文化中心功能更加突出。

《北京奥运行动规划》提出要建设国家大剧院、国家图书馆二期、中国美术馆二期、中国科技馆三期、首都博物馆、中央电视台新址、北京电视台新址等风格迥异的重点文化设施，充分展示中国文化中心的最新形象；提高奥运场馆的文化品位，部分场馆赛后将作为文化活动场所；在奥林匹克公园建设市民广场及青少年活动场所，充实其文化功能。这些丰富的文化资源为首都居民发展多样化的休闲方式提供了得天独厚的条件，在闲暇时间和居民收入不断增长的情况下必然会促进首都居民休闲方式的多样化。

2. 经受"非典"洗礼后的首都居民的休闲方式会更文明、更健康、更科学

"非典"袭来，让人们再次审视生命的脆弱，调查表明，"健康是重要的"以 73.7% 的比例成为"非典"带给人们最重要的生活观念变化。零点公司的一项调查显示，首都居民中把"体育健身"作为主要休闲方式的人从"非典"前的 35.2% 增加到了 54.9%。在北京，"非典"之后体育产品行业可以说迎来了一个不错的商机，有 30.6% 的北京人表示增加了购买体育产品的支出。

在"非典"肆虐的危难时刻，许多人开始反思自己的生命价值：我们活着为了什么？应该怎样活着？生命的意义何在？在这样的非常时刻思考生命、反省生命，我们对于人生的感悟进入了一个新的境界。没有人会给出一个完满的答案，对于生命，对于生命的价值与意义，我们的思考将永无止境。我们从此开始珍惜生命，更加珍视我们自己的健康和他人的健康，更加珍视我们与家人以及他人之间的和谐关系。由此，我们相信首都居民的休闲质量必将得到极大的提高和升华。

3. 奥运为首都居民拓展休闲活动的结构、提升休闲品位提供了历史性的机遇

奥林匹克运动不仅是体育运动，也是文化活动。现代奥运之父顾拜旦从创始奥林匹克运动起，就反对把这一运动看成纯粹的体育竞技运动。他主张奥林匹克运动"并非只是增强肌肉力量,它也是智力的和艺术的"。国际奥委会前任主席萨马兰奇也明确指出:"奥林匹克主义就是体育加文化教育。"奥林匹克运动在其发展过程中,十分强调文化的作用,而这种文化的重要价值,已在当今国际社会中产生了极为广泛的影响。因此,承办奥运的北京不仅要重视奥运经济,也要重视奥运文化,这如同一台机器的软硬件,不可偏废。

在促进中国竞技体育发展的同时,北京奥运对中国的全民健身将是有力的推动。越来越多色彩斑斓的健身器械出现在街头巷尾,不论清晨或傍晚,都吸引着男女老少来一显身手,全民健身工程在北京已全面开花。人们用自己的行动向世界传达着一条信息——北京是一座运动的城市。2008年北京奥运会将使用37个比赛场馆和59个训练场馆,这些场馆被国际奥委会评估委员会称为奥运会留给北京的宝贵"遗产",将给北京人提供更多的锻炼场所和观赏高水平比赛的机会。更为重要的是,在筹办和举办奥运会的过程中,将有更多的中国人了解并接受"重在参与"的奥运理念,把体育视为自己生活中不可或缺的一部分。这无疑为首都居民拓展休闲活动的结构,提升休闲品位提供了历史性的机遇。

4. 首都居民休闲活动中的科技含量将得到进一步提升

《中国互联网络发展状况统计报告》显示,截至2003年12月31日,北京上网用户数为398万人,占全国上网用户总人数的比例为5%,占北京市人口的28%,上网普及率居于全国首位,上海排在第二位。据了解,目前北京市上网计算机数为198万台,占全国上网计算机总数的比例为6.4%;CN下注册域名数量为84144个,占全国CN下注册域名总数的比例为24.9%;WWW站点数为123110个,占全国WWW站点数的比例为20.7%。在用户上网行为上,北京用户上网的最主要目的以获取信息最多,达到50.2%,其次是休闲娱乐。北京上网用户平均每周上网14.7个小时,用户拥有E-mail的平均值为1.6个。北京是目前中国互联网最发达的地区,专家预测,今后北京网民对互联网的使用时间、使用频度、收发邮件数目等将进一步增长,面向网民的网络服务将更加成熟。

北京是全国汽车拥有量最高的城市,截至2006年7月底,全市的机动车保有量达到222万辆,其中私人机动车148万辆。按全市1450万常住人口计算,平均近14个人(大约5个家庭)拥有一辆私人轿车。位于长三角的江苏省经济比较发达,截至2006年上半年,江苏省会南京市平均每20个家庭才拥有一辆私人轿车。

互联网的使用和家庭轿车的普及，必将给首都居民未来的休闲方式带来深远的影响。

5. 旅游将在首都居民休闲方式中占据越来越重要的地位

2002年，全市实现国内生产总值3130亿元，人均为3355美元，是全国平均水平的3.36倍，北京人已具备去邻国旅游的财力和需要，全年人均出游1.8次。根据世界银行对于40多个国家消费发展状况的调查，当人均3000美元时，汽车消费将进入快速增长期。随着旅游交通工具的增长，旅游会进一步发展。[①]

6. 学习充电将成为一种普遍的休闲方式

随着北京经济发展水平进入富裕型，人们对精神文化的需求不断增长，现代社会竞争不断加剧，业余学习充电将成为首都居民越来越重要的休闲方式。近年来，在京城掀起了自考热、考证热、考研热和外语热，一浪高过一浪。种类繁多的各种进修学校如雨后春笋，随处可见。

---

① 王琪延：《北京将率先进入休闲经济时代》，《北京社会科学》2004年第2期。

第十二章　社会责任：文化产业的功能

文化产业是指从事文化产品生产和提供文化服务的经营性行业。其功能是为满足社会与人们的文化消费需求、提高人们的"生活质量"、提高国家的综合国力服务。无论是人们消费需求的变化，还是经济结构的调整，都在呼唤文化与经济的有机结合，这是先进生产力的必然要求，也是人民群众根本利益的客观需要。可见，文化产业的实质是首都的文化与经济为适应先进生产力的发展和人们需求的提升，对原有的文化产品生产方式、文化服务提供方式和原有的产业结构的一次突破。它的发展会推动首都经济与文化领域全面的创新性变革，从而推动整个社会的进步。

一　文化产业的内涵和实质

关于"文化产业"的理论界定，是在推动首都文化产业发展过程中一开始就遇到的课题，但在发展初期，却有意回避它，其原因在于：一是文化产业是一个新兴产业，在原有的产业结构框架中没有其明确的位置。它和"科技产业"一样，都是现代产业结构动荡中的产物，处在新旧交替中，各种变数太多。二是新兴产业是一种新生事物。在新生事物萌发阶段，谁也无法精确地描述它的未来。在这种情况下做出的任何概括，都具有片面性。

今天要对"文化产业"进行理论界定，应借鉴近几年国内外的一些研究成果。其一，联合国教科文组织认为，文化产业是按照工业标准生产、再生产、储存以及分配文化产品和服务的一系列活动。这一界定提醒我们注意文化产品和文化服务的"再生产"与"储存"环节。其二，哈佛大学克雷格·范格兰斯特克博士最近在题为"文化贸易论战：硬件、软件、市场和政府"的《华盛顿贸易报告》中把文化产业的产品与服务分为"硬件"与"软件"两大类。对于"硬件"的定义是"所有用于创作、记录、储存、传播的商品，或其他发布文化内容的商品"，并说"按照这一定义，乐器、录音设备、相机、胶卷、录像带、电视播放设备和接收设备、声音器材、颜料、画笔、画布、纸张、印刷品等都属于硬件范围"。他所列举的"硬件"范围中的许多东西现已纳入"文化贸易"内容之中。其三，广州市在最近确立的文化产业发展规划中，已列出了九大重点发展的产业。其中，除前五项（即报业、广电业、出版业、发行业、文博娱乐业）之外，还包括科研、教育、医疗、旅游行业。

（一）文化产业的内涵

一般认为，精神文化产品既有商品的经济属性，又有其特殊性即意识形态属性。要始终坚持把社会效益放在首位，努力做到社会效益和经济效益相统一。实际上，在大众文化消费领域，针对优质的文化产品和服务，检验其社会效益的一个重要尺度，就是经济效益。比如，文艺演出和电影，没有票房就等于没有市场和观众，没有市场和观众也就没有社会效益。因此，对精神文化产品和服务，既要把握特殊性，又要重视经济属性。

由此看来，文化产业是以市场运作的方式来实现文化经济价值的产业。凡是以"文化"为主要卖点、以文化创造主要价值的产业，按理均应归属于文化产业范畴。

目前，从国内外的发展趋势看，文化产业涵盖三种形态：一是生产和销售以相对独立的物态形式呈现的文化产品行业，如生产和销售图书、报刊、音像制品、电子出版物以及书画、雕刻等工艺品行业；二是以劳务形式呈现的各类文化服务行业，如音乐、舞蹈、戏剧、体育表演业、娱乐业、文化旅游业、教育培训业、广告业、会展业、咨询业、设计业、美容化妆业、家庭装饰业等；三是为社会和人们进行文化消费提供各种设备、器材、用品的行业，如文体用品、娱乐用品、化妆用品及玩具制造业等。

由于首都"文化产业"概念的提出滞后于文化产业的发展，又因为长期以来，文化资源的分散管理，没有全市统一的文化产业规划，在文化产业范围内的一些行业大多处在游离发展状态。早已壮大的旅游产业、新起的教育产业，在实际操作中已游离出"文化产业"的范畴。因此，在界定文化产业内涵时，一要建立"大文化产业"的概念，既要深化其内涵，又要准确界定其外延，实现文化资源的综合开发利用，以避免文化资源单项开发的浪费，最大限度地实现文化的经济价值。在"大文化产业"的构建中，既要考虑现实的状况，把本市文化产业规划范围圈定在现在可以操作的领域内，又要在改革措施中推动北京大文化产业格局的形成。二要注意"大文化产业"的动态发展。随着科技的进步和世界新经济的发展，文化产业的新形态在不断涌现，传统文化产业与现代科技产业在不断地进行新的组合。同时，文化产业与科技产业一样，至今还属于开放型的新兴产业。因此，要密切关注与跟踪它的发展，在动态变化中，不断丰富和完善文化产业的内涵。

2004年3月29日，国家统计局正式颁布《文化及相关产业分类》，提出年内经试点后确定统计指标及统计制度。文化产业分类的确定，为全国文化产业发展提供了统计规范，为地区间文化产业比较提供了统一口径，为地区文化产业运行、监测和决策提供了科学依据。

文化产业分类将文化及相关产业界定为向社会公众提供文化、娱乐产品和服务的活动以及与这些有关联的活动的集合。主要包括广播电视业、电影业、音像业、出版业、书报刊批发零售业、艺术演出业、娱乐服务业、摄影及扩印业、文物保护及利用业、艺术品拍卖业、图书馆档案及信息服务业、文化体育娱乐用品制造业、体育业、广告业、会展业、咨询业、装潢装饰业、艺术教育培训业、群众文化业、版权贸易业。具体分为9个大类、24个中类、80个小类。北京市1996年建立并沿用至今的工作指标全部包括在该产业分类中。

（二）文化产业的实质

首都文化产业的发展是从自发阶段逐渐走向自觉阶段的。无论是操作者、决策者，还是研究者，对于文化产业实质的把握，都有一个不断深化的过程。起初，把文化产业当作"以文补文"的手段，其表现是在事业体制下搞点"三产"，目标是弥补事业经费的不足，使干部职工的生活稍有改善，自然小富则安。后来，把发展文化产业当作北京文化发展战略来对待。因此，目标就只能落实在"为北京文化事业发展奠定坚实的经济基础"上，其出发点和落脚点仍在"发展文化事业"的框架里。因此，文化产业的管理与操作无法跨越原有文化事业发展的轨道。现在，把发展文化产业作为整个城市经济、社会发展战略之一，因此，能把文化产业视为首都经济的重要组成部分，能借助科技产业发展的成功经验来推动首都文化产业的发展。

首都文化产业的发展是北京经济与社会发展到一定阶段的产物。改革开放以后，随着经济的高速发展，人民生活水平得到显著提高。1978年，北京城镇居民可支配收入人均只有365.4元；到2004年初，已增加到13882.6元，扣除价格因素，比以前增长5倍，年均增长7.4%。保证生存所必需的食品消费指数（即恩格尔系数），大幅度地下降。1978 年，北京城镇居民生活水平的恩格尔系数为 58.7%，属于"勉强度日"阶段。经过二十多年的努力，恩格尔系数于 2004 年初已下降到 31.7%，北京城镇居民生活进入"富裕"阶段。为满足人们精神、文化、娱乐、休闲及发展需求的文化消费已从社会消费的边缘提升到了社会消费的中心。

从北京地区文化消费需求和投资上看，1997～2003 年，北京居民文化消费需求支出年均递增 15.2%。按照北京市的发展目标，到 2008 年全市 GDP 将达到 5800 亿元，恩格尔系数下降到 20%。北京为筹办奥运会，全市新增大型体育场馆 32 个，大型文化设施 36 个，到 2008 年将投入建设资金 2800 亿元。"新北京、新奥运"意味着一个气势磅礴的文化消费需求的喷发期。庞大的文化消费需求、一流的文化设施以及广大人民群众要求提高文化生活质量和水平的强烈期望，为首都文化产业的跨越式发展提供了市场机遇和必要条件。

这种消费结构的巨大变化，很快就使得北京原有的产品与服务落后于新的社会需求，推动了产业结构调整。北京依据雄厚的教育、科技、文化及人才优势，以优化的产业结构取代落后于消费需求的产业结构，提升了经济的科技含量和文化含量，使北京的生产与服务能够满足人们日益增长的新的消费需求。

目前，北京"三、二、一"产业发展格局全面形成。2003 年，第一、第二、第三产业的比例达到 2.6%（第一产业）、35.8%（第二产业）、61.6%（第三产业），现代制造业、现代服务业成为发展的战略重点和支撑经济的主导力量。值得注意的是，在现代服务业体系中，具有显著资源优势、适应消费需求升级的文化产业已成为促进经济快速发展的支柱产业。2003 年，全市第三产业实现增加值 2255.6 亿元。依托信息技术和知识传播的现代服务业获得巨大发展。以信息通讯、文化传播、体育娱乐、教育科技、中介咨询、会展旅游、现代流通等为代表的现代服务业增加值占第三产业的 70% 以上。根据这种发展趋势，北京未来的 10～15 年将形成以科技文化为主导的国际大都市型产业结构。

由此看来，无论是人们消费需求的变化，还是经济结构的调整，都在呼唤文化与经济的有机结合，这是先进生产力的必然要求，也是人民群众根本利益的客观需要。中国的文化发展如果不选择一条与经济发展、科技发展相结合的道路，就会脱离时代的要求，脱离先进生产力和人民大众的需要，从而丧失其先进性。因此，北京文化产业的发展需要开阔的视野，需要社会各方面的合力，更需要与时俱进的创新魄力。

二　文化产业发展的历程和作用

北京很早就有了文化产品的生产和文化行业的出现。元、明、清三代已形成较发达的生产文化产品与提供文化服务的行业群落，先后成为元杂剧和京剧演出的中心地、景泰蓝工艺品的生产基地与销售基地，琉璃厂书业的发达更为《四库全书》的编纂提供了有力的后援。20 世纪初叶，又逐渐形成了一些现代文化行业，如现代书、报刊业和现代娱乐业等，与上海一起成为中国南北两大现代文化行业集聚的城市。

（一）文化产业发展的历程

中华人民共和国成立后，文化产品生产行业和文化服务行业中的一部分被纳入工、商业系统，致使这一部分逐渐迷失了自身的文化属性；另一部分则被纳入"文化事业"系统，只能在"事业"体制下运作，折断了产业的翅膀。1978 年以后，在改革开放的推动下，北京文化产业出现了三种自发趋势：一部分折断了产业翅膀的文化产品生产与文化服务行业开始重新营造腾飞的双翼；一部分迷失自身文化属性的文化产品生产行业和文化服务行业开始走上文化回归之路；一大批新兴的文化行业应运而生。

1985 年前后，文化人黄宗汉成功运作了文化景观"大观园"，投资 160 万元，经营十年，门票收入过亿元，总资产达到 2 亿元，超过初期投资的 10 余倍；20 世纪 90 年代初，宣武区又成功运作了"天桥乐茶园"，不仅在 700 平方米的建筑面积上创出了每年纯收入超过 1000 万元的效益，还使濒于消失的一些地方剧种和传统曲艺重新获得了用武之地。与此同时，各类民营的文化娱乐业蓬勃发展，各类带有文化属性的公司相继成立，原有的部分文化事业单位也借助"以文补文"的风潮培育了大批仍在事业体系中的文化企业。在社会文化消费需求的驱动下，北京的现代文化产业已悄然破土，走在自发成长的进程中。

1995 年前后，中央多次强调北京城市性质和功能定位应是全国的政治中心和文化中心。为落实中央指示精神，强化北京"全国文化中心"功能，1996 年 12 月 5 日北京市委、北京市人民政府颁布了《加快北京文化发展的若干意见》，明确提出了"要充分利用北京丰富的文化资源和人才资源，大力发展文化产业，使其成为北京的支柱产业之一，使北京成为全国重要的文化产业基地"；并有针对性地提出"各类文化产业都要努力优化结构、合理布局、控制数量、提高质量、增进效益"。在这一精神推动下，北京文化产业得到迅猛发展。到 1999 年底，北京市除旅游业以外的其他 15 个文化行业，已有独立法人核算单位 3804 个，从业人员 22.4 万人，拥有资产 506.5亿元，1999 年创造增加值 115.4 亿元，在全市 GDP 中所占比例达 5.3%；若加上旅游业所创造的增加值，在全市 GDP 中所占比例已在 15% 左右。与此同时，通过资产重组等方式先后组建了北京日报社报业集团、紫禁城影业公司等大型文化集团，推动可经营性的文化资产逐步纳入文化产业运作轨道，培育北京文化产业的主体力量。可见，文化产业已成为首都经济中引人注目的新增长点。

进入 21 世纪以来，首都文化产业的发展跨入了一个新阶段。在研究层面上，目光瞄准了未来。北京市社科院首都文化发展研究中心先后与市委宣传部联合完成了对北京居民文化消费的二次调查和中国加入 WTO 对北京文化产业的影响与对策研究，起草了《2001 年至 2005 年北京文化建设发展纲要》，并通过主办全国首届"大城市文化产业研讨会"，集思广益，初步规划了 21 世纪初期首都文化产业的发展方向。北京奥运会申办成功后，又进一步调整了文化产业发展规划，与《2008 年奥运行动纲领》一起，重新设计了 2008 年前北京文化产业发展的新蓝图。在决策层面上，加强了北京发展文化产业的战略思考。市委在 2000 年 11 月颁布的《关于北京市国民经济与社会发展十五计划建议》中，一是定位了"文化产业是首都经济的重要组成部分，要适度优先发展"；二是确立了"文化产业园区"概念，提出了要在北京"推动文化产业园区的规划与建设"，表达了市委要以推动科技产业的力度来推动文化产业发展的决心与魄力。在运作层面上，开始走上资本运作的轨道。2001 年 2 月，北京歌华网络股份有限公司正式挂牌上市，集资12 亿元。同时，琉璃厂文化产业园区的招商也在香港地区亮相。2001 年 5月，由北京电视台、北京有线电视台、北京广播电台、歌华文化发展集团、北京歌华网络股份有限公司等组建的北京广播影视集团正式成立，从而成功地打造了拥有 50 亿以上资产的北京文化产业巨舰。

近几年，北京文化产业的发展迈上了一个新的台阶。市委、市政府提出要把北京建成"全国重要的文化产业基地"。贾庆林在北京市第九次党代会报告中指出，文化产业是首都经济的新增长点和社会发展的重要支柱。要整合资源，引入竞争机制，切实把新闻出版、广播影视、文化娱乐、旅游休闲、体育健身等产业做大、做强。2003年4月12日，刘淇到市属新闻单位调研时强调，要以首都传媒业优势为依托，扩大新闻文化产品的生产规模，努力把北京建设成为全国新闻信息的集散中心，优秀影视作品的创作、制作生产中心，优秀影视文化作品的交易中心，使北京传媒业始终走在全国前列，在国际传媒业中占有一席之地。

在市委和市政府的高度重视和直接领导下，北京近几年涌现出一大批新闻传播企业，如光线传媒、银汉传播、唐龙传媒、欢乐传媒、派格环球、海润影视、华谊兄弟、北大华亿、新画面影业、中信文化体育、新浪网、搜狐网、首都在线、席殊书屋、读书人文艺、普涞经纪、新东方教育集团、洋话连篇等。这些新闻传播企业，通过文化传播教育，不断满足首都人民日益增长的文化生活需要。除此之外，一些超大型的现代文化娱乐设施项目已确立；一些著名的文化艺术品市场（如潘家园旧货市场等）的改造已动工；建立北京文化产业风险投资保险机制、营造北京文化产业孵化器等事宜已纳入各类建议中。可以预见，在未来的5～10年中，北京文化产业定会实现跨越式发展，前景将更加可观。

（二）文化产业发展的作用

北京现有6处世界文化遗产、264处市级文物保护单位、532处区县级文物保护单位、123家博物馆及226万件馆藏文物。同时，238家出版社、248家报社、2735家期刊、119个文艺院团也云集北京。除了物质和人力资源的极大丰富，北京文化产业还在全国占有举足轻重的地位。广告和传媒产业占全国34%的市场份额，电影和音像业占全国60%的市场份额，古玩艺术品交易和拍卖业成交额占全国的80%，报刊种数占全国的35%，出版社总数占全国的43%，电视剧出品集数占全国的54.5%，会展数量占全国的54%。在文化服务贸易方面，已经成为全国文化产业的市场中心。这些产业的资产总量、经营效益和市场份额，在全国已处于领先地位，对首都经济的发展起着不可估量的作用。

第一，文化产业是推动首都结构调整、产业升级的新经济增长点。以往北京的经济增长很大程度上属于"高消耗、高排放、低效益"的粗放型增长方式。文化产业基本属于"无污染、低消耗、高效益"的无烟产业、朝阳产业。近年来，文化产业的发展推动了北京产业结构的调整和升级，成为首都经济发展一个新的增长点。通过结构调整，推进了国有经营性文化单位转企改制，培育了一批自主经营、自负盈亏、自我发展、自我约束、有竞争力、有影响力的大型国有或国有控股文化企业和企业集团。北京儿艺股份有限公司、北京歌剧舞剧院等一批大中型国有或国有控股文化企业的成长和发展，充分证明文化产业对首都经济发展的贡献丝毫不逊于第一、第二产业。通过结构调整，带动了相关产业的发展，并给相关产业带来了大量的市场需求和潜在机会。如电视广播产业将推动音像制品、家电产品、通讯设备市场的发展；文化娱乐产业将推动旅游、宾馆、餐饮、交通、演艺市场的发展；广告展览产业将推动咨询、印刷、装潢、设计服务市场的发展，其放大效应将是1∶4，甚至1∶8。

第二，文化产业是满足人民群众日益增长的精神文化需求的重要保证。过去，我们习惯于把文化看成单纯的宣传教育和公益性事业。随着改革的深入发展，逐步认识到文化不仅具有意识形态属性，而且具有经济属性和商品属性；不仅具有公益事业的属性，而且具有服务业生产经营的特征。文化产业建设的出发点和最终目的是为了满足人民群众的精神文化需求和促进人的全面发展。

据国家统计局资料显示，2003 年中国人均国内生产总值达到 1090 美元，全国人均收入在 3000 美元以上的约占 1/10，也就是说是中国已有 1.3 亿人口，大约 4000 多万个家庭步入中等发达国家的收入水平。1997～2003 年，北京市居民文化消费支出年均递增 15.2%。2000 年，北京市文化产业创造增加值 112.9 亿元，2001 年增加值达到 125.7 亿元，2002 年增加值达到了 165 亿元。2003 年文化产业发展势头更加迅猛，创造增加值 246.1 亿元。也正是文化产业的迅猛发展，为满足北京日益增长的多样化、多层次的精神文化需求提供了重要保证。

第三，文化产业是吸纳从业人员、增加就业机会的重要途径。文化产业是一个极富创造力的产业，早在 20 世纪 70 年代，美国增加的 2000 万个新岗位中，只有 5% 属于制造业，90% 则属于文化、信息、服务、体育业。2003 年，北京市有文化产业单位 4200 个，从业人员 30.2 万人，总资产 1960 亿元，实现主营业务收入 944.9 亿元，创造增加值 246.1 亿元，占全市生产总值的 6.7%；超过第一产业创造的增加值，人均创造增加值 8.2 万元，比全市从业人员人均创造的增加值高 57.7%；应缴税金 61.3 亿元，占全市应缴税金总额的 7.8%，成为首都经济新的增长点。从就业总量看，文化服务业就业人员规模已经高于"批发和零售业"；从经济总量看，文化服务业的经济总量与"房地产业"大体相当。文化产业已初步形成了演出业、影视业、音像业、文化娱乐业、文化旅游业、网络文化业、图书报刊业、文物和艺术品业以及艺术培训业等比较完整的行业门类。未来 10 ~ 15 年，北京就业结构的发展趋势是：继续强化"三、二、一"格局，第三产业重点发展技术和智力密集的新兴行业，发展方向是以知识经济为主的现代文化教育产业。

第四，文化产业是维护首都文化安全，增强北京整体实力的重要保证。当今世界日趋激烈的综合国力竞争，越来越突出地表现在知识力量和文化力量的竞争上。同时，随着经济全球化和中国加入 WTO，北京对外经济开放程度的加深和在世界经济、政治领域影响力的提升，使国际霸权主义、反华势力更加关注这个城市。北京面临着激烈的国际文化竞争。少数西方发达国家凭借其雄厚的资本实力、强大的文化传播优势和丰富的市场运作经验，借助现代市场机制和高新科技手段，将大量的精神文化产品输入中国，在获得巨大商业利润的同时，对北京进行文化的扩张和渗透，抢占、争夺北京的文化市场、文化资源和文化阵地，严重威胁了首都的文化主权和文化安全。面对严峻挑战，北京只有以强大的文化产业为依托，实施"走出去"发展战略，才能赢得国际文化竞争中的主动权。

三　文化产业发展的思路和战略选择

（一）文化产业发展的可预测因素

在未来 5 ~ 10 年中，北京文化产业将要面临新的经济环境和社会环境，其发展和走势受可预测因素的影响。

1. 筹办 2008 年奥运会的影响

2008 年奥运会给北京带来了"1800 亿元基础设施投资"、"3000 亿元总投入"的商机，为文化产业的发展带来了大量的外来资本与消费，为北京文化经济、文化产业的发展提供了历史性的机遇。2008 年，北京市生产总值将达到 5800 亿元，居民文化消费需求水平将年均递增 15% 以上，居民人均文化消费支出将达到 4200 元。需求和投资的快速增长，将为北京文化产业的跨越式发展提供市场机遇和必要条件。根据奥运经济报告提供的数据，2008 年奥运会对首都文化产业的拉动力，平均每年的增长幅度约为 0.8%。按照这个速度，以 2002 年北京文化产业增加值 163.5 亿元推算，保守估计，到 2008 年，首都文化产业的增加值将在现在的基础上翻一番，超过 300 亿元。

奥运文化产业是一个有着巨大生成力、多维度、多层次的创新理念，是以创造为核心、以体验为基础、以注意力为目标的文化产业的重要组成部分，是依托当代高科技和传播媒介的文化产业的实践方式。首都是城市概念，又是集合概念，它是多元人群的汇聚。建立体现人文奥运与奥林匹克赛场文化精神的新纽带，是北京奥运文化产业建设的基础工程。它的纽带作用表现在两方面：一是作为北京奥运文化的载体和虚拟形象，将首都与中国、与世界联系在一起；二是作为强大而无形的资源配置力，将奥运文化产业的投资、管理、创作、生产、营销、消费、市场联系在一起。因此，奥运文化产业不仅是一个文化理念，而且是一个具有实践特性的可挖掘、可持续的发展战略。

2. 世界经济发展趋势和新经济形态的影响

未来 5~10 年，世界经济发展的主要趋势是不断加大科技和文化在经济中的含量。这一趋势已经使世界经济结构和产业排序乃至整个经济形态发生了巨大变化。科技型和文化型的产业已逐渐成为新经济结构中的两大支柱，成为世界经济最主要的增长点，世界经济的发展也将越来越注重和依靠科技与文化的力量。北京的文化优势和智力优势与新的经济形态的需求十分吻合，大力发展北京的文化产业，实际上就是在推动北京的经济向新经济形态迈进，逐步与世界经济接轨。

3. 中国加入 WTO 的影响

未来 5~10 年，中国的国际地位会进一步提高，北京作为国际交往中心的功能会进一步强化。因此，境外入京的人流和境外的投资都会有较大的增长，人们对北京城市"文化生活满足度"的要求会越来越高，对北京文化消费服务的要求也会越来越高。这一切都会使对北京的文化产品与服务的需求进一步扩大，使北京文化产业的发展获得更大的推动力与创新力。同时，按照 WTO 的游戏规则，必然会刺激北京文化产品与服务的出口，开拓海外市场。

4. 国内经济结构调整的影响

据专家预测，未来 5~10 年是中国经济进行大规模结构调整的关键时期，中央经济工作会议强调"必须采取有力的优惠政策和扶持措施"，加快信息、文化、教育、旅游、社区服务和中介服务业方面的决策。"中央政策"大环境的出现必将进一步推动北京文化产业的发展。另外，结构性调整必然面对的一个基本问题就是失业和下岗人群的增多。未来 5~10 年应把"创造就业机会"作为经济发展的首要任务。而"创造就业机会"正是北京文化产业中一些劳动密集型行业的特长。如会展业产生的带动系数为 1:9，即展览场馆的收入为 1，它所带动的相关行业的社会收入是 9；每 1000 平方米的展厅面积可以创造 100 个就业机会。

（二）文化产业发展的思路和目标

1. 总体思路

未来 5 年，抓住筹办奥运会的历史机遇，汇聚多元资本，充分利用国有资本、社会资本和境外资本力量，整合优质资源，培育市场主体，发展一批具有雄厚实力、竞争力和影响力的大型文化企业集团。实施品牌战略，打造一批文化精品，把北京建成全国的文艺演出中心、出版发行和版权贸易中心、影视节目制作和交易中心、动漫和网络游戏制作交易中心、文化会展中心和古玩艺术品交易中心，实现文化产业的跨越式发展，成为推动首都率先基本实现现代化的重要力量。

2. 总体目标

未来 5 年，文化产业创造增加值预计年均增长 15% 以上，2008 年超过500 亿元，在北京市生产总值中所占比重达到 9%，成为北京国民经济的支柱产业之一。基本形成与广大人民群众精神文化需求相适应的文化产业结构；形成全市统筹规划、城乡协调发展的文化产业布局；形成管办分离、灵活高效的文化产业管理体制和运行机制；建立与社会主义市场经济体制相适应的文化产业政策法规体系；建立竞争有序、开放统一、要素完备、中介发达的文化市场体系。

3. 主要任务

未来 5 年是北京市文化产业发展的重要战略机遇期。要充分利用首都北京丰富的文化资源和人才资源，发挥市场在宏观调控下对资源配置的基础性作用，打破地域限制和行业垄断，把资源优势转化为产业优势，切实把文艺演出、新闻出版、广播影视、文化会展、古玩艺术品交易等优势产业做大做强，把动漫和网络游戏产业发展壮大，积极支持重点文化产业园区的建设，培养和造就一批高素质的文艺工作者和文化产业经营管理人才，进一步增强文化产业的综合实力和市场竞争力，将文化产业发展成为首都经济新的支柱产业，不断强化首都文化中心的功能和地位，使首都文化建设始终走在全国前列。

（1）把北京建成人才集中、品种丰富、演出繁荣、交流活跃的全国文艺演出中心。北京地区拥有 100 多家艺术表演团体、近百家演出经纪机构，近几年年均演出 13000 场，已形成国有、社办和国外演出团体演出场次各占 1/3 的崭新格局。为办好 2008 年奥运会相关文化活动，在全国范围内遴选、积累一批具有中国气派、东方特色的优秀剧目；精心打造能够在国际巡演的品牌剧目，将中国舞台艺术精品和民族民间艺术精品推向世界；创新旅游演出品牌，分别以京剧、杂技、歌舞为主要艺术形式并融合其他艺术表现手段，推出艺术精湛、风格清新、水准一流、常演不衰的舞台剧目。

（2）把北京建成出版能力强、发行渠道畅通、版权贸易发达的全国出版发行和版权贸易中心。北京地区拥有各类出版单位 3000 多家，年出版各类出版物 10 万多种，占全国的 1/2；拥有各类出版物批发零售企业和发行网点 6500 多个，年销售收入 200 亿元，约占全国的 1/5；年版权贸易交易上万种，约占全国的 60% 以上。未来 5 年，要面向北京地区，加强管理，提高引导和服务水平，努力把北京建成全国的出版中心、最主要的出版物集散地、最大的零售市场和版权贸易市场。

（3）把北京建成经营理念先进、生产制作量和交易量最大的全国影视节目制作和交易中心。北京地区拥有电视剧制作机构和电影制片机构一百多家，电视剧出品集数和电影产量占全国一半以上。未来 5 年，要统筹整合资源，重点培育和扶持若干大型影视文化企业，使北京成为全国电视剧和电影的重要生产基地。

（4）把北京建成原创能力强、制作手段先进、传播渠道畅通的全国动漫和网络游戏制作交易中心。未来 5 年，要大力扶持动漫和网络游戏产业的发展，积极开发动漫和网络游戏上下游产品，构建动漫和网络游戏产业链。培育动漫和网络游戏研发商、发行商、销售商及周边服务商，繁荣动漫和网络游戏市场。

（5）把北京建成会展经济发达、会展数量多、具有国际影响力的全国文化会展中心。未来 5 年，积极筹办一批具有国际水准、中国特色的文化会展。提升专业水准和服务质量，吸引中央单位在京举办大型文化会展。借助北京作为国际交往中心的独特优势，推进文化会展的国际化、专业化、品牌化。到 2008 年，文化会展总收入年均增长要达到 20% 以上，固定品牌文化会展数量要超过 100 个。

（6）把北京建成交易数量多、交易额大、市场规范的全国古玩艺术品交易中心。北京地区拥有文物艺术品拍卖企业 24 家、文物监管物品市场 11

家、国有文物商店 7 家，年成交额 25 亿元，已成为全国最活跃的古玩艺术品交易市场。未来 5 年，要重点扶植 2～3 家大型古旧工艺品交易市场；扶植 5～6 家年成交额在亿元以上的拍卖公司；创办中国民间文物收藏品博览会，举办具有国际影响的古玩艺术品拍卖会。到 2008 年，古玩艺术品交易额要达到 40 亿元以上，成为中国的古玩艺术品交易中心。

（7）利用多元资本，积极推进区域特色文化产业基地建设。各区县应依据各自特点，发挥各自优势，促进文化与旅游、科技、体育、商业等相关产业的结合，形成若干个特色文化产业区域。对"大山子文化艺术区"一类新出现的文化现象要积极研究、科学论证，在符合北京城市功能定位和城市发展规划的前提下，推进新型文化社区的建设和管理。

（三）文化产业发展的战略选择

根据以上的发展目标和任务要求，未来 5～10 年，北京文化产业的发展应更新观念、开阔视野、拓宽思路，采取一系列战略选择。

1. 时序性推进与跨越式发展

纵观世界文化产业的进程，文化发展与文化产业的发展有所不同。前者需要较长时间的磨合与积累，而后者因其特有的产业属性，实现跨越式发展是完全可能的。世纪之交，日韩文化产业异军突起，哈日、哈韩潮流盛行，便是典型的例证。当然，文化产业的跨越式发展与城市的竞争优势息息相关，要遵循一定的逻辑次序，发展呈现出相应的时序模式。

北京文化产业的发展是以政府为"第一推动力"，发展之初面临两个问题：一是产业资源明显不足；二是文化体制相对滞后。前者是显性的，后者是隐性的，两者互相牵制。正是对这两个问题的突破构成了北京文化产业发展的逻辑起点，而不同城市依据自身不同的竞争优势，其时序推进模式各有不同。相对而言，北京充足的人才资源、完善的文化机构、多层次的文化需求，构成了多元并存的文化体制。因而，北京文化产业的推进特征是国有、民营并存，多元优势互补。目前，上海、北京、深圳和广州的文化产业对城市经济社会发展的贡献率正快速提高，实现了文化产业的跨越式发展。尽管一些城市的时序性推进模式各有不同，但其基本取向是：从文化事业型向文化产业型转变、从行政化资源调配向社会化资源配置转变、从政府推动向市场推动转变。

2. 保护性策略与开拓性战略

当前，全球化背景下文化产业的竞争，不仅直接体现为文化产品自身的竞争力，更间接地反映出文化力的强弱状况。文化力的强弱状况，从根本上讲，是需要公益性文化事业与经营性文化产业共同推进。从培育北京文化竞争力的角度看，公益性文化事业与经营性文化产业的关系，不应是此消彼长的关系，而应是相辅相成的有机结合。在全球化背景下城市文化的发展中，两者的良性互动需要以保护性策略与开拓性战略的功能互补作为支撑。

不能简单地认为，公益性文化事业着眼于文化资源，因而需要保护性策略；经营性文化产业着眼于文化市场，因而需要开拓性战略。文化资源可以依托产业化的途径而得到保护，并进行新的开拓。如果说，文化产品竞争力是城市文化竞争力的重要反映，而竞争力的强弱又来自于城市文化资源在价值链中提升的程度，那么，文化事业的发展正是对隐性文化资源公益性的培育，文化产业是对显性文化资源市场化的整合，两者是不可替代的。保护性策略与开拓性战略的实施，将更有助于两者的相互协调与促进。

3. 集团型扩张与基地型集聚

尽管首都文化产业尚处于起步阶段，但是，关于文化产业的集团化建设，在理论或实践上均取得了相当程度的进展。以传媒产业为例，先后崛起了北京歌华集团、北京出版集团、北京日报报业集团、北京新华外文书店股份有限公司等多家新型的传媒产业集团，这是与全球性传媒产业集中化、世界化的发展趋势相适应的。

当前，世界文化产业发展呈现另一个普遍趋势——文化产业的空间集聚，却被不同程度地忽视了。事实上，文化产业的空间集聚乃至文化产业区的设立正在被广泛地纳入产业发展的战略理念之中。产业这种基地型发展，与中小企业在文化产业发展中的重要地位有关。在 20 世纪 80~90 年代，大量小型企业的涌现使苏格兰出版业出现了重要的复苏期。今日的好莱坞也正是依靠无数小型的、适应性强的企业，实现了不同项目之间的承接，从而形成了特有的产业链。因此，北京的文化产业发展在推进集团化建设的同时，也应重视文化产业基地的规划，在打造文化产业"航母"的同时，也应鼓励中小企业的发展。

第十三章　历史回顾：文化产业的特色

改革开放以来，随着北京经济的不断发展和国际交往的迅速扩展，首都的会展业和收藏业迅速发展。近年来，会展业已成为北京服务业中增长快、发展潜力大、前景无限的行业之一。随着 2008 年的日益临近，奥运会对北京的会展业来说无疑是一个良好的发展机遇。与此同时，日渐升温的收藏热也反映了改革开放以来中国经济的繁荣，物质生活水平提高后人们对高水平文化生活的渴望。"盛世尚收藏"，现在收藏不再是个别人的专利，已经进入了寻常百姓家。北京是全国的经济、文化中心，浓厚的文化氛围决定了北京发展收藏业具有得天独厚的优势，首都的收藏业呈现良好的发展势头。

一　首都会展业的发展

近年来，北京会展业取得了长足的发展。从总体上看，已走过了数量扩张的阶段，展览场馆、办展主体、参展企业、相关服务行业都已形成一定规模。截至 2003 年，北京拥有 500 座以上的常用会议场馆 52 个，总座位数万个；拥有北京国际会议中心、中国国际展览中心等大型单体场馆 13 个，总面积 20 余万平方米。2003 年，北京共举办各类会议和展览 55800 个。其中，国际性会议和展览 2366 个，占 4.2%；超过 500 人的大型会议 754 个，会展业的直接收入为 10 亿多元。

（一）会展业对城市经济的贡献

会展业是指以举办各种会议、展览为核心，由一系列相关行业组成的一种产业链条。由于会议和展览往往是人流、名流、物流、资金流的大汇聚，"会展"已成为糅合各类市场因素的纽带，围绕会议和展览而形成的运作平台，可以带动十多个相关行业的发展，成为拉动经济发展的巨大牵引力量，对举办地的城市建设、经济发展、社会进步都有巨大的促进作用。概略地说，会展业对城市经济的积极作用表现在以下几个方面：

（1）对城市形象的提升。举办会展可以凝聚各方视点，提升城市的知名度。一个好的会展品牌落户于某一城市，往往意味着对其综合发展能力和潜力的认同，甚至能成为该城市的"名片"。例如，日内瓦是联合国欧洲总部的所在地，有200多个国际组织及人道主义组织在此设立机构。每年在这里举行的各种会议、展览和庆祝活动数以百计，吸引了各国来客。该地由此成为瑞士境内国际化程度最高的城市，也成为全世界关注的焦点。

（2）对相关产业的拉动。会展业是一个高收入、高赢利的行业，其利润率在20%~30%之间。同时，会展业具有强大的关联带动效应，能够集中大量的人流、物流与信息流，带来巨大的商机。一个规模大、知名度高的会议或展览，通常能为举办城市带来几万至几十万的客流量以及几千万至几亿元的收入，能够有力地带动旅游、餐饮、宾馆、交通、运输、翻译、咨询、广告、装潢、娱乐、金融、保险等诸多服务行业的发展。据专家测算，会展活动的产业关联效应最高可达1:10，即会展的直接收入若是1，相关行业的收入将达到10。20世纪70年代初，在日本大阪举办的世博会，无疑为日本经济腾飞打了一支强心针。世博会期间，为数众多的旅游者为商品零售业的业绩增长带来很大的空间。大阪世博会的总入场人数达到了历史上最高的6400万人，这些观光客使得会场附近地区的各种商业服务业普遍兴旺，销售额因此提高了很多。

（3）对市场发展的潜在影响。会展在经济和贸易上的成果往往无法在短期内得到准确的评估，有时更多地表现为能为将来经济发展创造良好的环境，专家称之为波浪效应。所谓波浪效应，一是对相关产业的带动，如旅游、餐饮、金融、演出、娱乐等十多个行业；二是反映在地域上的辐射性，即对周边地区经济的发展都有一定影响；三是反映在时间上的后续性，即对未来投资的影响不是短期的，而是长期的。在会展中直接投入所获得的效益与会展产生的波浪效应两者之间是一个"四两拨千斤"的关系。如历届世博会总能给主办城市带来明显的波浪效应：1889年法国巴黎世博会建造的艾菲尔铁塔如今已成为法国巴黎的象征；1970年日本大阪世博会后形成了关西经济带；2000年德国汉诺威世博会最终确立了汉诺威作为全球会展业龙头城市的地位。

（二）会展业的发展环境

北京发展会展业有其独特的区位优势：北京是全国的政治中心、文化中心、交流中心、信息中心。几乎所有的"中"字头国企的总部都设在北京，使北京成为区域经济中心；北京是全国最大的科研基地和国内外科技信息的重要集散地，聚集了全国最多、最优秀的人才精英，人才竞争力居全国第一；北京还是一个巨大的消费市场，也是中国最重要的交通枢纽。在经济、交通、信息、人才、科技等方面拥有综合优势，使得北京举办大型国际展览具有独特的吸引力。北京拥有山区、丘陵和平原，自然风光旖旎，有著名的皇家园林、名胜古迹，文化旅游资源丰富，为会展业的发展奠定了良好的环境基础。

尽管北京发展会展业拥有许多得天独厚的优势，但也面临着一些严峻的挑战。就会展业的规范性、竞争力、效益水平而言，北京会展业与发达国家相比还有很大的差距。在经济全球化的今天，会展业已经成为新兴的现代服务贸易型产业，并日趋国际化，成为衡量一个城市国际化程度和经济发展水平的标准之一。中国进入加入世贸组织后的过渡期以来，服务业逐步扩大对外开放，国外展览公司纷纷在北京设立分公司、办事处或代表处。这种情况意味着：一方面，北京原有的办展主体将面临更加激烈的市场竞争和严峻挑战；另一方面，展览市场上的国际资本运作、品牌并购、人才交流、技术引进等将更加频繁，从而推动北京会展业走上规范化、高层次发展的道路。

目前，北京会展业与国内东部沿海会展业较为发达的地区（如上海、广州、大连等城市）相比还有一定的差距，存在着一些急需解决的问题。在国内，北京、上海、广州在会展业中可谓三足鼎立，但场馆设施和服务水平的滞后制约了北京会展业的发展。近年来，一些原计划在北京举行的国际展览纷纷移师上海。有关专家指出，目前在北京批展、在外地举办的现象日益增多，在一定程度上造成北京会展收入的流失。究其原因，最主要的是北京真正适合举办展览用的展馆太少。以锻造设备展为例，一些大型机器设备占地面积大、分量重，严格意义上说只有北京国际展览中心一家可使用，别的展馆都有致命的缺陷。再者，北京的服务意识差，在搭台、运输、通关、餐饮等服务方面，场馆一家说了算，处处透着官商作风，特别缺乏竞争机制。而上海最大的变化就是突出服务，不仅场租比北京低，各项收费更趋于合理。展览场馆相互间有竞争，各家都想办法在服务上留住主办商，相继推出"一条龙"服务。同时，上海城市交通、环境等与会展业相关的配套设施更加完善，在上海办展各方面都很方便。而北京在国贸、农展馆、国际展览中心一带，经济型旅店少，不少参展商反映在京办展览住宿费用很高。

北京会展业存在的以上问题，从根本上说，都是体制问题。北京会展业管理体制的改革和开放相对滞后，市场机制不够健全，法制化程度不高，市场配置资源的基础性作用没有得到充分发挥。造成北京会展业管理水平较低的原因在于：一方面，经营理念、管理方式与国际先进水平有较大的差距；另一方面，从业人员的素质有待提高。这些问题如果不在深化改革中加以解决，北京会展业就很难进一步发展。

（三）会展业未来发展的趋势及对策

北京会展业必须坚持以科学发展观为指导，统筹协调各方面的关系，以开放的心态主动迎接挑战，大力推进会展业管理体制改革，实现制度创新、服务创新，走全面、协调、可持续发展之路。

在宏观层面，要为会展业发展创造良好的环境。一是进一步深化会展业管理体制改革。政府部门应逐步退出对展览活动的直接参与，让市场在会展业资源配置方面发挥更大作用，政府部门应承担起经济调节、市场监管、社会管理和公共服务的职责，行业协会、商会等社会中介组织将承担起行业管理和协调的职能，从而形成政府宏观管理、企业微观参与、中介组织进行协调的良好关系，为会展业创造更多自主发展的空间。二是加强法制建设。配合全国性、行业性法规的制定，完善地方性法规的配套协调工作，明确会展业的管理部门、管理办法、活动主体以及各方面的权利和义务，增强会展活动的透明度，规范会展市场，为经营者创造一个可预见的、法治的市场环境。三是制定全市会展业发展的战略规划。统筹区县会展业协调发展，指导条件适合的区县发展会展业，形成有当地特色的会展经济和资源优势。四是完善促进会展业发展的配套措施。借鉴发达国家支持会展业的经验，为北京会展业提供必要的财政和税收政策支持，完善产业政策，在交通、通讯、海关、商检等方面为发展会展业提供便利。

在中观层面，加强对会展业发展的引导和协调。一是尽早建立和完善会展业的行业自律组织和总体协调机制。二是制定和实施会展业的服务标准和规范。建立高效、透明的会展统计、信息发布体系，定期对会展业的发展情况进行调查，及时了解北京会展业的运行状况，提出政策建议。三是加强理论研究，针对发展中存在的问题进行理论思考，开展行业培训，提高从业人员素质。四是扩大融资渠道。顺畅的投融资机制是会展业发展的助推器。北京会展业应加快对外资和民营资本的开放，完善投融资机制，促进行业内部资本流动和外部资本流入，打破对经营者行业、地域的束缚，建立多种所有制形式，加快现代企业制度建设。

在微观层面，努力提高办展质量和成效。一是走以特色取胜之路。各区县应结合本地实际和产业优势确定会展活动选题，努力打造定位清晰、服务创新、规模适宜的知名会展品牌。二是努力提供高质量、专业化的会展服务。减少行政色彩浓厚的办展行为。三是注重市场营销，没有市场需求就不会有行业发展，应以服务赢得客户、求得发展、获得效益。四是树立竞争与合作意识，以开放、合作、共赢的态度，主动走出去与国内外企业开展多种形式、多种内容的合资、合作。

以下是对首都会展业未来发展的对策建议：

第一，发挥规模效应。做会展要成功，规模是关键。会展活动的成功取决于聚集效应，所以绝不能是寡头表演。例如，做专业展会一定要有规模。规模做起来，才能成为真正展现行业发展趋势的平台。2004年北京国际汽车展共有1600多家参展厂商，规模是历届最大的一次。而且，参展的内容非常丰富，有高档豪华车，也有经济型的、适合广大消费者的车型。另外，也有很多汽车零部件、加工检测设备、加工制造技术方面的产品参展。这样就保证了会展的规模和重点程度。因此，会展活动应在规模化、国际化、专业化、品牌化上下工夫，实现会展活动的高附加值、高利润、高市场占有率。把规模做大单靠一两个企业或行业是不行的，如今"会展"已成为糅合各类市场因素的纽带，应打破条块分割，对会展资源进行共享，使资源形成最佳配置，充分释放出其应有的经济潜力。合作共享，不仅是展会资源的共享，还包括管理模式的共享。实现强强联合，风险共担，利益共享。联盟内部力求自然形成"梯级态势"，构建一种以资源为核心的供需系统。

第二，创建著名的会展业品牌。品牌对于会展业的发展是十分重要的，品牌分三类：会展品牌、企业品牌、地区品牌。经过十几年的积累，北京已逐步形成了一些具有一定实力的大型展览集团公司，培育了一些规模大、知名度高的展览会。例如，北京国际车展和北京国际广播电视周。目前，北京国际车展已成为全球第六大车展。这个品牌正日益走向成熟和完美。北京国际广播电视周以其多彩的影视机构展示、大容量的节目交流交易和高层前沿的发展论坛为特色，吸引了国内外众多业界朋友。今后，北京除继续培植和发展自有的会展品牌外，还要积极开展国内、国际的交流合作，引进国内外名牌会展活动，实现嫁接，同时也要走出去，举办以北京企业和产品为主的展览活动，努力创办自有品牌的国际展览会。有条件的展览公司可以通过兼并、收购、相互参股、结成战略联盟等方式壮大实力，创建实力强大的国际展览公司。

第三，完善会展场馆布局。北京虽然拥有较多的会议场馆，但布局分散且不平衡，主要分布在城区的东部、东南部和东北部，西部和西北部较少。另外，北京会展设施的配套性差，难以发挥应有的效益。许多场馆功能单一，配套设施不齐全或配套设施陈旧，滞后于国际标准，这与北京的现代化国际大都市的地位极不相符。例如，北京国际展览中心虽然有近 7 万平方米展览面积，属于大型会议场馆，但是周边条件，尤其是交通条件实在太差，一有展会道路就拥堵不堪。北京展览馆虽无交通问题，但由于该馆建于 20 世纪 50 年代末，展览馆本身的配套设施和周边酒店、餐饮之类的关联设施明显不足。北京会展设施结构上的另一个问题就是综合性场馆多，有特色的专业性场馆少。由于北京现有的场馆不能完全满足大型展览会的要求，成为影响北京会展业发展的瓶颈，因而失去了许多举办大型国际会议和展览的机会。北京当前急需一个面积至少达到 10 万～15 万平方米的大型现代化会展中心，全市会展场馆总面积应达到 35 万～40 万平方米。会展场馆的布局既要考虑相对集中，形成聚集效应，又要兼顾普及和均衡发展。中小型会展场馆可分布在城区内，大型会展场馆应建在四环外，也可在一些有条件的区县相对集中，形成大、中、小相协调以及综合服务设施配套齐全的场馆布局。

第四，加强会展人才的培养。会展能成为一个庞大的经济产业，其中一个重要原因就是有大批高素质的会展专业人才参与其中。会展业是科技含量很高的行业，而不只是搭展台或发宣传品等。尤其是随着媒体、音响、照明和建筑技术以及会展市场自身的不断发展、扩大与细化，会展从业人员面临着熟悉会展组织、策划以及运用多种媒体技术布置会展等诸多方面内容的学习。目前，中国正处于会展业高速发展的时期，但会展技术还处于初期发展阶段，尤其缺少专门技术人才。从业人员多是从外语、外贸和企业管理方向转到会展业，缺乏对行业的整体了解。目前，在培训方面还仅限于会展管理层面的培训，存在着重理论、轻实践的倾向。2010 年上海将举办世博会，上海及周边地区的大学早早便开始与德国西门子媒体学院、韩国东西大学合作开设了"艺术设计"（多媒体设计）、"会展与空间设计"、"物流管理"等世博会紧缺的专业，为中外工商企业、政府部门培养高层次的复合型会展管理人才。与此同时，关于世博会需要哪些人才的分析报告也纷纷出台。目前，华东政法学院成立了电子商务法研究所，并将成立知识产权法学院。上海交大、复旦、华东师大等高校也都开设了会展专业或会展经济研究机构。2008年奥运会对北京会展业是一个巨大的挑战，我们应借鉴上海的经验，加强对会展人员的培训，大力促进北京会展业的发展。

第五，积极拓展会展内涵。北京的会展业发端于产品展销会，然而会展的内涵远不止于此。会展的魅力在于"沟通机会"，作为一种交流展示活动，会展能够集中大量的人流、物流与信息流，聚合多种市场因素，带来大量的商机。因此，应加深对会展内涵的认识，开拓思路，在会展的形式和内容等方面注意借鉴和创新。根据市场发展情况和时尚潮流的变化，创办各种丰富多彩的会展活动，并以会展活动为依托，举办相关的行业研讨、招商引资、新闻发布等活动，充分发挥会展的综合功能。例如，以 2008 年北京奥运会为契机，推动入境旅游市场的新突破。大力发展特色旅游，完善旅游、餐饮、娱乐、购物等服务项目，把旅游景点、旅游购物、旅行社及所有旅游要素整合起来，把旅游产业链做宽、做长、做强，带动相关产业发展，增加就业机会。

第六，营造辐射京津地区的会展产业带。说起上海的会展环境，许多参展商选择上海不仅出于对上海会展设施的钟爱和兴趣，还因为上海作为制造业的中心，具有强大的辐射力。纺织行业的基地在上海，在上海办展可以辐射江浙，这吸引了大量周边地区的企业参展。北京会展业发展应有所取舍，采取业务分流的策略，建立以北京为核心、向周边辐射的华北会展业经济圈。天津、廊坊都有展览中心，城市功能健全，可以将专业化的小规模展览分散到周边，集中精力提升北京大型精品展览的知名度。

二　首都收藏产业的发展

（一）收藏产业的发展现状

过去，人们的收入一般仅够维持基本生活需要，根本无心、也无力搞什么收藏。而且，那时的社会舆论把收藏斥之为资产阶级生活情调，手中有点"玩意儿"的人也唯恐被别人说成是不务正业、玩物丧志。所以，那时民间收藏的范围非常小，而且是很隐蔽的，没有什么人知道，也没有什么影响。"盛世尚收藏"，现在收藏不再是个别人的专利，已经进入了寻常百姓家。自20 世纪 90 年代以来，日渐升温的收藏热反映了改革开放以来中国经济的繁荣，反映了人们物质生活水平提高后对高水平文化生活的渴望。

收藏产业所辖范围广泛，发展空间很大。从广义上来说，收藏就是人们有意识地对某种物品进行广泛的收集、系统的整理，以供自己或他人鉴赏、研究、利用的行为。收藏一般分为国家收藏和民间收藏。而作为一种产业，收藏业则是以赢利为目的，以市场化的方式、手段从事收藏品的生产、流通、鉴赏、交流及相关的服务等活动。它以收藏品的生产、发掘和流通为核心，带动收藏品的鉴定、修复以及收藏类书籍、报纸杂志的出版发行等各业的发展，从而形成一个收藏产业链。收藏品涉及邮票、中外钱币、陶瓷、玉器、字画、连环画（俗称"小人书"）、火花、磁卡、票证等。收藏热从艺术品拍卖会的火爆可见一斑。中国的艺术品拍卖是从 1992 年开始恢复的，经过十多年的发展越来越受人瞩目。2003 年 11 月，傅抱石的《毛主席诗意山水册八开》在中贸圣佳拍卖会上以 1980 万元成交，创下了中国大陆近现代书画拍卖的最高价位。齐白石的《诗意山水册八开》，以 1661 万元成交，创下了齐白石先生作品的最高价位，和 5 年前相比，价格上涨了 10 倍。中央电视台对上述拍卖活动进行了现场直播，在社会上引起很大的反响。2004 年春季，北京四大拍卖公司——北京翰海、中国嘉德、中贸圣佳、北京华辰共成交件数 9776 件，成交金额 112531 万元。

不光收藏热不断升温，范围也不断扩大，出现了一些新的收藏品，收藏市场不断扩大。以连环画为例。20 世纪 90 年代后期开始，收藏品市场出现了一个新宠——连环画。许多连环画收藏者、投资者、书商涌入连环画收藏市场，还成立了连环画收藏组织，并成功举办了多场连环画拍卖交流会。2002 年 9 月，中国书店举办连环画专场拍卖会，汇集了 300 件从"中华民国时期"流传至今的连环画，受到众多"连友"的欢迎，拍卖会持续了 4 个小时，成交金额达 10 万余元。中国书店报刊资料部举办的每年一届的连环画展销（至今已办了 6 届），也吸引了大批的连环画爱好者，并给他们提供了一个交流的平台。进入 21 世纪，连环画在艺术品投资排行榜上已名列第七。再以彩票收藏为例。随着体育彩票和福利彩票的出现，买彩票、看摇奖，成了许多人业余生活中的一项内容，彩票业已成为引人注目的新兴产业。虽然彩票业在发展过程中还存在一定的问题，但它的发展前景仍然被人们普遍看好。彩票业的发展，使彩票逐渐成为收藏品中新的一员，成为藏友们关注的对象。尽管目前彩票的种类还不是很多，但彩票价格稳步攀升，彩票收藏渐入佳境，让人们看到了由此带来的商机。现在，有些网上销售的收藏类彩票一套价格就达到 200 多元。仅以福彩为例，1988 年至今的全套彩票卖价已高达 3000 多元。

北京是全国的经济文化中心，浓厚的文化氛围决定了北京发展收藏业具有得天独厚的优势，京城收藏界中的收藏大家赫赫有名，而且在普通居民中也是藏龙卧虎。北京的收藏业注定要成为首都文化产业的一支主力军。

（二）收藏品的文化含量

当今世界科学技术飞速发展，产品更新换代非常快，任何产品都难免要落伍、贬值、被淘汰。但包含着丰富文化内涵的收藏品却是一个例外。收藏品属于一种文化产品、艺术产品，收藏活动本质上是一种文化活动。正因为收藏品本身具有厚重的文化色彩，有很高的文化含量，人们才会去搜寻它、收藏它。收藏品因其内在的文化含量身价倍增，所以，我们不能把收藏品简单地等同于贵重物品。比如，金条一度在市场上被人们抢购一空，但其价值主要在于它是一种贵金属制品，其价格变动也主要受市场上金价的影响。一些厂商推出的所谓"收藏品"，只看中华丽的外表和豪华的装饰，在贵重上做文章，而缺乏必要的文化底蕴，这就背离了收藏品市场的运作规律。

收藏品一般都具有极高的历史研究价值和艺术价值。以"文化大革命"时期的物品为例，现在收藏品市场上这类物品热度不减，其中许多虽然没有什么艺术价值，但对研究历史却具有不可或缺的资料价值。这种历史价值，会随着时间的推移而显得愈加弥足珍贵，这也决定了这类物品具有很大的升值空间。以连环画为例，它是绘画艺术与文学的巧妙结合，连环画中有很多是根据中外文学名著改编的，对文学作品的普及发挥了独特的作用，是老百姓喜闻乐见的图书形式，鲁迅、周恩来等人都曾对这一艺术形式给予高度的评价和热情的关怀。连环画家中也出了很多绘画大师。在连环画收藏界极有名望的戴敦邦先生就是其中的一位，著名漫画家华君武称其为当代有数的连环画家。正因为有了这些名家才使连环画拥有众多的读者，使现在留存的经典连环画成为连友们追捧的对象。一本连环画的文化含量越高，就越有价值，受到更多人的青睐，就是这个道理。再比如，在中国计划经济时期各地普遍使用的粮票、布票等票证，现在早就不再使用了，但却现身于收藏品市场。它的价值在于，作为一种文物，它为我们研究计划经济体制下的短缺经济提供了历史的见证。所以，中国收藏界有这样一种说法：只收不藏，是采购员；只藏不研究，是保管员；只有既收且藏又学习研究的人，才称得上是真正的收藏家。这是很有道理的，它告诉我们要重视收藏品的文化性，而这种文化性是要通过我们的学习研究去了解、去挖掘的。即便作为一般的收藏品经营者和爱好者，了解一些藏品中所包含的文化，了解一些收藏知识，也会获益匪浅。

现在很多行业都在谋求与文化联姻，像北京的餐饮业，既要体现餐饮文化，还要体现出北京特有的京味文化。北京老舍茶馆就是通过传统文艺演出，吸引了广大中外顾客。同样，挖掘收藏品的文化内涵并使之得到充分展示，对于收藏业的繁荣是非常重要的。

（三）收藏产业的良好发展前景

有媒体报道，在一些发达国家，收藏品特别是其中的艺术品投资，早已成为除股票、房地产外的第三大投资渠道。在中国，与股市长期低迷形成鲜明的对照，收藏品市场正在聚拢更多的人气，收藏产业新的经济亮点正在逐步形成。收藏作为一种产业逐步发展起来，是社会发展到一定阶段的必然要求，是一种历史性的进步。它反映了人们消费观念的巨大变化，也反映了人们在自有资金使用上的日趋成熟。现在，中国社会已由计划经济时代转变到了市场经济时代，收藏正在由过去那种单凭兴趣爱好的纯文化行为，转变为寻求增值的投资行为，成为人们投资理财的一种手段。随着收藏品市场和拍卖市场走向成熟以及收藏者队伍的扩大，收藏品的价值将会得到真实的体现，其增值空间也越来越广阔，反过来又会促进收藏产业的发展。

收藏品走市场化经营道路，按商业化运作，既是市场经济发展的必然要求，也是这个行业得以兴旺的必由之路。从收藏市场的需求方来分析，收藏者人数在发达国家占人口总数的20%左右，而中国目前仅有5%，收藏者队伍的扩大还是有较大潜力的，特别是北京市民的文化素质比较高，收入水平也在全国各省市中名列前茅，发展收藏业有着较好的群众基础。收藏市场的受众面广，现在的收藏者中，既有主要以赢利为目的的，他们往往投资量比较大，更看中自己藏品的增值；也有为数众多的人，主要是为了满足自己的兴趣爱好，丰富业余生活，他们往往不十分看中藏品的品相，以较少的投资获得较多的藏品。再从收藏市场的经营方面来看，收藏业的进入门槛相对比较低，所需资金可多可少，适合普通大众参与投资。收藏业中不仅有高文化素质的精英，也有一大批地摊式的商贩、一批走街串户式的自由职业者。对后两类人群的文化素质和经济实力的要求是比较低的，只要对某一方面藏品的市场行情有所了解即可。像北京的潘家园市场、报国寺文化市场，进入都是比较容易的。中国历来有"藏宝于民"的说法，很多有价值的藏品流落在民间。北京城南报国寺文化市场的一个重要经营理念就是"从老百姓手中来，回到老百姓手中去"。在这一思想指导下，坚持走市场化的经营道路，不断拓宽思路，从1997年到现在该市场有了长足的发展。原来零乱的地摊，现在变成了一排排整齐的暗红色长条桌，各类收藏展馆相继建成，各类拍卖会吸引八方客，整个市场既热闹非凡，又秩序井然，成为京城重要的收藏品集散地。投资收藏业要对各类收藏品市场做周密的调查；正确把握其现状及发展趋势。许多人正是看准了这一行业的发展前景，进入后获益匪浅。报国寺里有位被业内人士称为"连环画王国的国王"的马建国先生，几年前开始关注连环画收藏市场，凭其敏锐的眼光办起了全国最大的连环画收藏馆，一炮打响，成为有名的职业收藏家。从供需两个方面看，民间收藏的巨大潜力远未得到充分的发掘。

收藏业与其他文化产业一样，是通过满足人们日益增长的精神文化需要，来实现企业的赢利目标。所以，在发展收藏产业时一定要坚持文化性与营利性并重。只有突出收藏业的文化性，才能提升这一产业的档次，使之成为不衰的朝阳产业。同时，营利性是市场经济条件下任何产业生存和发展的物质基础，收藏业也不能例外。只有通过赢利，才能稳步实现收藏产业的扩张，也才能弘扬我们悠久灿烂的收藏文化。

为了使民间收藏业得到健康发展，必须确立民间收藏的合法地位，在加强文物保护的同时，适当放开文物市场，使藏于民间的收藏品（包括文物）能够通过正当的渠道进行流通。1982年颁布实施的《文物保护法》规定，私人收藏的文物由国有文物购销单位归口经营、统一管理、统一定价。但是，随着市场经济的发展，在许多城市出现了旧货市场、文化市场，国家统购统销的局面被打破了。形势的发展，要求对原有的《文物保护法》进行修订，在法律上对民间收藏文物的流通做出具体的规定。2002年新修订的《中华人民共和国文物保护法》规定，公民、法人和其他组织依法收藏的文物可以依法流通，并同时规定了公民、法人和其他法人组织不得买卖的五类文物。所谓依法收藏的文物是指通过下列方式取得的文物：依法继承或者接受赠与；从文物商店购买；从经营文物拍卖的拍卖企业购买；公民个人合法所有的文物相互交换或者依法转让；国家规定的其他合法方式。总之，只要坚持市场化的发展方向，积极探索收藏品市场的运行规律，不断完善有关的法律制度，搞好宏观调控，收藏产业的发展前景就一定会更美好。

（四）收藏产业发展中的问题及对策

收藏产业在中国属于新兴产业，尚处于发展的初级阶段，无论是生产者、经营管理者还是收藏者，都还缺乏经验，出现一些问题也在所难免。只有正视问题，积极应对，才能使收藏产业得到健康发展。

1. 要加大收藏产业的宣传力度

发展收藏产业对于促进首都物质文明和精神文明建设具有重要的意义。现在一些投资家对投资收藏业跃跃欲试，但鉴于对收藏业缺乏足够的了解，有人还在犹疑观望。很多市民也有强烈的收藏愿望，但收藏知识明显不足，觉得收藏离自己很远，因此望而却步。对收藏业的宣传，收藏界的业内人士负有义不容辞的责任，各类收藏组织、各种收藏类期刊应发挥重要的作用。除此之外，也离不开社会其他方面，特别是媒体的宣传。现在，电视、报纸、杂志中，有关收藏的内容多了起来，有些报纸还专门开辟了收藏专版，介绍收藏知识和经验，传播收藏信息，展示各类藏品，展望收藏趋势，对于正确引导人们从事收藏活动，提高人们的收藏水平起到了一定的积极作用。《北京青年报》每周举办的财富课堂，从经营的角度，介绍了很多收藏知识，受到众多投资者、收藏爱好者的欢迎。另外，像北京电视台"荧屏连着我和你"办的"约会民间收藏家"系列节目，介绍了不同方面的收藏家的风采，在观众和收藏家之间架起了桥梁，在老百姓中普及了收藏知识，培养了收藏的兴趣爱好。中央电视台少儿频道"童心回放"栏目在中国电影百年纪念日到来之际，推出了与电影有关的收藏专辑，使收藏知识在少年儿童中得到普及，这是一件非常有益的事情。有了社会各界的关心和支持，京城收藏业将会很快夯实它的群众基础。

2. 加强行业自律，严厉打击各种非法经营活动，增强投资者的信心

随着收藏业，特别是民间收藏业的快速发展，参与各类收藏品及相关产品生产和销售的人员越来越多，这就需要有一个总体规划，要通盘考虑全市收藏品市场的布局，协调各类收藏品市场的发展，避免一哄而上、盲目发展。要充分发挥行业组织的作用，制定民间收藏市场发展的方针政策，建立健全各项规章制度，同时加强与兄弟省市收藏界的交流与合作，在全国大市场中寻求更大的发展。加强从业人员的职业道德建设，以保证收藏业健康发展。收藏业发展中存在的各种违规甚至违法现象，会动摇广大投资者的信心，损害收藏业的发展。中国收藏家协会理事夏叶子在他的《艺术品投资》一书中披露了拍卖市场上的许多黑幕，在社会上引起很大的震动。原国家文物局局长张德勤说："所有这些黑幕，这些不正当的伎俩，都对当前正在发育成长的我们的艺术品市场是有消极影响的，这是对艺术品市场的一种伤害。对经营者来说，这是一个毒瘤，应该想办法通过加强管理加以根除。这个不是我们目前艺术品市场的主流，可以说我们国家艺术品市场方兴未艾，但是它还远远没有发育成熟。"

3. 收藏者选择收藏品，不要随波逐流

一种收藏品究竟有没有增值可能，增值潜力有多大，主要看它的文化含量，看作品的原创性、发行量或存世量等。收藏者特别是刚入门的收藏爱好者有必要掌握一些基本的收藏知识，以免受骗上当。这里应当说明，收藏一般讲究收藏真品、原创作品，但也不应一概拒绝仿制品、复制品。在收藏品市场上，它们具有完全不同的价值，但它们却可以满足不同收藏者的需要。当然，收藏品的仿制、复制也要慎重，不能过多过滥。

4. 重视收藏业的人才培养

随着文博收藏业、艺术品投资业的发展，社会上对文物鉴定等方面的收藏业专门人才的需求不断增加。中央电视台有一个栏目叫"鉴宝"，受到许多观众的喜爱，从这个节目我们可以看到"藏宝于民"这一说法是不错的，同时也使我们看到社会对各类文物鉴定人才的需求。但是，目前在中国高等教育体系中，文物鉴定专业基本上还是个空白，有条件的学校可以在这方面有所作为。据报道，中国艺术研究院美术研究所与北京工商大学共同合作办学，设立了中国第一个艺术市场经济学研究生培养点，这是一个有益的尝试。

5. 经营管理者要善于把握时机，顺时造势，形成不同时期的热点

不久前，国家邮政局为了扭转邮市的低迷状态，顺应集邮者和邮票投资者的呼声，从集邮品市场的实际出发，销毁了面值约 30 亿元的库存邮票，京城邮市立即做出积极反应，收到了立竿见影的效果。有关方面抓住中国电影百年纪念这一契机，加大宣传力度，使电影海报收藏、老电影期刊收藏、电影连环画收藏等电影收藏急剧升温，形成了短期的收藏热点。随着雅典奥运会落下帷幕，2008 年北京奥运会正向我们走来，围绕着各种奥运纪念品的生产、营销和收藏，将形成收藏产业中新的亮点，给投资者提供了巨大的商机。收藏产业的发展需要亮点，需要不断制造新的亮点，需要有意识地造势，但也要注意适度，切忌一味地炒作，切忌浮躁。

第十四章 对策研究：文化产业的问题及出路

21 世纪，首都文化产业在面临良好发展机遇的同时，也面临着诸多挑战。文化产业规模小、效益低、结构不合理、科技含量低、管理体制不顺等因素仍然是北京文化产业发展的"瓶颈"。因此，当前必须从完善法律法规与制度、投融资机制与管理体制、人力资源开发政策等方面着手，改善文化产业发展的外部环境，促进北京文化产业的进一步发展。

一 首都文化产业发展存在的问题

近年来，北京涌现出一批深化改革、勇于开拓的文化产业单位和个人，在经营管理机制转化、资产重组、资本经营、市场运作、突出北京特色、追求经济效益与社会效益相统一等方面取得了一定的成效，展现了北京文化产业发展的良好开端和广阔前景。但按照首都经济的发展要求，同广大人民群众的需求相比，北京的文化产业发展还有不少差距，还存在一些阻碍文化产业发展的问题。

（一）管理机构设置不合理，条块分割与职能交叉并存

目前，在政府部门的机构设置中，存在着中央、地方、行业、部门对文化资源、文化市场条块分割的不利局面，造成文化管理职能分散、政企不分、政出多门、交叉管理、多头管理、各行其是、互相扯皮、相互掣肘等问题。行政主管部门、行业管理部门、文化产业单位的关系还不协调，难以完全理顺。文化企业按市场规律运作、经营还有一定困难。按照"产权清晰，权责明确，政企分开，管理科学"的要求来规范和建设文化产业单位，还存在一定的问题。北京的文化资源非常丰富，文化市场庞大。但是，由于存在不利局面和状态，优势文化资源的配置，优势文化产业项目、产品、服务的

开发，优势文化企业的成长，都不同程度地受到影响。由于没有专门的机构和部门进行协调，宏观调控力度和领导管理薄弱，文化产业的壮大和进一步发展受到很大的阻碍。

（二）各级政府重视不够，文化产业发展没有总体规划

近几年，文化产业在经营机制、产业规模等方面已有了新的发展，但仍存在着"小、乱、散、差"的问题。小，即规模小，缺少有强劲持续发展力的大型文化企业；乱，即由于缺乏规划和行政管理，资源浪费，无序发展；散，即盲目性大，形不成合力，各自为政，甚至互相抵消；差，即产品质量不高，深度开发不够，科技含量低。迫切需要从发展规划上予以指导。目前尚未形成一个北京文化产业发展规划，也没有正式出台一项地方性文化产业政策，缺乏统筹规划。其后果直接影响了对文化的投入和经费保障，不能尽快地把北京的文化资源优势变为产业优势，阻碍了首都文化产业潜能的发挥。

（三）积极扶持文化产业发展的相关政策不够完善

对于新兴的文化产业，在市场准入、投融资、连带经营、专业扶持、成长阶段减免税收等倾斜政策方面显著不足。由于国家缺少对文化产业的资本投入机制，缺少先期足量资本和后期持续投入，一些文化行业和文化企业发展缓慢，存在不规范经营和短期行为。

（四）资金短缺是北京文化产业发展遇到的一个难题

近几年，中国的综合经济实力已经有了大幅度的提高，国家财政收入持续增长，民间投资日益活跃，国际资本纷至沓来，而文化产业投资并没有出现同步的增长。20世纪90年代以来，改革开放和市场经济的战略决策大大解放了文化生产力，一批文化市场从无到有，迅速开拓。特别是电影电视市场、广告与传播市场、娱乐业市场异军突起，发展势头迅猛。文化市场的建立健全，拓展了文化发展的现实途径，为文化生产力的发展准备了现实条件，但与中国同期经济增长速度相比还显滞后。虽然财政文化支出呈逐年递增之势，但占财政支出的比重却逐步下降。1998年，各级财政文化经费支出占全国财政支出的比重为1.08%，而2002年则降为0.85%，地方财政连续下降了0.31个百分点。目前北京国有文化产业中的一些优势文化企业，没有产业资本投入机制，也不能吸纳国内外的投资，仅靠现有收益很难实现提升性的发展；一些处于一般状态的文化企业基础薄弱、设备陈旧，收益状况有的是略有盈余，有的还处在亏损状态，只有靠吸纳投资和信贷才有可能获得较大发展；一些非国有文化企业，现在看来虽显得很有生气，但多数状况是只持有少量资本，由于很难通过担保一关，无法获得信贷支持，后期发展乏力。

（五）文化投融资体制改革还存在相当大的局限性

在市场准入方面，虽然文化产业的一些竞争性行业对资本已初步开放，但开放的力度还不够大。非国有文化产业经营者或机构由于管理体制、机制的限制，难以获得合法的市场准入资格，一些文化企业的经营者至今无法自行办理某些基本的合法经营手续。在投融资的市场主体方面，国有文化企业作为政府职能的延伸，还难以对自己的投融资决策承担市场风险，成为文化市场的投融资主体，文化投融资体制市场化程度较低。总之，文化投融资体制是整个投融资体制改革进程中最为薄弱的环节。

（六）缺乏优秀的文化管理人才

北京有着人才优势，但又十分缺乏优秀的文化产业管理人才、经营人才和产品研制开发人才，一般从业人员的职业素养也有待提高，人才状况与产业需求很不适应。

此外，在市场管理上力量薄弱，政策、法规欠缺，市场秩序混乱，走私盗版、无序竞争现象仍严重存在。追求经济价值而损害文化价值的现象不时出现，文化产业的保护政策仍需完善，发展与加强管理、保护应同步进行。

二　首都文化产业发展的对策

（一）进一步增强对发展文化产业重要性的认识

当今世界，文化已经成为综合国力的重要组成部分，文化的经济价值与社会意义越来越紧密地联系在一起。在多种文化并存的条件下，先进文化要赢得主导地位，一个重要方面就是要大力发展文化产业。"三个代表"重要思想，把先进文化的前进方向与先进生产力的发展要求和最广大人民的根本利益并列，这是对马克思主义理论的发展和创新。因此，应该从大力发展文化产业是落实"三个代表"重要思想的一项战略性决策这个高度来认识，确定文化产业在社会发展和经济工作中的性质和地位。市委、市政府在实施北京市"十一五"规划的实际工作中，应把提高对发展北京文化产业重要性和必要性的认识作为重要的内容，使北京文化产业的发展受到进一步的重视，得到进一步的推进。

（二）发挥政府在推动文化产业发展进程中的主导作用

北京科技产业发展的历史经验证明：当新兴产业进入自觉发展阶段后，

政府的主导作用至关重要。发展文化产业必须要加强政府的领导。大力发展北京的文化产业，要加速政府职能的转变。市场经济体制下，政府职能从原来以管理经济为主，转向以管理社会为主；从实施全面管理的全能政府变为实施公共管理为主的有限政府。就文化领域而言，政府职能部门要改变现在的行政管理体制不适应文化产业发展的状况，要切实实现"两转变"，即由"办"文化向"管"文化转变，由管"微观"向管"宏观"转变；尽快做到"两分开"，即实行政企分开，政事分开；充分发挥政府在文化管理方面的"四项基本职能"，即政策调节、市场监管、社会管理和公共服务的职能。逐步实行法制化、规范化、科学化的管理，为文化产业的发展创造良好的外部环境。

（三）抓紧制定文化产业发展的总体规划和文化产业政策

《北京市国民经济和社会发展第十个五年计划纲要》中提出了"进一步完善文化产业政策，扶持优势文化产业集团，加快文化产业园区建设，促进产业规模扩大和水平提高，努力使首都成为全国富有民族特色的现代文化产业的窗口和基地"的任务和要求。北京发展文化产业的重点应放在发展具有中国民族特色特别是北京特色的文化行业上，在吸收国内外优秀文化的同时，应突出北京作为世界历史名城的文化魅力。应尽快着手制定北京文化产业发展的总体规划，确定北京文化产业发展的重点行业，制定地方性文化产业政策。

加强对文化产业园区规划与建设的领导，是进一步加快北京文化产业发展的重要部署。文化园区建设重在对文化产品与文化服务的开发，使之成为文化产业的"孵化器"。为了避免文化产业园区建设的盲目性，要根据北京文化产业发展的需要，确立全市文化产业园区建设的总体布局，确立各个园区的功能定位，出台北京市文化产业园区政策，理顺文化产业园区建设中需要政府才能处理的各种关系。对于同类型的重大文化产业项目，应当有总量的控制。对未来几年即将启动的大型文化产业项目进行严格的审批，并根据市场需求状况，实行总量控制，避免盲目、重复建设。

（四）按照投资性质细分首都文化产业

按照首都文化产业单位性质，我们将文化单位分为"公益性"、"准公益性"和"经营性"三类。第一类是财政基本保证单位。主要包括图书馆、博物馆、纪念馆等。这些单位为社会提供公益服务且没有收入或收入较少，财政对其所需必要经费给予保证。第二类是财政经常性补助单位。主要包括极少数代表国家水平的艺术表演团体、群艺馆、文化馆（站）、广播电台等。这些单位一般具有较大的公益性，同时具有组织收入的条件和能力，财政适当给予经常性补助。第三类是经费自理单位。主要包括一般性艺术表演团体、剧场（院）、电视台、展览馆、美术馆等。这些单位虽然有一定的公益性，但更多的是有经营性，可通过开展经营服务活动取得收入，维持正常运转。另外，出版社、报社和杂志社等新闻出版单位，绝大多数已经实行企业管理，有比较规范的企业运营机制。但也有一些部门所属的出版社、报社等新闻出版单位因发行、管理等原因，收不抵支。对这些单位，除极个别者，如党报、党刊、残疾人和少数民族出版单位等，国家给予一定的资助外，其他都应走向市场，通过兼并、重组和改造，实行企业集团化经营，财政不再给予经费资助。按照这一分类，我们就能有的放矢地对文化产业单位进行改组和改造，不能直接面向市场的，市政府可以继续给予财政支持；可分部或全部走向市场的，应该坚决进行体制改革，逐步转变为独立承担风险、享受收益的运营主体。

（五）推进文化投融资体制改革，营造多层次的资金供给环境

中共十六大将积极发展文化事业和文化产业提到全面建设小康社会的国家战略高度，文化建设的政策环境出现了历史性的转机，给首都文化产业投资带来契机，推动首都文化投融资改革已是迫在眉睫。

1. 加大首都文化产业的资金投入

文化产业具备着与其他产业不同的产业属性，政府的资助和扶植很重要，这也是世界各国的普遍做法。北京财政应加大投入力度，要对公益性文化事业单位给予经费保障，保持和提高此类文化单位的公共服务质量和水准；对具有一定经营能力的公益性非营利宣传文化单位，给予资助；对于营利性的宣传文化机构要逐步转制为企业，成为独立的市场主体，并进一步完善税收政策。

2. 构造以国有资本为主体的文化投融资运营主体

推进文化投融资体制改革，其关键是要塑造市场化的投融资主体，使之承担文化市场投资和融资的风险，成为自主经营、自我积累、自我发展、自我激励、自我约束的市场运营主体，从而使政府逐步从文化投融资主体的地位中退出，让市场在文化资源和要素的配置中发挥基础性作用。从主体构造而言，包括国家财政投资、外国投资、民营投资等。

鉴于目前国有文化企业在文化产业发展中处于主导地位，因此，当务之急是构建一批以国有资本为主体的文化投融资运营主体，促使其在文化市场的投融资以及跨地区、跨行业的结构调整和文化资源整合中发挥重要作用。从目前文化产业现状看，国有资本对文化领域的投资重点主要有三个方面：一是为全社会提供公共产品和服务的非营利性的公益性文化行业，如图书馆、博物馆等国家重点文物保护和研究单位、国家基础性社会科学研究机构等，国家财政应保证经费投入，并逐年加大投资扶持的力度；二是涉及国家文化和信息安全的文化行业和基础设施，如党报、党刊以及国家广播电视和通讯的骨干网络设施等；三是代表国家水准和具有民族特色的艺术院团，鉴于这类行业和单位既具有准公益性的特点，同时又能够面向市场，有较强的市场竞争能力，可以积极寻找国家财政以外的投资。

3. 进一步拓宽投融资渠道，鼓励各类社会资本对文化产业进行投资经营

发展文化产业需要拓宽投资渠道。从首都文化企业来看，除改革开放以来兴起的民营文化企业和股份制企业外，大都是从文化事业的母体中衍生出来的。企业的资产实际上仍是事业的资产，其中还有相当部分是不良资产，这些企业必须按照产业化资本运作的游戏规则运行。逐步改变首都文化产业中最具实力的部分（如报业、出版业、广播电视业等）一直处在"事业单位企业运作"的状态。因此，在今后的一段时间里，首都文化产品和服务的生产、再生产、储存与分配领域，还将是国有的"事业单位企业运作"以及投资主体多元化并存的状态，但趋势应该是逐步市场化。

拓宽文化投融资渠道，降低市场准入门槛，使非公有文化企业得到更为迅速的发展，应该是首都文化产业投资体制改革的方向。要按照中共十六届三中全会关于"清理和修订限制非公有制经济发展的法律法规，消除体制性障碍"的精神，放宽民间资本和外资进入文化产业的限制。除一些核心环节和部门，仍然需要实行禁入之外，原则上文化产业的其他领域都应允许民间资本进入。民间资本进入文化产业，有利于活跃和丰富文化市场，有利于推动经营性国有文化单位转换经营机制、参与市场竞争，使民营企业在文化产业领域获得发展空间。进一步改革审批制度，放宽市场准入门槛，对非公有文化企业予以更多的扶持，鼓励非公有资本以直接投资、间接投资、项目融资、兼并收购、租赁、承包等形式进入一般竞争性文化行业，对中小型国有文化单位进行嫁接改造，在文化产业中形成以国有资本为主导的混合经济结构和各类投资主体平等竞争、共同发展的市场格局。

4. 加大直接融资比例，强化资本市场对文化产业发展的支持力度

目前，直接融资比重已经取代间接融资而成为融资的主要形式，全球资本化率普遍提升，为文化产业发展带来了契机。截至 2003 年底，美国传媒业共有 300 多家上市公司，具体涉及广告业、广播电视业、出版业，其总市值高达 8000 亿美元，平均市盈率 50 倍左右，远远高于 20 倍的美国股市平均市盈率。

中国文化产业在资本市场发展较晚，2001 年 2 月，北京歌华网络股份有限公司正式挂牌上市拉开了首都文化产业上市的序幕，与此同时，琉璃厂文化产业园区的招商也在紧锣密鼓地进行中。同年 5 月，由北京电视台、北京有线电视台、北京广播电台、歌华文化发展集团、北京歌华网络股份有限公司、紫禁城影业公司等组建的北京广播影视集团正式成立，从而成功打造了拥有 50 亿以上资产的北京文化产业巨舰。同年 7 月，北京申办奥运成功。近几个月来，北京正在根据新形势，调整文化产业发展规划，与《2008 年奥运行动纲领》一起，重新设计 2008 年前北京文化产业发展的新蓝图。2004 年北青传媒成功上市成为标志性事件，预示着北京文化产业在规模化的道路上有了新的进展。预计在今后几年，资本市场将成为首都文化产业的主舞台。而随着 WTO 进程的加快，国际文化传媒跨国公司开始进入首都文化市场，利用资本市场的投融资平台和结构调整功能，尽快做强做大一批具有竞争优势的国有大型文化企业集团、民营文化企业和混合经济企业，已成为提高首都文化产业的综合竞争力、直面国际文化传媒跨国公司挑战的战略选择。

国有文化企业要进行股份制改造，建立现代企业制度。实行股份制是盘活国有"存量"文化资源，充分发挥国有文化单位在文化发展中的主导作用的客观需要。尽管近几年来首都已经有少数文化企业通过股份制改造在国内资本市场上市，但总体来看，一方面文化企业上市的数量比例和直接融资的规模仍然较少，另一方面上市企业的结构还不尽合理。由于种种原因，一批具有竞争优势的国有大型文化企业集团和民营文化企业至今尚未实现上市。在 2002 年中国证监会颁布的《上市公司行业分类指引》中，已将"传播与文化产业"确定为上市公司的 13 个基本产业门类之一。这说明，无论是国有还是民营文化企业在上市融资方面已经基本上没有政策障碍。2004 年儿童节前夕创造了首演 250 万票房的大型魔幻童话剧《迷宫》，就是由经过股份制改造的北京儿童艺术剧院股份有限公司投资创排

的。2004年12月22日，北青传媒在香港联交所正式挂牌上市，募集资金超过1亿美元，标志着文化产业已开始走上资本运作的道路。今后，应将文化企业的上市融资列入工作规划，有计划地安排一批市场化程度较高、具有较强竞争优势的国有和以国有资本为主体的混合经济的大型文化企业，通过股份制改造，在国内外资本市场发行股票、可转换债券，或发行文化企业债券，同时对符合条件的各类中小型文化企业申请上市也应给予积极的支持。

5. 加快培育文化产业发展基金和信贷与投融资担保机构，为文化产业提供有益的资金补充

为使北京文化产业的发展获得有力的资金支持，可参照国际通用做法，设立北京文化产业创业发展基金和北京文化产业信贷与投融资担保机构（或公司），以保证首都文化产业的持续发展和产业提升。北京申办奥运成功，使国内外投资者普遍看好北京的文化产业。目前正是北京文化产业创业发展基金和北京文化产业信贷与投融资担保机构（或公司）配套出台的好时机，应当及时抓住机遇，把筹备工作尽快推上日程。

（六）加快实施北京文化产业人才战略

文化产业的发展需要一批既懂经营管理又熟悉文化市场的高级专门人才。新兴的文化产业需要文化资源，包括人才资源与高科技、现代营销手段紧密结合。"人才资源是第一资源"，无论是为应对当前的形势，还是从北京文化产业的长远发展考虑，都有必要加快实施北京文化产业人才战略。在普及的基础上，推出"文化产业人才培训工程"，培育一大批有一定文化素养的文化产业从业人员。在此基础上，大力培养文化产业专门人才，可以先在一些有条件的院校开设文化产业专业，在时机成熟时设立北京文化产业人才培训学院。拓宽人才培养的渠道，采取"请进来、走出去"的办法，加快人才培养和人才引进，迅速与国际接轨，培养出高素质的既适应国内环境又适应国际需要的文化产业专门人才。应建立健全文化产业的用人机制，逐年公布北京文化产业高级管理人才、经营人才、研制开发人才需求清单，吸纳全国各地和境外优秀人才来京建功立业。允许文化产业优秀人才以无形资产参股，享受相应的股权收益，激励文化产业优秀人才的奉献精神和创造活力。

（七）利用首都高科技优势，促进首都文化产业发展

科技在中国文化产业运用程度低，是中国文化产业竞争力不强的一个重要原因。先从国际方面看，欧洲、日本和韩国于20世纪90年代中期先

后致力于发展文化产业。1995 年，日本文化政策推进会议在其重要报告
《新文化立国：关于振兴文化的几个重要策略》中，确立了日本在 21 世纪
的文化立国方略。其后，韩国也提出，知识密集型和高附加值的文化产业
是最适合韩国的产业。政府制定了切实可行的政策，将文化产业培育成 21
世纪在韩国经济中起先导作用的国家基干产业。方针政策确定之后，日韩
两国的文化产业得到了快速发展，游戏软件、动漫画、日剧韩剧等文化产
业迅速成长为国民经济的支柱产业，在振兴本国经济方面发挥了重要
作用。

中共十六大的召开，标志着首都文化产业开始进入一个加速发展的新阶
段。随着高新技术产业的高速发展，首都文化产业发展具备了科学基础与技
术保障。文化产业需要高新技术，高新技术也迫切需要文化产业（内容产
业、创意产业）发展的支持。而文化创新则和技术创新一起，构成了首都未
来社会经济持续发展的不竭动力。

1. 科技进步促进首都文化产业快速发展

从世界范围来看，现代科技的发展尤其是信息技术、传播技术自动化
技术和激光技术等高科技的发展，在文化领域掀起了新科技革命的旋风，
导致新兴文化形态的崛起和传统文化形态的更新。文化生产方式工业化，
实现了从文化手工业到现代文化大工业的深刻变革，直接导致了文化工业
的革命。文化作坊让位于文化工厂，社会文化大生产取代个人文化小生
产，极大地解放和发展了文化生产力。

尤其是近年来，随着现代传播媒介的高速发展，宽带技术、多媒体传
播、数字化与互联网的兴起，不仅文化艺术领域内部发生了行业内的大调
整、大改组，新的艺术传播媒介（如电视、卫星电视及网络文化）的发展，
使得像电影这样一些昔日文化艺术界的"龙头老大"风光不再，转而成为电
视业、音像业的补充，而且网络文化从根本上为人类创造了新的数字化生存
的新方式。法国学者阿曼德·麦特拉在其《国际图像市场》一文中指出：
"文化部门的不断的商品化以及相应的新传播技术的发展，已将文化置于产
业结构与政治结构的中心。对于欧洲大部分国家来说，这是一种十分新近的
情形。文化与产业之间的关系已经逐渐进入原先只集中于文化与国家关系的
论争之中，并且已产生与现存文化定义的决裂。"这就是说，现代传媒高新
技术革命对人类当代文化的发展和艺术文化生态格局正在产生着以往所无可
比拟的巨大影响：当代科技的发展引起当代社会主导传媒形式的变化，而主

导传媒形式的变化则引起了原有文化生态格局的全面变化。高新技术的产生和现代工业的发展，不仅导致所有传统文化形态的"升级换代"和现代更新，而且创造了大量崭新的文化形式。

2. 高新技术也需要以文化产业为载体

在吹破知识经济的泡沫之后，人们痛定思痛，深刻地认识到：在新一轮新技术革命的经济环境中，文化的发展如果不与这种高新技术和经济的革命性突破相结合，就会被飞速发展的现实世界淘汰出局。反之，在基础设施和技术手段达成之后，在传播或发送的方式解决之后，传播或发送什么就显得极为重要。消费者需要什么、消费什么，成了发展的关键。没有千百万人需要或喜爱的文化内容或节目，高新技术与新经济就没有了市场，没有了市场也就失去了持续发展的内在动力。事实证明，正是缺乏文化产业的有力支持，知识经济才落入低谷，面临着严重的危机。无疑，当代新一阶段的技术革命迫切地需要文化产业的支持。因而，从一定意义上说，网络等媒介产业的生存能力取决于"内容"的创造和消费。从发展的环节看，内容产业成了文化经济传播交流的"基础的基础"。因此，建设与未来世界新的经济形态和技术形态相协调的新的文化产业形态——内容产业与创意产业，就成了新经济发展的重要战略目标之一。文化产业需要高新技术，高新技术也需要文化产业——内容产业。

第五篇

首都文化事业的发展

　　文化作为一个民族和国家的文明支撑和心理支点，在民族发展和国家建设中占有十分重要的地位。中共十六大报告把文化领域明确区分为文化事业和文化产业，这是对改革开放以来文化体制改革客观事实的确认，也是对处于困境中的文化事业发展方向的确定。北京，作为全国的政治文化中心，无论是在传统的计划经济体制下，还是在市场经济体制下，无论是在文化事业一统天下的时代，还是在文化事业与文化产业相携并行的今天，文化事业均在北京文化建设乃至城市精神文明建设中发挥着巨大的作用，占有无可替代的重要地位。本篇主要按照历史发展的脉络阐述首都文化事业的历史定位、不同发展阶段的特点，分析在新的历史条件下，首都文化事业如何抓住机遇，迎接挑战，开创新局面。

第十五章 现实：文化事业的定位

中华人民共和国成立以来，北京文化事业始终倡导"两为"、"双百"的指导方针，但随着文化体制改革的不断深入，其定义和分类已经发生了较大的变化。今天，首都文化事业将以公益性为特征，以追求社会效益第一为目标，在发挥舆论导向功能和教育功能中占有重要地位，在首都精神文明建设和城市文化中发挥巨大的作用。

一 首都文化事业的定义及分类

文化，是一个长期争论的概念，古今中外其定义不下百种，莫衷一是。文化事业的概念在改革前后发生了较大变化。研究首都文化事业的发展，首先要明确文化事业的基本概念。

（一）文化事业的定义

文化的概念可以有广义和狭义之分。广义而言，是指人类社会实践过程中所创造的物质财富和精神财富之总和。狭义而言，指社会的意识形态以及与之相适应的制度、组织机构。换言之，就是在一定的物质资料生产方式基础上发生和发展着的社会精神生活方式的总和。

改革开放前，文化事业的发展与同时期高度集中的计划经济体制相匹配，是受国家机关领导，不实行经济核算的部门或单位。其基本特征是统包制，即所有经费来源于政府各级财政拨款，文化团体的活动，文化产品的生产、交换、分配、消费，文化工作者的级别、薪金、住房、医疗等都由国家统一包办。改革开放以来，文化事业已经从单一计划经济时期的纯粹"不实行经济核算"、"经费由国库支出"的传统模式中脱胎而出。在迈向市场的进程中，文化事业的定义则是相对于文化产业而言的，即不以赢利为目的，所生产的精神产品或提供的文化服务不能在市场上得到完全的价值实现，从而满足其再生产的需要。总之，文化事业是指向社会提供公共产品和公共文化服务的、非营利性的活动，是重要的社会公益事业之一，其根本目的在于繁荣社会主义精神文明，丰富人民群众的精神文化生活。

（二）首都文化事业的分类

1. 按职能划分

共分为 6 类：①文学艺术事业：文学创作、艺术、美术。②广播、电影、电视事业。③文物、图书馆、博物馆、档案馆事业。④群众文化事业。⑤对外文化交流。⑥教育、科学、体育卫生事业。它们分别隶属于各自的职能部门，如文化局、文物局、新闻出版局等。

2. 按照定义和党的文件规定划分

在中国现阶段，学校教育尤其是承担九年义务教育的中小学、市属重要的新闻媒体和科学研究机构、体现民族特色和国家水准的重大文化项目以及首都艺术院校团体、图书馆、博物馆、首都重要文化遗产和优秀民间艺术的保护、京郊贫穷地区的文化发展、面向大众的文化卫生体育基础设施建设等，都属于首都文化事业的范畴。

3. 按经费来源划分

（1）全额拨款型。经费来源于市、区、县各级财政拨款，其基础设施由政府提供，包括公益性文化事业，即公共图书馆、博物馆、纪念馆、美术馆、群众文化机构等，无偿或低偿向社会提供文化服务，还包括基础性的文化项目和文化活动，如文化人才的培养、文艺创作、纯艺术、学术的生产、高雅文化的非赢利传播等。这类文化事业在提供产品和服务时，不排除服务过程中收取部分费用，如图书馆收费办证、博物馆出售门票，或"以文补文"等，但收益应全部用在补贴和发展公益事业上，其主办者不能从中获取利益。公益性文化事业的管理部门是各级文化行政管理部门。

（2）差额拨款型。这类文化事业发展所需经费，来源渠道可以多元化，不仅依靠财政拨款，还可辅之以多渠道的社会筹措资金和自营收入。这是一些其文化产品投入市场，却又不能完全依赖市场求得生存和发展的文化部门。

（3）"事业编制，企业化管理"型，俗称"两头沾"。它们接受有限的财政拨款，相当比例地生产经营，投资获利，既能享有事业单位的某些待遇，又能像企业一样比较灵活地在一定程度上参与市场竞争，获得利润，并比一般企业更具有经济政策上的优势，如能得到政府在财税、薪酬、用工等多方面的政策支持。甚至有些文化事业单位，由于经营第三产业，经济实力增强，达到"全额承包"，并向文化主管部门上缴一定的税利。

4. 按隶属关系划分

北京作为中华人民共和国的首都，处于全国政治、文化中心，因而它的文化事业较之其他省市，具有特殊的地位和特殊的性质。按不同隶属关系，北京地区文化事业管理体系大体分为三个系统：文化部和在京中央其他部门所属的文化事业单位组成的中央系统、驻京部队所属的文化事业单位组成的军队系统、北京市属及区县文化事业单位组成的地方系统。三个系统因共处北京地区而形成相互联系、相互配合的关系，如"五一"、"十一"等首都重大的文化活动，即由文化部、总政、北京市政府、北京市文化局协同组织。

二 首都文化事业发展的指导方针

"两为"、"双百"是中华人民共和国成立以来北京文化事业始终倡导的指导方针。

"为人民服务"、"为社会主义服务"的"两为"方针是中国共产党根据马列主义普遍原理和文化发展的基本规律，在总结党领导文化事业的实践经验的基础上制定的，是指导社会主义文化事业的行为准则。

"为人民服务"曾被明确为："为人民大众服务"，强调"为工农兵服务"。列宁曾在《党的组织和党的出版物》一文中明确："它不是为饱食终日的贵妇人服务，不是为百无聊赖、胖得发愁的'一万个上层分子'服务，而是为千千万万劳动人民，为这些国家的精华、国家的力量、国家的未来服务。"毛泽东的《在延安文艺座谈会上的讲话》是全面、系统、深入地论述新民主主义文化，尤其是强调新文化的大众方向的专著。文中提出："第一个问题：我们的文艺是为什么人的？我们的文艺是为人民大众的。什么是人民大众呢？最广大的人民，占全人口百分之九十以上的人民，是工人、农民、兵士和城市小资产阶级……什么叫做大众化呢？就是我们的文艺工作者的思想感情和工农兵大众的思想感情打成一片。"在这里，毛泽东引用了鲁迅的诗"横眉冷对千夫指，俯首甘为孺子牛"，要求文艺工作者以此为座右铭，甘为无产阶级和人民大众的"牛"。60余年过去了，"为人民服务"仍是首都文化事业的指导方针。当然，所谓"人民"，是一个历史概念，1957年，在《关于正确处理人民内部矛盾的问题》一文中，毛泽东说："人民这个概念在不同的国家和各个国家的不同的历史时期，有着不同的内容……在现阶段，在建设社会主义的时期，一切赞成、拥护和参加社会主义建设事业的阶级、阶层和社会集团，都属于人民的范围。"在新的历史时期，"两为"已经从"为人民大众服务"调整为"为人民服务"，体现了历史发展的要求。

"百花齐放、百家争鸣"的"双百"方针，是中国共产党第一代领导人毛泽东早在20世纪50年代中期提出的，第二代领导人邓小平、第三代领导人江泽民反复强调的，必须始终遵循的繁荣与发展社会主义文化事业的基本方针。中华人民共和国成立以来，北京文化事业所经历的风风雨雨，已经证明：坚持"双百"方针，文化事业蓬勃发展、繁荣兴盛；偏离"双百"方针，文化事业受损、凋零，"两为"方针也随之被曲解而受到践踏。

三　首都文化事业的基本特征与功能

长期以来，首都文化事业的发展始终坚持以公益性和社会效益第一为基本特征，不断完善其舆论导向功能、教育功能和经济功能。

（一）首都文化事业的基本特征

1. 公益性

公益性是文化事业的一个基本特征。公益性文化事业是宏观文化事业的重要组成部分，主要指公共图书馆系统、博物馆系统、群众文化工作系统等，另外中央已经明确党报、党刊、电视台、广播电台、人民出版社为非营利性机构，纳入公益性文化事业范畴。公益性文化事业向公众提供非营利性的文化公共服务，丰富和满足人民的精神生活。它所提供的精神产品，在塑造灵魂，陶冶情操，提高全民族科学文化水平方面，发挥着无可替代的重要作用。

2. 社会效益第一

中国共产党十六大报告指出："发展各类文化事业和文化产业都要贯彻发展先进文化的要求，始终把社会效益放在首位。"把社会效益放在首位虽然是对文化事业和文化产业的共同要求，但两者比较而言，文化事业肩负此任无疑更责无旁贷。经济、人事等各方面隶属于各级政府文化管理部门的文化事业，肩负着发挥党和政府在文化工作方面的主导作用、坚持先进文化的方向、保证首都文化事业健康发展、最大限度地满足人民精神文化需求的社会责任。

（二）首都文化事业的功能

1. 舆论导向功能

江泽民在视察人民日报社时说："舆论导向正确与否，对我们党的成长壮大，对人民政权的建立巩固，对人民团结和国家的繁荣富强，具有重要的作用。舆论导向正确是党和人民之福；舆论导向错误是党和人民之祸。"文化与政治，是对立统一的辩证关系。在社会大系统中，政治、文化是相对独立的子系统，相互制约，相互作用，文化不可能是超脱于政治的"纯文化"。首都文化事业是中国共产党领导下的社会主义建设事业的组成部分，必须遵循四项基本原则，在政治上与党中央保持一致，为政治的稳步发展和循序渐进的改革服务。

2. 教育功能

文化对人类心灵的塑造作用是值得特别强调的。在中国古代，文化之原意指文治教化，认为文治的作用比之武功更为深刻、悠远。"文化内辑，武功外悠"，"设神理以景俗，敷文化以柔远"。1980 年，教皇保罗二世在联合国教科文组织会议上发表演说，对文化本身所固有的教育感化作用阐释得尤为精彩："正因为有了文化，人类才真正过上了人的生活。文化是人类之所以成为人类的基础，它使人类更加完美或日趋完美。"文化的教育功能多表现于社会科学研究和文艺作品之中，以阐发道德理想为己任，以培养人们高尚的心灵、情操、高雅的情趣为目标，以倡导社会主义时代精神，传播中国先进文化为主旋律。

3. 经济功能

中华人民共和国成立以后，理论界长期坚持文化是意识形态的观点，否认文化的经济功能，置文化于政治附庸的地位，造成文化事业管理实践中"只算政治账，不算经济账"的弊病。改革开放以来，文化与经济的密切关系已经得到了普遍认可。文化的经济功能不仅直接来自文化产业，不仅表现为本身所创造的经济效益，还体现为文化事业对经济的服务作用，为经济改革提供价值准则的指导作用。

四　首都文化事业发展的地位和作用

首都文化事业在城市建设、社会主义精神文明建设中占有无可替代的重要地位，发挥着巨大的作用。

（一）首都文化事业发展的地位

中华人民共和国成立后的前30年，整个文化工作统称文化事业，处于党和政府直接、统一领导之下，在计划经济体制下，按照行政隶属关系进行建设、管理。在权力高度集中的政治体制下，文化完全从属于政治，一切为政治服务，文艺作品成了政治观念的诠释和图解。过多的行政干预使文化团体和文化工作者没有自主权和创作自由；文化事业完全受控于国家财政状况，发展受限；文化工作者由国家供养，养成依赖心理、平均主义、不求进取的惰性，束缚了首都文化事业依照自身规律有序地发展。

随着改革开放和市场经济的推进，冲破了计划经济条件下的文化格局，要求文化体制为适应社会主义市场经济体制而进行深入的改革。二十余年来，首都文化事业发生了转折性的巨大变化：文化产业异军突起，成为国民经济新的显著增长点；公益服务性的文化事业由单纯行政型的直接管理向宏观的间接管理逐步转变，取得了长足的进步，推动了各类文化事业的蓬勃发展。

（二）首都文化事业发展的作用

对于进入21世纪的北京而言，文化事业的发展在整个社会发展中的重要作用愈来愈突显出来。

1. 文化是综合国力的重要标志

中国共产党十六大报告指出："当今世界，文化与经济和政治相互交融，在综合国力竞争中的地位和作用越来越突出。全党同志要深刻认识文化建设的战略意义。"在市场经济的客观现实环境中，文化日益渗透于经济生活之中，文化的经济价值无处不在。文化发达与否与一个国家的经济实力密切相关，经济发达而文化贫瘠的社会是畸形的，在综合国力竞争中必然是不合规则的出局者。中国越来越深入地进入国际社会，北京作为首都，是国家对外开放的窗口，首都的文化形象、首都的文化影响力，在综合国力的竞争、捍卫中华民族文化主权的国际斗争中，具有举足轻重的作用。

2. 文化是精神文明的基础

首都文化事业是社会主义精神文明建设的重要组成部分。首都的文化设施建设，首都的理论研究水平，首都群众文化的健康普及，首都传统文化的继承发展，数百万北京市民和在京的外来人员的精神风貌、政治素质、教育层次、文化素养，对社会主义精神文明建设起着决定性的重要作用。

3. 先进文化的方向

中国共产党十六大报告指出："在当代中国，发展先进文化，就是发展面向现代化、面向世界、面向未来的，民族的、科学的、大众的社会主义文化，以不断丰富人们的精神世界，增强人们的精神力量。"在文化产业风起云涌的今天，因为金钱的驱使，一些不健康的文化，或沉渣泛起或舶来侵蚀，干扰着首都文化市场的健康发展。在党和政府的领导下，首都文化事业是唱响主旋律，坚持先进的文化方向，提倡健康、科学、积极向上的文化，抵制腐朽的、反动的、强势霸权文化的前沿阵地。

五 制定首都文化事业发展战略应注意的问题

首都文化事业发展战略，是将文化发展纳入北京社会总体发展规划而制定的一种文化计划，简言之，即首都文化发展的整体计划。其核心是对首都文化发展中的各种因素施以权衡、取舍、排列组合，寻求整体优化的战略部署，旨在使文化系统随着政治、经济等其他社会系统的发展而协调发展，使之适应社会的发展并促进社会的进步。这个战略正确与否，将直接影响首都的文化发展。

文化发展是一项系统工程，必然受到各种社会因素的制约，因此，要正确地制定文化发展战略。首先要全面、深刻地认识文化国情、首都文化事业的发展历程、其间的经验教训以及对文化事业发展的现状及本地区文化特色做系统的调查研究。

其次，中共十六大报告把文化领域明确区分为文化事业和文化产业，是对改革开放以来文化体制改革客观事实的确认，也是对今后文化事业发展方向的确定。因此，要正确地认识两者之间的区别，清醒地认识不能完全进入市场的公益性文化事业的特殊性，自觉地抵制使文化从政治附庸变为经济附庸的错误倾向。

最后，文化立法是首都文化发展战略重要的组成部分。改革开放以来，首都文化事业管理从单纯的行政手段转变为更多地依靠法制手段，出台了一系列法律法规，如《北京市文艺演出管理暂行办法》（1985 年 9 月）、《北京市经营中国字画管理暂行办法》（1988 年 10 月）、《北京市文化娱乐市场管理条例》（1993 年 9 月）、《北京市文化事业建设费使用管理办法》（1998 年 1 月）等。运用法律规范来规定社会文化生活的各种准则，以保证文化政策的贯彻实施，杜绝文化人治管理，这是实现现代文化事业管理的方向和目标。

第十六章　辉煌：文化事业的历史沿革

五十多年来，首都文化事业发展取得了巨大成就，积累了丰富的文化资源，为首都文化事业的未来提供了坚实的物质基础和社会历史条件。

一　首都文化事业发展的历程及特点

首都文化事业发展的历史，见证了新中国发展的历史，在不同的历史发展阶段，呈现出不同的特点。回顾1949～1999年这50年的风雨历程，首都的文化事业（以公益性文化事业为主）经历了几个发展阶段。

（一）除旧布新，进入正轨（1949～1957年）

中华人民共和国成立伊始，清除旧思想、旧文化，传播新思想、新文化，成为这一时期的主旋律。北京这一时期的文化事业，在相当程度上实现了"双百"方针所提出的要求，进入了蓬勃发展的历史新阶段。

1949年1月，在中共北平市委领导下，成立了中共北平市委文艺工作委员会（简称"市文委"），统一领导北平市的文化艺术工作。市文委的指导方针是"普及第一"，并在坚持业余自愿的前提下，吸引城市工人、郊区农民、人民解放军和机关干部以及大、中学校的学生积极开展小型、多样、积极向上的文化娱乐活动。与此同时，市委着重抓紧了群众文化事业机构和活动场所的建设。除接管原民众教育馆并改造为人民教育馆，还利用一些现有场所成立了东单等3个文化馆和7个书报阅览室。在一系列扎实工作的基础上，群众业余文化活动在全市广泛开展起来。传统的春节、灯会和庙会中的民间花会活动，重新在村镇街道活跃起来。

1949年7月2日，在北京市召开了第一次全国文代会，确定文艺为人民服务并首先为工农兵服务的方向。

在中华人民共和国成立的最初几年，北京的各级各类图书馆主要由政府有关部门进行接管和改造（接管后的国立北平图书馆改称北京图书馆；原北平市立图书馆改称北京市图书馆，1956年改名首都图书馆）。工作内容包括：调整组织机构；整顿和培训干部队伍；调整和充实藏书，大力补充马列主义著作和进步书刊；大力开展面向人民群众的图书流通工作等，并从第一个五年计划开始有重点地建立一批新的图书馆。

党和政府对北京文化遗迹的保护也极为重视。1951年，设立了专门的文物机构——北京市文化教育委员会文物调查组。1957年公布了第一批包括故宫、太庙、卢沟桥等在内的36个市级重点文物保护单位。当时可供参观的博物馆屈指可数，只有故宫博物院和国立北平历史博物馆。

（二）一波三折，艰难发展（1957～1966年）

受到"大跃进"、"反右倾"运动和思想文化领域各种批判的影响，"双百"方针被扭曲、被扼制，北京的文化事业在艰难中曲折发展。

根据1957年国务院颁布的《全国图书协调方案》，成立了以北京图书馆为主任委员馆的全国第一中心图书馆委员会，具体规划和执行方案所规定的各项任务。至1966年，包括北京图书馆在内，公共图书馆已由中华人民共和国成立初期的3个，发展成为国家图书馆1个、市图书馆2个、区县图书馆6个；高等院校图书馆共建38个，学科专业门类几乎涵盖各个领域；中国科学院北京地区各类专业研究所级图书资料馆（室）发展到29个。

1958年，第一次在全市范围内进行了文物普查工作，并在普查的基础上，对北京地区具有历史、艺术、科学价值的古遗迹、古墓葬、古建筑和革命遗迹及纪念建筑等，进行了重点保护。1959年，建立了北京市文物工作队。同一时期，博物馆事业也得到长足发展。

1958年，在全国"大跃进"的形势下，北京群众文化工作也受到了"左"的影响，提出了"人人写诗"、"人人唱歌"、"人人作画"等口号，还提出了"全党全民办文化，实行文化大普及"的要求。这些要求违反了自愿、业余、多样的基本原则，显然是不切实际的、错误的。1961年，贯彻中共中央"调整、巩固、充实、提高"的八字方针，对群众文化工作不合实际的要求进行了调整，群众文化艺术活动也逐渐恢复和活跃起来。与此同时，市文化局成立农村文化工作队，深入京郊农村进行演出，并开展群众文艺辅导工作，受到群众普遍欢迎。这种好的势头一直持续到"文化大革命"。

这一时期，北京文化艺术继续进步和发展，同时也出现过严重失误。

1958 年，在北京建立了中国第一家电视台，自己设计制造了中国第一套黑白电视中心设备，9 月 2 日正式播出，当时称北京电视台，1978 年 5 月改名为中央电视台。1958 年下半年起，故事片生产出现了新中国成立后第一个创作高峰。但 1957 年反右斗争的扩大化和毛泽东对文艺工作的两次批示，对电影的大批判随即展开。

（三）发展遇挫，陷入低谷（1966～1976 年）

以评新编历史剧《海瑞罢官》引燃的"文化大革命"，对当代中国的文化事业是一场浩劫。这场灾难很快波及整个意识形态领域，北京的文化事业和全国其他地区一样，陷入了困境。

北京许多图书馆一度被迫闭馆，长达五六年之久，有的图书馆被撤销，图书馆的各项规章制度被否定，造成管理上的混乱以致图书财产流失。北京的图书馆事业处于极度的混乱和萎缩之中。1971 年 4 月，在周恩来总理的关怀下，在北京召开了全国出版工作座谈会，在会上讨论了图书馆工作。此后，北京各级各类图书馆相继恢复开馆，北京大学图书馆学系恢复招生。但全国中心图书馆委员会的工作始终未能恢复。

在"文化大革命"这场史无前例的浩劫中，许多文物被指斥为"四旧"，大量的名人故居、保护院落遭破坏或被各单位、市民占用。从事文物保护和古迹整理规划的单位都停止了工作，大批文物专家学者被打成"牛鬼蛇神"，给文博事业造成了不可挽回的重大损失。

（四）进入新时期，开创新局面（1976～1999 年）

粉碎"四人帮"的胜利挽救了党和国家，使当代中国的文化获得了新生，北京的文化事业也出现了前所未有的繁荣局面。

20 世纪 80 年代之前，北京广大图书馆工作者积极投入整顿惨遭破坏的图书馆各项工作，使混乱停滞的图书馆事业逐步走上正轨。至 1983 年，各区县已全部建立起独立建制的区、县图书馆。1984 年建成了北京市第一个独立的区级少年儿童图书馆——石景山区少年儿童图书馆。1987 年中国国家图书馆——北京图书馆 14 万平方米的新馆建成，向公众开放。首都图书馆全面完成了藏书结构和目录组织的重新调整，日益发挥着北京市图书馆事业的中心图书馆作用。

改革开放以来，博物馆建设得到空前发展。在人民政府的直接领导下，成立了北京市文物事业管理局，设置了北京市文物研究所，还成立了由有关部门负责人和文物、考古、历史、建筑等方面的专家、学者组成的北京市文物古迹保护委员会。首都博物馆是北京市属最大的博物馆，1981 年 10 月建成开馆。

群众文化工作在北京市委的领导下，进行了改革探索，取得了明显的成绩。1981 年起区县文化馆进行改建、新建，到 1993 年有 16 个馆全部建成新馆舍，总面积是"文化大革命"前的 5 倍。区县工人俱乐部有 16 个进行了新建、扩建，设备也得到了改善。各种群众业余文艺社团纷纷建立，有些街道还建立了群众文化工作委员会，这些努力使首都群众文化活动如火如荼地展开，自娱性特点也明显增强。京剧、评剧、曲艺的演唱，交谊舞、秧歌队的表演活动以及晨练、棋类活动等，已成为都市的风景线。

随着改革开放的深入发展，这一时期各种形式的文艺创作不断涌现，显示了作家、艺术家极大的创作热情。电台广播的各类节目面貌一新，北京人民广播电台现已成为全国节目套数最多、播音时间最长的地方电台之一；北京电视台，在技术设备、栏目设置和节目质量等方面，已跃居地方台的前列；电影制作也呈现出题材、形式、风格多样化的可喜局面。

二 2000 年后北京文化事业发展取得的成就

申奥成功的北京，展现出充满希望的发展空间与丰富多彩的人文内涵，体制改革的深入给北京文化事业带来勃勃生机。

（一）首都图书馆事业发展迅速

2000 年以来，首都的图书馆事业迅猛发展。新建、改扩建了一批水准较高的公共图书馆，有些已达到国家一级的标准，北京博物馆、西单图书大厦、新华大厦、北京出版大厦、首都图书馆二期工程等一批文化建设项目已完成或正投入建设；开展一年一度的图书馆服务宣传周活动，充分发挥图书馆的教育阵地作用；为更好地发挥图书馆的服务功能，按照文化部"全国文化信息资源共享工程"要求，进行区级图书馆和部分基层接收点设备安装工作。目前，北京市共有各类图书馆 26 个，总藏数达到 30.9 万册（件）。

（二）首都博物馆事业方兴未艾

截至 2004 年底，北京市共有各类博物馆 127 座，约占全国博物馆总量的 61% 左右。博物馆种类众多，包括专题类、科技自然类、区域地志类、革命纪念馆及遗址类等十余个类别，其中科技自然类的比重正在不断增加；这些博物馆共设有固定展陈 270 余项，年平均观众量约为 4000 万人次，他们所收藏的文物、艺术品已达 226 万余件。其中，经鉴定的一级文物为 15 万件，二级文物约 61 万件，具有十分巨大的历史、艺术、科研价值。博物馆投资主体多元化趋势明显。1996～2001 年，在北京市文物局正式注册登记的民办博物馆近十家。2001 年实行的《北京市博物馆条例》，更以法规形式明确提出"鼓励和提倡社会各界、公民个人兴办博物馆，优先发展填补本市门类空白的博物馆"。这是中国首次以法律形式明确允许非政府投资建立博物馆，极大地调动了社会办馆的积极性，在国内外引起了很大的反响。

（三）群众文化的普及彰显首都魅力

群众文化的普及显示出北京作为一个现代化国际大都市的魅力。一个由政府文化部门主办，有关部门共建，社会、集体、个人共同兴办，多体制、多层次、多形式、多渠道兴办群众文化事业的新格局日趋完善；社区文化、企业文化、校园文化、军营文化、家庭文化蓬勃发展。"五月的鲜花"、"夏日文化广场"、"春节庙会"、"十月金秋"四季文化广场活动常年不断。一批优秀群众文艺作品获全国奖项。在全国第十二届"群星奖"评比中，北京市选送的美术、书法、摄影作品，共获得 2 个金奖、4 个银奖、4 个铜奖。2004 年春节，由北京市文化局和北京老龄工作委员会组织舞蹈专家小组，花了半年时间排练的北京新秧歌在巴黎演出，表现了北京老百姓的精神风貌，让人耳目一新。

近几年，北京市还以农村乡镇、村文化阵地为重点，加强街道、乡镇、社区、村文化设施建设，加大了扶持力度，对各区县投资 7 亿元，建设各类文化设施总建筑面积达 21.67 万平方米。在全市 308 个街道和农村乡镇，建立文化站和文体中心 315 个，社区文化室和文化科技大院 4896 个。文化设施的建设有力地推动了群众文化事业的发展。几年来，北京市级文化设施总投资 12 亿元，新建文化场馆 14 万平方米。一大批高水准的标志性文化建筑的兴建，使北京文化中心的功能更加突出。

（四）国际文化交流打造首都文化品牌

"增强与西方发达国家打交道的本领"是客观形势对新时期对外文化工作提出的要求。作为展示中华民族灿烂文化和当代中国文明进步的重要窗口，北京以三大演出季（即北京国际戏剧演出季、北京国际交响乐演出季、北京国际舞蹈演出季）为契机，推动创建品牌战略，有重点地参与了一些高层次的国际文化活动。2003 年 12 月，文化部组织的"亚欧会议——文化与

文明会议"在北京成功举办，亚欧会议 26 个成员单位负责文化或相关事务
的部长及社会知名人士近 200 人出席，这是迄今为止在中国举办的规模最大
的文化部长国际会议，受到与会部长和代表们的高度评价。2004 年 4 月，第
四届"相约北京"暨第二届北京国际戏剧节开幕，来自亚、非、欧、美各洲
的 20 多个国家 60 多个艺术团的 500 名艺术家，为北京观众献上话剧、歌剧、
音乐剧、交响乐、流行音乐等几乎囊括了各个门类的艺术表演。已连续举办
四届的"北京国际音乐节"，不仅是北京一项盛大而具有标志性的文化活动，
并且成为了世界知名的音乐节，每年吸引着国内外数十家乐团和上千名艺术
家参加演出。已办了四届的国家级大型文化艺术节——"相约北京"，已被
国际公认为亚洲最大的艺术活动，是北京文化亮相世界的金色品牌。随着国
内外各种文化交流活动的日益增多，北京的文化大舞台在不失北京和中国特
色的同时，逐渐成为世界文化交汇的中心。

北京通过铸造文化品牌，不断繁荣首都文艺舞台。"北京新年音乐
会"、"北京电视艺术周"、"相约北京"等大型活动，正在成为首都的文
化品牌。2001 年 5 月北京广播影视集团成立，标志着首都广播影视业的集
团化建设进入一个新的时期。2004 年 5 月，北京公交移动电视开播，以新
闻资讯为主要内容，成为媒体创新、技术创新、经营创新的新形式。电影
体制改革力度较大，成果显著，北京电影业重新焕发生机，票房收入跃居
全国前列。

三　首都文化事业发展存在的问题

虽然首都文化事业的发展取得了令人瞩目的成绩，但与城市经济建设相
比，与人民群众日益增长的文化生活需要相比，仍存在一定差距，有些问题
亟待解决。

（一）服务对象不明确，发展方向有偏差

发展首都文化事业必须树立正确的、科学的发展观，目前，首都文化事
业在发展中仍存在一些观念问题。

第一，首都文化事业"为谁服务"的问题。文化事业是社会主义精
神文明的重要组成部分，发展文化事业必须要坚持"二为"方针，这要
求首都文化事业的发展要从开展基层文化工作踏踏实实做起，特别是各
级领导要给予充分的重视。应该说，各级领导是否能给予基层文化工作
足够的关注，是基层文化工作开展的关键。但我们在实际工作中，往往

更重视对城市"门脸"的点缀，喜欢不惜人力、物力、财力搞浮华的"政绩工程"建设，对基层文化事业的开展重视不够。这就难免会使广大市民对首都文化事业的发展方向产生疑问，到底为谁服务？在新近的全国城市竞争力评比中，拥有丰富文化资源的北京市的文化竞争力仅排名第 16 位，不能不让人深思和反省。

第二，首都文化事业能否"一卖到底"的问题。过去，我们长期把文化领域统统当成事业办。随着改革开放和市场经济的推进，文化产业异军突起，成为国民经济新的增长点。中共十六大报告承认这一客观事实，提出了文化体制改革。但是，首都文化体制改革如何进行？是不是一提改革，就把文化领域推向市场，甚至"一卖到底"？我们目前的问题是，本来属于文化产业的部分我们迟迟不肯放开，在许多可以带来高额利润的文化产业领域热衷于搞国有资本之间的组合，而一些本来属于文化事业的部分、一些必须由政府承担的责任却被错误地推向市场。其中，最突出的是一些单位如图书馆、文化宫、公园等，由于种种原因改变了公益性文化事业的性质，将本来应当用于公益事业的馆舍和场所，或自用，或出租，用以开办商店、饭店、宾馆、歌舞厅、夜总会、娱乐城、家具城、股票交易所、游乐场、商品展销处等，把公益性的文化事业单位变成了商业气息浓重的经营单位，这无疑是对公众享受公益文化权利的一种剥夺。

（二）现行文化体制跟不上市场经济的发展

中华人民共和国成立后，中国长期实行的是计划经济体制，与之相适应，在首都文化体制上，也逐步形成了以市、区、县等各级政府为主体的文化事业管理体制。这一文化管理体制，为及时有效地组织人力、物力、财力进行社会主义文化事业的建设，推动首都文化事业的繁荣和发展，提供了有力的组织保证，满足了一定时期首都精神文化生活的需要。进入社会主义市场经济后，这一体制已经难以适应中国市场经济发展的需要。虽然中共十一届三中全会以来，首都文化事业体制改革取得了一些可喜的成就，但与整个体制改革相比，与建立和完善社会主义市场经济体制相比，还显得力度不够、步子不大。

现行文化体制的弊端主要表现在：一是计划经济体制下形成的文化布局的不合理状况尚未根本改变，文化设施和机构重复设置，多头管理，造成了不同程度的行政性垄断，导致市场分割、资源浪费、效率低下；二是文化生产游离于市场之外，文化产品脱离实际、脱离生活、脱离群众；三是一些适应新形势要求的文化设施，特别是为了满足广大市民日益增长的精神文化需要的群众性文化设施，如文化馆、博物馆、艺术馆、公共图书馆等，或因财力不足，或因人才短缺，或因管理不善，未能充分发挥服务社会的功能；四是一些单位仍在很大程度上沿袭计划经济体制下的管理模式，职称制度、分配制度等缺乏竞争机制，影响了首都文化事业的发展。

（三）公益性文化事业经费短缺、人才缺失、数量不足、分布不均

公益性文化事业是非商业性文化事业，它是纳税人出资兴建并为纳税人服务的社会福利事业，但在市场经济大潮的冲击下，首都公益性文化事业的发展还面临诸多困难。

（1）经费短缺。现阶段，中国公益性文化事业单位的经费来源主要靠政府财政拨款。由于经济的发展，财政收入的连年增长，北京市对公益性文化事业的投入逐步增加。据统计，2002 年北京文化事业费占财政支出的比重是0.57%，居全国第 6 位；与 1995 年的 0.55%、居全国第 21 位相比，有了长足的进步。但是，与文化事业的发展要求相比，经费短缺仍是普遍难题。

（2）人才缺失。北京是全国的文化中心，文化事业单位多，发展的机会也多，是全国文化事业人才向往和聚集的地方，可以说是人才济济。但是，由于各种原因，首都文化事业发展在一定条件下不同程度地存在着优秀人才"引不进、用不上、留不住"的现象。因为在人事制度上缺乏必要的人才流动机制，有些单位不能充分发挥有才华的专业技术人才的才能，但由于种种原因不愿意放人，另一些急需人才的单位就只能望"才"兴叹；因为较长时间经济不景气，有些单位人才流失比较严重；因为缺乏竞争和淘汰机制，有些单位冗员不断增加，人浮于事，机关化现象日趋严重；因为缺乏激励机制，有些人才的敬业精神滑坡，不安心本职工作，导致单位有时出现"有人无事干，有事无人干"的现象。

（3）数量不足。北京市人口较多，图书馆、博物馆等公益性文化设施人均占有数与其他一些国家的城市相比，仍有较大距离。如德国波恩，人口仅有 30 万人，但著名的博物馆就有 30 个；北京的常住人口 1162.9 万人，而博物馆只有 127 座。

（4）分布不均。由于历史原因，北京的公益性文化事业在辖区内的分布很不平衡。历史悠久、经济基础较好的区县，公益性文化事业发展较快，而偏远地区、贫困山区、一些远郊区县的发展则相对较慢。

（四）管理不科学，法制不健全

由于首都文化体制改革相对滞后，现行体制多多少少受计划体制的影响，所以，各级文化行政部门对文化事业比较注重微观管理。

对于首都文化事业单位和人员，实行大包大揽。既管人、管钱、管物，又管机构设置、管产品流通，还管工资福利、艺术职称，甚至管困难补助等。一些文艺单位，还在管演出，安排票务，指示具体怎么办、如何办，管得太微观、太具体。在社会主义市场经济条件下，这样的行政管理体制，很容易妨碍首都文化事业单位和人员的主动性、积极性、创造性，遏制文化单位的生机和活力，束缚文化艺术的生产力。

对首都的文化活动和发展来讲，主要依靠政策号召和行政命令，而不是用法制手段来引导。粉碎"四人帮"后，中国的文化法制建设迎来了重要的转折和发展，但由于历史和现实的原因，文化法制建设仍不能满足文化发展的需要，还很薄弱和落后。文化法规尚未形成一个完整的科学体系，一些应当制定的法规没有及时出台；文化执法工作薄弱，法规的实施不够有力，不够有效；文化法制理论建设落后，对实践中出现的一些新问题不能做出科学的理论阐述。

纵观首都文化事业发展的历史，我们既要肯定已经取得的成就，又要清醒地看到存在的问题。只有正确认识和评价首都文化事业发展的现状，才能立足现实，明确今后的发展方向，有针对性地克服困难、弥补不足，使首都文化事业发展走向新的辉煌。

第十七章 未来：文化事业发展的机遇及对策

世纪之交，中国站在历史的交汇点上：中国正从几百年的封闭状态走向开放，正从传统计划经济走向社会主义市场经济，正从延续了几千年的传统文明走向现代文明。可以说，中国——这个世界上唯一有着五千多年文明史的国家，正在全世界的瞩目中发生着天翻地覆的变化。虽然这个变化最明显、最有力的是中国经济的腾飞，但其中最深刻、最长远的应该是中国的文化。文化作为一个民族和国家的文明支撑和心理支点，在民族发展和国家建设中占有十分重要的地位。在这样一个变革的历史时期，中国的文化事业发展无疑正面临着一次历史性选择。北京，作为中国的首都、政治文化中心，其文化事业的发展也必然随时代的变迁迎来摆脱困境、走向辉煌的历史机遇。

一 首都文化事业发展面临的历史机遇

2000 年以来，中国的改革开放进入新的历史阶段。中国的社会主义市场经济体制基本框架初步建立，意味着进一步深化文化体制改革成为首都文化事业发展的转折点，而中国加入 WTO，则为首都文化事业的发展开拓了更加广阔的空间。

（一）文化体制改革成为首都文化事业发展的转折点

在文化领域，文化体制属于生产关系的范畴，是文化事业和文化产业发展的制度框架。它的主要内容包括：政府与文化事业之间的关系；政府管理文化事业的方式；政府管理文化事业的职能和组织体系；文化事业的经营管理方式；文化事业的建设、发展、决策；文化产品的生产、分配、交换、消费；政府合理规范文化事业单位之间、文化事业单位与其他社会组织、社会团体之间的关系所制定的制度、规则、准则等。随着社会主义市场经济体制的初步建立和不断完善，文化赖以生存和发展的体制环境正在迅速转换，为北京进一步深化文化体制改革、发展首都文化事业指明了方向，创造了有利的社会环境。

（1）北京文化体制改革具有坚实的理论基础。正如经济体制改革采取理论先行的做法，文化体制改革也历经了理论上充分论证的过程。在"三个代表"重要思想和中共十六届三中全会精神的指引下，中国确定了文化体制改革和文化事业、文化产业发展的"一二三四"①的基本工作思路，这无疑为北京文化体制改革提供了理论指导，奠定了理论基础。

（2）北京文化体制改革具有良好的物质条件。改革和创新使北京的经济保持旺盛的发展势头，2004 年全市实现生产总值 4283.3 亿元，比上年增长 17%，经济增长率连续 6 年保持在 10% 以上。人均生产总值达到 37058 元，比上年增长 16%，按当前汇率折算，约合 4632 美元（1 美元 = 8.00 人民币）。② 随着经济的快速发展和物质生活水平的提高，北京市民对精神文化产品的需求日益高涨。北京经济社会的快速健康发展，不仅为文化事业的发展提供了广阔的市场和雄厚的物质基础，也为进一步推进北京文化体制的改革创造了各种条件。

（3）北京文化体制改革具有丰富的实践经验。自中共十一届三中全会以来，中国已经历经了二十多年的改革开放，特别是经济体制改革的不断探索和深化，建立了社会主义市场经济体制的基本框架。这一方面提出了北京文化体制改革的迫切性，另一方面也为进一步推进北京文化体制改革和机制创新积累了有益的、丰富的经验。

2003 年 6 月，在全国文化体制改革试点工作会议上，北京被确定为文化体制改革的综合性试点地区。目前，涉及财政税收、投融资、资产

---

① 文化体制改革和文化事业、文化产业发展的基本工作思路可以概述为"一二三四"。一是坚持一个目标；二是大力发展经营性文化产业；三是认清"三个关系"。第一个关系："两个要求"相统一。既要符合社会主义市场经济规律的要求，又要符合社会主义精神文明建设的要求。第二个关系："两个效益"相统一。必须要把社会效益放在第一位，努力做到社会效益和经济效益相统一。第三个关系："宏观管理和微观搞活"相统一。四是抓住四个关键环节。第一个关键环节是重塑文化市场主体，努力形成一批自主经营、自负盈亏、自我发展、自我约束、有竞争能力的国有或者国有控股的文化企业和企业集团；第二个关键环节是完善市场体系；第三个关键环节是改善宏观管理；第四个关键环节是要转变政府职能。

② 《北京统计年鉴（2005）》，中国统计出版社，2006。

处置、工商管理、价格、授权经营、收入分配、社会保障、人员分流安置、法人登记等 10 个方面的北京文化体制改革试点工作正在积极有序地实施。

（二）加入 WTO 为首都文化事业发展拓展了空间

2001 年 11 月 10 日，中国经历了艰辛的"入世"谈判，终于如愿以偿地加入 WTO。

加入 WTO 对首都文化事业的发展来讲，无疑是一把双刃剑。虽然首都文化事业的发展将面临来自全球的在价值观念、文化传统、文化安全等方面的挑战，但也会为首都文化事业的发展拓展更加广阔的空间，机遇还是大于挑战的。

（1）加入 WTO 可以推动首都文化体制改革。虽然就全国的文化体制改革来讲，首都北京的文化体制改革属于先行者，但与整个体制改革相比，仍是相对滞后的，"入世"必然成为首都文化体制改革的良好契机。随着我们与 WTO 的日益融合，市场机制、竞争意识、商品观念将引入文化事业的建设和发展中，并逐渐深入人心，从而加快首都文化事业的结构调整和机制创新，实现首都文化资源的优化配置。

（2）加入 WTO 为首都文化事业创造更加有利的国家环境和世界市场。龙永图曾说过："很多同志以为中国加入世界贸易组织，是中国市场与国际市场的全面接轨，这是不对的。我认为，更为重要的是，或者说意义更深远的，是中国的这一套市场经济的规则与国际规则的接轨。"因为中国成为 WTO 的成员国后，就可以利用多边争端解决机制，来解决发展中面临的国际争端和问题，从而避免与美国等其他国家在贸易、文化、知识产权问题上的正面冲突和对立，从而可以为首都文化事业的建设和发展创造稳定的外部环境和广阔的海外文化市场。

（3）加入 WTO 可以丰富首都的文化内涵，带来多姿多彩的文化生活方式。WTO 是不可抗拒的时代潮流，借助它，可以使我们与世界文化的交流日益广泛，学习和借鉴的机会、途径日益增多，传播手段日益现代化，文化影响力日益增强，实现首都文化事业的腾飞。

总之，"入世"意味着我们由过去的纸上谈兵变成了现实社会的实际较量。在 WTO 的条件下，首都文化事业的发展，能够做的就是充分利用 WTO 的规则，兴利除害，趋利避害，把握机遇，用积极的态度迎接挑战。只有这样，才能加速实施文化事业的改革和建设，推进首都文化的历史进步。

二　首都文化事业发展的方向与对策思考

如前所述，现实条件决定了首都文化事业的发展有成就也有问题，有机遇也有挑战。如何立足现实解决问题，如何抓住机遇迎接挑战，是迫切需要我们解决的重大问题。毋庸置疑，在新的历史时期，首都文化事业发展最重要的就是找准方向，深化改革，树立正确的发展观。

（一）加大力度，深化首都文化体制改革

中国市场化改革的实践证明，体制的改革和机制的创新，对解放生产力具有特别重要的意义。首都文化体制的改革，从根本上说，就是为了解放文化生产力，发展文化生产力，解决阻碍文化发展的体制性弊端，最终为建设小康社会的目标服务，为有中国特色的社会主义文化事业、文化产业的繁荣和发展服务。中共十一届三中全会以来，首都文化体制的改革取得了可喜的成就，但与首都文化事业的发展要求相比，还有不足。因此，必须进一步加大改革力度，深化文化体制的改革。除了政府对公益性事业单位给予财政资助外，经营性事业单位要进一步向公司制过渡；除了政府必须扶持和资助的单位以外，其余单位要进一步与政府全面脱钩、自负盈亏；进一步推进产业化进程，促使一些可走向产业化运作的文化单位全面实现产业化；积极稳妥地推进文化领域对内、对外开放，鼓励"民营公助"，鼓励非国有经济参与首都文化建设，营造政府扶持、社会化运作的模式。总的来讲，改革就是要使首都文化事业单位能够成为竞争的主体——对经营性文化产业单位来说，通过转制，使之成为市场竞争的主体；对公益性文化事业单位而言，虽然它以公共服务为目的，主要不从事营利性经营活动，不参与市场竞争，但也需要转换机制，只不过它的机制转换的重点要放在提高服务公众的服务能力上，因此，同样要成为同类单位间竞争的主体。

同时也要注意，对文化体制改革的期待不能超过理性和实践的尺度。体制改革是打破体制束缚、振兴首都文化事业的手段，但并不意味着文化事业发展所面临的所有问题都会随着改革迅速迎刃而解。如果把改革看成发展首都文化事业的目的，为改革而改革，那么，这样的改革就失去了应有之意。

（二）转变思想，树立正确的文化事业发展观

现阶段，中国正处于经济社会全方位变革的时期。首都文化事业的发展要与变革的社会现实相适应，我们在实际工作中必须不断转变思想，树立正

确的文化事业发展观。

（1）首都文化事业发展仍然要坚持为大众服务、为社会服务的"两为"指针。在新的历史条件下，怎样坚持"两为"方向，必须有清醒的认识，且应该主要体现在公益性文化事业的发展方向上。在公益性文化事业方面，起主导作用的不能是价值规律、等价交换原则，而应当是公平、公正、人道主义、集体主义和社会主义原则。要把发展的重点放在普及上，尽量减少高档娱乐场所的修建和一些贵族化的文化项目，多提供一些满足广大市民精神文化生活需要的文化场所、文化设施、文化服务，切切实实为大多数人带来切实的长远利益。

（2）在发展公益性文化事业上，要始终维护和坚持公益文化事业的性质。公益性文化事业是非商业性文化事业，它是纳税人出资兴建并为纳税人服务的社会福利事业，不能因为眼前困难就把它推向产业化、商品化的道路。目前，有人占用公益文化场所开展经营活动，或者抛开公益文化事业单纯从事经营活动，或者因开展经营活动而离开公益性文化事业，这些做法都违背了公益性文化事业的宗旨。这里，我们也不反对公益性文化事业单位根据条件和需要开展一些经营活动，但这些经营活动最好利用附属设施和其他场所来开展，目的也只能是用创收的钱来补充事业经费的不足，扶持公益性文化事业的发展，或为参与公益文化活动的公众提供某种方便。

（3）首都文化事业发展要确立"靠竞争求生存、图发展、创大业"的理念。北京有着悠久的历史，又是六朝古都，文化形式、文化种类、文化内涵十分丰富，可根据北京良好的文化氛围和基础，出精品、上强项、出特色、上档次，力图探索一条同社会主义市场经济相适应的文化生存、发展和繁荣之路，使首都文化事业发展不断迈上新台阶。反对公益性文化事业单位把政府兴办看成包办，理直气壮地坐等政府全额拨款的错误观念，顺应社会主义市场经济发展的新情况，搞活自己，才是明智之举。

（三）增加投入，切实改善首都公益性文化事业单位的条件

经费投入，是公益性文化事业单位发展的物质前提。经费投入的增加，对推动公益性文化事业的发展具有现实意义。第一，增加投入可以改善服务环境、服务设施、服务水平，使巧妇有"米"可炊，解决首都公益性事业单位经费短缺问题；第二，增加投入可以改善和增加文化设施、文化活动场所，完善服务，解决首都公益性文化事业分布不均、数量不足问题；第三，增加投入可以改善和提高事业单位的福利待遇，可以留住现有人才，吸引外来人才，为建设一支水平高、业务能力强、德艺双馨的人才队伍创造更好的物质条件，解决人才流失和人才短缺的问题。

为了增加首都公益性文化事业的经费投入，可以采取以下措施：一是市、县、乡各级政府仍要按维持其正常发展的需要给予全额拨款或财政补助；二是深入贯彻中央精神，中共十四届六中全会通过的《中共中央关于加强精神文明建设若干重要问题的决议》指出，"中央和地方财政对宣传文化事业的投入，要随着经济的发展逐年增加，增加幅度不低于财政收入的增长幅度"，保证首都文化事业发展所需经费的逐年递增；三是深化文化投资体制改革，积极鼓励社会资本、民间资本、甚至外资投资文化事业，尽快实现文化投资主体多元化；四是政府要制定积极的税收政策，并采取提供冠名权优惠等措施，鼓励社会各界和外资踊跃捐助；五是加强财务监管力度，只有管好、用好资金，使资金充分发挥使用效益，才能真正推动首都公益性文化事业的发展；六是尽快制定关于公益性文化事业的经费来源和经济支持的制度、规章，将经费投入制度化、法制化。

（四）转变管理体制，健全法制，将首都公益性文化事业的发展纳入法制化轨道

适应社会主义市场经济发展的需要，转变传统的文化事业行政管理体制。在管理模式上，要由原来的以微观管理为主转变为以宏观管理为主；在管理内容上，要由原来的以管理人、财、物为主转变为以管理方针方向、规划建设、协调监督为主；在管理方法上，要由原来的以行政手段、政策手段为主转变为以法律手段、经济手段为主。

同时，加强法制建设。在社会主义市场经济中，对首都文化事业的管理，最根本的是法律手段。中国的《宪法》明确规定了公民从事和参加文化活动的权利，并作为基本的人权加以保护。首都文化事业的法制建设，就应该以《宪法》为依据，普遍制定保护和支持文化事业特别是公益性文化事业的各项法规、规章；与此同时，建设文化执法队伍，加大文化执法力度，切实可行地依靠法律手段调整首都社会的文化关系，规范首都市民的文化行为，进一步走上以法制文、依法制文的轨道。

三　首都文化事业发展应处理好两个方面的关系

首都文化事业发展涉及面广，矛盾多，关系复杂。我们只有正确认识、协调好这些关系，才能推动首都文化事业的发展。在众多复杂的关系中，应着重处理好以下两个关系。

（一）社会效益和经济效益的关系

在社会主义市场经济条件下，首都文化事业的发展离不开市场，各种文化产品必然要进入市场进行交换。而文化产品固有的两重属性（物质属性和精神属性）和两种价值（事业价值与文化价值），在流通和使用中必然产生两种效益，即经济效益和社会效益。经济效益，是以文化产品收入的额度为标准，对于文化产品的生产者、消费者来讲，获得最大化的经济效益无疑是最重要的。社会效益以文化产品的精神内涵对人的精神世界以及在社会生活中的作用和影响为标准，包括政治效益、教育效益、智力效益、审美效益、娱乐效益、文化积累与发展等多个方面，是一个综合的总体效益。自然这种影响和作用应该是进取的、积极的，而不应该是消极的、破坏的。

首都文化事业特别是公益性的文化事业，由其性质、特点决定了必须首先注重社会效益。因为这种公益性文化事业担负着向广大市民提供精神产品、提高市民科学文化水平和培养人才的重要任务。它所提供的产品和服务，对于塑造灵魂、锻炼思维、陶冶情操、提高素质、形成好的社会风气都有非常大的影响，进而对于社会主义精神文明建设十分重要，也可为经济建设提供精神动力和智力支持。正如邓小平指出的："思想文化教育卫生部门，都要以社会效益为一切活动的唯一准则，它们所属的企业也要以社会效益为最高准则。"[①] 但是，这不等于说公益性文化事业就不能产生经济效益。例如，近年来，一些公共图书馆改变服务方式，由过去的被动"等进来"，变为主动"走出去"，为相关机构和组织提供经济信息资料，为经济建设服务。应该说，公益性文化事业所创造的社会效益是直接的，经济效益则是间接的，要通过文化服务才能体现出来。因此，在首都文化事业发展中，必须要正确处理好社会效益和经济效益的关系，绝不可为经济效益而损害社会效益，要反对"一切向钱看"，要在全社会鼓励社会效益好的文化产品的生产，在提高社会效益的前提下，促进两个效益的统一。

（二）首都文化事业和文化产业之间的关系

2000 年 10 月，在中共十五届五中全会上通过的《中共中央关于制定国民经济和社会发展第十个五年计划的建议》中，把"繁荣社会主义文化事业"和"发展有关文化产业"明确区分开来，第一次在中央正式文件中使

---

① 《邓小平文选》第 3 卷，人民出版社，1993，第 145 页。

用了"文化产业"这一概念。2002 年 10 月，中共十六大提出"发展文化事业与文化产业"，在党的代表大会上首次确定了"文化产业"与"文化事业"二者的分野。明确区分文化事业和文化产业对发展这两种不同性质的文化具有十分重要的意义，它符合中国经济社会发展的实际要求，符合文化建设自身的客观规律，也符合"三个代表"重要思想的要求。因此，这种划分必然成为首都文化事业发展与繁荣的指导思想和前进方向。

1. 区分文化事业与文化产业的不同，采取对应的发展战略

如前所述，文化事业是非营利性的、公益性的社会活动，它的重要性在于社会功能而不是经济功能，具有公益性、服务性、福利性和社会共享性的鲜明特点。而文化产业是生产特殊产品、获取利润的社会活动，它除了具备文化事业的一般特点外，还带有市场性、价值性、经营性和效益性的明显特点；与其他产业相比，文化产业投入小，产出高，能够可持续发展，是公认的充满生机活力和发展前景的朝阳产业。文化事业和文化产业在生产目的、机构性质、运营方式、调控模式、资本来源等方面都有所不同。这种不同就要求首都文化事业在进一步发展中，必须针对文化事业和文化产业的不同属性和特点，对文化领域的不同行业和单位进行科学分类，区别对待。在制度设计上，要按照事业体制和企业体制的不同，促使各类文化单位选择适合自身发展状况和要求的组织形式，根据不同性质实行不同的治理。在管理体制上，要按照"有所为、有所不为"的原则，改变以往政府对所有文化单位大包大揽的状况，要有重点、有倾斜、有针对性，以适应发展社会主义市场经济的总体要求。

2. 文化事业和文化产业相辅相成、相得益彰

文化事业与文化产业虽然不同，但不等于二者是截然分开的、各自独立的。实践证明，没有文化含量的经济，不能代表先进生产力；没有文化事业的繁荣，也就不可能有经济的持久繁荣，两者之间是"你中有我、我中有你"的互补关系。第一，文化产业需要文化事业为其提供文化资源。对文化事业的投入，实际是对文化产业消费潜能的培养，可以为文化产业创造和拓展文化市场，促进文化产业不断提高文化产品的文化含量和品位，推动文化产业不断增强市场竞争力。第二，文化事业需要产业化手段来支持自我发展。文化产业也是文化事业经济基础的一部分，即"以文养文，以文补文，以文促文"。通过文化产业的发展，可以调动广大文化工作者的积极性和创造性，增强文化事业的活力；还可以为国家创造物质财富，使国家有更多的物力和财力用以支持文化事业的发展。第三，文化事业和文化产业可能会相互转化。有些文化事业，当人们消费水平提高后就会发展成文化产业，如教育中就出现了产业化现象。而有的文化产业，当消费者减少时就会转成文化事业，需要以投入的方式加以保护，如戏曲等某些传统艺术。因此，首都各级文化行政管理部门必须充分发挥政府职能部门的主导作用，鼓励文化事业单位特别是公益性文化事业单位在做好主业的同时，依托文化事业积极发展文化产业，以产业发展来促进事业的更大发展。

　　总的来说，在当前对外开放和发展社会主义市场经济的条件下，首都北京在制定文化发展战略时，必然要以两业并举作为全局性的战略，把按文化发展规律办事与按市场经济规律办事统一起来，将"壮大产业、繁荣事业"作为先进文化发展的目标，在改革中推进发展产业，在发展产业中壮大事业。只有遵循"产业"、"事业"并举双赢的策略，首都"文化牌"才能越打越高明。

第六篇

首都的文化传播

　　哈佛大学肯尼迪学院院长、美国国防部前部长助理约瑟夫·奈在20世纪90年代提出了"软实力"的概念。他认为，一个国家的崛起，从根本上说，在于它的综合国力的全面提升。既包括由经济、科技、军事实力等表现出来的"硬实力"，也包括以文化、意识形态吸引力体现出来的"软实力"。所谓"软实力"，包括了政治制度的吸引、价值观的认同、文化的感染、领导人及国民形象的魅力与亲和力等。笔者认为，不仅一个国家需要有"软实力"指标，一个城市的发展也需要从"软实力"方面进行打造。根据专家们的论证，首都北京被定位为"中国的政治中心，国际交往中心；世界城市——世界级服务中心，世界级大都市地区的核心城市；文化名城——文化、教育、科技创新中心，世界历史文化名城；宜居城市——充分的就业机会，舒适的居住环境，创建以人为本、可持续发展的首善之区"，由此可见，在首都北京，"软实力"的重要性已经远远超过了"硬实力"。特别是城市的文化传播能力、内容、方式、手段，在很大程度上影响了城市的"软实力"。在下文中，我们主要探讨首都的定位与文化传播的思路，并通过对首都主要的文化传播途径——教育传播、影视传播、网络传播的状况及对策分析，为首都的文化传播提出有建设性的思路。

第十八章 危机：全球化与
首都文化传播

经过二十多年的改革开放，我们慢慢地领悟到，全球化给我们带来的震荡不仅是经济层面的，还有政治和文化层面的，而且文化层面的影响更深入、持久。不仅在中华大地，甚至整个世界都在全球化的浪潮中，既要面对着世界文化的融合以及行为规则的趋同问题；同时，又要面对着失去传统，陷入文化认同危机的问题。在全球化的过程中，每个国家、民族以至个人似乎都有必要思考"我们是谁"这样的问题。首都的文化传播正是在这样的背景下，进入了我们研究的视野。

一 首都文化传播的国际环境

作为中国的文化中心，北京应担负着中华文明的延续及在世界范围内传播的重任。但是，我们所处的全球化时代，不仅带来了货物、服务、资本、人员等在各国之间的频繁流动，而且带来了西方思想意识、价值观念、行为方式在世界范围的传播。正如欧洲传播研究联合会会长杨·赛维指出的："20世纪末的几个重要趋势已经改变了我们的世界：互联网和其他信息传播技术、经济和贸易关系的全球化、政治和军事因素驱动的普遍移民，多元文化主义的出现、民族国家让位于次民族和超民族的系统。我们的世界变得越来越相互依赖、相互联系、民族国家在文化上越来越呈现异质性。"[1] 在这一过程中，文化传播主体不同，从中获得的利益及对文化全球化的感受也是不同的。作为一个开放的发展中国家的首都，我们能强烈地感受到文化强势国家进行文化殖民的压力。从全球化对发展中国家的一般影响来看，我们必须

---

[1] 杨·赛维：《全球化与文化间传播》，王星译，北京广播学院出版社，2004，第1页。

面对文化全球化带来的几个方面的问题。

1. 由技术差距造成的信息殖民趋势

庄礼伟先生在《信息殖民与本土防御》一文中指出："所谓'信息殖民活动'，是指西方国家在信息的生产、传播及相关技术与设备等方面的垄断地位、产业优势和文化影响力，对技术相对落后、信息产业薄弱的国家（主要是非西方国家）实行技术控制、信息资源渗透和信息产品倾销。其后果不仅是经济上的，也是政治上和文化上的，乃至安全上的。"①

从世界范围看，每天传播的国际新闻的绝大部分来自西方发达国家的四大通讯社：美国的美联社、合众国际社以及英国的路透社和法国的法新社。好莱坞电影则成为全世界电影市场的主流。在国际文化传播与观念交流方面，呈现出越来越标准化的倾向，地方文化向"全球标准"靠拢，脆弱的地方文化被边缘化乃至消失。②

在新兴技术方面，这种不对等的特征更为明显。因特网上的信息主要是由英语和其他西方语言传播的。在当前国际网络产业格局中，美国占有绝对优势，它在全球CPU（中央处理器）、系统软件的产量中占有绝大部分份额，全球性的网络公司也大多设在美国。美国的这一优势令其西方盟国也很担心。而广大的非西方地区的信息产业起步晚、规模小、范围窄、质量差、知名度低、依赖性强，都可能导致它们在信息产业方面处于西方信息产业强国的"殖民地"地位，进而在意识形态、国防安全、经济安全、民族文化发展等方面受制于西方。尽管非西方国家纷纷筑起网络堤坝并大力发展本土网站，但暂时还改变不了因特网总体格局上的单向的、不对等的现实。

庄礼伟指出，现在日益改进的卫星电视技术使一国的节目有可能迅速传播到另一国。一个"信息富有"的发达国家，有能力把信息、节目传播到"信息贫弱"的国家。但欠发达国家就缺乏这种能力，不仅无法充分地向发达国家的人民解释自己的言行，得到真切的理解，而且在自己的国家内部也难以阻止人民，特别是青年一代变成"美国人"、"日本人"或"澳大利亚人"。我们相信这种压力是中国在改革开放过程中能够感受到的，作为一个国家的政治和文化中心，积极应对西方由技术强势而形成的文化传播的优

① 庄礼伟：《信息殖民与本土防御》，《国际关系与全球传播》，北京广播学院出版社，2003，第83页。

② 庄礼伟：《信息殖民与本土防御》，《国际关系与全球传播》，北京广播学院出版社，2003，第84页。

势，这是时代赋予我们的历史使命。

2. 经济全球化与文化传播的单向性

经济全球化带来了各种不同文化间的冲突、碰撞，加剧了强势文化与弱势文化之间的矛盾。来自国家新闻出版总署版权司的统计数据显示，2003 年中国版权引进 12516 种，输出 811 种；2004 年，中国通过出版社引进图书版权 10040 种，输出版权仅 1314 种，版权贸易逆差 8726 种。从输出地区看，尽管已经有二十多个国家与中国达成版权贸易，但情况很不平衡。2006 年全国"两会"期间，全国政协委员、国务院新闻办公室原主任赵启正向新闻媒体公布，中国的图书主要是出口到一些亚洲国家和中国的港、澳、台地区，与欧美的贸易逆差达 100∶1 以上。2004 年，中国从美国引进图书版权 4068 种，输出 14 种；中国从英国引进 2030 种，输出 16 种；中国从日本引进 694 种，输出 22 种。2005 年，中国对美版权贸易的比例是 4000∶24。中国出版科学研究所副所长魏玉山认为："中国图书并没有真正进入西方国家，给欧美国家带来普遍性的影响。"有数据表明，在全球图书市场中，美、英、法、德、日等少数国家，其人口只占世界人口的 10%，但其图书销售额和版权贸易量却占到了全世界的 50% 以上，其中美国为 22%、法国为 14.7%，而拥有世界 1/5 人口的中国，仅占市场份额的 0.2% ~ 0.3%。[①] 如果从单纯的经济角度看，全球化带来外来文化产品的输入是必然的，似乎没有什么必要大惊小怪。但是，文化产品的传播不像物质产品的交换，它是思想、信仰和价值观的载体。文化传播其实就是思想的渗透。全球化过程中，以美国为首的西方国家凭借经济和科技优势，以"强势文化"的姿态向发展中国家扩散、渗透，强行向别国推行自己的价值观、经济体制和社会制度，因而增强了文化的单一性趋势，损害了文化的多样性。中国文化也同样受到了美国等资本主义发达国家"强势文化"的影响和冲击。共青团上海市委所做的一项关于"传媒力量与当代青年"的专题调研发现，当问及"您最喜欢哪个国家或地区的影视作品"时，有 61.2% 的青年选择了美国，只有 23.0% 的青年选择了中国大陆。这说明美国文化对中国有着不容忽视的影响和冲击。

3. 信息殖民的目标是获得全球性的文化和意识形态的领导权

在全球化浪潮下，国际间的政治、经济、外交、科技、传媒都成为强势

---

① 江志君：《选题缺乏创新定价高 中国人均图书消费低下》，河南新闻出版网，http：// news. bookicp. com，2006 年 4 月 21 日。

文化扩展的手段。这种"超国家领域"的控制权,正如汉密·J. 摩根索在其著作中所说的:"它的目的不在于攻占他国的领土,或控制其经济生活,而在于制服和控制人的头脑,作为改变两国权力关系的工具。"理查德·克罗斯曼为英国作家桑德斯所著《谁承担后果——中央情报局与文化冷战》一书写的序言中说:"美国间谍情报机构在长达 20 年的时间里,一直以可观的财力支持着西方高层文化领域,名义上是维护言论自由……这场战争具有一个庞大的武器库,所藏的武器是刊物、图书、会议、研讨会、美术展览、音乐会、授奖等。"这种文化战略,在促使苏联和东欧剧变中得到成功的运用。苏联的解体,固然有其内部的原因,但美国等西方国家运用传媒的渗透,对苏联官僚集团和知识分子价值观念的转化起了决定性的作用。

4. 信息内容对第三世界的严重歪曲

西方的文化传播,以本国利益作为选择传播内容的标准,进行过滤、剪裁和歪曲。例如,在政治上,他们以是否符合西方的政治理念对世界上的各种活动进行分类。那些支持西方理念、符合西方利益的行为被冠以精英的美名,否则就被戴上极端分子的帽子。西方四大通讯社采编的新闻占全世界新闻总量的 80% 以上。西方的话语霸权不仅控制着发达国家内部人们对周围世界的看法,也在一定程度上影响着发展中国家的人们分析问题的立场、观点和方法。

从全球化对中国的特殊影响来看,中国经济的崛起,引起了西方国家特别是美国的不安,他们在利用各种机会、途径对中国进行诋毁,使我们的文化安全形势日趋严峻。如果我们在国际上不能有效地开展中国的文化传播,就会对中国的国际形象造成伤害。目前,西方国家的对华文化传播战略主要体现在几个方面:

(1)西方国家不断扩大传统媒体对华的覆盖面,千方百计削弱中国主流舆论的影响。利用广播、卫星电视等传统媒体,形成对中国全方位、立体式的包围圈。每天使用普通话和多种方言、170 多个频率对中国播出 60 多个小时的节目,再加上一些国家从本土发射的广播信号,共有 50 个境外电台使用 300 多个频率对中国进行广播。在卫星电视渗透方面,他们在中国上空构建了密集的卫星电视网,从冷战前的十几个卫星电视频道剧增为 400 多个,且加强了对中国边疆地区、少数民族地区和内地区域的宣传覆盖,发布新闻进行造谣中伤、恶意攻击。由于卫星电视接收天线安装简单,目标小、不容易发现,在很多地方私自收看境外卫星节目的现象屡禁不止。

（2）利用互联网等新兴媒体，与中国争夺思想文化新阵地。他们把互联网作为与中国进行思想文化斗争的主渠道，凭借其经济、技术优势，发展网络媒体，使大量有害的思想文化信息通过互联网穿越国界，突破关防，广为传播。组织"写手队伍"编写有害信息，在境内外的中文网站和 BBS 上大量发贴。利用推送技术向中国境内大量发送有害电子邮件，运用加密和代理技术，设立专门针对中国封堵措施的"动态网"，作为访问其他有害网站的跳板。还通过内地服务商代理，向国内的手机用户发送有害短信。总之，互联网的渗透与反渗透、封堵与反封堵的斗争非常激烈。

（3）曲解、丑化、淡化中国的民族文化传统，消解中华民族的凝聚力。他们采取各种手法，恶意放大民族文化中封建落后的一面，极力丑化中华民族的文化传统。通过电子游戏、影视作品、卡通漫画对中国的传统文化经典进行戏说、歪曲，损害民族情感和民族精神。他们还以时尚潮流的形式，吸引人们特别是青少年盲目推崇西方文化，淡忘民族文化，削弱其对民族文化传统的基本认同，诱导一些青年人崇洋媚外、贪慕虚荣。

（4）冲击中国文化市场，实施文化渗透。以美国为首的西方国家根据中国加入世贸组织的有关协定，以合法方式进入中国对外开放的领域，凭借强大实力，进行产业扩张和全方位的文化渗透。通过版权贸易，向中国大规模输入影视剧、图书、网络游戏等文化产品，既获得了巨大的经济收益，又输入了西方的文化观念。目前，中国每年进口音像制品的版税就高达 10 亿元，而出口额有 1 亿元。文化产品进口与出口的比例出现逆差，其中图书、音像制品为 10:1。

正像有的专家所指出的，作为一种经济形态，市场经济的社会效应犹如一把双刃剑，在带来正效应的同时，也不可避免地带来了负效应。在全球化时代，涉及国家和社会稳定的领域，都是国家安全的组成部分。其中，文化安全是国家稳定发展的精神前提。一个失去意志的民族是没有安全可言，也不会得到尊重的。确保国家基本制度和核心价值观不受侵犯，培育热爱祖国、热爱人民的公民责任感，巩固中华民族的凝聚力，是反对外来侵略、维护国家安全的不可动摇的底线。中国社会科学院研究员章建刚指出，发达国家在对发展中国家的贸易和经济交往中，从日用品到高科技，都包含着文化的内容。西方各种无形的价值观，总是伴着有形的物质产品悄无声息地向发展中国家渗透。总体上处于弱势地位的广大发展中国家，不仅在经济上面临巨大压力，在文化上也面临严峻挑战。作为一个发展中国家的首都，作为中国的政治文化中心，如何面对全球化的挑战，如何化解西方文化渗透带来的文化危机，是我们需要认真思考的问题。

二　首都文化传播的定位

根据专家们的论证，首都北京被定位为"中国的政治中心，国际交往中心；世界城市——世界级服务中心，世界级大都市地区的核心城市；文化名城——文化、教育、科技创新中心，世界历史文化名城；宜居城市——充分的就业机会，舒适的居住环境，创建以人为本、可持续发展的首善之区"。这种定位与首都文化传播的关系是什么，我们应该如何根据定位来确定首都文化传播的定位及政策呢？笔者认为，根据首都作为政治中心、国际交往中心、文化中心的定位，在文化传播方面北京担负着不可推卸的传播和宣传中国文化的责任。首都文化传播在一定意义上不仅仅是北京地方文化的传播，也是中国文化的传播，应该具有以下几个方面的特点：

第一，作为国家的政治中心，首都应该成为主流文化的传播中心。就文化传播而言，全球化导致各国文化管制的放松，使文化多元发展成为世界性的潮流。但是，我们应该看到，任何一个有实力的国家，即使文化政策非常自由，它也会使用各种手段传播自己的核心价值或者主流文化。事实上，一个国家或地区的文化实力，与其传播主流文化的能力有关。北京作为中国的政治中心，就必须在传播主流文化上有所作为。在这里，由于历史原因已经形成的政府主导作用，应该予以充分的发挥。北京大学传播学院的程曼丽教授认为，政府传播与大众媒体的传播相比，具有很多的优势，主要表现为：一是权威性。对政府而言，传播行为是管理行为的延伸，是管理行为落到实处的必要步骤。也就是说，政令的颁布与解释，是为了让公众了解并执行。对于这类信息，公众没有选择权，非常时期或紧急状态下尤其如此。二是独占性。政府的信息发布，会形成信息传播的主渠道或成为主渠道信息的唯一来源。其他传播主体只能在政府信息框架下进行辅助性的传播。这种格局不但是客观条件决定的，也有着法律上的依据。其地位是任何其他组织、团体无法取代的。三是巨大的影响力。大众传播由于受众个体在思维、态度、认知方面存在较大的差异，媒介的刺激往往不能引起一致的反应，因而传播效果是有限的。传播效果的有限性使得传播者无法控制受众对媒介的注意力，并使之采取相应的行为。政府传播则突破了这种有限性，它所传播的信息可以在一个地区、一个国家（甚至整个世界）形成一致性的注意，并形成统一的舆论、统一的意志、统一的行为，对事件的发展起到巨大的推动作用。这种影响力是其他任何形式的传播无法比拟的。任何一个国家和民族都必然有主流文化，没有主流文化就不成其为民族文化，从这个意义上说，一个国家或一个民族要有体现国家意志和民族精神的文化。所以，在文化传播中，发挥政府的主导传播者的作用，将主流价值由首都向外辐射，其意义是非常重大的。首先，它可以有效地将国家的核心价值及意识形态贯彻到不同地区，形成国家整体的凝聚力；其次，可以有效地抵御外来腐朽文化的渗透；再次，可以对影响社会健康发展的区域文化或非主流文化起到引导作用。当然，作为政治中心，首都文化传播的任务并不能完全由政府完成，各种民间的传播主体的政治素质和敏感度也会超过其他地区，所以，也可以充当主流文化的传播者。因此，充分调动民间力量，加强主流渠道与民间渠道文化传播的配合，会形成更强大的文化传播力量。

第二，作为国家的文化中心，首都文化传播应该体现对其他区域及非主流文化的包容。把一个大国的首都定位成政治中心是比较容易的。但是，文化中心的地位是无法通过自封的方式获得的，而是必须通过不同传播主体之间的良性互动才能形成。北京作为中国的首都，要想成为文化中心，必须从几个方面进行整合：一是要包容不同地域的文化。在发达国家的城市发展中，已经形成了很多具有鲜明特色的文化中心，如维也纳是音乐之都、巴黎是时装之都。北京要成为中国的文化中心，就必须走出单纯的京味文化的限制，在加强北京地域特色文化传播的同时，接纳其他区域文化在北京的发展。文化中心的定位，不仅要让北京为不同的文化提供宽松的发展环境，吸引更多的文人及文化产品到北京落户，而且要把北京变成中国高品质文化的殿堂和传播的主要场所。二是包容非主流文化。市场经济非常重要的特点之一，就是承认主体的独立性，承认主体的合理、合法利益及不同主体的不同价值追求。在这一过程中，由于不同主体独立的个性，其选择的价值观念也必然与其他主体有所区别，这就决定了现代社会具有多元文化的特征。所以，要成为文化中心，不仅要有主流文化的传播渠道，也应该为健康的非主流文化的传播提供便利的条件。三是要完成对传统文化的现代改造。中华文明历史悠久、源远流长、博大精深，20世纪后半期中华文明圈的崛起，已经充分证实了其文化的活力。特别是中国改革开放后的经济崛起，进一步印证了中华传统文化在推动经济发展中的重要作用。但是，我们也应该看到，传统文化中也存在着很多不适应现代社会需要的内容，在现代化进程中，仅仅靠传播传统文化似乎难以满足人们在现代化过程中的精神需求。因此，不断对传统文化进行改造，促进传统文化与现代文化的融合，也是首都文化传播中应该完成的重要任务。

第三，作为国际交往中心，首都应该成为中国进行国际文化交流的重要舞台。这里面应该包括两方面的内容：第一方面，首都应该成为中国选择、接纳其他国家优秀文化的舞台，体现中国对世界各民族优秀文化的包容。这里我们应该肯定的一个前提是，我们应该接受外来文化，文化是网筛，而不是墙。但是，文化的接受应该是有选择性的，我们在包容外来文化时，必须采用"拿来主义"的态度。随着国际交往日益频繁，各民族文化不再局限于狭小的范围，而是自觉地将本民族文化逐步融入世界文化的发展潮流中，从而构成丰富多彩、色彩斑斓的世界文化。我们在接纳世界各国的优秀文化的过程中，有选择地接受其他民族的优秀文化，对于中国文化自身的发展也会起到重要的促进作用。因此，在接受外来文化中，保持理性和开放的态度，是首都文化传播中应该具有的特点。第二方面，文化是由价值、信仰、标准、规则、符号、意识形态等多种因素构成的，是一种精神产物。任何一种文化总是在一定的历史阶段和民族区域发生演变的，与各民族的生活方式紧密关联，它依据环境、习俗、社会阶层、世界观和人生观的不同而相互区别，体现着民族的精神特质。在全球化的条件下，中国要走向世界，要让世界各国了解、尊重我们的文化，就应该组织更多的力量，针对不同国家的文化现实，开展有针对性的传播。这样，我们在国际社会上就会得到更多的理解和支持。

三　首都文化传播存在的问题及对策

目前，在实践层面，首都似乎难以完成它的地位所决定的文化传播的重任。

1. 文化传播主体的单一性

从文化传播的范围看，文化传播应该包括两个方面：一是文化的国内传播；二是文化的国际传播。但是，无论是国内还是国际传播，传播的主体都应该是多元的。而今，首都的政治和文化中心的定位，使政府及其掌握的传媒，成为大众文化传播最重要的主体，政府传播在文化传播中起着主导的作用，而民间的文化传播主体被边缘化甚至闲置。而在国际文化的传播中，各国更重视民间组织的作用，政府及其组织的作用是有限的，其可信度也是经常受到质疑的。因此，执行开放的文化传播政策，让不同层次的传播主体充分运用自己的能力进行首都的文化传播，必将是对政府及传媒作用的有效补充。作为经济上的弱势国家，我们常常会担心开放会有灾难性的结果。从历史发展的过程看，人类历史上不同的文化由于自然灾害、战争或者其他灾难而不得不改弦易辙。但是，文化的应变能力是非常强的。过去几百年中，犹太人被赶到世界各地，还经受了第二次世界大战的磨难，可他们的文化却适应了这种变化并且生存下来。二战后，日本经济几乎瘫痪，但日本人所做的自我调整，不仅使他们适应了变化，而且成为全球的主要经济力量。因此，就文化自身的发展而言，文化开放是有利于自身发展的。我们应该相信中华文明的实力。通过行政手段过度控制文化传播，其实是缺乏文化自信的表现。

2. 文化传播中核心价值的缺失

随着改革开放，中国文化传播的内容日趋丰富。概括起来，中国社会目前存在三种不同的价值体系：一是中国传统的文化价值观；二是马克思主义的价值观；三是改革开放后我们所接受的市场经济的文化价值观。虽然马克思主义的价值体系在今天仍然是主流意识形态，但是，对现实生活的指导和影响力在下降。中国传统文化虽然在东亚经济发展中被证明有其特定的价值，但是，"五四运动"以来的几次传统文化批判运动，已经破坏了传统文化生存及传播的土壤。而我们接受的西方市场经济文化又是良莠混杂的。因此，核心价值的缺失已经成为中国文化传播中需要面对的严峻问题。文化传播过多地关注商业利益，而忽略了道德教化。媒介文化表面上看是张扬大众意识形态，实则把利益追求当作终极目标。大众传媒通过制造热点、吸引受众，满足着非理性的大众意志和文化市场化的需求，从而使受众的价值观滑向享乐主义和消费主义。

文化的变迁有时是无奈的，但是，我们应该有信心，因为文化的深层结构具有极强的稳定性，虽然文化的诸多方面是可变的。也就是说，服装、食物、运输、住房等方面的变化，虽然貌似重要，实则只是现存价值体系的附庸。有些价值观念与伦理道德、工作和休闲、对自由的定义、宗教习惯、生活节奏以及对性别和年龄的态度等相联系。这类价值观念由于深深根植于文化之中而世代不变。巴恩伦德曾说："佛教、伊斯兰教、基督教和儒教的传播并没有使它们所泽被的社会一致皈依。往往反其道而行之：各个社会非让宗教适应它们各自的文化传统不可。"[①] 因此，尽管目前我们面临着核心文化

---

① 转引自巴恩伦德：《文化模式与传播方式》，麻宇旗等译，北京广播学院出版社，2001，第12页。

价值缺失的状态，但是，源远流长的中华文明，已经将一些核心价值融入我们的血液，只要我们精心维护，在不久的将来，我们一定会重塑中国文化的辉煌。

3. 忽略文化传播的效果

文化传播应该是把自己认为精细、有价值的东西，借助某种载体传递出去，取得人们的广泛认同。但是，我们应该看到，当前中国无论是世代文化的延续，还是跨国界的文化传播，都有注重形式而轻视效果的倾向。也就是说，我们只是一厢情愿地按照自己的理解去传播，而没有考虑到不同环境、不同受众的特殊情况以及他们对传播内容可能形成的反应。所以，我们的传播可能具有"事倍功半"的结果，这应该引起政府部门及相关传播主体的注意。在这方面，日本为我们提供了一些有借鉴价值的经验。第二次世界大战以后，日本为了加强与美国的关系，特地在美国卡内基基金会设立了一个日本和平基金，定期组织活动，搞日美亲善工作，聘请美国学者演讲。美国不少大学的外语系，有日本财团出钱雇佣日语教师，教授日语，传播日本文化。这种长期的努力没有白费。2004年，美国一家报纸搞了一个"日本形象研究"的民意调查，结果显示，美国对日本作为盟友或朋友的信任度之高为10年之最。65%的精英和48%的民众认为，日本是美国最重要的伙伴；83%的民众支持《日美安保条约》。从共同价值观看，95%的精英和80%的民众认为，日本是美国的最重要盟友之一。日本今天在世界上取得的经济和政治成就，与美国的支持是分不开的。而作为一个东方国家，日本能够将其文化传播到西方国家，获得了西方国家的支持是其中的重要原因。

总之，根据首都的定位及优势，我们应该从教育、影视与网络三个方面，寻找加强首都文化传播的途径。

第十九章 教育：传统文化的扬弃

教育是指向未来的文化传播，它是传播民族传统信仰、价值观、生存信念、思维方式的重要方式。一个国家教育传播的能力和水平，直接关系到国家人力资源的素质，因此也就决定了国家的"软实力"。在中国，北京的教育资源居于全国之首，因此，有效整合教育资源，承担起传播中华民族优秀文化的责任，首都北京责无旁贷。

一　首都教育发展的历史、现状及发展战略

北京的教育具有悠久的历史，元、明、清三代在北京设立国子学和国子监，是封建社会的最高学府。19世纪中叶，西方文化和科学技术传入中国，洋务派在北京创办了中国第一所具有现代意义的中央官办大学——京师大学堂，即现在北京大学的前身。到1925年为止，清政府和外国教会又陆续建立了清华大学、燕京大学和辅仁大学等高等学校。

中华人民共和国成立后，北京的教育事业从根本上打破了旧中国半殖民地、半封建社会的教育制度，在探索建立具有中国特色的社会主义教育体系的过程中，取得了可喜的成绩，积累了宝贵的经验。但是，不可避免地也存在着一些问题。由于历史的原因，新中国的教育是以俄为师开始的，苏联高度集中的社会主义教育模式，对新中国建构教育体系产生了巨大的影响和束缚。如中华人民共和国成立初期进行的全国规模的院系调整，确立了削减综合性大学、发展专门学院的方针，把高校统一变成了类似的专门学院，严重削弱了文科教育，使中国高等教育文化传播呈现文理分驰、重工轻文的片面发展的倾向。培养专家型的教育目标，在一定程度上模糊了高校文化传播树人、育人的目标，学校的教化功能逐渐削弱，人文内涵不断流失。

1949~1966年的17年间，教育特别是高等教育还是在不断探索中前进、

发展、壮大，并成功地由半封建、半殖民地教育转变为沿着社会主义方向前进的人民教育。为新中国建设培养了 176.6 万名各个层次的大学生，发挥了应有的积极作用。

但到了 1966 年，开始了"文化大革命"。1966～1969 年，高校完全停止招生，到 1974 年才恢复到 1965 年的招生数。研究生教育被完全取消，到了 1978 年才恢复招生。这 10 年，教育特别是高校教学秩序被完全打乱，高校的文化传播功能遭到严重束缚。先是文化创新机构——科研部门被分离出去，这不仅带走了一大批文化创新人才，同时还与高校展开了人才争夺战，高校文化创新能力被大大削弱。二是文化传播内容单一，方法落后，思想僵化，多为"填鸭式"的"满堂灌"。把学生作为一种"政治工具"予以培养，其创新思想遭到压抑，个性被扼制。西方思想传播完全被禁锢，民族传统文化的传承被大大淡化。三是文化传播主体失去独立自主性，丧失了社会批判精神，不再是"社会的良心"。"文化大革命"的 10 年间，由于文化传播机制行政化，高校文化传播的能力和活力被大大消减。

改革开放以后，中国教育发生了根本的变化。同全国一样，北京教育事业发展和改革的步伐在不断加快。继"八五"期间在全国率先普及九年义务教育之后，"九五"期间又普及了高中阶段教育；18～22 岁年龄组人口高等教育毛入学率达到 40%，实现了高等教育大众化；职业教育、成人教育基本满足了求学者的入学要求。目前，北京有幼儿园 1422 所，小学 1504 所，初中 422 所，高中学校 338 所，中等职业学校 179 所，普通高等教育院校 77 所，科研机构 124 个。各种层次的教职员工累计约 30 万人。

当前，北京的教育事业正在蓬勃发展，将进一步发展成为全国科技和教育中心。为此，我们要树立首都教育的观念，实施首都教育发展战略，保证首都教育现代化这一总目标的实现。首都教育是指与北京作为全国政治中心、文化中心的功能地位相匹配，与弘扬先进文化、建设"首善之区"要求相适应，以培养高素质人才为核心，以集成区域教育资源为优势，以优质、协调、开放、创新为特色的教育。实施首都教育发展战略需要坚持内涵发展、人才强教、资源统筹、开放创新的方针，使首都教育实现全面、协调、可持续发展。到 2010 年，北京教育改革发展的总目标是在全国率先基本实现教育现代化，其标志为：各级各类教育特别是基础教育的质量明显提高；城乡教育差距显著缩小；职业教育更加发达；高等教育水平进一步提升；学习型城市初步形成；教育对首都现代化建设的学习服务能力、人才支持能力、知识贡献能力和国际竞争能力显著增强；初步构建起与社会主义市场经济和经济社会发展要求相适应的现代教育体制和教育体系。要通过全市上下的不懈努力和各部门的大力支持，切实将北京建设成为教育思想先进、教育体系完备、教育质量上乘、教育环境优越的国际性教育中心城市；能够充分满足社会需求，成为兼容并包、博大厚重、与时俱进、协调完善的学习型国际城市。

21世纪首都教育面临经济高速增长、城市化进程加快、人口出生率下降、城市布局均衡发展的外部环境，在与世界教育现代化、国际化、信息化和个性化趋势相适应的同时，首都教育的总体布局逐渐向均衡化方向发展，教育发展方式向现代化方向发展，高等教育逐步由大众化进入普及化阶段，终身教育体系和功能更加完善。首都教育将在功能、规模、速度、水平、质量方面发生变化，进一步增强综合实力和服务能力，提高义务教育的普及水平和高等教育的入学率，全面实施教育信息化工程，构建适应首都经济和社会发展的现代化终身教育体系。

二 首都教育在文化传播中的作用

通过以上分析我们可以看出，首都北京有结构合理、各种教育层次齐全的完整教育体系，有得天独厚的教育资源，有人才集中的师资队伍。这种教育的实力和优势，在全国都是首屈一指的，所以，也将在首都的文化传播中，发挥越来越重要的作用。

1. 首都教育承担并实现着文化传承的历史任务

从民族发展的角度看，文化具有建构民族心理、形成民族传统、塑造民族精神的作用。一个民族、一个国家，如果没有自己的文化传统和民族精神，就等于没有灵魂，就会失去凝聚力和生命力。因此，有没有高昂的民族精神，是衡量一个国家综合国力强弱的重要尺度。中华民族是一个饱经风霜、久经磨炼的民族。无论是面对自然灾害，还是面对鸦片战争后的民族存亡危机，中华民族从未气馁，始终奋力拼搏。支撑中华民族历史绵延不断的就是以爱国主义为核心的团结统一、爱好和平、勤劳勇敢、自强不息的民族精神，以及实事求是的科学精神、舍生忘死的牺牲精神、敬老尊贤的伦理精神、与时俱进的创新精神、艰苦奋斗的创业精神和天人合一的和合精神等文化传统，它深深扎根于中华民族的历史和文化土壤之中，使中华民族的精神源远流长，积数千年中华文化之精华，形成了一个博大精深的思想体系。

从育人的角度看，文化具有教化的功能，这是文化最重要的一个功能。文化之所以能起到这种作用，是因为观念、文化尽管属于精神生产，但它可以通过语言文字以及其他物质载体，得以传承和发展。教育是文化的重要组成部分，教育离不开文化传统和民族精神，它深深地熔铸在教育思想、教育制度、教育内容和方法中，是教育的重要内容。因此，教育是实现文化传承的载体，是培育和弘扬中华民族精神的途径。通过各种不同层次教育的实施，使具有悠久历史的中华传统文化和民族精神得以发扬光大，在新的时代更加辉煌。

正因为如此，教育承担着文化传播的历史任务，使得新生的一代能较为迅捷、经济、高效地占有人类创造的精神文化财富的精华，使一个人从毫无文化内容的"自然人"变成一个具有摄取、鉴赏、创造文化的"文化人"。如果人类文化不从上一代传递给下一代，那么，人类文化的保存、积累与发展就成为绝对的不可能。如果任何新生的一代都得去重复他们前辈所经历的事，人类就不可能进化，就永远只能停留在结绳记事、钻木取火的蒙昧时代，并随时都有可能从地球上消失。人类是文化的创造者，也是文化的继承者，这是就世代交替的整个人类而言的。就每一代人来说，首先是文化的继承者，然后才能是文化的创造者。只有先继承文化，才能创造文化。人们创造自己的历史，但是他们并不是随心所欲地创造，而是在直接碰到的、既定的、从过去承接下来的条件下创造。教育传承文化，从其对个体的生存和发展意义来说，受教育的过程，也就是获得间接经验的过程。任何个体，如果没有间接经验，且不说发展，就连生存都不可能。

2. 首都教育承担并实现着文化创新的功能

教育一方面受到传统文化的影响，另一方面又是发展文化、创造文化最重要的手段。也就是说，教育无时无刻不在传播文化、创造文化。当然，这里讲的教育不仅指学校教育，也包括家庭教育、社会教育。教育总是根据时代的要求、社会的需要，对文化传统加以选择和改造，在批判地继承中不断创新和发展。而学校教育又是有计划、有组织的活动，它要根据国家的教育方针、培养目标来选择文化、传播文化、改造文化、创造文化，使它符合时代的要求、社会的需要。

在这里，大学教育更是担负着进行自觉的文化反思和文化批判，建构全球化时代中国新文化精神的历史使命。我们要看到，当今世界，经济全球化是一种不可避免的趋势，各国各地区间的文化交流越来越密切。中国加入

WTO，不仅仅是发展经济的需要，而且也是传统文化的更新改造过程。无论我们承认与否，也无论我们愿意与否，"入世"以后我们将面临更多、更复杂的"文化渗透"，而且也必然更多、更快地接受世界上其他国家和民族优秀的、先进的文化成果。当然，在这一过程中，我们也需要注意外部腐朽落后文化的负面影响。但是，从整体上讲，一个国家只有在与其他民族，特别是与发达国家的文化交流中，在不断吸收世界先进文化并改造民族文化的结合中，才能保持自身文化的先进性。教育特别是首都高等教育在东西方文化交流中起着批判、吸收和融合的作用。具体地说，西方文化要实现在中国的传播，从文化史的角度来看，实际上是一个文化重构的过程。西方文化从西方文化场向东方文化场转移时，必须与东方文化相融合，也就是说，它要经过一个改造的过程，即中国化的过程。它既要超越中国旧有文化的局限，又要植根于中国几千年传统文化的土壤；既要满足中国历史发展的特殊需求，又要符合中国的实际。因此，只有当西方文化内化为一种既是世界的又是民族的新文化，才能被中国人所接受，而首都教育正肩负着这一文化转型的任务，在东西方文化冲突中起着融合的作用，从而推进中华民族文化的不断发展和创新。

3. 首都教育是传播先进文化的重要阵地，是弘扬先进文化的主战场

中国文化发展的未来之路，并不是维护传统文化和现存文化的纯洁性，也不是拒绝外来文化的影响和渗透，而是要保障和促进中国文化沿着具有先进性的方向发展。而发展先进文化就是发展面向现代化、面向世界、面向未来的，民族的、科学的、大众的社会主义文化，它形成于建设有中国特色社会主义的伟大实践过程中，是中华民族精神、智慧的积淀和凝聚。在中国文化史上，改革开放以来，中国文化发展进入了辉煌的鼎盛时期。高扬先进文化旗帜，建设先进文化，是当代中国共产党人的神圣使命，是贯彻落实"三个代表"重要思想的要求，是增强中国综合国力和国际竞争力的需要；是坚持以人为本的科学发展观，提高广大人民群众的物质和文化生活水平，全面实现小康社会宏伟目标的根本保证；更是历史赋予首都教育的不可推卸的责任。

首都教育对其所面临的社会政治、经济、文化等环境不仅要适应，更应持一种批判态度，对社会发展起一种引导作用。首都教育特别是高等教育，从其产生之日起，就不应消极地顺应社会，而应对社会发挥批判和监督的作用。它必须不断超越社会现实，保持自己的独立性和批判性，它应该孕育和产生最新的思想。因为大学有其独特的大学精神，而大学精神主体在文化程度、思想深度及其他众多方面具有比较优势，大学精神在从属于社会精神的同时，更在某种程度上引导着社会精神的发展。从一定的意义上说，大学精神既是社会主流文化的产物，又是社会主流文化的先导者和先进文化的创造者；既是时代精神的精华，也是整个社会文明的高级形式，并且是具有独特气质的精神成果。因此，高校是传播先进文化的重要阵地，通过教育不断丰富人们的精神境界，塑造社会主义新人。

三　首都教育在文化传播中存在的问题

近些年来，虽然首都教育在文化传播中发挥了积极的推进作用，但也存在着教育没能很好地树立主导地位、学校的教化功能逐渐削弱、人文内涵不断流失等无法回避的问题。

以学校为阵地的正规教育逐步走向边缘化，丧失了文化中心和文化传播的主流地位。而大众传媒却在迅速扩展，成为文化传播的主导和中心。人们所获得的最新科技知识和文化观念，基本上不再来自校园和课堂，而是来自电视、报纸等大众媒体。在多种媒介的作用中，网络又对学生产生了突出的影响作用。网络是高科技的产物，是现代文明的结晶，网络文化已成为文化时尚和文化潮流，它以快捷性、时尚性、交互性、虚拟性、无国界性、共享性等为特征。但同时网络空间使民族国家之间的文化冲突呈现隐蔽性、渗透性、长期性及和平性等特点。以美国为首的西方文化在网络上占有支配地位，它们控制着世界的大部分电脑网络资源和网上的信息发布权，将自己的意识形态、价值观念"合法地"推销到全世界。这种价值观念的渗透与扩张，对正处于价值观形成并不断走向成熟的大学生这一特殊群体来说，必然会产生极大的影响。很多大学生就是在自觉或不自觉中受到了影响，这就势必淡化主流意识形态对大学生的影响作用，并打破他们原有的价值体系，使他们的价值观重新分化组合，从而形成矛盾、多样、不稳定等特点。可以这样说，大众传播在当代中国蓬勃发展至今，已经基本主宰了包括学生在内的中国大众的文化生活。

大众传播依托于市场经济，以其技术上的优越性、信息收集与传播上的广泛性，对教育形成了前所未有的冲击。而教育自身却没能及时应变更新，仍然沿袭着传统的教育模式，这就使得教育在文化传播中愈发显得苍白无力。所谓"在学校十年，不如在社会一天"、"知识无用论"在社会上广泛流传。其中的高等教育更是严重滞后于社会发展，越来越失去了它应有的文化影响力。

首都教育特别是首都高等教育在引领中国文化发展中起着重要的作用。今天我们仍然对"五四运动"记忆犹新。一些先进的知识分子顺应历史发展的趋势提出反对封建主义旧思想、旧道德、旧文化，大张旗鼓地宣扬民主主义的新思想、新道德、新文化。这些新文化的倡导者高举民主与科学的旗帜，向封建宗法文化发动了最猛烈的冲击。

这一新文化运动，其发端就是以北京大学为主阵地，以北大一大批学贯中西的大师为先锋，以北大学生精英为中坚，发起并领导的一次反帝反封建的思想文化启蒙运动。当时的北大群星璀璨，学术繁荣，大师辈出，社团群涌，自然成为全社会的思想文化中心，为新文化的创新与传播奠定了基础，开辟了道路。"五四爱国运动"促发了整个国民的民族觉悟和民主意识的复苏。一批新型的革命知识分子正是以"五四运动"为契机，开始从"西化"向"师俄"的文化范式转换，将资产阶级文化启蒙转变成马克思主义的新启蒙，使马克思主义成为新文化运动的中流砥柱，自此中国共产主义运动的大幕开启，中国共产党登上了政治舞台，为新民主主义文化灌注了强大的生命力，使中国历史从此翻开了新的篇章。

回顾历史，不能不让人反观到当代教育及高等教育的沉寂。当代教育特别是高等教育对社会文化没有起到应有的价值定向、文化批判、文化创新和文化传播的时代作用，对社会发展也没有担当起塑造时代精神、铸造民族之魂、提供时代迫切所需的强有力的人才支持和智力支撑的重任，究其原因是多方面的：一方面，这与当代大众传媒的强力覆盖和教育所处的外部环境有直接关系，如当前社会生活中普遍存在的经济主义、技术主义、功利主义和短期行为，不少领导干部对教育、文化、环境生态等长远建设缺乏重视，导致了"过弱的文化底蕴"、"过强的功利导向"等直接后果。另一方面，这更与高等教育自身的固有缺陷密不可分。教育特别是高等教育不同程度地存在文化传播内容陈旧，文化传播方式单一，文化传播主体流失以及文化传播与广大社会受众脱离等问题。教育在文化传播中存在的这些缺陷和积弊，使它在与蓬勃发展的大众传媒的竞争中，主流位置逐渐被挤占甚至丧失成为一种必然。

四 首都教育发挥文化传播功能的对策

教育要想保持住自身的特性，就必须重新界定自己的文化定位，寻求新的观点，面对来自文化领域的挑战，教育特别是大学教育应担负起进行自觉的文化反思和文化批判，建构全球化时代中国新文化精神的文化使命。

（一）重新整合资源，充分发挥首都政治文化中心地位的优势

（1）教育要弘扬一种文化精神，具体地说，在大学中就是要凝练大学精神，用精神旗帜感召莘莘学子。大学精神是反映大学历史传统、特征面貌的一种精神文化形态，是师生在长期的教与学、工作与生活实践中逐步形成和发展起来的，并为广大师生所认同的一种群体意识。它既体现学校的办学方向和办学理念，又体现师生的奋斗目标和价值追求，并且融民族的优秀文化传统与时代精神于一体，集学校长期的文化积淀与当代追求于一身，具有鲜明的时代性和个性特征。它包含科学精神、自由精神、独立精神、人文精神、创新精神和批判精神等基本内容。马寅初先生在《北大之精神》一文中讲道：回忆学校自蔡先生执掌教务以来，力图改革，"五四运动"打倒卖国贼，做人民思想之先导，此种虽斧锇加身毫无顾忌的精神，国家可灭亡，而此当永久不死。既然有精神，必有主义也。所谓北大主义者，即牺牲主义也。服务于国家社会，不顾一己之私利，勇敢直前，以达其至高之鹄的。唐文治先生任上海交大校长时，推崇"崇德、尚实、重文、健身"的交大精神。当今，大学应当把包含中华民族伟大复兴内核、体现时代特点、具有各高校特色的大学精神作为教育学子的重要内容。

（2）充分发挥教师在教育文化传播中的作用。教师的个体文化在实现文化传播中发挥着重要作用。这是因为，经过了对文化选择的教育内容还只是"文化源"，而将其内化为学生个体的精神财富，教师的个体文化在其中起着"过滤"、"变通"、"重组"的不可替代的作用。正如列宁所说，学校的真正性质和方向并不是由地方组织和良好愿望决定，不是由学生委员会的决议决定，也不由教育大纲等决定，而是由教学人员决定的。哈佛大学前校长科南特曾说过："大学的荣誉不在于它的宿舍和人数，而在于它一代又一代的教师质量，一个学校要站得住，教师一定要出名……"① 他们的行为及其功绩成为学校的历史和后人学习的榜样，成为大学精神的标志，闻一多、朱自清等人的人格正是清华大学的精神标志。因此，我们可以这样说，有大师才会有英才，教师在学生面前是最好的"教科书"，具有动力和导向作用。爱因

---

① 〔美〕约翰·S. 布鲁贝克：《高等教育哲学》，徐辉、郑继伟等译，浙江教育出版社，1987，第 30 页。

斯坦说过，学生对教师尊敬的唯一源泉在于教师的德与才。只有树立正确的教育观、人才观和质量观的教师，才能按素质教育的要求来确定自己的教学目的，才能有利于学生整体素质的发展。教师的人格和道德示范作用，较高的业务水平和创新精神，对促进学生全面发展起着举足轻重的作用。教师要以自身的人格魅力、高尚的情操、良好的心理品质，去培养学生健康的人格，去塑造学生的灵魂，去健全学生的心理素质。

（3）要实现教育传播内容的现代化。充分发挥大学学科齐全优势，强化各学科的联合、协作，共同推动文化研究。文化的涵盖面极广，不仅与人文社会科学的各个领域密切相关，而且也与自然科学和技术科学相关。如人们对文化建设转型期思想状况的判断，对转型期思想发展变化规律的认识，对社会主义文化内涵的理解等许多问题都需要各学科的沟通与融合。因此，学校传承的应当是人的现代精神，是对人类一切先进文明成果的继承和发扬。在当前，如何革新文化传播内容，实现文化传播内容的现代化，是中国教育面临的一个亟待解决的问题，也是需要首都高校不断探索的一个问题。要加重文化传播中的科学内涵，把传播一切科学的新知识，尤其是新的科学思想、科学方法、科学精神作为主要内容；要加深文化传播中的文化底蕴，把民族文化中的精华以文、史、哲等形式纳入文化传播体系，尤其是以一些经典著作及其研究，作为传播内容的核心；要加强人文科学与自然科学的融通与综合，将之作为文化传播的基础内容；要加入媒介教育、创业教育、创新教育、主体教育、学习教育、开放教育、艺术教育等未来时代和经济社会发展需要的内容，努力开展这方面的研究与探索，以促使文化传播内容与时俱进。我们要充分认识到，当今世界，文化与经济和政治相互交融，在综合国力竞争中的地位和作用越来越突出。文化的力量，深深熔铸在民族的生命力、创造力和凝聚力之中。教育是实现文化传播内容现代化的重要阵地，承担着推进中国文化发展的历史使命。

（4）大力拓展教育的传播渠道，实现文化传播手段现代化，主导文化传播媒介。我们必须清醒地认识到，在全球跨文化传播中，中国处在一个相对被动的地位。我们有必要针对全球网络传播的特点、跨文化传播的特点以及中国的实际，充分认识现代媒体在实现教育传播中的重要作用，使教育同现代传媒手段有效结合，发挥其优势，使信息量加快运行，集教学、科研、文化普及等多功能于一体，增强网络媒体跨文化传播的能力，进一步发挥在现代媒体传播中主流思想占主导地位的作用，使其集中反映中国文化未来的发展方向。要不断拓展文化传播渠道和途径，充分介入大众传播，尤其是要渗入电子传媒和"第四媒体"，力争成为主导者和运作者，赢得网络传播的主动权。

大力拓展教育的传播渠道，还包括教育要通过文化实践成为文化示范者，使文化传播更具信服力、深度和广度。这主要得靠教育的载体——学校特别是高校参与社会、服务社会、改造社会来实现。面对经济全球化的挑战，把高校推向社会的中心，这无疑是时代赋予首都高校的一次前所未有的历史机遇。然而，如何把高校推向社会的中心，使之成为当代文化传播的主导，尤其是高校自身如何主动通过观念更新和结构功能的调整来发挥其中心主导作用，目前还存在着许多现实的障碍。克服和逾越这些障碍，既需要来自政府和社会的强有力的支持，同时，更需要高校本身提高认识，开展广泛的理论研究，根据自身的条件扎扎实实地进行全面的探索、调适和根本的改革。

（二）优化环境

（1）教育在文化传播中的作用，是教育者按照一定的目的和要求，选定合适的内容，通过有效的媒体通道，把知识、技能、思想、观念等传递给特定的教育对象的活动，是教育者和受教育者之间的信息交流过程。因此，教育部门和教育工作者，要高度重视并不断改善教育的软、硬件环境，营造良好的校园文化。校园文化作为一种"净化"、"提升"了的文化环境，伴随着学校这一社会组织的出现而出现，并日益发挥着越来越重要的作用。校园文化是由体现学校的办学理念、学校精神和风气以及传统的行为文化、精神文化、物质文化等共同构成的一种文化形态。校园文化作为一种环境教育力量，对学生的健康成长产生着极大的影响。校园文化建设的目的就是要通过创造一种文化氛围，陶冶学生情操，构建学生健康人格，全面提高学生素质。校园文化要突出主流价值观，弘扬主旋律，通过举办专家讲座、文艺演出、体育竞技、专题辩论、主题演讲以及各类研究会、报告会等，增强校园文化氛围。

（2）建设文化创新环境，力促大师、英才脱颖而出，增强文化创新能力。我们看到，世界知名大学——哈佛之所以享誉世界，就是因为它培养了数不清的具有创新能力的社会精英。迄今为止，有6位美国总统、36位诺贝尔奖获得者毕业于哈佛大学。在全美500家最大的财团中有2/3的决策经理毕业于哈佛商学院，星光璀璨的哈佛学子遍布世界各地。中国的竺可桢、陈寅恪、林语堂、梁实秋、梁思成、贝聿铭等著名学者就毕业于哈佛。哈佛商学院被盛誉为"总经理的摇篮"、"商界的梵蒂冈"，与此同时，还因为哈佛有着一支其他任何学校都无法匹敌的教师队伍，即被人们称誉的、庞大的"明星教授群"。而北京大学之所以享誉中外，也是因为它几乎囊括了20世纪初叶中国最负盛名的各派学家大师——蔡元培、黄炎培、李大钊、陈独秀、鲁迅、梁漱溟、胡适、徐宝璜、邵飘萍、陶行知等。这些闪光的名字，就是当时中国的一面面旗帜，具有崇高的权威。同时，北京大学还为中国培育出了无数英才。如曾为中国的原子弹、氢弹、火箭等国防现代化事业作出重大贡献的彭桓武、朱光亚、郭永怀、周光召、邓稼先等著名科学家，还有傅斯年、罗家伦、邓中夏、许德珩等杰出人才，都出自北大。学校的文化环境是学校在自身存在和发展中形成的具有独特气质的精神形式和文明成果的一种浓缩。要营造一种有利于创新型人才成长的文化环境，我们就要强调和推进崇尚学术、追求真理和学术自由的文化。学校特别是大学是探讨高深学问的场所，是知识的殿堂。在这里，真正受尊重、受推崇的是真理与学问。学者们在平等、公开的气氛中自由探讨、切磋学问、共同提高、追求真理，这是大学生活的最重要内容。我们要尊重学术发展的规律，贯彻百花齐放、百家争鸣的方针，允许不同观点的争论，提倡学科交叉，给学术发展创造宽松的环境。相对而言，中国高校长期以来缺乏一种真正意义上互补的、竞争的多元文化体系，使肩负着文化传播和创新重任的教育特别是高等教育，渐渐失去了更新和再创造文化的活力和条件，使高校精英文化缺乏制衡社会大众文化的张力。因此，教育特别是高等教育面临的一个重要任务就是要使文化创新主体——教师和学生真正成为创新能力最强的精英群体，从而使高校重新成为全社会的思想文化中心以及创新文化的制高点和辐射源。

（3）建设思想和道德教育的文化体系。文化建设和大学精神的培育都离不开思想教育和道德教育，在改革开放和发展社会主义市场经济的过程中，人们在思想观念上追求独立性、选择性、差异性的特点日益突出，这就要求教育部门在实施思想教育过程中，发扬好的传统的同时，不断改进方式方法，提高说服力和感染力，增强针对性和实效性。尤其要认真探索教学活动中的师生交往，要认真总结、研究如何发动学生自己组织健康向上的活动，为学生的交往与自我教育提供更为广阔的空间，从而激发学生的创新精神，开阔他们的视野；同时，引导学生正确对待人生，学会倾听，理解、尊重他人，平等地接纳他人，在实践与对话中成长、成熟，成为既有鲜活个性又关爱他人、关注团体、关心社会的全面发展的人。

（4）校园文化建设的一个重要特点是以环境为载体，使其成为大学文化的外部表现形式。在山东大学的校园里，有一片小树林。参天的法国梧桐织成蔽日的浓阴，方便了学生们在错落其中的石桌、石凳上学习和小憩。小树林里，凉风习习，鸟鸣啾啾。师生们围坐在一起，围绕着"支教生活"、"社会责任感"、"对舞弊说不"等涉及社会、学术、人生和大学生活的主题，畅所欲言。"小树林文化论坛"构成了山东大学校园文化建设的品牌，如春风化雨般滋润着学生的心田。校园环境的好坏直接影响着师生的情绪和心理。饱含人文气息的校园建筑，清洁、优雅、整齐、有序的校园环境，就像季羡林描绘他读书时的清华园"春则繁花烂漫，夏则藤影荷声，秋则枫叶似火，冬则白雪苍松"，给人以美的享受，可以提高工作、学习效率，直接影响师生的行为及人格的塑造。

第二十章 影视：文化与民族
精神的凝练

　　影视文化是一种大众传媒文化，属于一种精神生产活动。马克思、恩格斯在《德意志意识形态》里把人类的生产活动分为两类：一类是物质生产，即生产必需的物质生活资料的生产，与此相应的是人与人之间的物质交往活动；一类是精神生产，即表现于某一民族政治、法律、道德、宗教、形而上学等语言中的生产，与此相应的是人与人之间的精神交往。在当代社会，精神生产常被表述为信息生产。"精神生产既然属于一种生产，必然也存在着生产力和生产关系的辩证运动。因此，人们精神交往关系也是与一定阶段的精神生产力发展水平以及精神生产资料的占有方式密切相关的……信息既然是产品，也必然凝结着人的劳动，有其价值和使用价值，这是信息产品和其他物质产品的共性。但是，信息又有与物质产品不同的个性，这就是一般物质产品的消费是其本身，而信息的消费则是其精神内容（意义）。物质产品的消费大多是一次性的，而信息产品的消费则一般是多次性的。精神内容的生产与一定的思想、观念、意识、道德、政治、法律、宗教和意识形态相联系"，这是马克思主义的一个基本观点。所以，影视文本既有文化属性也有商品属性，影视生产属于一种精神文化产业，它生产的是一种包含着影视审美属性和特定意识形态内容的文化产品。不难理解，在经济全球化、文化多样化的当今世界，随着卫星电视、互联网等传播科技的迅猛发展和 WTO 市场经济游戏规则的全球通行，总体意义上的影视文化传播，也是包含着民族性、阶级性和特定意识形态内容的传播类型和方式。

　　笔者认为，"影视文化"承担着满足人民精神需求的重要责任，尽管有时候"影视文化"是以娱乐、消遣的面貌出现，但是，却可以在潜移默化中影响一个国家的文化特征。因此，在首都北京，把发展文化创意产业作为一项重要任务，不仅在于其重要的经济价值，还在于其弘扬中国传统文化和宣传主流价值的作用。

一　首都影视文化的概念及现状

在中国，"首都"的具体所指就是北京市。从空间意义上来说，"首都影视文化"也就是北京影视文化。但是，它们具体指的是狭义的行政意义上的北京市影视文化呢，还是广义上在北京地区生产、传播的影视现象和影视文本呢？按照前者，首都影视文化主要指隶属于北京市广播电影电视局、文化局等管辖的国有或民营公司及其生产传播的影视现象和影视文本；按照后者，"首都影视文化"的范围则大大扩大了，它还包括了国家广播电影总局管理下国家一级的大众传媒机构和一切民营、合营传媒机构及其生产传播的影视文化现象和文本。比如，中央电视台、中央人民广播电台、中央国际广播电台、北京电影制片厂等组成的"中国广播影视集团"等国家级大众传播机构及其出产的影视节目。在笔者看来，这两种意义上的"首都影视文化"并不是彼此割裂的，展开相关论述时，可以根据具体情况采用其中的一种。一般来说，"首都影视文化"的后者意义包容了前者意义，在充分体现北京地域审美文化特征（"京味文化"）的同时，后者更加强调担负起传播国家意识形态、弘扬民族精神、提升民族审美品格的信息传播重任，充分发挥影视民族文化建设和国际传播中跨文化交流的"龙头"作用，为全国的影视文化传播机构做出表率。在这个意义上，"首都影视文化"也是"中国影视文化"系统的写照和缩影，它的系统内部隐含了主导文化、精英文化、大众文化、民间文化的结构关系，并突出作为社会主义意识形态的主导文化因素对其他文化因素的制约、支配作用。因为这既是中国社会主义文化自身规律发展的需要，也是当代国际间文化传播竞争与合作的需要。本文采用广义上的"首都影视文化"概念。

从时间意义上来说，"首都影视文化"应该是在主导文化统摄下"燕赵文化"和"老北京文化"在当代的合理发展。也就是说，它在审美内核上既具有燕赵文化（"京味文化"）的文化基因和文化精神，又新生了鲜明的时代性特征。在地理环境方面，北京地处华北平原，燕赵自古多慷慨之士，广漠无际的平原，寒冷干燥的气候，高粱、大豆、小麦等农作物的辛苦耕作，造就了古代北京人的厚重、刚硬与坚忍不拔，培养了他们的合作精神与政治意念。在民族融合方面，由于北京地处中原农耕民族与关外游牧部落的交界处，历史上常成为兵家必争之地。据史料记载，自西汉至明清，先后迁入北京的蒙古族、满族等少数民族为数众多，他们不断将自身的文化带入历史上的北京地区，从而造就了"北京文化"的多重性格，既有知书达理、持重端庄的一面，也有幽默诙谐、剽悍勇健的一面，老北京的繁缛礼仪也是多民族融合的结果。中华人民共和国成立后，各民族同胞大批来到北京建设首都，更增加了"首都文化"的丰富内涵。从历史变迁角度看，历史上的北京地域文化大致由王公文化、知识分子文化、平民文化组成，反映了森严的等级制度。中华人民共和国成立后的北京进入了新时代，改革开放为这座城市带来了活力。

简言之，"首都影视文化"是一个纵横交织、立体交叉的具有丰富内涵的概念。从现实文化空间来说，它是中国影视文化的代称和参照，并在客观上辐射、影响着全国的影视生产传播；从历史发展来看，它以燕赵文化和北方文化为底蕴，建构着自身的时代性审美特征；从意识形态结构来说，它是主导文化、精英文化、大众文化、民间文化的对立融通，其中主导文化倡导的集体主义、社会主义、民族精神对整体起着旗帜和向导作用；从国际传播和跨文化交流来说，首都影视文化（中国影视文化）与以美国影视文化为代表的西方文化，处于既摩擦又冲突、既冲突又合作的复杂的"和而不同"的对话中，并以此生成了它的民族性审美特征和社会主义意识形态的意义表达。

那么，首都影视文化的现状又如何呢？

1996 年，江泽民在视察《人民日报》时发表了"在市场经济条件下，新闻传媒既要宣传，又要经营"的讲话，体现了中央领导在媒体问题上的开放思想。随后，媒介主管领导多次谈到"媒体具有一定的产业属性"、"媒体是一种相当特殊的产业"，显露了对媒体具有多重属性的某种认可。可以这样说，中国特色的电视组织，从党和政府角度看，电视是喉舌；从社会系统看，电视是媒体；从信息经济形态看，电视是文化产业。2000 年 10 月，中共中央十五届五中全会通过的《中共中央关于制定国民经济和社会发展第十个五年计划的建议》，第一次在中央正式文件中使用了"文化产业"这一概念，提出了完善文化产业政策，加强文化市场建设和管理，推动有关文化产业发展的任务和要求：要"完善文化产业政策，加强文化市场建设和管理，推动有关文化产业发展"；要"推动信息产业与文化产业的结合"（有关文化产业的说法达 6 处之多）。2001 年 3 月，这一建议为九届人大四次会议所采纳，并正式被纳入全国"十五"规划纲要。于是，"文化产业"这个近年来频频出现于报端的概念，进入了党和国家的政策性、法规性文件，发展文化产业成为中国下一个阶段国民经济和社会发展战略的重要组成部分。它标志着文化产业这个发端于美国，滥觞于欧洲，挟新经济之势，蓬勃于世界的朝阳产业正在中国迅速崛起。

2003 年召开的中共十六大，可以说是推动中国文化产业发展的一个重要转折点，"发展文化产业是市场经济条件下繁荣社会主义文化、满足人民群众精神文化需求的重要途径。完善文化产业政策，支持文化产业发展，增强中国文化产业的整体实力和竞争力"。根据《2001～2002 年：中国文化产业发展报告》的界定，就所提供产品的性质而言，文化产业可以被理解为向消费者提供精神产品或服务的行业；就其经济过程的性质而言，文化产业可以被定义为"按照工业标准生产、再生产、储存以及分配文化产品和服务的一系列活动"。在中国特定的制度环境中，文化产业除了具有一般产业的属性之外，还具有某些特殊的社会和意识形态属性，这是我们理解文化产业的最基本的出发点。现代文化产业实际上是一个巨大的"产业群"，它们基于大规模复制技术之上，履行最广泛传播的功能，经商业动机的刺激和经济链条的中介，迅速向传统文化艺术的原创和保存两个基本环节渗透：将原创变成资源开发，将保存变成展示，并将整个过程奠定在现代知识产权之上。

1995 年前后，中央强调北京的城市性质和功能定位应是全国的政治中心和文化中心。1996 年 12 月 5 日，《北京日报》正式颁布了《中共北京市委、北京市人民政府关于加快北京文化发展的若干意见》，这是北京市第一个有关文化发展战略的专门文件。这个文件明确提出，"要充分利用北京丰富的文化资源和人才资源，大力发展文化产业，使其成为北京的支柱产业之一，使北京成为全国重要的文化产业基地"；并且指出，"在现阶段，北京的文化产业要着重开拓和发展书报刊出版发行业、影视业、音像业、演出业、展览业、广告业、文化娱乐业和文化旅游业，同时要大力推动现代信息业、电子出版业等具有前瞻性的现代文化产业"；"各类文化产业都要努力优化结构、合理布局、控制数量、提高质量、增进效益"。在上述若干意见的推动下，包括影视产业在内的首都文化产业在 1997 年后得到了长足发展。就影视生产和传播来说，通过资产重组，组建了北京歌华文化发展集团、紫禁城影业公司等大型文化集团，推动文化产业按照市场经济运行。2001 年 7 月，由北京电视台、北京有线电视台、北京广播电台、歌华文化发展集团、北京歌华网络股份有限公司、紫禁城影业公司等组建的北京广播影视集团正式成立，从而打造了拥有 50 亿以上资产的北京文化产业巨舰。

2001 年 12 月 11 日，中国正式加入 WTO，成为世贸组织成员。在"入世"谈判过程中，中国对视听产业的某些方面做出了一定让步，但未对广播电视业做出任何承诺。但在中国"入世"后需要开放的 11 种市场中有 5 个与文化产业有关，即零售市场、专业服务市场、影音产品市场、电信业市场和证券市场。无论如何，这些市场的开放将会波及中国的传媒产业。在中国，"广播影视业既有一般行业属性，又有意识形态特殊性，既是大众传媒，又是党的思想宣传阵地，对国家安全和政治稳定负有重要社会责任"。目前凤凰卫视和华娱电视已经正式获准进入中国。事实上，随着经济全球化的进程，信息传播全球化日益明显，使任何一个国家或地区难于置身其外。WTO 在为各国平等参与国际事务、平等竞争提供了一个广阔的平台的同时，也给各国的经济、政治、文化和社会诸方面带来了全面而深刻的影响。2001 年 12 月 6 日，中国广播影视集团正式成立，标志着中国已加快了集团化建设的步伐，着手打造中国广播影视业的"航空母舰"，以迎接国外强大传媒集团的挑战。

影视产业是文化产业的核心部分。近年来，首都影视传播媒介坚持"三贴近"方针，充分发挥时效性强、信息量大、声情并茂、受众广泛等特点，形式上不断创新，大大增强了影视传播的感染力和吸引力。它们对抗洪救灾、港澳回归、国庆 50 周年、建党 80 周年、申奥成功、中国"入世"、中共十六大新闻报道、抗击"非典"、雅典奥运等历次重大事件的新闻传播，在国内外产生了巨大影响。电影方面，《孔繁森》、《生死抉择》、《横空出世》、《宝莲灯》、《邓小平》、《走近毛泽东》等一批弘扬时代精神，思想性、艺术性、观赏性较好的优秀影片，为广大群众喜闻乐见。另外一批商业性较强的影片，如《英雄》、《天地英雄》、《手机》、《无间道》、《双雄》、《十面埋伏》在为大众提供娱乐消费的同时，获得了较高的市场收益。比如，截至 2004 年 9 月 6 日，《英雄》上映第二周的票房达到了 17194905 美元，继第一周之后再次成为北美票房冠军，并使总票房达到了 35256408 美元。这个成绩超过了《英雄》在中国本土市场取得的 2.5 亿元的总票房。电视方面，《新闻联播》、《焦点访谈》、《实话实说》、《元元说话》、《新闻调查》、《荧屏连着我和你》等一批优秀电视栏目产生着广泛的社会影响；《开国领袖毛泽东》、《钢铁是怎样炼成的》、《长征》、《日出东方》、《成吉思汗》、《激情燃烧的岁月》等电视剧精品力作不断出现，使电视连续剧成为当代中国社会主导性的艺术形式。

具体谈到北京市的影视文化（狭义上的"首都影视文化"）传播，它与时俱进，有着自身光荣的历史。

（1）就国有影视剧制作系统来说，北京市有北京电视艺术中心、中北电视艺术中心、北京紫禁城影业公司等几大"重镇"。1982 年，北京市组建了中国第一家电视制作制片厂——北京电视剧制片厂，后改名为"北京电视艺术中心"。这个中心先后推出了《四世同堂》、《凯旋在子夜》、《便衣警察》、《渴望》、《编辑部的故事》、《北京人在纽约》等脍炙人口的电视剧作品。北京电视艺术中心是北京乃至全国电视剧制作行业的"老字号"，文化生产功能齐备，编辑、摄制、译制、技术装备、产品开发、出版发行等部门配套齐全，年生产能力达 200 多部（集），是一个家大业大的制作单位。中北电视艺术中心，是 1995 年从北京电视艺术中心分离出来的，至今已经生产出《京都纪事》、《大命运》、《银楼》等优秀剧目。北京紫禁城影业公司组建于1996 年，它是北京乃至全国影视生产的一支重要生力军。数年来，它生产了广为大众欢迎的《甲方乙方》、《不见不散》、《没完没了》、《一声叹息》等"冯小刚系列电影"以及《寇老西儿》、《老岩》等电视剧。

（2）北京市的电视台传媒系统有北京电视台、北京有线电视台等单位。人们常说，北京电视台在全国电视台系统中处于"一台之下、千台之上"的地位，《元元说话》、《荧屏连着我和你》、《国际双行线》、《世纪之约》、《第七日》等一批优秀电视栏目产生着广泛的社会影响。此外，北京电视台还组织摄制并播出了《百姓热线》、《年轮》、《血色黄昏》、《咱老百姓》等优秀电视剧作品。北京有线电视台 1997 年开始抓电视剧制作，主要由电视台牵头，利用社会的创作人员班子，或与其他兄弟台合拍，制作了一些较大的项目。总的来说，电视传媒制作电视剧，具有资金、播出等方面的优势。它们掌握着频道资源，有相对较多的广告客户，生产电视剧的资金比专业电视剧制作单位要宽松。但随着文化体制改革的进一步深化，影视节目的制作分离是一个大的趋势。

（3）北京市的音像出版系统包括北京文化艺术音像出版社、北京音像公司、北京青年音像出版社等重要单位。北京文化艺术音像出版社是电视剧的生产大户，从 20 世纪 90 年代初期开始制作电视剧，推出了《爱你没商量》、

《过把瘾》、《宰相刘罗锅》等佳作。北京音像公司也曾拍摄过一些影视剧，但在近几年的运作中，由于经营管理不善，亏损颇严重，造成公司负债累累。北京青年音像出版社针对少年儿童的特点，拍摄过一些少儿题材的电视剧，生产数量不多，但一直认真经营着自己的小天地。概括来说，音像出版系统和文化界关系密切，商品、经营意识较强，生产影视剧有着自己的优势。

（4）随着经济改革的逐步深入，北京的民营影视公司、广告公司、电视剧制作公司如雨后春笋般涌现出来。王朔、冯小刚等人组成的海马影视创作室创作了《海马歌舞厅》、《过把瘾》等电视剧；梁左、英达、梁天等人组成的梁氏影视公司制作的《临时家庭》、《心理诊所》、《起步停车》、《候车大厅》等"情境喜剧"，某种意义上已成为中国化情境喜剧的样板。中国国际文化艺术中心制作的120集情境喜剧《我爱我家》，在中国大陆和香港地区播出后，受到了普遍欢迎。以上民营影视公司，一般被称为"游击队"。然而，它们制作的电视剧却给广电系统的"正规军"以巨大的冲击。

狭义的首都影视文化，是中国影视文化的重心和缩影，但并不是全部。就影视节目制作能力来说，目前全国有广播电视节目制作机构731家，电视剧制作机构409家。1998～2002年，电视剧生产完成量为22032集，平均年产量为7344集。同时，还生产了其他各类广播电视节目超过5000个小时。2003年，中国共生产故事影片140部，位居国产影片票房收入排行榜前10名的分别是：《手机》、《天地英雄》、《无间道3》、《老鼠爱上猫》、《周渔的火车》、《暖春》、《双雄》、《邓小平》、《百年好合》、《地下铁》。国产电影更加多样化，娱乐电影有了长足进步，开始注重观众的多元化需要。占据国产影片票房前茅的，既有创造票房奇迹的《英雄》（2003年国内票房收入14993.6万元），也有冯小刚的贺岁片《手机》（票房收入3425.1万元），更有属于重大革命历史题材的《邓小平》（票房收入877.2万元）。同时，电影事业的主体性质在向电视产业的主体性质逐步转移，据不完全统计，2003年放映电影179.9万场，观众7230.5万人次，全年实现票房收入9.2亿元。在9.2亿元票房收入中，国产影片收入为5亿元，进口影片收入为4.2亿元。

就电影事业的总体发展来说，截至2002年，中国电影业已经初步形成了以长影、北影、上影三大基地为核心，以31家故事片生产厂、5家短片生产厂、4 家洗印厂为主体，其他国有、集体单位参与以及中外合作制片的生产格局。全国电影发行单位 2723 个，电影放映单位 51463 个，城镇电影院 9000 多座，农村电影放映队 37961 个。就广播电视事业来说，截至 2002 年中国共有电视台 354 座，广播电视台 1272 座，广播电视节目套数分别为 1934 套和 1206 套。广播和电视的人口覆盖率分别为 92.74% 和 93.65%，覆盖 10 亿人口；有线广播电视用户近 1 亿，基本建成了有线、无线、卫星等多技术多层次混合覆盖的、现代化的广播电视网。中央电视台第四套、第九套节目的卫星传输信号，已基本实现了全球覆盖。其中，第四套节目已经在 35 个国家（地区）实现了完整频道的落地，第九套节目的落地也正展开，目前在美国部分地区和非洲的一些国家实现了落地。改革开放以来，中国电影业进入了繁荣兴旺的新时期，每年生产故事影片 100 部左右，科教、新闻纪录、美术片 60 余部，年进口影片 40 余部。中国电影以其鲜明的民族特色和时代特征日益为世界影坛所瞩目。目前，全国广播电视从业人员近 50 万人，电影从业人员 27 万人。2000 年全国电视营业额 169 亿元，2001 年电影票房收入近 10 亿元。

二 关于首都影视文化传播的战略思考

"入世"后，随着文化市场进一步开放，西方文化产品的进口会有所增加，这既为我们吸收借鉴国外优秀文化成果提供了便利，又不可避免地带来了一些消极影响。以美国为首的西方国家长期以来对中国实行"西化"、"分化"，往往采取较为隐蔽、含蓄的方式，特别是利用文化产品的输出和影视文化交流进行西方政治理念和价值观念的宣传。在意识形态宣传方面，总的态势是西强东弱，这种态势还将持续相当长一段时间。随影视产品涌入的异域文化和所附带的价值观念、意识形态、运作方式、经营理念等，都将潜移默化地影响人们的思想意识、价值观念，这些都会对中国的广播影视带来深刻的影响，重点在于以首都影视文化传播为代表的中国影视文化传播能否坚守好意识形态阵地，接受严峻考验。

（1）以"三个代表"重要思想和"三贴近"为指针，强化首都影视文化传播的"龙头"地位和作用，维护社会稳定和国家安全。市场经济的全球化和信息传播的全球化，是全球化时代最重要的标志。"入世"将改变中国影视传媒生存和发展的大环境，原来条块分割、自成系统和自我封闭的旧模式将被打破。面对"入世"带来的机遇和挑战，中国影视传媒要下决心解决带有计划经济色彩的管理体制和运行机制中的深层次矛盾，增强影视产业深化改革、加快发展的紧迫感和推动力。

首都影视文化传播作为党、政府和人民的喉舌，作为重要的思想宣传阵地，要在传播实践中贯彻"三个代表"要求，代表先进文化的发展方向，让马克思主义占据意识形态领域的主导地位，坚持以科学的理论武装人，以正确的舆论引导人，以高尚的精神塑造人，以优秀的作品鼓舞人。面对 21 世纪世界信息传播领域出现的新情况、新问题，应该从更高的立足点，以更敏锐的洞察力，看到西方国家在尽可能扩大其跨国传播公司经济利益的同时，在影视传播和文化交流中总想处于中心和领导地位，这就是经济霸权带来的文化霸权。一方面，首都影视传媒业要努力转化机制，提高素质，增强实力，提高竞争能力；另一方面，应按照市场经济的规律尽快形成、强化一批传媒集团，逐步创建出若干有竞争力的世界级名牌传媒（如中国广播影视集团、北京广播影视集团），不仅抓住中国受众市场，而且走向世界，扩大中国传媒在世界各国受众中的影响力，绝不能丧失在思想文化领域的主导地位和主动权。在扩大对外宣传、参与国际媒介文化交流与合作、积极引进国外优秀影视文化产品的同时，要防止和抵御落后文化价值观和错误意识形态倾向的侵蚀。

（2）追随信息技术全球化浪潮，以高新技术为先导，推进首都影视传媒的数字化、信息化进程。国际广播影视技术在当今世界政治多极化、经济全球化和文化多元化的进程中发挥着日益重大的作用。信息传播业正面临着一场深刻的革命，以数字压缩技术和卫星通信技术为主要标志的信息技术的发展，互联网的应用，使信息达到的范围、传播的速度与效果都有显著提高。世界各国竞相应用现代化信息技术，加强和改进对外传播手段。首都影视文化建设必须适应这一形势，加强信息传播手段的更新和改造，积极掌握和运用现代化传播手段。技术创新通常被认为对产业结构变化具有重大影响，这一点也充分表现在中国影视文化产业的发展中。自 1990 年代以来，在信息技术全球化浪潮的推动下，中国的数字化信息技术产业成为国民经济发展中最为耀眼的增长点。中国传媒产业和电信业迅速从传统的基础设施领域脱颖而出，进入一个有线通讯和无线通讯、传统电讯和计算机网络、电信产业和大众传媒的大规模整合时期，成长为中国国民经济最大的综合性支柱产业。

但总体来说，目前首都影视传媒产业在技术水平、技术应用能力和技术标准体系方面还存在较大差距。发达国家在计算机、数字、网络、卫星等高新技术迅猛发展的形势下，大大加强了研究、开发和应用的步伐，形成了较为完备的技术标准体系。英国的数字电视家庭普及率占全国家庭总数的29%，居世界第一；交互电视使用者占全部付费电视订户的50%，位于世界前茅。美国的数字直播卫星电视用户达1010万人，居世界第一。目前，中国数字广播电视的各项技术标准还没有完全出台，影视制作技术的数字化有待加强。面对新形势，首都影视传媒要适应数字化、网络化、智能化和交互式的发展趋势，要建立新的技术体制、技术体系和管理模式，促进技术优化升级，实现规模效益增长，为首都影视文化传播提供强有力的技术保障。

（3）加强合作交流，发展并壮大首都影视文化产业。20世纪90年代，根植于经济转型、社会转型以及经济全球化、传媒全球化的大趋势，中国的大众文化兴起并表现出了新的特征。"大众文化"存在于文本、体制、观念及思潮等各个层面，弥散在影视文化生产的各个领域。与主导文化、精英文化相比，中国大众文化具有社会大众性、商业赢利性、娱乐消遣性等特征。影视产品基于自身的视听艺术形式特性和可复制性、传播面广等特征，在总体上来说，属于一种大众化艺术形式。影视大众文化产品基于对观众的观赏心理研究，主要根据弗洛伊德界定的"快乐原则"而非"现实原则"，把意识形态和乌托邦调和在一起，把快乐与平等搅拌均匀，以有定论的价值观为浅层表意形式，实现自身的商业冲动。文化产业的基础在于文化产品在竞争中获得优势，获得利润。影视产品兼有文化属性与商品属性，作为内容的"文化"，为人们提供审美和娱乐；作为工业品，它要符合工业生产模式和规律，能够大规模生产和复制。两个层面多样而奇妙的组合，产生出具有不同价值观、不同功能指向的大众文化产品。发展首都影视文化产业，要兼顾到这两个方面，既有益于大众娱乐和世道人心，又要赚钱，赢得利润，用于扩大再生产，壮大民族影视经济规模，增强在全球范围媒介竞争中的实力。

要加快首都影视传媒的产业化进程。媒介产业化的背景是经济全球化和信息传播全球化。为在国际传播格局中占据话语强势地位，并获得可观的利润，发达国家大力进行媒介整合，打造传媒"巨无霸"。2000年1月10日，全球最大的网络媒体"美国在线"与全球最大的媒介集团"时代华纳"宣布合并，组成一个市值3500亿美元的信息媒介巨头，将时代华纳麾下的世界级大众传播、娱乐、新闻及先进的宽带传送系统与美国在线的互联网产业紧密结合在一起，实现强强联合，产生巨大的增值效应，步入"双赢"之路。

首都影视传媒的产业化进程，不仅有加入 WTO、抗衡国外媒体的外部动因，也是顺应自身发展规律的必然归宿，并且二者相互作用。媒体扩张是一种内在趋势，因此，资本就成为媒介生存与发展的支撑点。从现在的形势来看，政治与资本形成良性互动，推进首都影视组织的媒介产业化进程，显得非常必需，而且也是可能的。因为这是中国加入 WTO 后所面临的新形势的需要，是经济与信息传播全球化的需要，是时代发展、与时俱进的需要。与媒介产业化进程相一致，在传播背景方面，首都影视传媒需要从影视产品作为大众文化文本的定位出发，强化"受众本位"意识，转变信息传播理念，使影视媒体功能由单一的"喉舌论"向"信息互动论"转变；电视频道定位由综合性频道向专业性频道转变；电视受众由集群化向分众化转变；信息传播方式由单向型向互动型转变。

虽然中国在"入世"谈判中并未承诺开放广播电视业，实际上中国电视与境外传媒的交流和合作早在"入世"前就在进行。2001 年 10 月 22 日，中央电视台与美国 AOL、时代华纳签署了市场互入协议。根据协议，美国 AOL、时代华纳属下的香港华娱电视台（CETV）的娱乐节目获准在广东省落地，中央台的英语频道也将在美国 AOL、时代华纳的有线电视台系统中播放。2001 年 12 月 19 日，传媒大鳄默多克属下的 STAR 集团宣布，根据与中国的协议，STAR 将于 2002 年初通过有线系统向广东地区播送一个全新的 24 小时综艺频道；STAR 在美国的兄弟公司 FOX 将安排 CCTC－9 在美国播出。随着时间的推移，以首都影视媒介为代表的中国影视文化产业的全面开放将不可避免。既然中国选择了"入世"，就意味着加入了经济全球化的航程。通过传媒，西方文化和价值观对中国的影响固然难以完全避免，但首都影视传媒也可通过市场准入协议在与西方国家打交道的过程中锻炼自己，学习对方先进的经营机制、管理模式，强化自身的传播力量和传播话语，在"拿来"的同时"送去"，增强首都影视传媒的传播能力，拓宽首都影视传播的格局，扩大中国在西方世界的声音，向世界传播优秀的东方价值观，树立中国在国际社会的良好形象。

经济全球化、文化多元化背景下的中西影视跨文化交流，必然是冲突与合作的动态发展。保护民族优秀文化，不意味着走向文化保守主义；吸收外来文化的优秀成分，不意味着来单照收。目前，国外的电影、电视剧等节目早已大量在中国登陆，这既是一种交流，又是一种冲击。首都影视文化传播在敞开胸怀拥抱世界、利用国外优秀文化建设自己的同时，也要注意设立防火墙，剔除腐朽没落的东西。对于已经进来的东西，要取其精华，去其糟粕，增强自己作为中国的"首都传媒"的文化责任感。也就是说，在影视跨文化交流方面，发展中的首都影视文化传播，既要反对文化霸权主义，又要反对文化孤立主义和文化保守主义，在竞争与合作中，塑造自身作为中国影视文化传播象征和代表的光荣形象。

第二十一章　网络：技术对文化传播的影响

1987 年 9 月 20 日，钱天白教授发出了中国第一封电子邮件"越过长城，通向世界"，揭开了中国人使用互联网的序幕。① 20 世纪 90 年代中期，中国开始步入全新的网络信息传播时代，网络文化应运而生，给中国人的生活带来了全方位的影响。依托独特的政治和文化优势，中国的首都——北京成了引领中国网络文化的中心。本章旨在介绍北京网络文化发展的现状和成绩，归纳首都网络文化的特点，发现首都网络传播中存在的问题，并且针对这些问题提出对策，以期促进首都文化发展战略的整体推进。

一　首都网络文化传播的现状及特点

1. 北京是中国互联网行业的先锋

历次关于互联网络的调查报告显示，北京的信息发展状况在全国名列前茅，如网站数量、域名数量和网民数量等多项指标都位居全国前列。

根据中国互联网络信息中心（CNNIC）统计数据分析，从 2001 年起，北京的网站总数占全国网站总数的 1/5 左右，始终高居全国榜首（见表 21 - 1）。北京的域名总数在 2001 年、2002 年和 2004 年均为全国第一，而在 2003 年、2005 年和 2006 年北京的排名仅次于广东，屈居全国第二（见表 21 - 2）。由此可见，北京保持着中国互联网应用的中心地位。

---

　① 潘天翠：《关注：网上政府正向我们走来!》，http://isearch.china.com.cn。

表 21 - 1   2001～2006 年北京网站数

单位：%

时　　间	占全国网站总数的比例	全国排名
2001 年	22.01	第一位
2002 年	20.2	第一位
2003 年	20.7	第一位
2004 年	18.7	第一位
2005 年	18.6	第一位
2006 年	18.4	第一位

资料来源：中国互联网络信息中心（CNNIC）。

表 21 - 2   2001～2006 年北京域名数

单位：%

时　　间	占全国域名总数比例	全国排名
2001 年	21.76	第一位
2002 年	19.28	第一位
2003 年	15.2（广东 16.2）	第二位
2004 年	22.9	第一位
2005 年	13.8（广东 16.8）	第二位
2006 年	13.6（广东 17.2）	第二位

资料来源：中国互联网络信息中心（CNNIC）。

截至 2005 年 12 月，北京市上网计算机数达到了 276 万分，平均每百人拥有上网计算机数为 18.5 台，平均每百名网民的上网计算机数为 64.5 台。北京市城市和农村的网民普及率分别为 35.8% 和 7.5%。网民普及率最高的三个区分别为：海淀区（33.9%）、西城区（32.8%）和朝阳区（32.7%）。

在网民的特征结构方面，北京市网民以男性、未婚者居多，年龄在 30 岁以下的占 63.8%，大专及以上学历的占 67.3%，职业以学生和企业工作人员为最多，月收入在 2000 元以下的超过半数。

在上网途径方面，北京市网民以在家上网的方式为最多，最为普遍的接入方式是 ADSL，平均每周上网 20.5 个小时，每月上网费用平均为 126 元。

在选择网络服务方面，有 33.4% 的北京网民使用过 BT 下载软件；有 42.2% 的北京市网民浏览过外文网页/网站；有 19.3% 的北京市网民查询过收费信息，查询较多的收费信息包括：休闲娱乐信息、教育信息和生活服务信息；有 19.3% 的北京市网民拥有网上银行账户，网上银行账号以中国工商银行和招商银行为最多。

2. 国家重点新闻网站在首都形成强势集群

自 2000 年以来，中国的新闻网站逐步向综合性新闻信息门户网站发展，中国网络媒体在北京形成了强势群体。2000 年，中央确定了新华网、中国网、人民网、中国国际广播电台网站和中国日报网站等五家为首批中央重点新闻网站以来，中国外宣新闻网站迅速发展壮大，影响力日益增强，知名度不断提高，在重大新闻报道中发挥了重要作用。现在，新华网、人民网、中国网、国际在线、中国日报网站、央视国际、中青网和中国经济网等八家网站被列为中央重点新闻网站。

新华网（www.xinhuanet.com）由新华社主办，为国家重点网站主力军，具有全球影响力。新华网肩负着"传播中国，报道世界"的历史使命。坚持以国家利益为重，坚持正确的舆论导向，坚持新闻的真实、权威和客观，是新华网的一贯原则。新华网依托新华社遍布国内外的 150 多个分支机构，组成了覆盖全球的新闻信息采集网络，提供权威、丰富、快捷的新闻信息以及大量的现场报道、独家报道和精彩的多媒体报道。新华网由北京总网和分布在全国各地的 30 多个地方频道以及新华社的 10 多家子网站联合组成，技术设施先进，系统安全可靠，网络平台规模属全国第一，素有"中国互联网站航空母舰"之称。新华网"融汇全球新闻信息、网络国内国外大事"，每天以中（简体、繁体）、英、法、西、俄、阿、日等 7 种语言，24 小时不间断地向全球发布新闻信息，每日更新量近 4500 条，是名副其实的"中国网上新闻信息总汇"。

人民网（www.people.com.cn）拥有《人民日报》报系 11 报 6 刊的全部内容，包括中、英、日、法、西班牙 5 种语言的 6 种文本（简体中文、繁体中文、英文、日文、法文、西班牙文），并在日本、美国设立镜像站点，近千名记者遍布全球 70 余个记者站，合作媒体超过 500 家，成为国内外读者了解中国的重要渠道。人民网的"强国论坛"是中国网络媒体开设的第一个论坛，以如何增强中国的经济实力、国防实力和民族凝聚力为主题，在国内外的网民中产生了巨大的影响。

中国网（www.china.com.cn，www.china.org.cn）是由中国外文出版发行事业局代管、中国互联网新闻中心主办的综合性网站。中国网的内容用中、英、俄、法、德、日、西、阿拉伯和世界语等9种语言发布，是中国语种最丰富的网站之一。中国网以对外介绍宣传中国为主要任务，通过加强基础信息建设，已呈现出"网上中国百科全书"的鲜明特色，被全球1000多家网站链接，"认识中国"等栏目成为众多境外网民了解中国最新发展的重要渠道。中国网在充分整合外文局各类期刊和书籍资源的同时，还与国内30多个省、自治区、直辖市的新闻网站、政府网站组建了"全国外宣网络联盟"。

国际在线（www.cri.cn）在中国国际广播电台各部门的共同参与和支持下，已发展成为国内语种最多的、以文字信息实时发布和语音节目实时广播为主的综合性多媒体新闻网站。"国际在线"主要提供新闻、文化和经济类信息，并以丰富的音频节目为特色。目前拥有简体中文网、繁体中文网、阳光网和英语、西班牙语、德语、葡萄牙语、法语、俄语、朝鲜语、日语、阿拉伯语、意大利语、世界语、罗马尼亚语、保加利亚语、印尼语和越南语等外语网站，共19个站点，是一个依托中国国际广播电台的广播资源和27个驻外记者站以及驻香港、澳门特别行政区和31个省市记者站信息资源的多语种、多媒体集群网站。

中国日报网站（www.chinadaily.com.cn）本着"不求最大，但求最精"的建网理念，始终强调以针对性求实效，以服务性求发展，不仅规模迅速扩大，拥有英语新闻、中文国际新闻、新闻图片、新闻漫画、翻译点津、龙孩儿等多个子网站，而且在以网站为平台向境外媒体提供新闻信息服务领域探索出了一条有效途径。中国日报网站的运作机制、市场意识、服务理念和团队精神已赢得同行们的高度关注和较高评价。

央视国际网络，简称"央视国际"（www.cctv.com），是中国规模最大的网络视频新闻传播平台。央视国际的前身是1999年1月1日开通运行的前中央电视台国际互联网站，2000年12月26日更名为"央视国际"。近年来，央视国际在探索新媒体的发展道路上进行了一个又一个有益的尝试。它紧紧依托中央电视台这一强势媒体，挖掘母体资源，服务母体平台，延伸母体功能，已成为中国网络媒体的代表性品牌。央视国际提供Real及Winmedia格式的视频点播功能，通过2003年5月的改版，实现了新闻频道、CCTV-4、CCTV-9三个频道和《新闻联播》、《焦点访谈》等众多栏目网上同步视频直播。已经上网的电视栏目达190个。在一些大型活动，如春节晚会、走进非洲、登珠峰、"两会"、中共十六大等报道中，网络充分地发挥了它的互动优势和作用，为中央电视台节目传播提供了有效的补充和拓展。

中青网（www. cycnet. com）是一家为广大青少年服务的重要网站。它针对青少年网民的特点，努力建设成为青少年的新家园、理想教育的新天地、文化活动的新基地、娱乐联欢的新场所。

中国经济网（www. ce. cn）由经济日报社主办，是国家级重点新闻网站之一。内容以经济报道和经济信息传播为主，致力于成为中国规模最大、功能最齐全的经济类综合门户网站和中国权威的经济数据中心。中国经济网于2003年7月28日正式开通，现有宏观经济、财经证券、产业市场等共20个专业频道。

中央级新闻单位网站强势集群的形成，有力地推进了中国新闻媒体的传播影响力，促进了国内与国际的信息交流，使中国的声音回荡在全球。

二　北京网络文化传播的地位及作用

从2000年开始，北京市承办了多次网络传播学术研究活动，学术研究成果累累。与此同时，北京高校的网络新闻传播教育事业得到了快速的发展。

1. 北京成为网络传播领域学术科研活动的东道主

2000年4月20日，在北京召开了"21世纪中国互联网大会"，① 会议由中国互联网络新闻中心、新华网、新浪网、中国经济信息学会联合主办，组委会成员则包括中央电视台网站、光明日报网站、中新社网站等国内著名新闻媒体网站的代表。这次会议聚集了众多网络方面的专业人士，组成了6个专业论坛。其中，中国网络新闻媒体论坛引人注目。大会还分十大类别，评选出了中国100个优秀网站。大会期间，国家有关部门阐述了针对国内互联网发展的政策，业内学者和代表围绕"资本与商业模型分析"、"互联网产业发展形势"等专题展开研讨。会上诞生了中国互联网首家民间团体——中国信息经济学会互联网分会，预示着学术界和网络企业开始合力探索网络新经济的发展理论和商业模式。

2001年3月28～30日，"中国网络媒体运营与发展高峰论坛"在北京举办。② 这次论坛由国务院发展研究中心信息网、清华大学国际传播研究中心、

---

① 21世纪互联网大会，http://21net. sina. com. cn/introduce. html。
② 尹丹丹：《中国网络媒体运营与发展高峰论坛召开》，http://tech. sina. com. cn/it/m/60451. shtml。

中国新闻技术工作者联合会和中国科技新闻学会共同主办。就中国传统媒体与网络的结合、中国网络媒体的运营与发展的相关问题进行了多角度、开放式的研讨。

2001 年 4 月 29 ~ 30 日，"新世纪网络传播发展国际论坛"在北京举行。① 代表们就 21 世纪互联网媒体发展及其对社会政治、经济、文化、生活、心理、传统媒体传播等各个方面的影响、趋势等进行了交流与研讨。

2001 年 9 月 6 ~ 7 日，北京市人民政府新闻办公室和北京市信息化工作办公室主办的"2001 北京互联网发展论坛"在北京举办。② 论坛旨在贯彻江泽民同志关于积极推进信息网络化健康快速发展的重要指示，对加强国际互联网界的交流与合作、推广信息网络技术的应用和发展、推动北京信息网络化健康快速发展具有重要意义。国务院新闻办、信息产业部、北京市有关领导和各界人士围绕"信息网络化建设与发展"、"信息网络安全与管理"、"信息网络的法律保障与国际合作"、"网络经济的现状和展望"、"城市数字化建设与进程"、"宽带与无线网络技术的运用与发展"和"信息网络技术与科技奥运"等专题进行了研讨。

2001 年 11 月 4 ~ 6 日，由中国科技新闻学会、中国新闻技术工作者联合会和中国互联网协会等单位共同主办的"第三届亚太地区媒体与科技和社会发展研讨会"在北京举行。③ 来自美、英、日、澳大利亚、韩国以及中国内地和港澳地区的数百名专家学者、传媒高层管理人士参加了会议。会议的主题是"网络和媒体革命"，主要研讨媒体革命的性质、特点、影响和发展趋势，研讨传统媒体在媒体革命中的定位、面临的挑战和机遇，共商传统媒体在 21 世纪的发展战略。

2002 年 12 月 2 ~ 3 日，北京市人民政府新闻办公室和北京市信息化工作办公室主办的"2002 北京互联网发展论坛"在北京举办。④ 全国政协、国务院新闻办、国务院信息办、公安部、文化部、中国互联网协会以及北京市有

① 《"新世纪网络传播发展国际论坛"在京举办》，《新闻战线》2001 年第 6 期，http://www. people. com. cn/GB/paper79/3593/447189. html。

② 《2001 北京互联网发展论坛开幕式》，千龙网，http://cgi. qianlong. com/direct/chinese-old. asp? flagCHN = nv20010906。

③ 《第三届亚太地区媒体与科技和社会发展研讨会探讨网络与媒体革命》，中国科学院网，http://www. cas. cn/html/Dir/2001/11/06/3380. htm。

④ 《北京互联网发展论坛开幕》，新华网，http://news. xinhuanet. com/newscenter/2002 年 12 月 2 日 content_ 646770. htm。

关方面负责人、中国网络新闻媒体、相关商业机构负责人士各方专业人士参加了会议。此次会议设置电子政务、网络与信息安全、网络经济现状和展望、通信·奥运四个分论坛。与会嘉宾就电子政务现状与展望、网络与信息安全、信息网络技术的发展与应用、网络经济现状和展望、"数字北京"与"科技奥运"等议题进行了研讨。

2003 年 10 月 10～11 日，"2003 中国网络媒体论坛"在京召开。① 这次论坛由国务院新闻办公室指导，中华全国新闻工作者协会以及人民网、新华网、中国网、中国日报网、国际在线、央视国际、中青网、中国经济网、中国广播网、千龙网、东方网、北方网、南方网等中央和地方重点新闻网站主办，中央电视台央视国际网络承办。此次论坛的主题是研讨中国网络媒体的社会责任问题，号召和呼吁中国的网络媒体及中国的网络媒体工作者能够严格自律、恪守媒体工作者的职业道德和良知，肩负起推动国家发展、民族昌盛、社会文明进步的历史责任。

2004 年 5 月 12 日，北京网络行业协会组织召开了"北京市计算机病毒研讨会"。② 协会成员单位北京市公安局公共信息网络安全监察处、北京信息化办公室及多家在京杀病毒产品研发销售企业参加了会议。参会代表全面分析了震荡波病毒及其变种的流行趋势，制定了应对措施。结合北京市互联网和计算机病毒现状、现有各级防控系统基本情况，对未来病毒发展趋势和危害进行了预测，最终建立了完善、科学的病毒防控体系和病毒应急处置机制。

2004 年 8 月 3～5 日，"第三届中国电子政务技术与应用大会"在北京召开。③ 会议期间云集了一些政府官员、专家学者、技术人员，他们从电子政务战略规划、电子政务平台技术、电子政务应用案例与解决方案三个层次，探讨了中央到地方政府系统的电子政务建设和应用。

2. 首都网络新闻传播教育事业蓬勃发展

2000 年 4 月 30 日，北京广播学院成立了中国首家网络传播学院。同年 6

① 《中国网络媒体共同签署北京宣言——2003 中国网络媒体论坛在京闭幕》，央视国际，www. cctv. com/culture/special/C10537/03/index. shtml。

② 北京市公安局公共信息网络安全监察处，《北京网络行业协会召开北京计算机病毒研讨会》，http：//news. sohu. com/2004/05/12/24/news220102474. shtml。

③ 《第三届中国电子政务技术与应用大会第十期通报》，http：//www. egovchina. org/xx01_10. shtml。

月，由清华大学国际传播研究中心主编的国内首部网络新闻研究专著《网络记者》出版。2001 年以来，网络新闻传播的专著陆续出版发行。这标志着网络新闻传播的研究已经逐步深入。年内出版的图书包括：北京广播学院中青年教师撰写的中国大陆第一套网络传播及网络媒体研究的大型丛书和高校教材——"网络传播书系"（共 11 本，北京广播学院出版社 1 月陆续出版）；匡文波撰写的《网络媒体概论》（清华大学出版社 3 月出版）和《网络传播学概论》（高等教育出版社 11 月出版）；杜骏飞撰写的《网络新闻学》（中国广播电视出版社 5 月出版）；彭兰撰写的《网络传播概论》（中国人民大学出版社 10 月出版）。

2002 年，数量可观的有关网络新闻传播的著作继续在京问世。主要有：陈绚撰写的《数字化时代的新闻理论与实践》（新华出版社 3 月出版）；程栋撰写的《实用网络新闻学》（新华出版社 5 月出版）；中央电视台总编室网络宣传部编辑的《媒介前线——网络和电视的亲密接触》（7 月内部出版）；张虎生等撰写的《互联网新闻编辑实务》（新华出版社 8 月出版）；陆群、张佳昺撰写的《新媒体革命——技术、资本与人重构传媒业》（社会科学文献出版社 8 月出版）；仲志远撰写的《网络新闻学》（北京大学出版社 12 月出版）；孟建主编的"E 时代精神——网络媒体新论"丛书（新华出版社 12 月出版，共 8 本：《网络文化论纲》、《网络媒体经营战略》、《网络信息采制》、《网站整体策划与设计》、《E 时代精神》、《网络社会学》、《网络伦理》、《网站投资与运营》）。

2003 年，有关网络新闻传播的著作和译著陆续出版。主要有：彭兰撰写的《网络新闻学原理与应用》（新华出版社 3 月出版）；〔美〕罗兰·德·沃尔克著，彭兰等翻译的《网络新闻导论》（中国人民大学出版社 7 月出版）；〔美〕克里斯廷·L. 博格曼著，肖永英翻译的《从古腾堡到全球信息基础设施——网络世界中信息的获取》（中信出版社 7 月出版）。

2004 年，网络新闻传播方面的译著和著作主要包括：戴维·冈特利特主编，彭兰等翻译的《网络研究：数字化时代媒介研究重新定向》（新华出版社 1 月出版）；〔英〕拉克斯编，禹建强和王海翻译的《尴尬的接近权——网络社会的敏感话题》（新华出版社 1 月出版）；吴风撰写的《网络传播学——一种形而上学的透视》（中国广播电视出版社 7 月出版）；杜骏飞主编的《中国网络新闻事业管理》（中国人民大学出版社 8 月出版）；张咏华撰写的《中外网络新闻业比较》（清华大学出版社 8

月出版）。

三 首都网络文化传播面临的问题

正如世界上任何事物都有双重性，网络也不例外。网络是一柄双刃剑，它在给人们带来海量信息和双向互动传播方式的同时，也带来了新的社会问题和道德问题。"网络成瘾症"、网上不良信息和网络安全等问题亟待解决。

1. "网络成瘾症"成为北京青少年新的精神疾病

北京市在校学生网络成瘾者逐年上升，已经成为网络时代的又一社会难题。网络成瘾症（IAD），也称病理性网络使用（PIU），它的主要症状为："上网后精神极度亢奋并乐此不疲，长时间使用网络以获得心理满足，上网后行为不能自制，或通过上网逃避现实，并时常出现焦虑、忧郁、人际关系淡漠、情绪波动、烦躁不安等现象；对家人和朋友隐瞒自己是'网虫'；上网时间每次都超过原来计划，甚至整夜地游荡在虚幻的环境中，而到白天则昏昏欲睡，对现实生活无兴趣；不上网时手指不停地运动，严重时全身打冷战、痉挛、摔毁器物，甚至只是为了活下去，不得不吃饭和睡觉；有人因陷得太深而不能自拔，最终走上自杀的道路。"[1]

医学专家介绍，"网络成瘾症"可造成人体植物神经紊乱，体内激素水平失衡，使免疫功能降低，引发心血管疾病、胃肠神经官能病、紧张性头疼、焦虑、忧郁等，甚至可导致死亡。[2] 西南某大学三年级学生严某整日沉溺于网上游戏，视网络为天堂。2002 年 9 月 6 日通宵上网，9 月 8 日网络真的把他送上了"天堂"。他的病历记载：重症胰腺炎、暴发性菌痢、血糖增高、急性肺水肿、多脏器功能衰竭。医生认为，他的死是多种原因导致的，但通宵上网是诱因之一。[3] 根据对北京市部分未成年人上网及玩游戏情况的调查，并参照目前国际上普遍使用的评测方法，专家测评发现：2003 年，北京未成年人患"网络成瘾症"的比例高达 14.8%，远远高出了成年人的比例。[4]

---

[1] 彭兰：《网络传播概论》，中国人民大学出版社，2001，第 272～273 页。

[2] 《"网络成瘾症"重者可以致人死亡》，新华网，http://news.xinhuanet.com/newsmedia/2003-03/03/content_754359.htm。

[3] 《北京 13 万孩子患网络成瘾症，专家提醒注意》，中国新闻网，http://www.cnm21.com/xinwen/dushi_609.htm。

[4] 李健：《北京 14.8% 未成年人患"网络成瘾症"》，新华网，http://news.xinhuanet.com/it/2003-01/13/content_687950.htm。

北京大学心理学系对北京 12 所高校的近 500 名本科生进行了抽测，结果表明，大学生中存在一定比例的网络成瘾者，在被试者中占到 6.4%。有研究表明，网络成瘾者每周使用网络平均 38.5 个小时，而非成瘾者仅为 4.9 个小时。

目前，许多大学生都是独生子女，他们本来就比较缺乏与他人沟通的机会，如果再沉迷于网络，就会使他们减少和人交流的愿望，甚至会患上"电脑自闭症"，处于亚健康状态或直接导致心理障碍。目前，在校生中，因网络成瘾造成学习成绩下降，甚至旷课、逃学的现象日益增多。更为严重的是，暴力互动游戏容易诱发未成年人的冲动。近年来，因为游戏中的小争执引发现实冲突的案例已经发生过多起。

2. 网络信息污染损害青少年身心健康

根据 2005 年 4 月北京市互联网络发展状况的统计数据，北京市上网用户中，18～24 岁的用户所占比例最高，达到 27.9%；18 岁以下的用户所占比例为 18.1%。可见，每 5 个北京网民中就有一个是未成年人。然而，网络色情、网络虚假信息、网络谣言等信息污染呈蔓延趋势，而面对极具诱惑力的网络，缺乏辨别能力的青少年很可能被网络文化这种全新的技术方式所控制，以至于沉湎于网吧和网上游戏，导致其身心健康的发展受到影响。

2004 年 3 月 29 日，东城警方成功捣毁一个专门传播、贩卖幼女色情图片、电影的色情网站——"爱幼天地"。这是国内查处的首例服务器设在内地、由中国人经营的大型色情网站案件。据调查，犯罪嫌疑人崔朝华竟然是北京某著名研究所在读的 26 岁研究生。崔朝华因涉嫌复制、传播、贩卖淫秽物品罪被东城警方刑事拘留。[①]

对网络并不精通却想靠网络发财的"笨蛋黑客"，搭上了收入不菲的网络工程师，炮制了一个黄色网站，在短短两个月内，该网站的点击率达 1.6 万人次，被国家公安部列为"一号"黄色网站，是公安部打击淫秽网站专项行动开展以来侦破的全国首起特大网络贩黄案。2004 年 10 月 14 日，北京市第一中级人民法院以传播淫秽物品牟利罪，分别判处以梁宏彬为首的 4 名被告人有期徒刑两年六个月至一年六个月不等的刑罚。令人惊讶的是，4 名被告中，年龄最大的梁宏彬也只有 25 岁。[②]

---

① 卢国强：《网警捣毁内地首家色情网》，http：//www. bjt. net. cn/news. asp？ newsid = 57784。

② 《"笨蛋黑客"打造色情网站，炮制网络贩黄第一案》，http：//news. xinhuanet. com/it/ 2004 - 11/11/content_ 2202590. htm。

中国的年轻网民们特别乐于在网上约会。进入网上聊天室聊天或是利用 ICQ 网上寻呼服务，网迷们就能与网上的伙伴见面和交谈，但只有少数网上恋人会最终成婚。通常这种关系被看成一个笑话、一场游戏或是一次戏弄。

北京的姜女士做梦也没有想到，与自己"网恋"一年之久、自称是上海某公司法人代表、骗走她 17 万元的"男友"，竟是陕西省宝鸡市的一名只有初中学历的女子。经审查，这位女子在一年时间内，用同样的手法相继骗取了北京、陕西汉中等地多名女网友的 25 万多元。①

3. 网络安全问题威胁首都北京

在国际互联网上，非法入侵、破坏他人的信息系统以及黑客骚扰计算机的事件频频发生，计算机病毒以及其他破坏性程序层出不穷，并且肆意在网上传播，使得互联网不得安宁。

2004 年 9 月 1 日，北京海淀警方宣布抓获一名盗取、倒卖招生信息的黑客王某。嫌疑犯王某是北京某科技公司的一名员工。他从 2004 年 7 月开始，通过网络技术手段，从互联网上窃取北京某民办大学数据库内招生人员信息，并将窃取的信息以高价出售给另一民办大学牟利。在被警方抓获的当天，王某仍在互联网上窃取相关的数据信息。②

提起"恶鹰"、"冲击波"、"振荡波"、"蠕虫"、"木马"，网民们一定恨之入骨。这些计算机病毒与生物病毒一样，具有极高的可传染性。而"信息高速公路"正好成了病毒跨国、跨地区传播的理想途径。北京作为中国的首都，政治地位和经济地位以及文化地位都是重中之重，军队、党政机关、社会团体、科研机构、金融机构等重点联网单位众多，一旦遭受病毒攻击，后果不堪设想。因此，迫切需要建立北京市病毒防控体系，并且需要全社会的参与和支持。

4. 北京市政府网站有待完善

2004 年 7 到 8 月，"首都之窗"举办了"我来点评政府网站"活动。网民对政府网站提出了七大意见③：①网页（尤其是主页）设计过于繁杂，无

---

① 娄利平、付军峰：《为"男友"一掷千金，北京一女子"网恋"被骗 17 万》，新华网，ht-tp：//news. xinhuanet. com/it/2004－11/04/content_ 2176496. htm。

② 《北京一网络黑客窃取招生信息，进行"倒卖"被拘留》，中新网，http：//it. rising. com. cn/newSite/Channels/info/security/security/200409/01—141816664. htm。

③ 《网民对政府网站的七大意见》，首都之窗，http：//www. beijing. gov. cn/myzj/jgfk/t20041123_ 185772. htm。

法快速查找希望找的信息或服务。②由于对网页设计或者软件系统的优化不到位，导致网速慢，影响访问。③信息发布不以公民需求为核心，反映领导信息太多。④网站应用系统开发不以用户为核心，没有体验良好的人机界面和流程。⑤信息更新不够及时，许多文件政策往往是媒体都报道了，政府网站上还查不到。⑥反馈不及时，有上文无下文。⑦主动推送服务不够。

四　首都网络文化发展的对策

网络媒体已经成为满足人民群众日益增长的对政治、社会、经济文化、娱乐活动等方面的信息需求的传播载体，成为党和政府高度重视的重要舆论阵地。中共十六届四中全会通过的《中共中央关于加强党的执政能力建设的决定》中指出，要高度重视互联网等新兴传播媒体对社会主义的影响，加快建立法律规范、行政监督、行业自律、技术保障相结合的管理体制，加强互联网宣传队伍建设，形成网上正面舆论的强势。网络媒体必须坚持正确的舆论导向，成为传播先进文化的重要阵地，这是中共十六大提出的要求。首都文化发展应该落实中共十六届四中全会的精神和任务，为营造积极健康的网络生态环境作出贡献。

1. 为京城青少年营造健康的网络环境

目前，中国网吧的管理属于所谓的"多头管理"。多头管理是传统的行政管理体制，一般一个部门就是一个执法主体。它的弊端在于：每个部门都争取最大的权力，而一有责任就互相推诿，造成执法不到位，甚至执法扰民。而北京等地方搞综合执法试点，分经济、城建和文化三个组，统一授权，统一执法，就是为了改变这种状况。

北京市应该继续对网吧开展清理整顿工作，净化校园周边环境。①工商部门要负责取缔"黑网吧"，除了取缔城镇"黑网吧"以外，还应在城乡结合部和农村等地区加大整治力度。②继续禁止未成年人进入网吧。③公安部门应当对网上有害的文化信息加以清理整顿，大力开展打击网上淫秽、色情专项行动，以网络游戏为重点加以整顿。

北京市还应该从源头上杜绝各类宣传色情、恐怖、暴力、迷信的网络游戏出现，为青少年营造一个健康成长的环境。①网络游戏的开发商应恪守商业道德、职业道德，在开发网络游戏时，首先应该想到的是人类的健康、文明、进步；多开发智慧型的游戏；强化游戏的知识性，寓教于乐；增加游戏的文化内涵。②文化部门应严格执行全国青少年网络协会于 2004 年 11 月推出的《绿色游戏推荐标准》。① 该标准通过了 12 项指标，将游戏分为适合全年龄段、初中生年龄段、高中生年龄段、18 岁以上年龄段和危险级共 5 个等级。

2. 培养青少年正确地使用网络

北京市互联网络发展状况的数据显示，北京市上网用户中，学生所占的比例最多，达到 29.5%。② 针对上述情况，媒体应该宣传普及未成年人心理健康知识，开设未成年人"网络成瘾"问题的心理咨询热线。同时，建立由学校心理指导老师、心理健康咨询与指导中心、医疗机构三方组成的网络成瘾症救助网络，帮助患有不同程度网络成瘾症的青少年顺利走出困境，重返正常的生活和学习。加强心理咨询和心理治疗人员的培养，提高专业水平，实行严格的专业资格认定。学校和社区、家庭联手，指导中小学生如何利用时间，培养孩子们良好的个人爱好、兴趣，扩大青少年的课余活动空间，使网络游戏不再是业余时间的第一选择。

3. 利用网络媒体弘扬中华文明

充分发挥互联网信息的丰富性、传播的便捷化、表现的多样化、交流的互动性、时空的无限制性等特点，国家级和北京市的网站可以组织青少年网民在互动中感受和认识中华文明，进而传承中华文明。

以重大事件、重要纪念日和节日为契机，网站可以开展各类活动，在青少年中培养民族精神，增强青少年的民族自尊心、民族自豪感和民族凝聚力。

借助网络媒体先进的技术手段和北京众多的历史文化古迹，建立多媒体的网上爱国主义教育基地，有利于弘扬和培育民族精神，有利于提高德育工作的实效性。

4. 北京全力建设信息安全保障体系

信息安全保障体系的建设是一项长期的系统工程，必须将技术的、法律的、行政的、道德的诸多手段引入其中。上述四个手段密不可分，其中技术手段是根本，法律手段是依据，行政手段是保障，道德手段是补充。最终形成以政府依法管制，社会团体管理，运营者、使用者自我管理以及社会广泛监督相结合的互联网安全管理架构。

---

① 《网络游戏分级标准公布，"危险级"网游将被审查》，http：//tech. 163. com。
② 《CNNIC 发布北京地区互联网络统计报告》，新浪科技，http：//tech. sina. com. cn/i/w/2004－04－13/1205348246. shtml。

北京市有关部门应该构建流畅、科学、高效的北京市网络病毒防控体系和病毒突发事件的应急响应机制，建立立体的病毒信息发布渠道，加大对群众和用户的宣传教育。

5. 完善北京市政府网站

为了推进北京市电子政务的发展，北京市的各家政府网站应该研究网民的接受心理，改进网页设置，把与政府职能密切相关的信息和服务放到最容易查找的位置，并做到信息及时更新。对系统开发代码进行优化设计，提高上网速度。信息发布应该以公民和企业的需求为核心，不断整合电子政府信息系统、网络和数据库，开发综合性政府网站，建立用户的信任和信心，并提高公民对政府的信心。设计友好的人机交流界面和流程，体现人性化服务。充分利用网络双向互动交流的特点，提高反馈的质量和时效性。市政府应该拨专款在社区和远郊区县建立上网中心，提供网络应用方面的培训和免费的上网场所。

综上所述，北京的网络文化发展取得了令世人瞩目的成就，"首都之窗"网站的建立和完善推动了首都电子政务工程的发展。北京九家媒体联手打造的"千龙新闻网"将京城主流传媒的新闻资源进行整合发布，成为了名符其实的新闻信息网络门户。首都的网络文化特色鲜明：北京是中国互联网行业的先锋，始终保持着互联网行业的领先性，也反映了北京市作为中国的文化中心和信息中心的独特地位；北京汇聚了国家重点新闻网站的强势集群，有力地推进了中国新闻媒体的传播影响力，促进了国内与国际的信息交流；网络传播领域的学术活动深入开展，北京多次成为网络传播领域学术科研活动的东道主；北京高校的网络新闻传播教育事业快速发展。

诚然，首都网络发展也面临着许多不容忽视的问题。例如，"网络成瘾症"成为了困扰北京青少年的新的精神疾病，网络信息污染损害青少年身心健康，网络安全问题威胁北京，市政府网站有待完善。针对上述问题，北京有关部门应该采取相应的对策，为京城青少年营造健康的网络环境，培养青少年正确地使用网络，利用网络媒体弘扬中华文明，并且全力建设首都信息安全保障体系，不断完善北京市的电子政务工程。

第七篇

首都文化发展之国际借鉴

　　国际大都市（International Metropolis）是在世界经济国际化趋势推动下出现的一种特殊的大城市类型，通常是指那些具有较强经济实力、优越的区位条件、良好的国际服务功能，能够吸引跨国公司和国际组织，并对全球或区域经济具有相当影响力和控制力的现代化城市。目前中国除了香港外，内地尚无一座城市堪称国际大都市。但随着改革开放以来中国经济的高速发展，中国不断融入全球化浪潮，中国城市尤其是大城市的规模与实力有了很大发展，与外部世界的联系也日益密切，这种发展和联系有力地促进了中国城市的国际化进程，从而在中国城市中掀起了一个现代化、信息化和国际化的发展浪潮。近些年来，北京、上海、广州、深圳、大连、青岛、杭州等一批中国特大城市或大城市已经驶入了建设现代化国际大都市的快车道。这既是中国部分大城市在21世纪发展的重大历史机遇，同时更是重大的现实挑战。找寻国际大都市文化发展的一般路径，借鉴典型国际大都市的文化发展战略，吸取其宝贵的经验教训，将有助于首都北京在不久的将来成长为具有中国特色、中国风格与中国气派的国际大都市，这是本篇立意所在。

第二十二章 文化：国际化城市的
气质与灵魂

一 国际大都市的界定

当今世界是个开放的世界，城市作为一个开放的大系统，与外部世界存在着日益广泛的经济、社会、科技、文化等方面的密切联系，它的对外辐射力和吸引力、影响力越来越不受地域的限制。随着城市化进程以及全球化浪潮的不断推进，世界城市尤其是大城市的国际化趋势日渐明显。所谓城市的国际化，是指城市经济积极参与国际分工与协作，城市生活日益融入国际经济、政治、科技、文化生活，从而实现其国际城市目标的历史进程。它经历了两个不同的历史时代，即工业化时代和后工业化时代，不同时代城市国际化发展的目标和路径有着很大的差异。可以说，城市的国际化是世界城市化进程在全球化时代的必然发展趋势。国际大都市正是在全球化潮流推动下出现的一种特殊的大城市类型，它们在全球经济、政治、文化等活动和交流中发挥着日益重要的影响和作用。

目前，关于国际大都市的界定，国内外学术界还没有形成一个统一的观点。但普遍认同国际大都市具备两个最典型的特征：首先是城市规模大；其次是具有国际性功能与影响。由于国际大都市是世界城市化进程发展到一定阶段即国际化阶段的产物，国际学术界一般按国际化程度的不同将"国际大都市"分为两个层次：第一个层次是"世界性城市"（World City）或"全球性城市"（Global City），这个概念最初由苏格兰城市规划师格迪斯于1915年提出。1966年，英国地理学家与城市规划师彼得·霍尔对此概念做了经典的解释，即在世界经济、政治与文化事务中发生全球性作用和影响的国际第一流大都市，如纽约、芝加哥、伦敦、巴黎、东京等。第二个层次是"国际性城市"（International Metropolis），即指那些具有某些方面国际性功能的地区性国际化城市，如莫斯科、悉尼、法兰克福、日内瓦、维也纳、新加坡、首尔、香港等。① 如果从性质上加以区分，还可以将国际大都市大致分为以下三类：第一类是首都型，如伦敦、巴黎、东京、莫斯科、首尔等；第二类是海港型，如纽约、悉尼、新加坡、香港等；第三类是专业型，即主要在某个方面，如文化、科技、宗教、旅游等领域举世闻名且具有世界性影响的国际大都市，如维也纳、日内瓦、法兰克福等。

全球化时代的国际大都市除了具备一般大城市的职能外，其国际性功能非常突出，主要体现为重要的国际生产与贸易中心、国际金融中心、国际信息与文化中心、国际控制与决策中心等，从而能够对国外的城市产生较大的辐射力和吸引力。其主要特征是：

（1）国际贸易自由化。国际大都市一般都具有比较完善的市场经济体系和高度国际化的第三产业，国际贸易成为其经济发展的支柱。

（2）资本融通跨国化。外资投入和资本输出对国际大都市的经济发展具有举足轻重的影响，金融业充分发达，才能具备国际大都市所需要的经济基础。

（3）产业结构高级化。国际大都市的第三产业产值一般都占其 GDP 的70% 以上，能够提供国际性服务。

（4）信息经济一体化。在信息化社会，个人电脑和国际互联网的普及程度已成为衡量国际化都市的一项重要指标。

（5）交通通讯网络化。国际大都市都有现代化的基础设施和运输系统，甚至形成了陆、海、空跨国界的交通网络，人流、物流、信息流等流通手段现代化。

（6）科技文化国际化。跨国科技合作日趋加强，频繁的科技交流和技术转让使任何国际大都市都不可避免地融合到世界城市体系之中。

（7）居住环境生态化。生态环境优美几乎是所有国际大都市的共同特征。

（8）规模扩张分散化。随着工业社会向信息社会的逐步过渡，国际大都市在规模扩张上表现出了不同于以往的分散化特征，从而形成市中心人口递减而郊区人口递增的"郊区化"、"逆城市化"运动。

---

① 蒯大申：《国际大都市形成的文化条件》，《社会科学》2004 年第 7 期。

（9）城市居民素质现代化。现代化素质的市民不仅是国际大都市的必然要求，而且也是建设国际大都市的根本动力。国际大都市的居民必须具有现代化的理想与进取精神、现代人格和良好的社会公德、现代法律意识和理性精神、现代时空观念和科学文化知识。

（10）综合竞争全球化。全球范围内进行的综合竞争不仅以经济实力为基础，而且还包括科技、文化、精神和政治实力等诸多方面。①

从20世纪60年代起，国际上就出现了各种衡量国际化城市的标准。近些年来，国内也有不少城市问题与社会学问题专家与学者提出了自己衡量国际大都市的标准，笔者综合国内外有关研究成果与观点，将判断和衡量国际大都市的主要标准归纳概括为如下几点内容：

（1）城市人口达到相当规模，且常住居民中的外籍居民达到一定的比例。目前世界公认的国际大都市的常住人口规模一般都在400万～1500万左右；纽约、巴黎、东京、莫斯科等国际大都市中的外籍居民占常住人口的比重都达20%以上。其中，纽约就是一个典型的移民城市，世界上几乎所有国家都有移民在纽约，纽约移民占全市总人口的比例高达一半以上。

（2）优越的区位优势和交通信息枢纽地位。国际大都市绝大多数位于所在国经济发达的沿海地带；是国际交通运输网上的重要节点，拥有重要的国际港口、国际航空港，还是世界信息网络的主要节点。高科技信息技术和高度发达的交通通讯网络是一个国际大都市得以形成和发展的必要物质基础。

（3）经贸中心地位。首先，国家和区域经济的国际化是国际大都市形成和发展的必要条件。城市经济国际化的核心和本质表现为城市经济发展从地区分工走向国际分工，加入国际经济循环，对全球经济有较高的参与度和较强的竞争力。其次，区域经济和城市经济由工业化经济向服务型经济的转变，是促进国际大都市形成与发展的重要因素。所以，国际大都市一般都是世界或区域性的主要金融中心、贸易中心。

（4）跨国公司与财团以及国际机构集中所在地。当前比较公认的国际大都市都是以服务产业为中心职能的，其高度发达的金融、贸易、专业技术咨询、市场信息服务、研究与开发等生产性服务与跨国经济的发展互为依托，这十分重要。比如，20世纪80年代的伦敦、纽约、东京、巴黎、新加坡等城市的外国银行数已经超过了100家，而在1982年，世界跨国公司500强总

---

① 文军、贺修铭：《面向全球化时代的国际都市化进程》，《城市问题》1997年第4期。

部在伦敦、纽约、东京的分别有 37 家、59 家、34 家。

（5）市场经济体系完善，第三产业高度发达，具有高效的综合服务功能并形成了完善的中心商务区（Central Business District，简称 CBD）。目前世界公认的国际大都市的第三产业占全部产业 GDP 的比重大致都在 70% 以上；第三产业从业人数占全部从业人数的比重都在 60% 以上。纽约、东京、新加坡的社会服务业从业人数占第三产业从业人数的比重早在 20 世纪 90 年代初就已超过 30%。

（6）国际性的科技、教育、文化、体育交流中心地位。国际大都市应拥有高水准的科技、教育、文化、体育设施和研究机构及相应的人才优势，具有多元的文化生活，在国际上有很强的文化辐射力和吸引力，是新技术、新思想层出不穷的地方，并凭借这种优势开展广泛而频繁的国际交流。

尽管不同城市国际化的重点不同，在世界经济、政治、科技、文化生活中的地位层次和影响程度不同，但是都不同程度地具备上述特征，因而被称为国际大都市。综上所述，所谓国际大都市，可以界定为：具有雄厚的政治、经济、科技、文化实力，并且与全球或大多数国家发生经济、政治、科技和文化交流关系，具有国际性影响的世界一流城市。理解国际大都市概念的关键点在于其必须真正具有"国际性影响"。这具体表现在国际化大都市一般都是全球性或区域性的贸易中心、金融中心、文化和信息交流中心、历史名城与旅游中心等。

二 城市文化在国际大都市中的功能与定位分析

（一）城市文化在城市发展中的地位与作用

对于一个民族而言，文化是其生存与发展的精神之根，而对于一个城市而言，文化是它的气质、风骨和灵魂。城市文化作为一种独立的、复杂的社会实体文化形态，主要是指物化在城市建设中的理念或精神产品以及供市民广泛使用的公共文化设施。作为一个复杂的系统，城市文化包括物质和精神两大范畴，从形而上的角度看，城市文化是一个城市特殊的历史、特殊的形象、特殊的精神，以及城市居民所特有的价值观念、思维方式、行为方式、生活方式；从形而下的角度看，城市文化就是城市的文化设施、文化活动、文化管理等。① 具体说来，城市文化应包括以下五个方面：一是城市的传统

---

① 杨东平：《城市季风》，东方出版社，1994，第 1 版，第 64 页。

和社会发展；二是城市的制度和组织；三是城市的文化建设和文化产品；四是城市的人口构成和文化素质；五是市民的生活方式和生活质量。以上各个层次、各种因素并不是孤立的，它们之间是相互作用、相互影响的。应该承认，每个层次的文化都离不开其他层次文化创造的条件。

城市既是历史文明的积累，也是现代文明的载体。正如马克思所言："城市作为人类相互联系、聚居的产物，是人类文明的标志。人类文明的主要成果基本上都是由城市创造和发展的。没有城市，文明就很少有可能兴起。"[①] 城市文化是城市综合实力的重要标志之一，它不仅为城市综合实力的提升提供了精神动力和智力支持，还可以创造出高品位的城市经济价值，增强高品质的城市服务功能和塑造高质量的城市形象。城市文化与城市自身发展之间的关系可谓相辅相成。

（1）城市文化是城市形象的灵魂，而城市形象是城市文化的表征。现代城市形象设计理论把城市形象理解为一整套城市识别系统，包括城市的理念识别系统、行为识别系统、视觉识别系统。通俗地说，城市形象正与人的形象一样，既有外在形象，又有内在形象。城市的外在形象包括建筑、广场、道路、山水、绿地等物质要素，内在形象包括精神风貌、文明程度、市民素质、民俗风情、经济活力、治安状况等因素。城市形象是城市外在面貌与内在精神的有机统一，是历史文化与现实文化的有机统一。城市内在形象的核心是文化，而城市外在形象是物化了的文化。所以，无论从城市形象物质的或精神的方面展现城市形象，其实质都应该是城市在文化意义上的气质与内涵。城市本身是文化的载体，而城市文化既充实了城市的内在形象，又能丰富城市的外在形象，是城市的灵魂。

（2）城市文化有利于形成和保持城市特色。城市文化是城市特色的决定性因素，而城市特色也正是一种文化，文化是城市特色的内涵和集中表现。一个城市的魅力与其是否具有特色有直接关系，这个特色主要是指民族特色与地方特色。越是民族的、地方的，就越是融入世界的，也就越具有普遍意义。一个城市的文化特色来源于它的文化资源和历史底蕴，来源于它的地理风貌与人文环境，也来源于市民的精神风貌和道德品行。当然一个城市特色文化的形成不是一朝一夕就能实现的，而是有其漫长的培育与发展过程。目前世界上那些发展得相对完善的国际性城市几乎都已形成了具有鲜明特色的

---

①　参见《马克思恩格斯全集》，人民教育出版社，1968，第218页。

城市文化。如维也纳，其城市规模虽然不大，却因齐全的音乐设施以及浓厚的音乐气氛、源远流长的音乐历史，而享有"世界音乐之都"的美誉。维也纳正是通过充分发掘和展示自身的艺术文化特色，并在历史和文化传统上不断保持和发展自己的特色水平，所以才能够保持独特的国际文化魅力。

（3）城市文化是城市经济发展的基础。在一个社会系统内，经济和文化从来都是共生互动的，城市经济活动也无不体现着城市文化的内涵。城市文化渗透在城市经济的各个领域，从政府经济政策到企业的经营理念、管理方式、营销方式，再到消费服务的各个领域，无不渗透着城市文化的影响。城市文化融入经济活动之中，还可以提升经济的价值和品位，从而形成行业特色，可增强吸引力，推动消费，增加经济总量，这是被许多实践所证明了的。1998年世界银行发布的《文化与持续发展：行动主题》报告就曾指出："文化为当地发展提供新的经济机会，并能加强社会资本和社会凝聚力。"此外，在发展城市文化的同时，也意味着为经济发展和社会全面进步提供了强大的精神动力和智力支持。

（4）城市文化是城市竞争力的源泉。一个城市的竞争力体现在该城市的市民素质、科技水平、经济实力、文化实力、交通通讯发展水平以及集散资源、积聚生产要素、提供产品和服务的能力等方面。同时，城市的发展和竞争力的核心在于其具有创新力，而文化正是创新力、竞争力的源泉。看一座城市是否有竞争力，最重要的是看它的文化力，也就是文化氛围、文化资源、文化品位和文化发展状况。城市文化是城市吸引力与辐射力扩大的基础，是支撑城市生存、竞争和发展的巨大动力和无形资产。浓厚的文化氛围、高素质的文化人才、勇于创新的思维以及宽松的创业环境等都是决定城市发展的重要因素，也是城市文化力的体现。正因为如此，一个城市文化功能的发挥，在很大程度上决定了城市发展能力和竞争力的强弱。

（二）国际大都市文化发展的重要性

以往国内外有关学术界对"世界城市"与"国际性城市"的研究，大多将着重点集中于经济地位与作用、科技水平、人口规模、社会发展、地理因素等方面，将其概括为经济中心、贸易中心、金融中心、科技信息中心、交通枢纽等，强调其国际化经济枢纽功能、国际服务功能以及现代化的城市基础设施，从而相对忽视了城市文化的功能与影响方面的研究。其实，文化是一座城市的灵魂，是城市活力的源泉。文化竞争力是城市综合竞争力的重要组成部分。国际大都市的形成固然要有经济优势、区位优势、城市规模、基础设施、经济服务功能等方面的条件，但不能忽视文化条件在国际大都市形成与发展过程中的重要作用。文化因素对于国际大都市的重要性是显而易见的：

（1）从城市形象来看，一个国际大都市应当拥有高素质的市民主体、高品位的生活质量、多元化的文化生活、良好的生态环境和鲜明的文化特色，能以自己独特的文化魅力和整个城市的文明程度来吸引国际投资者和国际旅游者，并在国际文化交流中不断提高自己的世界知名度。城市文明程度是现代化国际大都市的核心要素之一。

（2）从城市功能来看，一个国际大都市不但需要在生产、流通、消费领域拥有高度现代化的城市基础设施和国际性的服务功能，而且还必须拥有高度现代化的文化设施和文化服务功能，拥有高水平的大学、医院、剧院、图书馆、艺术馆、博物馆和各类科技、文化研究机构，拥有发达的印刷出版业、报刊业、影视业、娱乐业。在文化生产领域、文化服务领域以及国际文化交流诸方面具有明显的国际地位。如纽约的城市文化目前已经处在完善和提高的阶段，它不但已成为全美的文化中心，甚至在世界上也产生了广泛而深刻的影响。

（3）就国际交流与联系而言，一个国际大都市不但是国际资本和各国信息、技术、商品的集散中心，而且同时也必须是国际间科技、文化、教育的交流中心，在国际上具有强大的文化辐射力和吸引力。文化的多样性和包容性理应是一个国际性城市最重要的特征之一。

一个缺乏文化内涵与气质的现代城市必定是一个没有生命力的城市。一个国际化城市的主要功能可以表现为经济型城市、贸易型城市、交通枢纽型城市、国际港口型城市、旅游型城市，但它首先应是一个文化城市。可以说，当今世界现有的国际大都市都是文化城市，都注重自己的人文特色和文化魅力。比如，伦敦既是文学城市、戏剧城市，又是大学城市；巴黎既是服饰城市，又是文学城市；维也纳是一座音乐城市，也是一座历史文化城市。纽约文化精神公认的三个典型特征是：敢于创新的文化意识；海纳百川的文化胸襟；自强不息的文化品位。① 又比如，正致力于建设国际大都市的北京，它本身就是中国的政治与文化中心，北京主办 2008 年奥运会的主题之一就是"人文奥运"。其目的就在于通过奥林匹克运动，实现人类文化的广泛传

---

① 黄发玉：《纽约文化探微》，中央编译出版社，2003，第42页。

播，促进各国人民的文化交流，为世界和平与进步事业作贡献；同时，也借举办奥运会之机将博大精深的中华文化发扬光大，向世界传播。

可见，重视文化因素在国际大都市发展中的作用，不断地提升城市的文化品位，应成为一个城市国际化建设与发展中的重要战略问题之一。国际大都市的文化发展既迫切又必要，以至有学者提出：21世纪的文化争论极有可能最终归结到城市文明的争论上，文化将作为城市魅力最集中的发散点而受到最广泛的关注。

三　国际大都市文化发展的战略选择与趋势分析

（一）国际大都市制定文化发展战略的一般原则

目前，人类正在进入一个"以文化为轴心的时代"，文化竞争已经成为全球各国竞争中的一个重要方面，文化多元化的趋势越发明显。同时，文化多元化的生存境遇也愈来愈复杂多变，需要一种"文化的自觉坚持和守护"，而国际大都市在这方面尤其肩负着十分重要的历史责任。国际大都市的文化理应是科技与人文、经济与社会、自然与人伦、传统与现代、东方与西方的一种新融合。在其文化发展定位和具体战略上应该注意以下原则：

1. 注重科学与人文精神的结合

科学技术是实现城市现代化的重要工具和手段。要实现城市现代化，就必须重视科学知识的研究和开发，发展科学技术。国际大都市的建设与发展就更离不开科学技术的应用与发展。但科学技术是一柄"双刃剑"，它一方面可以为人类谋福利，一方面也可能因为被滥用而给人类带来灾难。于是，有学者提出用人文精神来弥补科学的不足。但在科学主义者看来，科学是万能的。这便形成了"科学主义"与"人文主义"之间的矛盾。国际大都市在进行城市文化建设的过程中，如何在追求科学和真理的同时振兴人文精神，这是一个现实的重大理论课题。

如果说国际大都市的经济增长通过科技、教育、制度创新可能实现"跨越式"发展的话，那么国际大都市的人文特色同样是不可"缺失"或"跨越"的。人类城市的发展史表明，城市不只是地理学、生态学、经济学、政治学上的一个单位，它同时还是文化学上的一个单位。国际大都市的文化气质与内涵是在该城市长期的历史文化积淀和城市人文精神培育的基础上慢慢形成的。一般而言，人文精神往往以时代精神、文化精神、民族精神等具体形式体现出来。在以城市为载体的空间范围内，人文精神又集中体现为城市精神。城市精神是城市的历史文化、建筑风格、规划格局以及市民的价值观念、思想品质、道德情操和精神风貌的集中体现。如果说人文精神标志着人越来越远离于动物世界、动物社会，人文精神是对人之为人的本性以及在社会实践中不断探索与追求精神的哲学提炼，那么，城市精神则表明了人在城市这个空间范围内的思想、信仰与追求。

在当今的发达国家，科学与人文精神的融合日益成为国际大都市文化发展的一种主导趋势；它们在发展高科技促进经济发展的同时，也更关注人的生存环境、生活质量与人文素养。国际大都市正是在不断追求科学与人文精神的实践过程中，提升城市的文化品位，展示国际大都市的风采。

2. 正确处理保护城市历史文化资源与现代化建设的矛盾，注重传统与现代相结合

在城市化的进程中，城市历史文化资源的保护往往与自身的现代化建设与开发产生矛盾和交锋。如何正确处理并妥善解决这个矛盾是城市发展中必然要面对的问题，这个问题对于国际大都市的文化建设与发展无疑更加重要。

传统文化的积淀从来都是城市不可多得的宝贵财富，要加以挖掘和开发。城市作为区域经济政治文化的核心，应精心保护和发掘城市历史文化艺术的精粹，保留传统的、有生命力的文化遗存。城市拥有历史文化资源的多少往往成为该城市国际旅游业发展极其宝贵的资源，而国际旅游业的发展又是城市拥有国际吸引力的重要体现。例如，纽约的城市历史虽然较短，但人们对保护、开发和利用历史文化资源方面却相当重视。早在 1965 年就建立了全美第一个保护历史文化资源的公共行政机构——纽约城市古迹保护委员会，此外还制定了相关保护文化古迹的法律和法规。从而使得纽约在城市现代化建设中很好地做到了传统与现代的结合。当然，融入现代城市文化中的传统的东西也不具有绝对的制约性，并不是说传统的东西融入城市发展中越多越好。世界是不断发展的，城市也在发展，发展是城市中现代的东西的增长，现代性的增长是必然的和必需的，国际化都市在不断发展中必然也会不断增强具有时代特色的新生命力。

3. 重视文化发展的国际性与特色性相结合

在当今全球化时代，文化全球化的实质是一个国家、一个民族在跨国文化交流的基础上，通过一段时间的文化价值观、文化模式的冲突、磨合与整合而建构起来的新的文化关系、文化模式。从这个意义上讲，文化全球化的实质是一个文化实践领域的问题，而不是一个纯理论的问题。全球化背景下的国际大都市文化建设无疑应具有国际性眼光和以全球为参照系的战略性思维。文化发展本身是没有疆界的，作为国际性大都市，其文化发展的国际性特征应越来越明显，应用国际性眼光来考察和解答其文化发展中的时代命题。国际性大都市在开发、建设和管理城市文化上要和世界接轨，并增强其国际适应功能与服务功能。国际大都市文化的本质属性和特征就在于文化发展的开放性、包容性、完善性。所谓开放性，是指应当营造一种对外来文化敞开胸襟的博大胸怀；所谓包容性，是指能够建设一个与各类文化并行发展、相互兼容的宽松环境；所谓多样性，是指在发扬本民族文化的同时，营造不同文化背景的人所需要的文化环境，使其有宾至如归之感；所谓完善性，是指建立国际一流的文化服务设施，塑造国际大都市浓厚的文化氛围、鲜明的文化特色和良好的城市形象。

但在强调国际性的同时，必须考虑到特色文化才是城市文化的生命和灵魂。特色文化是一个城市走向世界的通道，在确定城市文化发展战略的过程中一定要突出自己的特色。随着当今世界信息化与文化全球化的深入，当今国际大都市文化建设所面临的一个重大挑战就是如何在融入全球文化的进程中既实现文化的现代转型，体现世界性，又能保持自己民族的文化特色。可以说，一个国际大都市的魅力肯定与其城市特色有很大的关系，而城市特色也正是一种文化，文化是城市特色的内涵和最集中的表现。国际大都市在进行文化建设的战略思考和宏观决策时，要本着实事求是、因地制宜的原则，发挥自己的历史文化区位优势，形成自身的文化发展模式和特色。目前，世界上已经形成的国际大都市几乎都具有自己的城市文化特色。比如，世界移民中心赋予了纽约城市文化最基本的特色；洛杉矶也因好莱坞影视文化特色而被称为"世界影视之都"；巴黎因为时装文化而被称为"世界时装之都"；维也纳因其典型的文化艺术特色被称为"世界音乐之都"。

4. 重视城市文化的可持续发展原则

现代城市发展理论和实践告诉我们，城市建设必须走城市与人口、资源、经济、政治、文化、生态持续协调发展的道路，才能真正实现城市建设的可持续发展。建设"生态城市"是城市可持续发展的主要目标之一。从生态效益来看，城市文化对城市生态环境有着深刻的影响。城市生态环境是高度人工化的生态环境，人与自然的矛盾在此表现得最尖锐。现代人在"自然之主"意识的驱使下，错误地把城市化进程独立于生态系统和自然环境之外进行规划和设计，结果导致了一系列具有时代特征的城市病的产生。其中一个重要的原因就在于人们的文化观念跟不上城市发展的需要。观念支配人的行为，从某种意义上说，社会的变革首先应从文化观念领域开始。不同的文化观念，如自然观、人地观、伦理观、价值观、科学技术观等，会导致不同的行为结果。

城市文化不是一个孤立的存在，城市文化建设既要重视现在，更应注重未来；既要注重经济效益，又要注重社会效益，如生态的保护、文化遗存的保护、经营的正当性和合法性等。城市文化的产业化发展已成为一种趋势，但文化的产业化并不意味着人们可以把文化发展的经济效益作为唯一的追求目标，人们应该有意识地保护历史文化遗产，树立正确的文化发展观。应该看到，在相当长的一段时期里，西方发达国家一味追求经济利益所带来的严重后果。所以，在城市文化发展的问题上，必须坚持可持续性发展的原则，要有系统观念和长远眼光。国际大都市文化发展也要本着社会发展与生态平衡统一、当前发展与未来发展兼顾的精神，把城市文化建设、经济发展与环境改善有机地结合起来。总之，要体现可持续发展的原则。例如，纽约市专门主管文化的政府部门——纽约文化事务部提出的目标是："促进和保持纽约文化的可持续发展，提高对经济活力的贡献度"。

（二）国际大都市的文化建设方略

城市文化建设包含着两个方面：一方面是"硬件"建设，即城市文化设施（包括城市雕塑、文化广场、公园与绿化、文艺中心、大学、图书馆、博物馆、科技馆、影剧院等）的建设以及文化古建筑与历史古迹的保护等。另一方面是"软件"建设，即城市人文精神与文化氛围的培育、市民综合素质（包括思想道德、精神风貌、文化水平、健康水平、环保意识等）的提高、文化产业的建设和发展以及社区文化建设等。国际大都市的文化建设与发展是一个综合性的系统工程，要从宏观与微观两方面进行综合考虑，主要包含以下几个方面的内容。

1. 加强城市文化设施建设，确立国际大都市的标志性文化建筑

美国建筑学家沙里宁说过，城市是一本打开的书，从中可以看到它的抱负。城市建筑呈现了城市的精神风貌与文化精神的特点，也呈现了城市的意识形态、宗教与哲学等。如欧洲巴洛克式建筑是在文艺复兴建筑基础上发展起来的一种建筑风格，它所显示的自由精神成为当时市民社会思想解放运动的象征，维也纳就有"巴洛克式之都"的美誉。而包豪斯风格建筑则是近现代的智慧、社会和技术条件的必然产物。作为一种现代城市精神的体现，作为一种建筑理念、一种建筑流派或运动，在现代工业社会人口激增的前提下，包豪斯设计风格把同房屋有关的各种造型上的、技术上的、社会学方面的和经济学方面的问题协调起来，为的是通过一砖一瓦实现人道主义建筑理想。

任何一个国际性城市都应该有自己标志性的文化设施。可以说，标志性文化设施代表着一个国际性城市的形象，展示着一个国际性城市的风貌，是具有个性特征的反映。所以，它是一个国际性城市的招牌，甚至是一个国际性城市的代名词。从某种意义上讲，一座没有著名标志性文化设施的国际性城市，不可能有国际大都市的文化形象。当今世界现有的和正在建设与发展中的国际大都市几乎都拥有自己标志性的著名文化建筑。如纽约的自由女神像，维也纳的金色音乐大厅，巴黎的埃菲尔铁塔和卢浮宫，悉尼的帆船歌剧院。正在致力于建设国际大都市的北京与上海等中国城市需要在这方面继续努力。

2. 加强国际文化交流，积极营造国际大都市的文化氛围

国际化的城市首先需要的是国际化的文化氛围。因此，当今世界上的国际大都市都非常重视培育和营造国际化的文化氛围，从建设一定区域范围内的国际文化中心城市入手，积极打造具有国际影响的文化品牌。其主要途径有以下几种：①依托一国行政中心的优势，汇聚全国政治、文化精英的人才，进一步向国际化城市迈进。新加坡在这方面做得就很成功，它在短短三十年时间内就打造出了一座具有良好国际声誉的"东亚明珠"城市。②发挥城市本身已经具有历史悠久、文化灿烂的文明古都优势，形成具有较强国际吸引力的文化魅力。比如，巴黎虽然是个现代化的国际大都市，但同时也是法兰西民族的文化古都，并拥有凡尔赛宫等多处世界文化遗产。③通过定期举办国际性的特色文化节加强与世界各国的文化交流，提升城市的文化品位与国际形象。文化节往往是一个城市的名片，国际上许多著名城市通过定期举办各类文化艺术节提升了大都市的国际文化魅力，如巴黎时装周、东京艺术节、爱丁堡艺术节等。④通过经常承办大型国际展览会、博览会以及国际性的会议，扩大对外交往，加强国际文化交流，提高城市的国际知名度。国际会展是集政治、经济、科技、商业、文化于一身的活动场所，每一次会展就是社会文明的一次隆重展示。在会展业十分发达的欧洲流行这样一句话："会展是城市的面包。"例如，1990 年举办国际会议最多的三个国际城市分

别是巴黎（361 次）、伦敦（268 次）、布鲁塞尔（194 次）。而当年北京仅举办了 53 次国际会议，排在第 25 位。巴黎有"国际会议之都"的美誉，几乎每年都会承办 300 多个大型国际会议。

3. 大力加强国际大都市文化产业建设

许多专家预言，21 世纪最有前景的两大产业：一个是信息产业；另一个便是文化产业。因此，文化产业被认为是"21 世纪的最后一桶金"。城市文化产业（如广播影视业、音像制品业、图书报刊业、网络信息业、文化旅游业、饮食文化业、体育文化业、娱乐健身业等）的开发与发展，有利于繁荣城市文化事业，增加就业渠道，提高城市的生活水平与质量，发展城市经济，从而产生良好的社会效益和巨大的经济效益。可以说，文化产业是城市国民经济的重要支柱产业之一，它直接关系到国际大都市的综合实力水平。发达国家城市文化产业的实际发展带给我们深刻的启示：国际大都市的文化发展绝不是空中楼阁，它必须有强大的文化产业支撑。纵观当今世界，拥有实力强大的文化产业正是国际性大都市的重要标志之一。例如，纽约的广播电视业，洛杉矶的好莱坞电影业，法兰克福的展览业，日内瓦的旅游业，巴黎的时装业等，都是所在城市经济发展的支柱性文化产业。

国际大都市发展文化产业的有利因素有：①在经济全球化和知识经济时代，经济与文化一体化的强劲趋势所构成的"经济文化"或"文化经济"的双向互动，以及"经济文化化"与"文化经济化"两种趋势交叉融合，给文化产业的发展带来了新机遇。②根据 WTO 的有关规则，加入 WTO 后，文化产业的进一步开放给国际大都市文化产业发展带来的机遇，可为国际大都市带来新的经济增长点。③随着经济社会水平的不断发展，人们日益增长的精神性、文化性的生活需求也给国际大都市文化产业的发展带来了机遇。在发达国家和许多世界性城市，文化需求早已成为一种普遍的社会现象。

国际大都市发展城市文化产业，一方面，要注意遵循文化发展规律与文化经济规律；另一方面，也要处理好经济效益与社会效益、生态效益的关系。同时，文化产业的特殊性也决定了城市文化建设与发展需要行政、法律、经济等综合手段来扶持。这既需要制定合理的城市文化产业发展政策，还需要完善城市文化产业管理模式。总之，文化产业化已成为国际大都市文化发展不可或缺的内容。当今经济、科技、文化日益全球化的发展现实已经把文化产业推向了一个重要的战略地位，国际大都市必须将文化产业作为支柱性产业来发展，加快构建国际大都市"先进文化"的高地。可以说，大力发展文化产业是提高国际大都市综合竞争力的必需途径。

4. 培养高文化素质的国际大都市市民主体

市民是一个城市的主体，市民的综合素质直接关系到一个城市的形象，是城市国际化程度的重要标志之一，培养高文化素质的市民主体更是建设与发展国际大都市的基本条件之一。要培养高文化素质的国际大都市市民主体，要着重注意以下几个方面：

（1）要构建学习型社会，加强对市民的文化教育。教育对人的现代化、对文化的更新演进具有非常重要的意义，文化的传承和变迁离不开教育的发展。因此，应通过各种文化教育机构，宣扬现代城市精神和理性原则，提高市民综合素质及其对现代城市生活的适应力。这就要整合全社会的教育资源，完善国民教育体系，大力发展基础教育，建立终身教育体系，全面提高办学质量。进一步加大教育改革、开放、创新的力度，提高社会办学比例和水平，并加强国际合作与交流，以提升教育国际化水平，从而为全社会各个年龄段，有着不同学习需求的人群，提供多方式、全方位的学习服务，以保证社会的每一个成员都能随时接受教育，建立一个面向现代化、面向世界、面向未来的教育制度和终身教育体系，形成提高市民素质的长效机制。

（2）要重视市民的文化活动，倡导文明健康的生活方式。城市文化的外在形态是各种文化活动场所、演出规模、演出节目等，而文化神态则是内在的文化底蕴和精神表现，是一个城市文化个性的体现，市民的文化心态则是文化形态和文化神态的具体结合和体现。通过市民行为所表现出的市民心态是城市文化最为深层的精神诉求。市民广泛参与的文化活动，如节庆活动、体育活动、环保活动、宣传活动以及各种民间艺术节等，具有较强的社会整合功能，是城市文化发展的动力之一，甚至可以说，城市文化的真正活力就来自于市民的这种自发的文化交流和公共活动。国内就有学者提出了城市"文化形态、文化神态和市民心态"内外和谐的建构内涵，其目的是使城市经济活力和文化魅力实现刚柔一体化，促使城市物质文明、精神文明、政治文明和谐发展。

（3）要重视发挥大众传媒的文化教育和舆论导向作用。现代城市社会已成为制造和传播文化观念的中心。不仅如此，人们的价值观念、生活方式以及审美取向等都广泛受到大众传媒的影响。随着现代传播技术的发展，大众传媒的影响力日益渗透到城市生活的各个领域，成为文化和社会整合的重要手段。而国际大都市往往都具备发达的传媒产业优势，所以应该充分利用传媒系统在市民文化生活中的积极导向作用，发挥舆论的示范效应，从而大大提高市民的文化素质。

5. 构建国际大都市文化人才高地

建设与发展国际大都市的文化事业，人才是关键。一个国际大都市必须拥有具有国际视野、现代理念和创新思维的高素质、高水平的文化人才队伍，为国际大都市的文化建设与发展提供强有力的人才支持。

城市本身作为一个文化展示和再创造的舞台，为大批文化人才（包括文艺编创人才、文化传播人才、文化管理人才、文化经营人才、文化研究人才等）提供了许多创业与发展的有利条件和环境，对各方面的文化人才都具有较强的吸引力，大批的文化精英集聚到城市，从而形成了一定规模的开拓与发展城市文化事业的主力队伍。为适应建设与发展国际大都市文化事业的需要，必须加大引进和培养文化人才的力度，特别要注意引进和培养具有原创能力的拔尖人才和复合型文化经营人才。这就应注意：①要转变人才观念，树立科学的人才观，改革人才管理和培养机制，进一步做好人才使用工作。着力营造一个鼓励、支持创业，有利于吸纳和集聚人才进行文化生产和服务的氛围，形成尊重知识、尊重人才、尊重创造，有利于优秀文化人才脱颖而出的社会环境。②要不断完善人才激励政策，研究制定创作成果、文化技术等要素参与分配的办法，充分调动各类优秀文化人才的积极性，进一步营造鼓励人才干事业、支持人才干成事业、帮助人才干好事业的良好氛围。③加快文化人才资源配置市场化的步伐，鼓励专业人才创办文化企业，对有突出贡献的文化产业经营管理人才、优秀文化产品创作人才设立奖励资金，形成优秀文化成果、著名文化品牌竞相迸发的局面，从而使国际大都市成为越来越多的文化精英人才的汇聚高地。这不但有利于各类文化人才更好地追求和实现其创业、发展的理想，而且对于推动国际大都市的文化事业发展也极为有利。

例如，日本的东京早在20世纪80年代就把吸引外国人才来东京居住作为该城市国际化的一项重要标准。东京市还于1987年推出了促进国际交流活动、修建国际交流场所、创造有利于市民进行国际教育的环境、建设使外国人感到亲切的城市等四项具体措施。伦敦在2000～2001年，共接受了19万移民，几乎1/3的伦敦市民属于少数民族。

6. 加强国际大都市的社区文化建设

社区文化对于城市的现代化特别是城市社区的发展具有丰富的、多元化的社会功能，这些功能主要体现在：满足社区成员社会交往与参与的需求、满足社区成员自我教育与自我发展的需求、满足社区成员自我管理与自我服务的需求，特别是对社会交往和参与的满足。在城市社区中，不仅城市居民可以通过社区内的各种活动加强彼此之间的了解、关心并参与社区的公共事务，而且也可通过社区所提供的文化设施和各种文体活动获得城市文化的熏陶，逐渐形成现代城市的社会文化心理。①

城市社区的标志性文化设施建设很重要，它们是社区的外在形象，没有标志性的社区文化设施，就不可能拥有国际大都市的社区文化形象。例如，纽约百老汇的剧院就有 260 多家，还有林肯艺术中心、美国大都会博物馆、美国自然历史博物馆等著名文化设施。但社区文化建设不能只满足于一些标志性文化设施的建设和一些古建筑与古迹的修复、保护，还包括整个社区的科教文化、道德文化、生态文化、休闲文化、网络文化等方面的建设。由这种不同层次、不同个性的社区形象构建起来的城市文化形象才是丰富多彩的。目前欧美与亚洲一些发达国家的城市社区文化建设，正是遵循这个思路。

社区特色文化的形成应从社区实际出发，在全面调研的基础上，充分尊重社区内绝大部分居民和单位的意愿、利益，制定或提出一个长期的社区文化发展战略目标，同时注意强化社区特色、文化意识和创新意识，立足于从整体上塑造社区文化形象，并以此形成社区文化发展的主题。可以说，主题化是形成社区特色文化和增强社区文化底蕴的根本，也是国际大都市社区文化建设的现代发展趋势。塑造社区文化形象，本质上是通过不断增强社区文化力，为社区形象的塑造提供内在的支撑。这里所谓的社区文化力，是指社区通过文化建设而逐渐积累起来的现实力量，它包括社区文化的实力和现实水平，又包括它对社区经济、政治和社会生活等各方面的作用力、影响力和辐射力。②

（三）国际大都市未来文化发展的趋势

文化建设与发展是现代城市发展的一种内在的必然需求，更是国际大都市未来全面发展的一种内在的必然趋势。可以说，对于文化发展的需求已经成为现代城市发展中的一种"文化自觉运动"。所谓"文化自觉"，是一种

---

① 周晨虹、刘英宏：《城市化进程中的社区文化建设》，《理论学刊》2003 年第 5 期。

② 鲍宗豪：《塑造国际大都市社区文化形象》，2000 年 5 月 10 日《文汇报》。

深刻的文化思考，是一种广阔的文化境界，是一种执著的文化追求，是一种具有高度人文关怀的社会责任感的文化理念。"文化自觉"的概念最早由费孝通先生提出，继而著名学者汤一介先生从文化发展的民族性与世界性关系的视角阐释了"文化自觉"。他认为，"文化自觉"是指生活在一定文化传统中的人群对其自身文化的来历、形成过程的历史及其特点和发展趋势等能做出认真的思考或反省。他还强调，"文化自觉"必须以各民族、各国家对自身文化的了解为前提、为基础。这种通过"反思"或"反省"方法来促进民族文化发展的"文化自觉"意识，也就是我们思考如何更好地提升国际大都市文化建设品质、展示国际大都市文化风采、增强国际大都市文化竞争力的本质精神。

1. 国际大都市文化未来发展的整体判断和发展趋势

专家们普遍指出，现代国际大都市文化建设的关键问题是扬弃物质文化、制度文化、精神文化、信息文化之间的分离现象，要在经济社会发展中加入文化发展的因素，以文化精神来制约和规范经济社会的发展。随着经济社会的发展和人民生活水平的日益提高，精神文化附加的经济含量和财富含量越来越高，服务产业、创意产业、知识产业、体验产业迅速发展，文化产品与文化消费优先增长，未来城市将是创意、体验和精神文化繁盛的社会。在构建国际大都市的进程中，文化产业的发展有力地推动着世界经济的增长，文化对于经济社会的牵引作用会越来越突出。任何一个新兴的国际化大都市，其成长、发展和壮大都离不开独具特色的文化内涵的增补。从广义上说，经济发展本身具有推动文化进步的作用，但如果这种作用长期处于一种自然状态，或者说文化行为长期不能由被动转为自觉，那么，社会发展便很难获得持续的、强大的动力，经济的发展也会因得不到充足的文化回馈而发展缓慢。因此，应从城市整体发展的角度审视城市文化的未来发展。

2. 国际大都市文化发展将出现新格局，公益文化与商业文化协调发展

城市文化发展注重人们需求的文化数量和文化质量，文化的大众化、产业化与社区化是紧密相连的，城市文化的未来就是大众文化、产业文化和社区文化持续、和谐地发展。着眼于文化国际化的发展需求和文化竞争压力，国际大都市文化的未来是以内容文化产业为主，构造文化产、供、销运作链条和支持网络紧密结合的文化格局。在城市文化新格局形成的过程中，必须注意公益文化与商业文化的协调发展。纽约、伦敦、巴黎、东京等国际大都市，均同时拥有强大的公益文化和繁荣的商业文化。商业文化和公益文化相辅相成、不可偏废，二者的发展伴随着新格局的形成将会更加协调。

　　3. 数字文化、媒体文化将成为未来城市文化竞争的重点

　　目前，随着信息化时代的到来，建设"数字化城市"的理念为我们描绘了一个体系完善、功能健全、组织有序的数字信息体系，通过对城市信息的综合分析和有效利用，为提高城市管理效率、节约资源、保护环境及城市可持续发展提供决策支持，对突发性城市建设灾害进行准确的追踪调查、评估及制定应急对策，为城市的可持续发展提供重要的支撑工具。"数字化城市"使城市地理、资源、生态环境、人口、经济、社会等复杂系统数字化、网络化，具有虚拟仿真、优化决策支持、实现可视化表现等强大功能。它将给城市的政治、经济、文化和人民生活带来新的发展机遇。建设"数字化城市"在国际大都市现代化建设中具有重要意义。21世纪的国际大都市越来越注重集聚大量先进的信息产业，实现从世界工业革命"领导者"向世界信息革命"领导者"的重大转变，从而扮演国际信息中心的重要角色，信息化已成为这些国际大都市发展的制高点。例如，在21世纪，纽约的目标是领导信息革命，不单是将其建设成一个更加安全的城市，而且是一个更加智能化的城市。为实现这一目标，纽约的发展战略是建成网络化城市。

　　在网络化、信息化、生物科技化和媒体多元化的时代，文化的内涵越来越广泛，未来城市文化发展的中心内容在于加大感性文化的投入，自觉地意识到文化保护、文化竞争、文化塑造对于日常社会的强大影响，自觉地肩负起数字化与人文、媒体化与人文相结合的历史责任。

第二十三章 比较：世界六大城市的 文化战略

如前所述，在世界城市格局中，国际大都市大致分为两大层次，处于第一层次的是那些在政治、经济、文化上具有全球性影响的"世界城市"或"全球城市"，如纽约、伦敦、东京、巴黎；第二个层次是指那些具有某些国际性功能的地区性国际城市，如芝加哥、香港、悉尼、新加坡、首尔、莫斯科、法兰克福等。这些城市之所以成为世界上知名的城市，不仅因其雄厚的经济实力，更重要的是其历经百年、千年所沉积下来的城市文化。全球化时代城市的竞争不仅体现在经济方面，更重要的体现在文化等领域的综合实力方面。随着城市竞争日益激烈，各国纷纷制定城市发展战略。文化在城市发展中的地位不断上升，并且文化与经济、政治相互交融的程度愈来愈高。西方学者彼德·霍尔在1984年所著的《世界城市》一书中列举了国际化城市的七个标准，其中就有三项内容与文化相关：一是各类专业人才聚集，有众多的大学、图书馆、博物馆、文化艺术机构；二是信息传播快捷，有发达的新闻出版和广播电视业，并具有较强的辐射力；三是娱乐业兴盛，成为重要的产业。文化成为了城市展现魅力、塑造形象和提升国际地位的重要内容。因此，一些全球和区域性城市在维护和确立国际城市地位、塑造国际形象方面，都将文化作为中心内容，并且制定了相应的文化发展战略。

城市文化发展战略，从内涵上看，是指一个城市在文化发展方面所制定的发展规划和蓝图；从表达方式上看，具有隐性和显性两种方式。隐性表现为文化政策和意识形态，显性表现为文化产业。本章通过对一些全球和区域性国际大都市文化发展的典型案例进行分析，展示这些城市在城市原有的底蕴和特色基础上，从观念到行动全面推动城市文化战略的制定和实施过程，为北京制定文化发展战略提供参考。

一　世界文化之都——纽约

（一）纽约的城市特色

纽约是美国第一大城市，人口 800 万人，面积 800 多平方公里。纽约包括五个行政区域：曼哈顿区、布朗克斯区、布鲁克林区、昆斯区、斯塔藤岛区。纽约是美国的经济中心和移民中心，这两个方面赋予了纽约城市文化最基本的底色，也形成了纽约城市文化的历史积淀。

纽约是美国的经济中心，更是世界金融中心。从美元是世界主要的国际储备货币及其在国际货币市场上所占比重、货币财产、资本输出/输入和美国跨国银行在世界市场的垄断地位看，纽约是世界第一金融中心。美国 9 家主要银行中的 6 家，5 家最大的保险公司中的 3 家总部都设在纽约；这里还有世界上规模最大的证券交易所，经营着美国公司的 1500 种股票和国内外 1200 种债券。华尔街是纽约的心脏，是纽约国际金融中心的象征，华尔街的 35 家商业银行拥有 2 万亿美元的资金，42 家储备银行掌握着 6000 亿美元的资金。全球 500 强公司中的 160 多家、美国 500 家工业公司中的 73 家总部均设在纽约。基于此，纽约又成为国际经济的控制和决策中心。纽约的经济特色为纽约文化的发展提供了雄厚的物质基础，从而也决定了纽约文化具有浓郁的商业色彩。

纽约作为美国的移民中心，其文化拥有更多的多样性和包容性。纽约是欧洲殖民者较早到达的地区，1815～1914 年美国共 3300 万外来移民中的 3000 万人是从纽约港进入的，有 2000 万人先后在纽约定居。2000 年美国人口调查显示，1991～2000 年的十年间，进入纽约的合法移民有 90 万人，占全市人口的 11.2%，是美国接受移民最多的城市；另外有 35.9% 的居民是在国外出生的。与世界其他城市相比，纽约居民的人种众多，共有 230 个种族，120 个国家，讲 115 种语言，由多种族形成的文化社区规模堪称世界之最，如唐人街、印度街、德国城、俄国城、犹太人区、爱尔兰区等，移民城市的特质决定了纽约文化的多元性。不同肤色、不同宗教、不同种族、不同语言的人们在这里聚集，西方文化、东方文化、中东文化和非洲文化在这里交汇，使得纽约成了文化的大熔炉，从这个意义上说，纽约不仅是美国的城市，也是世界的城市。

（二）纽约的城市文化形象和地位

纽约拥有众多的文化设施，著名的文化景点、浓郁的文化氛围、丰富的文化生活、庞大的文化艺术、前卫的艺术潮流，是世界文化艺术产品生产地，是世界文化活动的策源地，也是世界最好的音乐、舞蹈、戏剧和画廊的集中地。因此，人们把纽约称为国际文化艺术中心、世界广告中心、出版中心、时装中心、音乐中心。同时，纽约的历史、纽约的经济、纽约形象、纽约人的精神充分展现了纽约作为世界之都的魅力。

纽约是美国最大的文化城市，拥有举世闻名的博物文化机构，现有 250家博物馆、400 家美术馆，博物馆涉及自然历史类、新闻广播类、民间工艺类、防灾类、民族文化类等多种类别和多个系统，还有数不胜数的艺术家和收藏家博物馆。著名的都市艺术博物馆，创建于 1870 年，有近 300 万件收藏品，仅次于英国的大英博物馆和俄罗斯的赫米蒂奇博物馆，是世界第三大艺术馆。此外，美国自然历史博物馆、现代艺术博物馆、惠特尼美国艺术博物馆、海顿天文馆、布鲁克林博物馆、南街海港博物馆、联邦大厅博物馆、弗里克收藏馆在世界享有盛誉，积聚了人类文化的精华。

纽约也是美国的电影和戏剧中心，每年都有各种电影节在此举行，百老汇、林肯艺术表演中心在世界享有盛誉。在纽约，还有著名的文化区。较早建立的一个是基本自然形成的格林尼治村，这是知识分子与艺术家聚居的地方，周围有很多艺术电影院、中小型百老汇剧场以及文人们经常光顾的咖啡馆。还有一个没有围墙的纽约大学，校园中心的华盛顿广场是众多街头艺术家自由表演的大舞台。较新的文化区是 1960 年由政府和大公司、基金会合力策划建造的，以林肯表演艺术中心为龙头的上西区。这里原本比较偏僻，自林肯中心建成以后，从这里的两个歌剧院、两个话剧场、两个音乐厅、一个多功能剧场、全美最大的表演艺术图书馆和著名的朱利亚音乐学院一直到北边哥伦比亚大学的 50 多个街区都渐渐发展起来，成为文化人青睐的住宅区。

纽约还是美国的教育中心，当地的教育机构重视中小学教育，美国公民、外交官、驻纽约的记者和公司职员的子女均可免费就读该市中小学，还可免费获得书本和午餐，因此，纽约堪称"儿童的天堂"。图书馆作为贮藏文化的场所，在纽约为数众多。纽约市共有公共图书馆 200 多家，还有私人、企业和学校图书馆 1000 多家。全市公共图书馆共有三大系统，即纽约公共图书馆系统、昆斯图书馆系统、布鲁克林图书馆系统，其藏书量分别排全美第 2 位、第 3 位和第 8 位。图书馆设备齐全，环境舒适，借阅方便，任何人凭任何一种居住证明，均可办理借阅证；读者可以在网上查询，就近借还；许多图书馆还办理免费借阅邮寄业务，提供多语言服务。不论纽约的公共图书馆还是文化交流中心，不仅提供图书信息，还提供城市发展信息、社区服务信息、文化活动信息；图书馆还开展各种教育活动，包括儿童学前教育、学生功课辅导、各种兴趣班、新移民英语培训班、失业人员的就业培训、各种学术讲座等，而且大多都是免费的。

纽约的休闲和文体娱乐设施非常完备。纽约有1700多个公园和运动、文娱场所，居全美之首。位于曼哈顿的纽约中央公园，占地843英亩，是美国公园的代表，也是多功能的文化综合体，不仅带动了美国公园的发展，同时也推动了伦敦和巴黎的大型公园建设。这是纽约主要的旅游和休闲的去处，每年吸引游客1500万人。此外，每一个区都有著名的公园，如布鲁克林的展望公园、昆斯区的草原公园、布郎克斯区的考特兰公园、斯塔滕岛的拉托特公园。此外还有很多社区公园，而且基本上是免费开放的。纽约的公园注重艺术设计，堪称美国最大的户外公共艺术博物馆。

纽约还是美国最大的传媒中心，有2000家非营利性文化艺术机构，出版发行4种日报、2000多种周报和月报。《纽约时报》是世界上最有影响力的报纸。同时，纽约还拥有几百种国家级杂志出版社，如著名的《时代》、《新闻周刊》、《财富》、《福布斯》和《商务周刊》等。

（三）纽约的文化发展战略

美国文化是一种强势文化，利用雄厚的经济实力、高度发达的市场体制和强大的科技力量来制造文化、创造文化，通过市场化的生产、流通和消费，最大限度地满足各个层次人们的个体需要，形成强大的文化产业，并不断形成自身文化的特色。作为世界超级大国，美国政府一直利用国际政治优势来支持美国文化产品占领国际市场，长期以来，美国一直推动包括文化领域的贸易和投资自由化，为美国文化产品输出提供保障。早在20世纪20年代，纽约文化因百老汇的演出剧目而空前繁荣，纽约也因此领先于欧洲，成为西方文化的首都。第二次世界大战结束后，随着产业结构的调整和大都市发展的需要，发展第三产业成为纽约城市发展的重要内容。20世纪70～80年代，美国的制造业逐渐向新工业国家转移，在客观上为文化产业的异军突起提供了机会。随着服务业的增长，文化产业成为纽约经济新的增长点。纽约开始采取措施，促进包括文化产业在内的服务业，尤其是通过开展各种文化活动，发展文化产业，改善投资环境，提高城市吸引力。2001年，包括文化产业在内的第三产业的就业人数占全部就业人口的52.7%，而制造业仅为 6%。

针对纽约城市文化的特质，纽约市政府所属文化事业部提出的城市发展战略目标是：促进和保持纽约文化的可持续发展，提高对经济活力的贡献度。虽然文化发展的最终落脚点是经济，但在战略实施过程中，市政府竭力促进文化的发展，以文化发展带动经济增长。在纽约，城市文化——正如前市长朱利安尼所指出的，不仅因为它是保持城市精神的一部分，而且因为文化是一个重要的产业部门。①

近年来，围绕文化战略的目标，纽约采取了以下几项重要措施：

1. 成立专门机构，促进了文化战略的实施

直属市政府的主要机构有：负责公益事业中文化艺术的主管机构——文化事务部；社区发展主管机构——公园与娱乐休闲部；三大图书馆组成的机构—图书馆；政府扶持的文化产业部门——电影戏剧与广播市长办公室。这三个机构分别由三位副市长分管，从不同的角度促进文化的发展。

文化事务部既是文化艺术的管理者、资金提供者，又是高质量文化计划的支持者，它服务的对象主要是非营利性文化机构、公益性科学与人文机构，包括动物园、植物园、历史和遗迹保护以及居住在纽约市五大行政区的各层次的创作艺术家和研究者。目前，纽约依靠政府拨款维持运行的文化机构共有 34 家，主要是各种博物馆、图书馆、世界著名的剧院和文化中心以及动、植物园等。纽约市政府的文化投入，据政府公布的财政预算，2003 年大约为 6.1 亿美元，其中文化事务部 1.22 亿美元、公园和休闲部 2.59 亿美元。此外列入纽约市政府财政预算中的图书馆（包括研究图书馆、纽约公共图书馆、布鲁克林公共图书馆和皇后区公共图书馆四家）2003 年的财政预算共有 2.29 亿美元，这三部分总计占 2003 年市政财政预算 436 亿美元的1.4%。政府的文化投入往往可以获得高额的经济回报。据有关统计，1995年纽约市文化艺术方面的投入为 9100 万美元，产生的年税收为投入的 2.43倍，达 2.21 亿美元。但由于近十多年美国政府致力于消除财政赤字，削减文化方面的投入。在 1982 年纽约市文化领域总收入中，政府拨款占 28.9%，到 1998 年仅为 11.1%。虽然如此，纽约市政府仍不断推出各种政策促进文化发展，如对通过资格论证的艺术家给予工作场所和住房的资助，实施社区艺术开发计划，对从事新媒体产业的企业提供税收优惠和直接基金资助等。

---

① 黄发玉主编《纽约文化探微》，中央编译出版社，2003，第 120 页。

电影戏剧与广播市长办公室的主要功能是帮助从事影视、戏剧领域的公共、私人组织和个人，提供影响该产业发展的政策和管理事物方面的协调，推动影视产业的发展，维护纽约作为国际文化产业中心的地位。影视产业对纽约市的经济发展也起了巨大的推动作用。根据市政府公布的统计数据，1966 年纽约市电影电视生产的直接开支仅为几百万美元，从 20 世纪 70 年代中期开始每年达到 5 亿美元，80 年代中期达到 10 亿美元，1998～2000 年的三年中每年保持在 25.6 亿美元，而每年 25 亿美元的开支给纽约当地市场消费带来了乘数效应。现在美国 1/3 的影片出自纽约市，其影视片产量仅次于洛杉矶。2000 年，纽约市制作的故事片达到 201 部、电视节目达到 547 部。影视业的发展为纽约市提供了可观的地方税收，纽约市影视业的地方税收从 1993 年的 1.43 亿美元增加到 2000 年的 2.45 亿美元，增长了 71.33％。

2. 政府利用多种优惠政策，促进了文化的发展

对非营利文化机构采取免税政策，免除财产税和消费税，而向非营利文化机构捐款的个人和团体可用所捐税额作为减税的基数。政府利用税收政策充分调动文化机构和慈善资助的积极性，促进了文化的发展，仅对非营利机构免征财产税，就使纽约文化团体和企业每年节约 4.5 亿美元。纽约还为非营利机构设立资助项目，包括非营利机构完成和扩大基建项目，购买机器设备的工业发展项目；帮助非营利机构购买设备，改造非营利基金的贷款计划；资助非营利机构机器设备的合同项目。对于非营利文化机构采取税收优惠政策，如文化企业通过市经济发展公司可获得低息或无息贷款；文化产品制造业可享受纽约普通制造业的优惠政策；印刷和图片行业没有搬迁基金，对于从事商业性印刷和图片艺术企业的搬迁费实行 50％的补偿；设立新兴街区开发项目风险资金，用于投资信息技术企业，包括网络技术、信息技术和服务；对通过资格认证的艺术家给予工作场所和住房的资助；实施社区艺术开发计划，对从事新媒体产业的企业提供税收优惠和直接基金资助等。政府还依靠联邦文娱版权法、合同法和劳工法推动文化产业的发展。在政府政策的倾斜下，新兴的以高科技为支撑的新媒体产业在纽约发展迅速，据纽约新媒体产业协会的报告，1997～1999 年，纽约地区新媒体产业员工人数一直以 40％的速度增长，达到 25 万人。其中，纽约市内的新媒体从业人员超过 10 万，其年增长率远远高于印刷、广告、影视制作、电视广播等行业的增长，高达 53％。

3. 采取立法方式支持文化发展

1965 年美国通过了《国家艺术及人文事业基金法》，创立了国家艺术基金会与国家人文基金会，以立法的形式每年拿出一定的资金支持文化艺术。这部法律保证了美国政府每年投入文化艺术中的资金比例，并确保这项资金用于公益性为主的文化艺术事业而不是庞大的文化行政机构。1917 年颁布的美国《联邦税收法》明文规定，对非营利文化团体和公共电视台、广播电台免征所得税，并减免资助者的税额，这些法规和制度保证了文化发展充足的资金来源和全社会的参与，形成了美国文化投资主体的多样性。美国重视文化创意产业中知识产权的地位，《版权法》、《跨世纪数字版权法》、《电子盗版禁止法》等一系列版权保护法规，为文化产业发展提供完备的法律保障。

4. 根据纽约优势，打造新媒体产业

纽约不仅是传统媒体中心，而且是以数字技术和网络技术为核心的现代新媒体文化中心。为了发展新媒体产业，支持传统媒体和数字媒体的制作和空间发展，使纽约成为了太平洋东海岸的新媒体产业区。为此，采取了一些具体措施：鼓励集中房地产和基础设施建设，创立可支付的、专业的电影和电视场所，鼓励集中发展数字媒体；增加教育投资，为媒体工业准备足够的人力资源；促进集团企业组成可视媒体联盟；帮助新媒体产业与公共部门的联合。

二　世界创意之都——伦敦

（一）伦敦的城市特色

伦敦是英国的首都，又是其最大的城市，也是世界最早的国际化城市。伦敦位于英格兰东南部，距泰晤士河入海口仅 15 公里。伦敦是欧洲文化名城，有 2000 多年的城市历史。伦敦东西轴长 48 公里，南北轴长 42 公里，面积 1580 平方公里，人口 690 万人。按空间结构分为外伦敦和内伦敦，外伦敦包括 32 个自治市；内伦敦是伦敦的中心区，它包括两个核心，即伦敦城和西区。伦敦城是伦敦的金融中心，西区是英国王宫、议会、政府、商业、文化产业所在地。伦敦是全球最大的金融中心，其规模和国际化程度都超过纽约和东京这两个城市；伦敦是国际商品交易中心，伦敦金属交易所、国际石油交易所、伦敦商品交易所都在国际上享有盛誉；伦敦还是国际文化创意中心，文化创意产业的发展吸引了大量的国际人才，从而形成了伦敦多样性的国际化文化产业体制，培育和支持伦敦大量的国内和国际文化活动，显示

了这个曾经被称为"世界上最酷的首都"的创造力和吸引力，展示了伦敦作
为世界创意之都的魅力。

（二）伦敦的城市文化形象和地位

伦敦是欧洲和世界文化名城。伦敦拥有国家级的博物馆和艺术馆 30
多座，其历史之悠久、规模之宏大、种类之繁多、馆藏之丰富，在世界享
有盛名，有著名的大英博物馆、国家美术馆、国家肖像馆、维多利亚和艾
伯特博物馆、泰特美术馆、科学博物馆、自然历史博物馆、国家海洋博物
馆、国家铁路博物馆、伦敦博物馆、伦敦运输博物馆、地质博物馆、帝国
战争博物馆、国家军队博物馆、皇家空军博物馆、国家戏剧博物馆、杜索
夫人蜡像博物馆、天文馆等。在历史建筑、古老的工艺形式、传统文化方
面有着悠久的历史和巨大的成就，如著名的诺丁山嘉年华会、克勒肯维尔
的小意大利、斯皮德菲尔德的福尼尔街、纽尔迪奇的家具市场、绍斯沃克
的陶器制造。

伦敦是世界创意之都，在文化方面占有重要的地位。伦敦的文化创意产
业是其主要的经济支柱，所创造的财富仅次于金融服务产业，是英国增长最
快的产业。现在的伦敦，有 68 万人从事创意产业，创意产业占伦敦经济的
15%，总交易额在 25 亿～29 亿英镑之间。从事创意产业的人占全国人口的
12%，但创意产业的艺术基础设施占全国的 40%，音乐唱片工作室占全国的
70%，音乐商业活动占全国的 90%，此外还拥有全国电影和电视生产的
70%、广告的 46%、时尚设计的 85% 和建筑实践的 27%。[①] 而且，伦敦创意
产业人均产值也远远超过全国的水平，2000 年伦敦创意产业人均产值为
2500 英镑，而全国创意产业人均产值仅 1300 英镑。伦敦有 11700 家文化产
业公司和集团。此外，伦敦是欧洲最大的艺术中心，全世界每年有一亿人来
伦敦参观各类博物馆和画廊。位于伦敦市中心的邦德街一带是世界上艺术品
拍卖行和销售商集中的地方，其中有最著名的索思和克里斯蒂拍卖行。伦敦
艺术品拍卖的销售额仅次于纽约，居于世界第 2 位。

伦敦是英国的传媒中心。伦敦拥有 1850 个出版企业和 7000 个学术杂志
社。伦敦集中了最多的全国性报纸。位于伦敦城西的弗利特大街及其附近地
区集中了英国 20 多家报纸、杂志社，被人称为"英国的新闻总汇"、"地球
脉搏的示波器"、"谣言大本营"，包括比较著名的《泰晤士报》、《金融时

---

① http：//www. ccmedu. com/detail. aspx？ boardID = 37&ID = 2677&page = 1.

报》、《每日电讯报》、《卫报》、《观察家报》、《周刊》等，世界著名的通讯社——路透社和英国广播公司（BBC）也设于此。目前，路透社用22种语言播发消息，向183个国家和地区派出1000多名特派员，在92个国家设有147个分社，自有线路83条、通讯卫星线路12条，已建成全球最大的国际通讯卫星和电缆通讯网络，其新闻的订户遍布全球158个国家和地区的城市。英国广播公司在世界享有很高的声誉，其业务分对内、对外广播和电视台三部分。在对内广播方面，拥有四套广播节目网，分别以播送音乐、戏剧和时事新闻为主，听众覆盖率达到了英国人口的70%。对外广播方面，BBC每天24小时用英语向全球广播，在25个城市设办事处，拥有广泛的联系网和先进的监控站，150多个国家购买、转播其节目。

（三）伦敦的文化发展战略

伦敦拥有非常丰富的文化资源，无论文化资源的深度、多样性、历史继承性和创造性都堪称欧洲文化的代表，它以丰富的历史文化底蕴为基础，重视文化积累和历史文化名城建设，强调文明成果的展示，追求历史文化与现代文化有机结合。其基本特征是重视历史文化遗存的整体保护、利用和建设，是一种全面反映其文明创造成果的本体文化。伦敦作为世界文化名城和经济发达程度最高的世界城市，拥有多样化和国际化的文化产业体制。这对于培育和支持面向国内和国际的艺术活动具有促进作用，这些活动既有自发的，也有被资助的和商业的。它不仅导致了伦敦的繁华、活力和亚文化，而且促进了文化产业的发展。

2003年公布的《市长文化战略纲要》提出了伦敦的文化发展战略目标：维护伦敦"模范的可持续发展世界级城市，卓越的国际创意和文化中心"。具体表现为：①多样性，满足各市民群体不同的文化需求；②卓越性，增强伦敦作为世界一流文化城市的地位；③创造性，把文化创建作为推动伦敦成功的核心；④参与性，确保所有的伦敦人都有机会参与到城市文化中；⑤价值性，确保伦敦从文化资源中获得最大的利益。显然，在伦敦文化战略目标中，世界城市不仅在经济上是世界的中心之一，有极强的影响力和辐射力，同样在文化方面也应该是世界的中心之一，而且通过实施文化战略更能够维护和增强"世界卓越的创意和文化中心及世界级文化城市"的地位。

伦敦的文化政策环境通过三个层面表现出来。首先，在国家的层面，英国设有文化传媒体育部，负责制定国家的文化政策。如规定国家博物馆的免费使用；明确规定将国家发行彩票收入的25%用于艺术；实施针对青少年观众群体市场的计划以及强化表演艺术的教育功能的"人人参与艺术"的计划；鼓励文化产业的创新和创造力提高；为促进音乐产业的发展，1995年，政府设立"全国音乐日"，提高全民的音乐素养。1998年，设立"音乐产业论坛"，扶植本国的音乐产业。同时，还提供政策倾斜，对音乐出版物免收增值税。其次，在市政府层面，2000年布莱尔政府调整了政府机构，设立伦敦文化战略委员会，主要负责规划、协调和发展各类文化机构，制定各类文化发展战略和文化政策。再次，设立国家艺术协会的下属自治机构——伦敦艺术委员会。通过三个主要的管理机构，完善文化管理机制，加强对文化的支持力度。在政府文化战略指导下，伦敦采取了具体的措施。

1. 保护现有世界著名的文化设施和文化遗迹，兴建新的文化设施

政府的文化投入是伦敦文化资金的主要来源，其他的来源还有私营企业和基金会以及彩票基金等。通过发行文化特种彩票筹集资金是英国首创的，显示了政府对促进文化发展的支持。伦敦文化机构大约每年收到来自公共和私人部门11.33亿英镑的资金支持，其中财政拨款占46.1%，地方政府占31.1%，彩票占15.2%，赞助商占5.3%，信托基金占1.5%，欧盟占0.2%，其他占0.6%。为了能维护伦敦作为世界级文化城市的声誉，在保护现有世界著名的文化设施和文化遗迹的同时，伦敦政府还大力兴建新的文化设施，近几年的投资规模已达6亿英镑。《市长文化战略纲要》中提出了今后10年伦敦将采取的13条文化政策，如政府将更多的投资用于世界级文化设施的建设和维护、吸引和创办更多的世界级文化盛会、建立文化的特色品牌、推动创意产业的投资和发展、通过文化加强社会的联系、发展文化合作组织、充分发挥公共场所的文化潜力等。

2. 推动创意产业的发展

伦敦是创意产业最发达的城市，也是许多城市追赶的目标。在城市国际地位日渐衰落的背景下，伦敦市充分认识到艺术和创意产业在伦敦经济和社会效益方面的作用，把创意产业看成城市发展的生命线，提出"创意都市"的理念，不仅强调文化创意的经济功能，还突出创意在城市环境、工作生活模式、人际沟通方式、旅游体验、日常的休闲方式等城市发展方面的作用。文化创意产业成为伦敦的支柱产业之一，所创造的财富仅次于服务业。2000年，伦敦创意产业的总产出达210亿英镑，约占英国创意产业总产出的1/4（见表23-1）。而且，文化创意产业人均产值也超过全国的人均水平，2000 年伦敦文化创意产业人均产值约 2500 英镑，是全国人均产值的一倍。2000 年，伦敦创意产业从业人员达到 52.5 万人，容纳的就业人口量在伦敦各行业中排名第 3 位。

表 23 - 1　伦敦创意产业各部门产值表

单位：百万英镑,%

伦敦创意产业	1995 年	2000 年	年增长率
广　告	1111	2157	14.18
建　筑	1249	2767	17.24
艺术品	211	512	19.43
计算机软件、电子出版	1326	3045	20.75
时尚设计	2829	4106	7.74
音乐、视觉与表演艺术	1256	1657	5.70
出　版	2550	3353	5.63
广播与电视	1341	2059	8.95
录像、电影与摄影	383	1021	21.65
伦敦创意产业合计	12256	20677	11.41
英国创意产业合计	46473	85194	12.89

为促进创意产业的发展，市政府针对目前伦敦创意产业的薄弱环节制定了相关的发展策略：①制定区域性的议事日程，以推进创造性行业的发展，争取尽可能多的投资和业务技巧支持；②收集数据和市场信息，为今后的决策做参考；③支持个体从业者；④尽可能地利用市政厅的展示功能，为之提供场所。为了保持伦敦的竞争优势，维持其文化活跃的创造性，伦敦充分认识到，政策对文化产业发展的意义。因此，伦敦市政府计划在政策上向自雇佣者和小公司倾斜，建立起支持小公司和培养新人才的结构。

3. 对文化多元性和弱势群体的关注

来自全球各地的时尚、音乐和艺术在伦敦汇聚，形成了富有多样性的多元文化。文化多样性是伦敦文化的竞争优势，伦敦市将加强对伦敦的黑人和亚洲文化遗产的收集与保护作为今后发展的重点。如成立黑人和亚洲文化遗产委员会，关注黑人、亚洲人和少数民族社区项目，向一些黑人和亚洲文化组织提供资金和业务上的支持，计划支持一些经常性的文化活动。文化发展策略关注弱势群体，建立伦敦的"残疾人士网站"，促进主流文化机构的发展，设立便于残疾人士使用的设施，确保所有市民都能参加市长所支持的文化活动；发挥文化在健康和社区安全方面的作用；开发伦敦的绿色空间和水路的艺术潜力，使所有公众都能够充分享用这些文化空间。

4. 关注市民对文化活动的参与性，培养市民的文化素质

提出要均衡文化的地方差异计划，注重城中心以外地区的文化设施建设和文化活动的开展，以减缓交通因素给市民带来的在文化参与上的障碍，同时推动社区文化发展，实现文化的社区化。

三 对世界有突出贡献的新型城市——东京

（一） 城市特色

东京是日本的首都，也是政治、经济和文化中心，位于日本列岛中部本州，北依关东平原，东南濒临东京湾，面向浩瀚的太平洋。东京全称为"东京都"，"都"是一级行政单位，表示首都的意思。面积2187平方公里，人口1180万。中央区、千代区和港区为东京都心区，是日本和东京的枢纽，新宿、池袋、涩谷为东京的副都心。首都圈范围包括以东京为中心、半径100公里的地区，作为东京圈的规划建设范围，将此范围划分为城市、近郊和周边三个区域，包括陆地部分的23个特别区、27个市6町8村。

东京是日本的政治中枢，以霞关为中心，周围是国会议事堂、最高裁判所、外务省、通产省、文部省等，日本的司法、行政、立法等中央国家机关都集中在这里。东京是日本，乃至世界的经济中心和金融中心。目前，东京的金融机构达2700家，很多大型的银行、保险、证券交易所设在东京，全国贷款额的1/3集中在东京。东京还是日本最发达的工业中心和商业中心，拥有80多万家企业、30多万家商店，占全国总数的1/3。日本的大公司，尤其是资本在50亿日元以上的实力雄厚的大公司，90%的中枢管理机构集中于此。东京的出版印刷、机器制造、精密仪器等居全国首位，工业产值占全国第一位。从东京沿东京湾向南到横滨，构成日本最大的工业地带——京滨工业地带。东京也赢得了"世界工厂"的美誉，据2000年的统计资料，东京城市圈面积占全国的3.5%，人口占总全国的26.3%，占就业总人口的27.4%，制造业企业数量和从业人数各占全国的24%，金融保险企业数占全国的24%，就业人数占日本金融业的35%。该城市圈为日本最大的重化工业基地和能源基地、国际贸易和物流中心。

东京也是日本的海、陆、空交通枢纽，东京是日本列岛航道、铁路、公路、管道和通信等网络密度最高的地区。如该区的铁路网呈放射状，外围有"山手线"和"武藏野线"两条环形线，内环有密集的高速公路网，在市中心 50 公里半径范围的汽车日流量超过 500 万辆次；东京羽田机场国内年定期航线升降 90000 架次、国际 44000 架次，国内旅客流量 573 人次、国际 216 万人次；仅东京港一个港口每天进出港的船舶近千艘，年货运量超过 6000 万吨。

此外，富有日本特色的政企关系和企业关系，导致大企业和大公司总部云集东京，成为政治、经济的决策中心。日本政府与以大企业为核心的财界、产业界的联系甚为紧密，企业和财团通过多种途径和渠道直接或间接地影响政界（主要是执政党）和官界（政府各职能部门）政策的制定，政府在政策制定过程中也乐于征询和听取企业和财团的意见和建设，以提高决策的可行性。

20 世纪 80 年代后期，东京进行大规模产业结构的调整，严格控制都市工业发展，重点扶植出版印刷、电子、服装、服务等产业，第三产业占全国的 70%，同时东京还制定了严格的绿化和自然环境保护措施，使东京城市绿化率超过 60%。

（二）城市的文化形象和地位

在国际城市格局中，东京是城市功能最完善的城市，被形象地比喻为"纽约 + 华盛顿 + 硅谷 + 底特律"，就是说，东京兼具这些城市的多重功能，有纽约的金融中心、华盛顿的国家政治中心、硅谷和底特律的现代化工业生产中心。

由于东京具备多重城市功能，必然产生了相应的人才需求，东京也因此成为科研机构高度密集的地区，聚集了近 500 所民间研究机构的 1/4 以及 600 多家顶级技术型公司的一半。尽管 1972 年筑波科学城建成后，一些国立研究试验机构和大学从东京迁移出去，但东京依然是研究机构的集中区域。东京作为金融资本市场中心以及新闻、出版、广电、媒体、广告等服务中心，更是顺理成章。

东京是日本的文化和教育中心。全国 1/3 的大学和近半数的大学生集中在这里，著名的包括：具有百年历史的东京大学、早稻田大学、庆应大学等。据统计，在东京有大学 106 所，短期大学 78 所，高中学校 467 所，中学 857 所，小学 1477 所，在校学生共计 276 万余人。还有众多的科研机构，位于东京东北约50公里的茨成县，有一座规模巨大的、举世闻名的科学城——筑波科学城，那里集中了高能物理等多门类的研究机构。东京有包括日本最大的国立图书馆在内的253座图书馆，有14座博物馆，其中规模较大的有国立博物馆、西洋美术馆、国会图书馆。还有众多的历史陈列馆、剧院等。东京的出版社占全国的34%，印刷出版单位之多居亚洲之冠。东京还拥有全国半数以上的民间学术协会，是多家美术、文学、艺术团体的总部所在地，拥有7个交响乐团、9所歌剧院、15个芭蕾舞团及其文化剧场。欧美管弦乐和歌剧在亚洲公演，大多是由东京承办。东京是日本的体育中心，各类大型体育竞赛和锻炼设施（如奥林匹克运动会场、武道馆等）云集于此。

东京还是日本的新闻传媒中心，集中了日本80%的报社、出版社，如著名的《朝日新闻》、《每日新闻》、《读卖新闻》以及NHK（日本放送协会）等8个电台和电视台。电视台又隶属于各自的报纸，如朝日电视台就属于朝日新闻社。目前，NHK有资金占50%以上的子公司20家，另外有子公司的下属公司68家，确立了其在影视行业的核心地位，成为文化产业的拳头行业。

东京有许多名胜古迹和著名的活动场所。市中心的丸之内区、银座区和有乐町区是东京繁华的缩影。丸之内区是东京银行最集中的地方，有乐町区的剧场和游乐场所最多，银座区则以繁荣的商业和世界百货总汇而闻名。天皇宫所在地是昔日的江户城，是东京的心脏地区，占地约17公顷。皇宫东部的东宫殿，每星期定时向游人开放，可供参观游览。皇宫前面宽敞的广场，每日清晨或傍晚时分，男女老少都爱到这里散步或游玩。上野动物园也是值得一游的地方，中国赠送给日本的大熊猫，就安置在上野动物园里展出，每天都有很多人前往观赏。每年4月樱花开放时节，上野公园是观赏樱花的最佳地方。

在东京都内西北池袋区，有一个以一幢60层高的大厦为主体的建筑群，这里是被称为"阳光城"的巨大商业区，占地6万平方米，集办公大楼、旅店、公寓、餐厅、戏院、文化中心于一体，是从商店到文化设施应有尽有的一个庞大的综合体。主体大楼高240米，顶层的观望区，可以看到150公里范围的风光。

（三）城市文化发展战略

东京提出了新的文化战略：以文化作为都市魅力与活力的源泉，建立起将东京文化资源与创造性活动相结合的有机结构，打造充满创造性的文化都市。其具体目标有两方面：一是转换文化政策，从提供文化鉴赏机会转向完善文化创造环境；从完善文化设施建设转向完善文化创新传播功能和管理水平；从孤立封闭的城市文化转向建构外向型文化创造与传播网络。二是打造创新文化都市，追求的社会经济核心目标由效率转向创造力，由经济富裕转向创新活力。围绕文化战略，日本采取了一系列措施。

1. 加强城市规划和传统文化保护，保持东京国际大都市地位

20 世纪 50 年代以来，为了扭转日本的国际形象，确立东京的国际地位，从 1956 年开始到 1999 年的 43 年间，日本政府先后五次对东京圈的规划和开发方针进行修改，围绕着东京在城市发展过程中所面临的问题提出不同的整改规划。为配合日本政府谋求政治大国地位的战略，1981 年，东京市政府公布的《首都改造构想草案》明确提出：今后，在全国的国际化进程中，东京大城市圈作为世界主要城市，将承担更重要的国际任务，在推动世界协调发展和文化进步以及推动人类和平、平等方面作出贡献，因而必须发展成充满活力的、与国际中心城市相称的大城市。1986 年，日本经济增长达到了最高峰，政府推出第四个首都圈基本计划，使得东京城市开发积极地向多极和多圈层方向发展，重点是培育和集聚中心城市的国际化、学术研究和新产业开发功能，以建设高性能干线和空港，完善交通网络和综合服务数据网络，促进城市之间的交流协作。例如，横滨港规划建设新港，规划面积 186 公顷，除了建设现代化港口设施之外，还包括美术馆、海滨公园、国际会议中心、时装中心、国际热带木材开发机构等项目。这一规划提出，面向 21 世纪，把横滨建设成一个集航运、商业、文化艺术等功能于一身的国际文化都市——24 小时活动的国际文化大都市。由于日本对外来移民的严格控制，影响了日本的国际化程度和文化的多样性。1987 年，东京推出了促进国际交流活动、建设国际交流场所、创造市民国际化的教育环境、建设使外国人感到亲切的城市形象等四项国际化措施。

20 世纪 90 年代初，东京城市规划和发展委员会提出并实施"我的东京都计划"的十年发展规划，这项计划被称为"打开世纪大门的十项提案"，着力解决由于城市发展过快引起的城市病，使东京的结构更加合理，成为对世界有突出贡献的新型城市。1994 年，东京制定的《东京都国际化政策推进大纲》，为了维护其世界城市的地位，其中心思想是：世界将进入都市世纪的时代，国际大都市的作用日益突出，东京应顺应潮流；随着东京进入全

面的国际化，外籍居民、外籍就业者和海外旅游者的增加，国际化给东京带来的问题急需解决。1998 年 3 月，第五个首都圈基本计划和第五次全国综合开发计划同时出台，提出了"参与合作"的战略，内容是应对经济全球化和经济信息化的挑战，进一步发挥地方和民间的积极性，尊重各区域的个性化发展和多样化选择。

在文化设施建设上，东京采取法律手段，先后通过了《利用民间力量促进特定文化设施建设的临时措施法》、《文化方面旅游城市建设法》等，同时制定了不同级别的文化设施建设标准，规定了按人口密度配备基本文化设施，用法律的手段来规定文化设施的基本标准、资金筹措来源、各级文化设施的职责管理范围等。

在传统文化遗产保护方面，日本堪称亚太地区的典范，除了《古迹名胜天然纪念物保护法》（1919 年）、《国宝保存法》（1929 年）外，1950 年制定的《文化财保护法》，是日本关于文化遗产保护的重要法典。1975 年，随着城市的迅速扩张，名胜古迹、风俗习惯、民俗工艺等具有传统文化表征的文化遗产面临新的威胁，因此，日本颁布新版《文化财保护法》对民俗文化财的范畴进行了新的设定。将生产生活习俗、年中行事等民俗事项统称为"无形文化财"，而将其中器具、房屋等有形物品统称为"有形文化财"；对于技艺超群的艺术家、工艺美术家和匠人等，给予必要的物质补助和相当高的社会地位，以激励他们在工艺方面的创新和技艺方面的提高。同时，在保护文化财的过程中鼓励全面参与，强调了整个社会群体在保护文化财过程中的重要性。因此，虽然东京远不如伦敦、巴黎的历史悠久，但日本对传统文化的保护性政策，使得东京即使在城市迅速扩张的现代化进程中也没有破坏其传统的神韵。东京特点鲜明，文化传统保留得非常完整，城市的民俗风情浓厚，传统的祭祀活动和节日依然保留着原来的功能，建筑物的风格与历史一脉相承，实现了现代化和传统文化的完美结合。

东京充分发挥文化交流在文化产业中的作用。东京的文化产业发展表明，仅靠本国文化难以形成丰富多彩的文化市场，必须开展多种形式的文化活动，才能使东京的文化久盛不衰。且不说东京奥运会和 2001 年日韩世界杯给东京带来的巨大经济效益，东京经常举行各种文化主题年等大型文化交流活动，众多国外的文艺演出和美术文物展览都给东京带来了巨大的经济和社会效益。2000 年中国敦煌艺术团应邀赴日，在东京及其他城市演出，观众达 20 万人。

2. 完善法律环境，促进文化产业发展

在社会环境方面，通过对民众进行普法教育、提高法制意识以及依法办事、遵纪守法来建立法制社会环境。在著作权保护方面，日本的法制体系比较健全，可操作性强。日本的《著作权法》自1970年颁布至今修改了20多次，并有与之配套的《著作权中介业务法》、《著作权管理法》，这些法律保护包括表演、唱片、广播电视、游戏软件等著作者的权利。这些法律明确规定，保护各类著作者的所有权利，目的是维护作者的权利，促进文化事业健康有序地发展。针对游戏产业中的专利发明、核心技术、创作成果，日本不仅靠法律进行保护，同时采取技术手段来防止盗版侵权。日本在法律法规、行业自律和科技手段等方面已发展得相当成熟，从而有效地保护了企业和作者的利益，使文化产业能够得到健康有序的发展。

在推动文化发展的同时，引进外资和先进技术，为本国文化产业注入新的活力。1983年建成的迪斯尼乐园、2001年开业的海上迪斯尼乐园，游乐设施的开放带动了东京旅游业的繁荣，迪斯尼乐园接待游客的总人次和营业收入达到了洛杉矶迪斯尼25年的经营总量。

3. 发展文化创意产业，提升产业竞争力

20世纪90年代以来，由于泡沫经济的崩溃，日本经济持续低迷，制造业的出口竞争力渐弱，产业优势逐渐衰落，GDP增长幅度在1%左右的低谷徘徊，这一时期被称为"日本经济失去的十年"。但是，这十年中，日本的动画、漫画、游戏等产业日渐崛起，令世界瞩目。近年来，日本政府调整国策，采取立法形式发展文化产业，保护和开发文化产品。从重视制造业到重视创造业，以影像、游戏、音乐等为主体的文化产业发展迅速，不仅扩大了国内外市场份额，同时带动国内相关产业共同发展。

在日本，创意产业分为内容产业、休闲产业和时尚产业三类。东京是亚太创意产业中心。日本共430家卡通制作公司，其中的359家（约83%）集中在首都东京。早在60年代，东映动画、虫制作、东京电影等卡通制作大公司迁至东京，并在其周围聚集了承揽业务的中小型制作公司，由此逐渐形成了产业集群。目前，东京已成为世界上屈指可数的卡通产业集群地。据日本经济部产业省统计，全世界放映的卡通动画，包含外围商品等动画产业，估计销售额每年高达2万亿日元左右，其中日本占了65%，称得上是世界动画王国。不仅动漫本身，由此衍生出的文具、玩具、游戏软件和服装等形成了一个巨大的创意产业链。

东京在政府政策扶植下，创造出有利于文化产业发展的环境。尽管泡沫经济的崩溃，使日本经济长期借助于雄厚的经济实力，但其化危机为转机，扭转经济怪兽的形象，借由"柔性国力"将自己蜕变成最酷的文化输出国。东京逐渐成为亚洲时尚之都，爵士乐、流行音乐、偶像剧等艺术形式，日益走向成熟，开始跨越语言的限制，向世界传播。东京日益成为日本乃至世界的动漫王国，日本传统中崇尚"可爱"的文化，也借漫画、卡通的形式，创造出了惊人的价值。

四　新亚洲创意中心——新加坡

（一）新加坡的城市特色

新加坡又称狮城，位于马来半岛的南端，由主岛和附近54个小岛组成。地处太平洋和印度洋之间的海上重要通道——马六甲海峡的东口，地理位置十分优越，有"东方十字路口"之称。新加坡面积641平方公里，人口390万人。新加坡是多民族的国家，定居的人口中华人占76.8%、马来人占13.9%、印度人占7.9%、其他人种占1.4%。国内使用英语、汉语、马来语和印度语。新加坡地处赤道附近，气候炎热潮湿。新加坡在1965年独立的时候，经济和社会问题严重。20世纪60年代末，新加坡政府采取出口导向的工业发展战略，并致力于将新加坡建成亚洲金融中心；70年代末，成为新兴工业化地区和举世瞩目的"亚洲四小龙"之一；90年代初，人均国内生产总值赶上西方发达国家。作为港口城市，新加坡港口的吞吐量和集装箱的吞吐量居世界第2位。从1996年开始，新加坡成为东南亚第一发达国家以及国际贸易中心、国际运输中心。新加坡又是高度国际化的城市国家，环境幽美，享有花园城市的美誉。

（二）新加坡的文化形象和国际地位

新加坡重视城市规划和建设，国家发展部是负责政府城市规划和建设的部门，是新加坡城市发展蓝图的设计者和执行者。国家发展部下设的古迹保留局和国家公园局负责保护自然环境，开发和管理国家公园，并使之发挥游乐、教育、休闲和研究的多种功能。公园暨康乐局负责新加坡花园城市的建设和维护。在政府部门的努力下，新加坡成为了举世公认的花园城市、保留亚洲魅力和文化传统风格的现代化城市。作为依靠转口贸易发展起来的城市，新加坡重视文化对城市发展的意义，从20世纪90年代开始，不断完善博物馆和美术馆，并兴建歌剧院和美术馆等文化设施。现在新加坡已成为亚洲太平洋地区的会展服务中心，带动了传媒、广告、咨询业的发展，仅2002年就举办了2700多次国际会议和展览。

（三）城市文化发展战略

2000年，新加坡政府制定的新世纪文化发展战略——《文艺复兴城市》中提出新加坡将发展"成为一个充满动感与魅力的世界级艺术城市"，目标是"21世纪的文艺复兴城市，即国际文化中心城市之一"，近期目标是5～10年内赶上香港、格拉斯哥、墨尔本，远期目标是与伦敦、纽约"平起平坐"。相比新加坡的国际经济地位而言，新加坡文化的繁荣程度和辐射能力还远远不够。新加坡政府提出追赶型的文化战略，就是要彻底改变这种状况，借助文化的力量，长远目标直指纽约和伦敦。

为确保文化发展战略的实施，新加坡政府计划在5年内增拨5000万新元投资文化艺术的发展，构建文化"软件"的六大策略，推动新加坡迈向"文艺复兴"城市。从近三年的实际运作情况分析，新加坡政府在文化方面的支出远远超过了其原先的设想。2001年，新加坡政府总支出280.5亿新元，其中涉及文化方面的支出有：国家艺术委员会3200万新元、国家遗产局2900万新元、国家图书馆局9500万新元，共计1.56亿新元，占政府总支出的0.56%。2002年文化方面的支出急剧增加到2.97亿新元，占当年政府支出的1.05%，增长了近91%。2003年，政府在文化艺术方面的投入仍然保持高速增长。在《文化复兴城市》中提出的发展文化六大策略，如培养欣赏与从事文化艺术的庞大群体、培养主干艺术公司、肯定与培育本地人才、提供良好的基础设施、进军国际舞台、发展文化艺术的"文艺复兴"经济等，对新加坡文化的发展将起到强大的推动作用。

长期以来，新加坡的繁荣得益于传统制造业和服务业为主的投资引导型发展战略，随着文化发展战略的实施和知识经济背景下全球产业结构的调整，新加坡开始重视创意在经济中的地位，提出把创意产业作为21世纪的战略产业，继2000年推出跨世纪文化发展战略，2002年新加坡政府又公布了创意产业发展战略，要将新加坡建成一个全球的文化和设计业的中心。新加坡创意产业分成三大类：文化艺术、设计和媒体。2000年新加坡创意产业增加值占GDP的1.9%，约为29.8亿新币；总产值约为50亿新币，约占GDP的3.2%。1986～2000年间，新加坡创意产业平均年增长率为17.2%，高于同期GDP的10.5%的增长率。从事创意产业的公司有8000多家，从业人员7.2万人，就业人数年增长率为6.3%，而同期全国就业人数只增长了

3.8%。尽管如此，与其他国际化城市相比还有很大差距，新加坡计划到 2012 年创意产业的增加值占到全国 GDP 的 6%，树立起"新亚洲创意中心"的声誉。

五　东方之珠——香港

（一）香港的城市特色

香港位于中国华南沿海珠江口的外侧，背靠中国大陆，面向东南亚，东瀕太平洋，西通印度洋，为海上交通要道，也是亚太地区的交通运输中心。维多利亚港港深水阔，是世界上三大天然深水港之一。依靠这个得天独厚的条件，经过半个世纪的发展，香港已成为有"东方之珠"美誉的国际大都市。香港包括香港岛、九龙和新界，面积仅 1000 多平方公里。依照自然条件，香港的城市布局以维多利亚为中心向外做同心圆式扩散。其中，港九区是香港的中心，面积占全港的 11.6%，人口占全港的 58%。在港九市区中，中环是香港中央商务区所在地，集中了香港的金融机构、贸易商行、高档购物中心以及立法和行政机构。九龙与香港岛隔海相望，是香港的商业区。

香港拥有许多世界之最。如世界最大的钻石市场；世界最大的黄金市场之一；世界人均拥有奔驰和劳斯莱斯等豪华轿车最多的地方；香港的海洋公园是世界上最大的海洋公园之一；香港有世界最大的中国餐馆和世界最长的手扶电梯。

（二）香港的城市文化形象和地位

香港最具特色的景观是分布在山坡上的成千上万座造型美观新颖、设施完备的高层建筑，与香港地区多丘陵和山地、少平原的地理形势相呼应，这在世界上也是罕见的。在这些建筑中，有很多代表"东方之珠"现代化国际城市风采的建筑，如交易广场、力宝大厦等。其中，交易广场是香港中区最具代表性的建筑之一；中银大厦是香港和亚洲第二高楼、世界排名第七；会展中心是亚洲最大的现代化国际会议展览场馆；汇丰大厦是中国香港的象征。因此，在《香港中环城市形象》一书中，作者把香港描述为"高层建筑 + 商业闹市 + 多色人种 + 山海港船 + 两层巴士 + 阳台千面 + 香烛缭绕 + 幽谷密林"，是具有多层景观的国际大都会。

目前，中国香港是世界重要的国际金融和国际贸易中心，现代化的通讯设施使伦敦、纽约、香港三个不同时区的金融中心连成一体，保证了整个世界金融和贸易的持续运转；香港是国际商品生产中心，制衣业、钟表业、塑料玩具的出口量均居世界第一位；香港是国际旅游中心，也是亚洲最大的旅游中心，旅游业是香港的第三大创汇行业。此外，香港还是国际信息中心、国际航运中心和世界华人圈的文化交流中心。

（三）香港的文化发展战略

香港的商业文化在亚洲乃至全球都享有盛誉，尤其是香港的电影业和唱片业。香港被称为东方的"好莱坞"，是亚洲主要的电影制作中心，据统计2000年香港制作影片150部。此外，截至2003年2月的统计，中国香港地区有53份报纸、788份刊物，不少国际和地区杂志、报纸、通讯社都以香港为东南亚业务基地，部分还在香港刊印，如《亚洲华尔街日报》、《金融时报》、《国际先驱论坛报》、《新闻周刊》等。香港有两家本地免费电视台，5家本地收费电视台，12家非本地电视台。总体而言，香港的文化创意产业在亚洲处于领先地位。香港"贸易发展局"首席助理经济师曾锡尧表示："创意工业不单直接推动香港经济发展，亦为其他行业及经济活动注入创意元素，有助提升香港各行各业的增值能力，巩固香港的国际贸易及金融中心地位。""香港贸易发展局"2002年推出的《香港的创意工业》研究报告中称，2001年香港地区创意产业增加值大约占香港地区GDP的2%。但2003年9月香港大学受香港特别行政区政府委托所做的调查《香港创意产业基础研究》指出，2001年香港创意产业增加值已占香港地区GDP的3.8%，为461.01亿港元。其中，32.1%为内容生产业，26.8%为生产输入业，41%为再生产及分销业。虽然相比1996年的476.65亿港元已有所下降，主要原因是遭受亚洲金融风暴后，香港地区经济一直处于低迷状态，但创意产业中也有一些产业一直在增长。如1996～2001年，媒体业年增长率为10.7%，娱乐业年增长率为4.2%，报纸印刷与出版业年增长率为2.4%。而且在创意产业总体经济规模有所下降的情形下，从业人数同期却有所增加。1996～2001年，创意产业的就业人数每年增长1.8%，高于总就业人数0.8%的年增长率，创意产业从业人员占总就业人数的比例由1996年的5%上升为5.3%。

香港特别行政区政府的文化管理机制类似西方国家。香港特别行政区政府主要管理和资助公益文化事业，而产业化的文化由市场决定，香港特别行政区政府只负责外部环境。文化管理体制受分权理念的影响，香港特别行政区政府分别设置文化行政的决策、执行和监督机构，由"香港文化委员会"、"艺术发展局"、"民政事务局"下属"康乐及文化事务署"各司其职，并设立不同层次的专家决策咨询机构或委员会，从而使得决策更加民主、科学。政府对文化建设的投入实行自由市场经济条件下的多元文化投资机制，推行"分类"管理、"收支分离"、"间接资助"的原则。根据市场经济发展需要，实施多元化的文化发展投资战略，即政府与民间共同开拓，鼓励社会各界及外来资金投资文化建设。香港特别行政区政府严格区分公益与非公益性文化，对公益性文化艺术事业的支持额度十分可观。如2001～2002年，文化艺术事业获得香港特别行政区政府拨款52.873亿元港币，约占政府总开支的1%。据有关统计，中国香港地区人均艺术经费每年为125.4港元，这在国际开支统计中排名第9位。而对于文化设施的建设，香港特别行政区政府采用公共与私人机构合作的方式，包括私人资金方案、合资企业、合伙公司、投资及特许经营等。此外，香港特别行政区政府还积极倡导将文化设施的管理和服务外包给私人和私有企业。

六　现代化和传统文化并存的城市——首尔

（一）首尔的城市特色

首尔，原名汉城，世界第四大城市，韩国首都以及政治、经济和文化中心，也是韩国唯一直属国务总理的特别市。首尔是韩国政府机关以及金融、企业、文教和宣传机构的所在地，城市功能高度集中。韩国城市空间分布极不均衡。首尔人口1100万，首尔和周围的仁川市、京畿道构成包含25个城市的首都圈，共计人口2100万，分别占全国城市人口的1/4和1/2，面积分别为606平方公里和6472平方公里，占国土面积的0.6%和11.8%。20世纪60年代韩国开始步入现代化，以首尔—仁川工业带为核心，工业发展速度惊人，出口加工和劳动密集型产业如雨后春笋般迅速发展起来。80年代后，首尔的高新技术产业和高附加值工业不断出现，同时1986年亚运会和1988年奥运会在首尔成功举办，配合体育盛会的各项建设都集中在首都地区，使得首尔成为国家行政、产业和管理机构高度集中的城市。目前，首尔集中了全国90%的大企业以及国内主要的金融商行、商业公司、著名的大学、高水平的开发研究中心。

（二）首尔的城市文化形象和地位

首尔是高度现代化和古代文化遗产和谐并存的城市。众多的公路高架桥、穿行如梭的车流、高耸入云的楼宇、堪称世界一流的西式饭店、遍布全城的酒吧、琳琅满目的商品，充分显示了韩国现代化大都市的气势，与此交相辉映的是韩国众多的历史名胜和文化古迹。在首尔的旧城有四座朝鲜王朝古皇宫，即景福宫、德寿宫、昌德宫和昌庆宫，还有一座供奉王室祖先的宗庙。古老的建筑和外围高层办公楼相互映衬，成为韩国新老建筑交融的良好范例。东方式的城市布局，古老的宫殿、圣祠，博物馆里的珍宝和艺术品，独特的民间传统习俗，是首尔辉煌历史的写照。

首尔自古就是韩国的文化教育中心，拥有 50 所高等院校，大多建立在东北、西北和南部风景优美的山麓地带。其中，历史悠久的延世大学、规模宏大的国立首尔大学、高丽大学、中央大学、庆熙大学、汉阳大学在韩国都享有盛誉。首尔还建有丰富多样的文化娱乐设施，如国立中央博物馆、国立民俗馆、国家剧院、国立国乐院、世宗文化会馆、韩国之家、现代美术馆、奥林匹克公园等。

（三）首尔的城市文化发展战略

首尔的目标是建设成为在本国传统中融入外国文化的国际文化城市，具有现代信息化时代所需要的电讯港和科技园等先进设施的国际信息城市，举办各种文化和展览活动的国际展览城市，人与自然和谐发展的国际旅游城市，充满友谊的国际友好城市。

文化是首尔国际化的重要战略措施。1994 年是首尔建都 600 周年，市政管理委员会决定举办首尔国际旅游年，并把这次纪念活动看成让世界了解首尔文化和历史的机会。在国际化过程中，市政府认识到：一个国家和民族如果缺乏维系民族凝聚力的道德准则，就会影响首都乃至国家的发展。因此，市政府注重本国的历史和传统文化，以求建立以儒家思想为基础，具有民族色彩、时代特色的新的道德基础，并将此作为城市实现国际化、现代化发展过程的思想保障。

虽然文化设施种类丰富，但与纽约、伦敦、东京、巴黎等世界大城市相比，首尔认识到自己的文化差距。为此，首尔设立了"振兴文化艺术专项基金"，支持各区的文化建设。2000 年，设立市美术馆，各区扩建公共图书馆和文化活动中心，增强了首尔的文化含量。早在 1988 年，《居民会馆设置及运营有关条例》出台，促进各区建立居民会馆；政府还采取措施兴建文化街，建于 1985 年的大学路文化街，位于锺路区东崇洞，现有 30 多所小剧场、50 多家私人剧团，在全国享有盛誉。此后，又相继建成鸭鸥亭文化街、新村文化街。韩国著名的文化场馆，如国乐馆是韩国国乐文化展示中心；明洞剧场是韩国传统歌舞展示中心；华克山庄剧场是现代与历史结合的文化展示中心；民俗博物馆是民间艺术的展示中心。这些看似历史积淀的地方，都凝聚了政府的精心规划引导和投资。

为充分展示国际都市的面貌，首尔实施了整备政策，利用零星土地建设"烟袋公园"，建设生态公园、整治河川，加强公园文化设施建设。1991年制定了"找回南山面貌"事业规划、汉江邻近地区景观管理指南。1994年制定了城市景观基本规划。1996年，首尔市发表了《绿色规划21》，创建生态城市。首尔还制定了《扩大公园绿地五年计划》，兴建产业公园、农业公园、丛林公园、市民绿色休闲场所。同时，为把首尔建设成花园城市，还在沿江地带建立"历史文化景区"、"国际景区"、"未来景区"和"自然生态景区"，在梨泰院设立旅游特区。

首尔美丽的风光和文化古迹吸引了世界各地的旅游者，旅游业成了首尔的战略文化产业。为推动首尔的国际化，让世界进一步了解首尔及其文化，韩国人先后在世界各地开设了首尔文化贸易馆，如1995年在北京开设首尔文化馆。

文化产业在经济中的核心作用是基于对文化的战略意义的认识，韩国政府把文化产业作为21世纪的战略性支柱产业。树立文化立国的观念。从1998年开始，韩国政府采取一系列措施扶植文化产业发展，相继出台了《国民政府的新文化政策》（1998）、《文化产业振兴五年计划》（1999）、《21世纪文化产业的设想》（2000）、《电影产业振兴综合计划》（2000）、《文化韩国21世纪设想》（2001）等计划。为全面推进文化产业，1999年设立了电影振兴委员会和韩国游戏产业开发院，2001年设立了韩国文化产业振兴院。文化产业振兴院是协助将创意文化内容转变成文化产品的一个辅助机制，振兴院界定的产业项目包括动画、音乐、卡通、电玩等，以提供设备租借、投资、技术教育训练，协助发展国际行销策略，进行产业中长期计划的研究，并与其他国家、地区、单位发展策略联盟的伙伴关系。受到政府支持的文化产业领域也从电影和出版业扩大到游戏、动画、音乐、漫画等。2001年，文化技术被指定为国家战略技术之一。2002年，韩国在专门人才培养方面颁布了"文化人才培养计划"。文化产业预算也从1999年的1001亿韩元大幅增加到2003年的1890亿韩元，占文化观光部全部预算的14.3%。韩国以立法形式全面促进文化产业政策的实施。1999年，韩国制定了《文化产业振兴基本法》，奠定了文化产业的法律基石；2002年，政府考虑到数字化环境的变化对该法进行了全面的修订；1999年，韩国免除了游戏机的特殊所得税，对于电子出版物免收增值税；2002 年韩国制定了《出版与印刷振兴法》，规定每 3 年制定一次"培养漫画产业"的出版与印刷文化业振兴政策，建立电子出版物和图书定价法制化等基本法律框架。

作为韩国的特别城市，随着国家文化产业政策的实施，其文化产业得到了迅速的发展。目前，首尔的文化产业，如印刷业、出版业、时装产业、软件产业、工艺产业、动画影片产业等，具有很强的竞争力。从 1997 年开始，首尔相继举办各种文化产业盛会，促进文化产业发展。如首尔动画节（SI-CAF），现已成为亚洲最有影响力的动画节之一，迄今为止已召开了八届。2002 年 11 月在首尔举办的"数字化文化暨广播影像展览会"，是文化产业的又一次盛会，聚集了美国 CBS、日本 NHK、英国 BBC、中国 CCTV 等 24 个国家的 250 个单位，参展人员达到 6000 余人。

2005 年 2 月 1 日，韩国政府宣布，要在首尔西北首都圈内的高阳市兴建一座超现代的娱乐城——韩流坞，显然是要效仿美国好莱坞、印度宝莱坞，建造自己的梦工厂，发展自己的文化产业。拟议中的"韩流坞"，计划将耗资 2 万亿韩元，在 2008 年北京奥运开幕之前全面竣工。这个规模接近 20 亿美元的庞大工程，计划由韩国官方和民间联合出资。"韩流坞"有三大主题：第一个主题是体验韩流的设施，包括明星商店、明星餐厅、游戏世界、表演场所和购物中心等；第二个主题是旅游设施，如主题公园、免税商店、宾馆等；第三个主题是文化内容的开发设施，包括演艺经营公司、风险投资公司、综合摄影场和艺术训练学校等。由于"韩流坞"的建设地点毗邻首尔，距离金浦机场又只有 20 分钟车程，当局计划把邻近的几项大规模文娱设施（如号称亚洲规模最大的国际展览中心、坡州出版文化园区、HEYRI 艺术村、中国城、坡州英语村等）连成一片，形成一个集旅游、娱乐、信息科技和大众文化产业为一体的梦工厂地带。"韩流坞"的建成将进一步提升首尔的国际形象和国际地位。

第二十四章　创意：城市发展的核心动力

第二次世界大战后，日益高涨的第三次科技革命使人类社会进入后工业时代，一个全新的信息时代、知识经济时代和全球化时代走进了我们的生活。由于现代意义上的城市概念是与工业革命相生相伴的孪生兄弟，城市发展无一不打上了传统工业时代的深刻烙印，即以生产企业为主体，以追求经济效益为动力，经济功能占据城市发展的核心地位。后工业时代的基本特征显然不同于工业时代，只有抓住这一时期的时代特征①实现产业结构的转变调整和不断升级，城市才能立于不败之地。

后工业时代的知识经济一体化特征，使得城市历史与文化遗产、教育科技文化知识与理念、一切为公众与社会需要的知识都可以物化成商品或商业活动，新创意更是可以不断衍生出新产品、新市场和就业新机会。后工业时代对国际大都市的服务经济的本质要求使文化创意产业②不仅前景向好，而且成为世界经济增长的重要推动力和城市发展的核心动力。密切关注和深入研究国际大都市文化创意产业的发展，准确把握世界产业发展的动向，对于北京产业结构调整、城市经济社会全面协调发展具有重要意义。

一　创意时代的到来

当今世界上处于领先地位的城市，基本上已经进入后工业化社会。后工

---

① 时代特征是指在一定历史时期，由当时的生产力发展水平决定的、反映这一时期世界发展基本态势并对世界未来发展具有全局性和战略性影响的标志性特征。不同时期影响世界城市发展的时代特征具有不同的特点（笔者注）。

② 创意产业（Creative Industry）是指源自个人创意、技巧及才华，通过知识产权的开发和运用，具有创造财富和就业潜力的行业。

业时代知识在对传统工业的改造和升级、促进城市经济在整体上质的飞跃等方面的作用十分明显，知识在经济过程中相对独立化、产品化和商品化的趋势十分明显。依靠科技进步、知识革新，特别是依靠数字化和网络化对现有企业进行生产过程自动化和管理自动化的信息化建设，挖掘传统历史文化优势和资源，发展文化创意产业，为城市产业结构调整奠定了坚实的基础，也为知识经济提供了更为广阔的市场。正如一家著名的英国网站指出的：在今日，文化是经济的带动者，也是内容的原创者，地方的营造者，地方的行销者、创新者，观光的创造者、社会资本。美国经济学家约翰·霍金斯在《创意经济》一书中指出，全世界创意经济每天创造 220 亿美元，并以 5% 的速度递增。在一些国家，其增长的速度更快，美国达 14%、英国为 12%。在发达国家的国际大都市里，众多创意产品、创意营销、创意服务展现出创意产业蓬勃发展的繁荣景象。

据联合国教科文组织的一份《文化产业与商业》报告，在 1996 年，出版、流行音乐、电影等文化产品的出口第一次超过汽车、农业、航天、军火等其他传统产业产品的输出，成为美国最大宗的输出品。现在，美国的文化产业的年经营总额已达数千亿美元，文化产业的增加值已占到 GDP 的 18%～25%，在国民经济中的比重居于第四位，全美从事文化艺术及其相关产业的人员有 1700 多万人。统计资料表明，美国 400 家最富有的公司中的 72 家是文化企业；美国的音像业出口仅次于航天工业，占据 40% 的国际市场份额；美国拥有世界上最大的图书市场，每年出书 4 万种，年收入超过 50 亿美元。在新经济时代，艺术文化不再只是补助的对象，而是投资的对象，作为整体经济的发展动力。根据纽约"艺术联盟"（Alliance for the Arts）的报告《文化资本：纽约经济与社会保健的投资》（*Cultural Capital: Investing in New York's Economic and Social Health*），在 2000 年纽约艺术与文化非营利组织创造经济效益 57 亿美元，非营利组织创造出 5.4 万个就业机会。商业营利的艺术与文化组织（包括百老汇、画廊、拍卖会、影视产业等）的经济效益为 88 亿美元。营利与非营利的纽约艺术与文化组织总共创造了 145 亿美元的经济效益。整个纽约市文化产业提供了约 13 万个工作机会。正如阿特金森和科特指出的那样：美国新经济的本质就是以知识及创意为本的经济，新经济就是知识经济，而创意经济则是知识经济的核心和动力。美国人发出了"资本的时代已经过去，创意的时代已经来临"的宣言。

英国首相布莱尔于 1997 年当选首相后所做的第一件事，就是成立"创意产业特别工作组"。① 这个特别工作组于 1998 年和 2001 年两度发布研究报告，分析英国创意产业的现状，并提出发展战略。其中，一个较大的转变就是使文化生产和消费与市场链接起来，借助文化资源增强市场产品和服务行业的趣味性、精致性和文化内涵。2000 年创意产业增加值已超过 500 亿英镑，占英国国内生产总值的 7.9%；年增长率是其他产业的 3 倍，达到 9%；提供岗位 115 万个，占总就业人数的 4.1%，如表 24 - 1 所示。

表 24 - 1 英国文化产业规模

英国创意产业	产值（亿英镑）	出口额（亿英镑）	从业人数（人）
广 告	30（1998）	8.15（1998） 7.74（1999）	84900（1998） 92800（2000）
建 筑	17（1998）	0.59（1998） 0.68（1999）	24000（1998） 20900（2000）
艺术与古玩	34.67（1999）	6.29（1999）	37063（1999）
工 艺	4（1999）	0.40（1999）	24200（1998） 23200（2000）
设 计	267（2000）	10（2000）	76000（2000）
时尚设计	6（1996）	3.5（1996）	11500（1996）
电影与录像	36（1998）	5.81（1998） 6.53（1999）	48100（1998） 44500（2000）
互动休闲软件	8.31（1998） 9.69（1999）	5.03（1998）	21500（1999）
音 乐	46（1998）	13（1998）	122000（1998）

① 英国对于文化战略的理解有其国际背景，1982 年联合国教科文组织在墨西哥城召开"世界文化政策大会"，会议明确把人文—文化发展纳入全球经济、政治和社会的一体化进程，并把推动文化发展作为各国政府面对新世纪应做出的承诺。1997 年，教科文组织出台《联合国世界文化发展 10 年（1988～1997 年）》，明确提出要提高对全球人类共同体的人文—文化关怀，进一步促进经济—政治—文化的融合。1998 年 3 月，联合国文化与发展委员会在斯德哥尔摩举行题为"促进发展的文化政策"（Cultural Police for Development）的政府间会议，敦促世界各国"设计和出台文化政策或更新已有的文化政策，将它们当作可持续发展中的一项重要内容"。在这个大背景下，英国率先将面向新时代的文化战略调整提到议程上来（笔者注）。

英国创意产业	产值（亿英镑）	出口额（亿英镑）	从业人数（人）
表演艺术	4.7（1999）	0.80（1999）	75400（1998） 74300（2000）
出　　版	184.84 （2000）	16.54（2000）	140800（2000）
软件与计算机服务	303（1998） 364（1999）	27.6（1998）	420000（1998） 555000（1999）
电视与广播	105.91（1998） 121.36（1999）	4.44（1998） 4.46（1999）	101000（2001） 102000（2002）

注：表中括号内数字表示年份。

日本、德国、法国、意大利、奥地利、西班牙等许多国家的文化产业，都越来越在国民经济中占据着举足轻重的地位。1993 年，日本的娱乐业产值超过了汽车工业的年产值；日本动画片的票房收入占到日本电影业票房收入的 1/3；日本的电子游戏成为日本娱乐业中最赚钱的项目，每年游戏硬件和软件总值可达 170 亿美元左右。奥地利广泛的群众文化活动是其文化产业发展的催化剂，萨尔茨堡艺术节已成为一项真正的文化产业。据统计，在萨尔茨堡艺术节上，仅票房收入就达到近 3 亿美金。艺术节为该市有关行业间接创造的市场需求不低于 1 亿美金，艺术节还为该市及周围地区增加了 2000 ~ 2200 个就业机会。

可见，21 世纪文化创意产业将成为经济发展的新亮点和新动力。因为全球政治经济一体化的趋势强调合作与多样化，强调人与自然和谐相处，对传统工业社会以利润和权力为目标的价值体系提出了质疑，从而为城市发展的空间与思路创造了新的发展机遇。在知识经济时代，城市未来的命运取决于城市主体的知识特征、价值取向，而不再是城市的地理状况和自然资源条件，城市的创新意识将决定城市发展的未来方向与命运。

二　城市文化发展与城市产业结构的调整与升级

对于国际大都市而言，最重要的不在于自己生产什么、生产多少，而在于它对世界经济和区域经济有多大的影响力与控制力。[①] 20 世纪 80 年代以来，以信息技术为主要标志的新技术革命浪潮带来了全球范围的世界经济结构调整，促使一些大城市的功能由生产性向国际服务性转变，那些仍然在全球和地区发挥重要影响的国际大都市无一不是通过成功地完成城市产业结构的调整与升级，成为重要的国际金融中心、国际生产与贸易中心、国际信息与文化中心、国际控制与决策中心的。在欧洲，许多在历史上曾经扮演过重要角色的工业城市，经过近二三十年城市文化复兴的努力与实践，城市文化、经济和社会形象得以提升，在城市围绕世界经济服务化趋势调整产业结构的今天，许多城市认识到：城市的综合竞争力最终表现为文化的竞争力。

（一）以文化内涵改造传统产业，走出城市发展能力衰退的危机

第二次世界大战后，世界经济结构经历了几次大规模调整。[②] 20 世纪 70 年代，欧洲一些工业发达城市在全球产业转移的压力下，传统工业与制造业规模日渐萎缩，城市发展的步伐明显放慢，甚至趋于停滞，这些城市大都面临着如何保持城市活力与改善市民生活质量的双重难题。以富有地区特色的文化改造传统企业，制定与环境、社会、政治、经济等方面政策相适应的文化发展战略，这些城市正是利用文化和文化产业，成功地扩展了经济基础，提升了城市形象，改善了城市基础设施与环境质量，促进了各阶层民众的团结和社区的凝聚力，欧洲城市也因此得以复兴。

我们以伦敦的发展为例。伦敦是世界上最早的国际大都市，在传统的

---

① 国际大都市的标准条件是什么，目前还没有一个完全统一的认识。一般认为，国际化大都市应该具备以下条件：在世界和地区经济、政治、社会生活中居于重要位置，有较强的经济实力和良好的服务功能，拥有一定的跨国公司和国际组织总部，处于国际交通枢纽位置，经济运行按国际惯例并有很高的办事效率，在世界经济、政治、科技和文化领域具有相当的竞争力、影响力和控制力。城市学家和城市政策制定者制定的各种指标评价体系一般都反映了这些基本要求。

② 20 世纪 50 年代，美国开始重点发展半导体、通讯、电子计算机等新兴技术密集型产业，将钢铁、纺织等传统产业向日本和西欧国家转移；1973 年经济危机后，日本、联邦德国等工业发达国家把注意力转向耗能和耗材少、附加价值高的技术密集型产业，如汽车、电子产品、精密机械、精细化工、家用电器等，新兴工业化国家和地区的劳动密集型产品得以大量出口，建立了出口导向型经济；80 年代以后，以信息技术为主要标志的新技术革命浪潮给发展中国家的经济发展和产业结构优化带来了难得的机遇。发达国家在继续向发展中国家转移劳动密集型产业的同时，开始向发展中国家转移资本技术双密集型产业。世界经济结构的调整和变化促使一些大城市的功能由生产性向国际服务性转变。

工业时代成为世界一流的国际制造业中心、商业贸易和金融中心。特别是20 世纪早期，在大工业向城市集聚的大潮中，伦敦走在了其他城市的前面。20 年代和 30 年代，伦敦建立了一系列新兴工业部门，如电气、机械、汽车、飞机工业等，推动了城市经济的发展，伦敦成为世界上工业规模最大的城市和世界最大的产品生产基地。1951 年，伦敦制造业就业人数为140 万，占全国制造业就业人数的 1/7；1961 年达到高峰，为 145.3 万人，就业人数占伦敦就业总人数的 1/3。第二次世界大战以后，英国的殖民地和附属国纷纷独立，英国丧失了凭借"帝国特惠制"和"英镑区"的地位获取对外贸易优势的有利条件。1951～1979 年，英国对英联邦国家的出口从占出口总值的 50% 下降为 14.8%，进口从占进口总值的 41% 下降到9.5%。加上工业结构的老化和经济竞争力的下降，英国传统工业受到发展中国家产品出口的冲击，而电机、汽车等工业则受日本、德国新产品出口的冲击，英国的综合国力逐渐落后于美、德、日、法等国。国力的下降给伦敦经济带来了不利的影响，伦敦的工业就业人口不断萎缩，1961～1981 年工业就业人数减少了 54.3%，到 1988 年仅剩 45 万人。伦敦面临着从工业社会转向后工业社会产业结构调整出现的诸多问题，城市发展处于危机之中。

伦敦道克兰区（Docklands）是全世界最大的码头区，这个码头在 19 世纪充分享受了传统码头业带来的经济繁荣，船舶修理、重型机械、食品加工、仓库、货物转运等行业发展推动了伦敦工业的增长。这里有 1 万艘驳船，每年转运 3500 万吨的货物，10 万人为码头相关产业服务。随着后工业化时代的来临，铁路、公交和民航逐渐替代了水运，港口繁荣的景象开始衰退；随着工厂外迁和部分码头废弃，经济更加萧条。不仅经济发展停滞，而且工业污染严重，这里集中了炼油、煤气、造纸、水泥等污染工业，工人住宅区的居住环境与西区形成鲜明的对比。1967 年，伦敦开始陆续关闭码头，传统码头产业受到了沉重打击。经过十余年的讨论、规划、实践和利益协调，伦敦从 20 世纪 80 年代开始，投入了 75 亿英镑，对道克兰区码头区进行产业结构的调整与升级，对泰晤士河两岸进行了改造开发，发展新型服务业，沿河建立了图书馆、戏院等设施，增加了许多自然风光和人文景观，文化项目和文化产业拓展了伦敦的城市服务功能。道克兰区还成功地挖掘了伦敦作为工业中心的文化内涵，使昔日破旧的码头成为展示英国工业革命发展历程的文化景观，道克兰区也因此成为伦敦新的旅游点，1993 年吸引了 100

万名游客来此观光、娱乐。[①] 此外，道克兰区十分重视交通设施的建设，目前已经拥有由轻轨、地铁、市内机场、公路、水上巴士组成的伦敦最完善的立体交通网络。因此，在21世纪初，道克兰成为了集文化、商业、旅游、饮食、居住为一体的一流地区。

在英国，类似的例子还可以举出很多。如伯明翰在1991年建成国际会议中心后，吸引了许多著名的交响乐团、歌剧团和芭蕾舞团；利物浦成功地改造了一个包括画廊、海洋博物馆以及电视新闻中心在内的规模宏大的艺术、休闲和零售商业为一体的综合设施，进一步改善了城市形象。格拉斯哥在19世纪是世界上最知名的船舶制造业和海运城市之一，但是由于经济结构的世界性变化，这个城市的制造业和海运业都受到严重打击，造成城市人口流失、失业率居高不下、犯罪率高等诸多问题。格拉斯哥采取了结合文化活动进行大型文化设施建设的策略，通过文化政策使本地经济基础多样化，提升城市外部形象，吸引外来投资，补偿制造业损失的工作机会。1983年格拉斯哥开放了伯勒尔珍藏馆，举办了艺术节日和市场开发活动。在每年的5～9月间，格拉斯哥还举行以国际爵士音乐节、合唱节等为标志的文化活动，吸引了大批旅游者，给城市带来了巨大的收入。特别是1990年举办的"欧洲城市文化节"以及其他一系列的文化建设与投资，使这个城市不仅重新获得了富足的经济实力，而且增强了城市信心，格拉斯哥在1999年获得了"欧洲文化城市"称号。

（二）以文化创意提升城市形象，是后工业时代城市发展永不枯竭的动力

国际大都市在国际社会中的影响力和控制力不仅体现在经济上，也体现在其政治影响和文化渗透力上。在后工业时代，文化通常被这些城市作为推动经济发展的原动力和塑造国际形象的主要途径。尽管这些城市的文化发展有依赖政府大规模投入的一面，尤其是发展那些经济效益较少但有着较大的社会效益、能够提升人的精神生活品质的文化艺术，市政当局在考虑文化服务时应着重于合理利用而不是考虑收入的多少。比如，图书馆的免费开放，文化艺术活动的公共补贴，所需资金可以通过增税、发行彩票、艺术奖券等方式来筹集。但是，政府也十分重视在市场经济环境里实现文化对于城市发

---

① 20世纪70年代对道克兰区的改造有各种提案，见 http://www.addington3.freeserve.co.uk/artmon.html。

展的意义。他们往往把文化发展与规模经济效率、就业的稳定性、人口的素质联系起来，认为处于城市中心和商业区的文化生活丰富程度是城市商贸繁荣、企业选址、人们择业和选择居住地的必要条件。① 因此，在世界城市格局中处于领先地位的国际大都市不仅文化存量②高、文化设施质量好，而且形成了在市场经济机制下良性运行的城市文化产业。被人们称为第四产业的城市文化产业发展十分迅速，从而带动了旅游业等相关行业的发展，不仅承载着本土的传统文化，而且也善于吸纳和融合其他地区的文化元素，成为世界文化汇聚的中心，伦敦就是其中的典型。

为了确保伦敦这个世界文化中心的影响力，并从城市的文化资源中获得最大的利益，2003 年 2 月，伦敦市长公布了《伦敦：文化资本市长文化战略草案》，以维护和增强这个"世界卓越的创意和文化中心及世界级文化城市"的发展能力。《市长文化战略草案》提出了伦敦文化发展的四大目标：增强伦敦作为世界一流文化城市的地位；把创建作为推动伦敦成功的核心；确保所有的伦敦人都有机会参与到城市文化中；确保伦敦从它的文化资源中获得最大的利益。为此，伦敦市政府十分注意处理好文化作为一项公益事业和作为一个经济产业部门之间的关系。作为一项公益事业，政府有责任投入社会资源促进其发展，保证每个市民享受到文化发展的成果。伦敦目前主管文化的文化战略委员会是依据 1999 年"大伦敦市政管理机构法令"（*The GLA Act*, 1999）设立的，主要负责规划、协调和发展各类文化机构，制定、补充、执行文化战略，发展伦敦的文化合作组织和地区文化联盟等。文化战略委员会参与了 2003 年 2 月《伦敦市长文化战略草案》的制定，通过对政府部门进行协调、完善文化管理机制来加强对文化的支持力度。伦敦文化资金主要来源于政府的文化投入，还有私营企业、基金会的捐赠和发行文化特种彩票收入。伦敦文化机构大约每年收到来自公共和私人部门 11.33 亿英镑的资金支持，其中财政拨款 46.1%，地方政府占 31.1%，彩票占 15.2%，赞助商占 5.3%，信托基金占 1.5%，

---

① 近年来，国际大都市文化的经济功能正在逐步被认同。1998 年，世界银行在《文化与持续发展：行动主题》报告中指出："文化为当地发展提供新的经济机会，并能加强社会资本和社会凝聚力。"一些城市文化产业化、经济化的新形式和新概念也在不断推出，如文化产业、新媒体产业、创意产业、数字内容产业、版权产业等。文化对城市经济发展的促进作用在 20 世纪 90 年代被广泛关注（笔者注）。

② 文化存量是指城市在一定时期提供的各种文化资源和文化活动的数量，如图书馆、博物馆、大学、游乐资源、表演艺术、图形艺术等。

欧盟占0.2%，其他占0.6%。为了维护伦敦作为世界级文化城市的声誉，在保护现有世界著名文化设施和文化遗迹的同时，伦敦政府还通过大力兴建新的文化设施，创办更多的世界级文化盛会、建立伦敦文化的特色品牌、推动创意产业的投资和发展、加强国际文化交流与合作、充分发挥公共场所的文化潜力等措施扩大伦敦的文化影响。

（三）在文化创新中培养新的支柱产业

20世纪末在全球范围内兴起了以信息产业为代表的高技术革命，人类的文化价值观念、生产生活和思维方式发生着根本性的变化。在知识经济时代，把一个城市与另一个城市区别开来的是知识，是城市主体的知识特征、价值取向，而不再是城市的地理状况和自然资源条件。创新意识反映了知识更新的程度和城市发展的未来方向与命运，创新意识在世界城市发展的历史上一直发挥着积极的作用和影响，它曾经深刻地改变了城市的空间形态、功能结构和发展方向。一些国际大都市的文化创新活动正在与城市数字化改造相结合，打造城市新的产业。

第二次世界大战以后，纽约不仅顺应了科技发展的潮流趋势，从传统制造业中心转变为世界金融和管理控制中枢，而且成为了21世纪初"数控"全球的世界金融、贸易、科技、信息中心。1991年，美国国防部专用的军事网络正式解密并开放投入商用，这便是风靡全球的因特网技术。1993年9月，克林顿政府正式推出了兴建"信息高速公路"的计划，建立连接全国的高速信息网，通过这一信息网，任何团体和个人可以快速、方便地双向交流包括数据、文字、声音、图像和电视节目等各种信息，美国政府预计"信息高速公路"计划每年将创造3000亿美元的新销售额。纽约迅速响应政府的行动计划，开始打造城市数字化媒体产业，把纽约建成"世界新媒体中心"。

纽约本身就是美国头号传统媒体市场和仅次于好莱坞的第二大电影中心，拥有80多种有线新闻服务、4个国家级电视网总部、至少25家有线电视公司，7%的美国电视收视家庭集中在纽约市；集聚了35家以纽约市为基地的广播电台和100多家地区性广播电台，听众达1400多万人；有几千种报刊和几百家国家级杂志出版社云集纽约，美国排名前10位的消费类杂志中有6家总部设在纽约市，美国18%的出版产业从业人员工作、居住在纽约市；排名前5名的音乐录音制作公司中，有三家总部设在纽约市；全球大多数著名的媒体集团大都在纽约有分公司，其中不少是以纽约为公司总部，如世界排名第一的美国在线—时代华纳集团、维亚康姆、国家广播公司、纽约时报集团等。作为美国城市文化中的典范城市，纽约还拥有 210 个图书馆、150 个博物馆、94 座高等学府、400 多家艺术画廊、38 家百老汇剧院。纽约市政当局意识到，把传统媒体与因特网技术结合发展数字化媒体产业将增强纽约为国际社会提供信息服务的能力，因此提出了"数字化纽约 连通全世界"的响亮口号。纽约通过"即插即用"计划对曼哈顿办公楼进行改造，给每间办公室预装连接因特网的线路和插口，同时推出减免税政策，这样吸引了许多网站、多媒体软件制作中心和在线娱乐公司进驻。短短几年，纽约的高科技企业从 2000 家猛增至 8000 家，促成了后来名闻天下的纽约"硅谷"的诞生。纽约新媒体产业协会的报告显示，1997～1999 年，大纽约地区新媒体产业从业人员人数以 40% 的速度增长，达到 25 万人，其中纽约市内的新媒体从业人员超过 10 万，年增长率远远高于印刷、广告、影视制作、电视广播等行业的增长，新媒体产业的年收入增长率高达 53%，1999 年达到 170 亿美元。波士顿咨询公司的调查报告指出，到 20 世纪 90 年代末，新媒体产业为纽约提供了 17 万个就业机会，创造利润 100 亿美元，成为纽约经济领域中最有活力、发展最快的新兴产业。

现在，纽约市政府又在积极推动"纽约市生命科学研发计划"的开展。现任纽约市长米切尔·布隆伯强调："生命科学的发展前所未有地改变了并在继续改变着生活乃至生命本身，我们的目标，就是将纽约打造成世界生命科学中心，抢占未来制高点。"纽约不论是在 19 世纪末作为美国最大的制造业中心，逐渐成为国际金融、贸易和经济决策管理的中枢，还是在 20 世纪 90 年代进行的数字技术革命，或者是正在抓住的生命科学新领域，纽约在不同时期确立了不同的关键技术。正是这些适应时代变化和世界经济发展的关键技术及时地推出了新的支柱产业，促进了主导产业与相关产业之间的良性互动和"产业链"，保证了产业结构的合理性和及时升级。

在悲观论者谈论城市资源枯竭的今天，像纽约、伦敦这样的国际大都市已经在挖掘城市的两大宝藏：知识与垃圾。在知识经济一体化的新世纪，城市历史与文化遗产、教育科技文化知识与理念，一切满足公众与社会需要的知识都可以物化成商品或商业活动，从而推动城市新的支柱产业——信息产业和文化产业的发展，这是北京在迈向国际城市的发展进程中应该重点研究和关注的新动向。

二　对北京制定文化发展战略的启示

随着世界经济全球化和后工业时代的到来，世界城市进入大发展、大调整的新时期。作为世界城市格局顶层的国际大都市在世界经济、文化、政治、社会其他领域中的地位和影响力将大大增强，国际大都市的功能将趋于多样化、多元化。很显然，现有的伦敦、纽约、东京等十几个国际大都市不可能满足世界发展的全部要求，传统国际大都市的城市综合功能将转移、分离给新兴国际大都市，这就为新兴城市加入国际大都市的队伍、成为全球和地区性经济、政治、文化的中心提供了可能，北京面临着城市发展的历史性机遇。能否制定适宜的产业结构调整战略，运用好文化优势与文化资源，是北京实现其国际化目标，提升北京在后工业时代世界城市格局中位置的现实保证。

（一）　发展文化创意产业，实现城市生态与经济发展的双赢局面

中国传统经济发展模式对生态环境的破坏十分严重，近年来，中国城市经济总量在快速增长的同时，城市生态环境几乎在以更快的速度恶化。世界卫生组织 1998 年对 53 个国家的 272 个城市大气中的总悬浮颗粒物、二氧化碳、二氧化硫等 3 种完全污染物的浓度进行测定后，重新确定的全球 10 大污染城市中，中国竟然有贵阳、重庆、太原、兰州、淄博、北京、广州、济南等 8 个城市位列其中；全球 50 个空气污染最重的城市中，中国占 31 个。当前，中国城市发展的状况似乎表明，环境保护和经济增长已成为相互对立的两难选择，严重阻碍了城市经济社会与环境可持续发展。

最近几年，国际大都市发展文化创意产业取得的巨大成果使我们看到，知识经济时代为城市生态与经济协调发展提供了现实途径。知识经济是建立在知识和信息的生产、分配、使用之上的经济。知识经济与工业经济的最大不同在于：知识经济的繁荣不再直接受制于资源、资本、硬件技术的数量、规模和增量，而直接依赖于知识的积累和创造性的运用。知识成为一种无形的"第一生产要素"，逐步成为经济增长的主要动力和根源，具有了配置资本等生产要素的能力。20 世纪 90 年代以来，以知识为内生变量的美国经济增长奇迹，其主要动力就是在信息技术部门的带领下，以知识及创意为本的经济创造了美国经济繁荣的新神话。由于经济增长的主要动力是具有某种无限性的知识要素，以知识为基础的创意型、技术密集型、清洁型的产业逐渐取代了传统的劳动密集型、高污染的工业，清洁的可再生能源代替了矿物燃

料。此外，发展模式的转变，使能源、运输、制造业、建筑业和农业技术等方面发生了根本性的变革，生产、服务、流通等各个环节省略了许多无谓的损耗，在文化创意产业中产生了更多的新产品、新理念和新的就业机会。由此带来的变化是：经济的高速发展并不需要以相应的自然资源和环境成本为代价，使城市生态与经济发展出现"双赢"局面成为可能。

尽管文化产业在中国的发展现状不容乐观，但是，我们也应该认识到，文化创意产业迟早会成为城市经济发展的核心动力。北京是拥有丰厚文化资源和实力的中国历史文化名城。根据 1999 年 5 月北京市统计局对所圈定的北京 25 类文化行业中的 13 类主要文化行业进行的统计，至 1998 年，文化单位所创造的增加值已达 87.9 亿元，占全市 GDP 的 4.4%。如果再加上旅游业所创造的增加值，总值将达到 281.2 亿元，占全市 GDP 的 14%。只要我们深入理解其产生和迅速成长的必然性，自觉地促进文化创意产业的发展，文化创意产业将为北京的城市可持续发展创造更大的价值，作出更大的贡献。从未来的发展趋势看，文化创意产业的这一地位是其他产业所无法取代的。

（二）重视城市文化创意产业发展和文化战略选择对城市转型和产业结构升级的重要意义

尽管目前国际社会对于文化产业没有统一的明确界定，有的国家将其作为产业门类来计算，有的将其分解为若干个领域并入其他产业计算。[①] 但大家对文化产业有一个共同的认识，就是文化产业既有文化属性又具备产业性质，应该是"从事物质和精神文化产品的生产、流通和以文化为内涵的各种服务活动或部门的集合"，既为市民提供精神文化产品和服务，又为城市发展创造物质财富。从图 24-1 来看，文化产业结构包括影视文化、图书馆、会展业等传统文化产业，也包括网络业、文化旅游业等具有深厚文化特性和市场潜力的新兴产业，还包括广告业、竞技体育与博彩业等以博取利润和文化休闲为特性的娱乐休闲项目。欧洲许多城市通过创建综合文化发展区[②]的

---

①　在美国，出版业和音像制品生产被划入制造业，电影生产编入服务业，有时也纳入信息产业。在日本，文化产业则被理解为能满足人们文化和爱好的产业部门。

②　创建文化综合发展区是指：一个城市或城镇拥有最高密度的文化与娱乐设施的地理区域。这些文化地区综合利用开发区域，为本地人和旅游者提供参观景点或名胜（如博物馆、画廊或剧院），同时提供办公、住宅、宾馆、餐饮、零售和休闲等设施。通过这些文化活动与文化项目最大限度地提升土地价值、繁荣消费、推动就业增长、提升地区形象、吸引投资。

形式，提升旧城区的活力与品质，为地区发展赢得经济来源，对现有城市遗产结合文化产业及相关文化商业发展加以利用，引入新的文化地标，以文化带动地区发展。

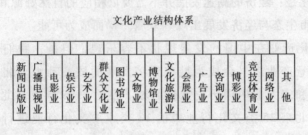

图 24－1　文化产业结构图[①]

　　文化对于相关产业的带动作用不仅表现在产业的关联性上，而且可以通过实施有前瞻性的文化战略，通过一系列的文化活动、文化项目建设和投资，提升城市的国际知名度，使这个城市获得富足的经济实力；文化创新性项目、行动方案和景点的开发，不仅仅可以满足普通的商业目的，还可以更好地表达或提升本地文化。就体育项目来说，体育产业是一项庞大的具有商业化与职业化特点的产业，1990 年以来，全球的体育赞助费几乎增加了两倍，体育及相关活动的支出占全球年贸易总额的 2.5%。以奥林匹克运动会为例，几乎每个国家都会派众多选手参加，全世界的媒体也都会被它吸引。所以，很多城市意识到大型活动特别是体育活动，已经成为城市提升的极佳机会，十分重视申办奥运会等重要比赛。俱乐部对城市形象也极具价值，欧洲的足球俱乐部，美国的棒球、冰球、篮球和橄榄球俱乐部，都往往成为城市形象的代表之一。各种富有创意的文化活动和城市形象的设计，有助于扩大城市的文化知名度，提升其国际影响。

　　（三）重视有文化含量的服务产业的发展

　　城市一直是社会文明的摇篮，在社会发展中起着创造、引导、示范作用。今天，无处不在的网络将整个世界连接为一个整体，新的生活方式、新的文化观念、新的创造发明在瞬间通过网络传向地球的任何一个角落。随着网络文化的发展，城市文化可以催生新经济体系下的新的支柱产业，建立和

---

① 见《中国大城市文化产业综合评价指标体系研究》，中国网，http://www.china.org.cn/ch-whcy/5.htm，2002 年 1 月 25 日。

发展与后工业时代相适应的城市新文明。文化产业的发展与服务业在产业结构中的地位有着密切的关联性。在一些发达国家，部分文化产业已成为最具经济活力的产业部门，文化产业在后工业时代的国际大都市无疑有着巨大的发展空间。

文化优势不明显会影响服务业整体水平的提升和附加值的增加。我们知道，制造一张光盘的聚酯酯原料成本为 3 元，而微软公司生产的一张加上软件程序的"Office 97"光盘售价则为 8000 元，从中获利几千倍，这就是知识经济附加值的优势。北京是全国教育、文化、科技最发达的地区，但在北京的城市产业结构中，北京的最大优势——教育、文化、科技的优势却没有充分发挥出来，形成真正的产业优势。2002 年，教育、文艺、广播电影电视事业在第三产业中所占的比重仅为 6.6%，低于交通运输、仓储及邮电业（7.4%），批发和零售贸易、餐饮业（8.0%），金融保险业（14.6%），社会服务业（10.0%）的水平。

北京被誉为中国第三产业最发达的城市，2003 年北京市服务业创造增加值达 2256 亿元，占 GDP 的比重达到 61.4%；创造了 512 万个就业岗位，占北京市 2003 年就业人数的 59.6%。但是，有专家指出，北京第三产业的发展没有为城市带来足够的繁荣，也没有为城市居民带来足够的富裕。20 世纪 90 年代以来，北京与上海的差距越拉越大。2003 年，上海 GDP 达到 6251 亿元，而北京只有 3600 亿元；常住人口人均 GDP 上海为 36533 元，北京只有 25152 元。是不是当前以第三产业为主体的产业体系不能够支持北京城市发展和居民生活质量提高的需要呢？发展服务业是后工业时代国民经济发展的本质要求，这个趋势不能改变，关键是发展什么样的服务业。北京目前第三产业内部的主体行业，也就是我们常说的生产者服务业和社会服务业，如交通运输仓储及邮电通信服务业、金融保险业、房地产业等与上海有很大的差距。在服务业中，更少强调推崇创新、个人创造力，强调文化艺术对经济的支持与推动的新理念、新思潮和新实践。北京今天的服务业发达实际上只是满足人们衣、食、住、行等基本需要的消费服务业发达而已，结构上存在问题才是服务业对北京城市发展贡献不足的真实原因。适时地调整产业比重，进一步推动第三产业特别是高科技支持的文化创意产业的发展，才能带来第三产业的知识密集型、高附加值、高整合性，优化产业结构。

目前，北京的教育、文化产业的发展与北京城市发展目标和在全国的地位很不相称。北京新的城市规划定位为国家首都、世界城市、文化名城、宜居城市，北京不仅是全国的政治中心、文化中心和国际交往中心，同时也是全国的信息、金融和科技中心。无论是从北京实现世界城市的发展目标①来看，还是就全国城市体系中首位城市的地位来说，目前北京的产业结构都还有较大的差距。尽管北京的第三产业已占全市生产总值的60%以上，但许多部门或行业主要是为本地生产和生活服务，真正面向全国、面向国际经济的服务部门所占比重不大。据统计，2002 年，北京的第三产业占 GDP 的比重为 62.1%。能够面向全国服务的行业主要是金融保险业（占全市 GDP 的14.6%），教育、文艺、广播电影电视（占全市 GDP 的 6.6%），科学研究和综合技术服务业（占全市 GDP 的 5.3%），大约占第三产业的1/3 左右。其余的行业基本上都是为当地经济服务，对全国经济的辐射和带动作用不大。根据《北京城市总体规划（2004～2020 年）》，北京是"全国的政治中心、文化中心，是世界著名古都和现代国际城市"，要体现"四个服务"意识。②做好这"四个服务"，不但在生产、流通、消费领域具有显著优势，更重要的是必须拥有按照国际城市要求建设的城市文化设施和文化服务功能，还有一大批有国际水准的标志性文化项目。为此，北京必须加大力度培养急需的文化人才，尤其是具有原创力的拔尖人才和复合型文化经营人才，营造一个鼓励、支持创新创业，有利于吸纳、集聚人才进行文化生产和服务的城市氛围，研究制定切实可行的文化要素参与分配的办法，鼓励专业人才创办文化企业，形成文化特色鲜明的服务产业。

（四）重视文化在改造城市空间、建设城市文明方面的独特贡献

文化具有单纯的经济战略所不具备的优势，在后工业时代，尽管各地区文化面临全球化潮流的挑战，但是文化创新的空间和场所大大被扩展了，文化的优越性是单纯的经济战略所无法达到的。从西方国家城市发展的历史来看，最初，一些城市将城市发展的重点放在单纯的经济战略上，采取了许多发展休闲经济、刺激消费的措施，建设大型购物中心。20 世纪 50～60 年代美国一些郊区曾因建设大型购物中心而取得了成功，但是，大型购物中心的

---

① 北京制定城市国际化"三步走"战略。第一步：2003～2008 年，率先在全国基本实现现代化，构建现代化国际大都市的基本框架；第二步：2009～2020 年，全面实现现代化，确立北京具有鲜明特色的现代化国际大都市的地位；第三步：2021～2050 年左右，北京将建设成为经济、社会、生态全面协调发展的可持续的城市，进入世界城市行列。

② 即为中央党、政、军领导机关的工作服务，为国家的国际交往服务，为科技和教育发展服务，为改善人民群众的生活服务。

建设带来了新的问题。首先，建设大型购物中心对旧城来说，是对地方特色与城市景观的破坏；其次，大型购物中心给周边地区带来了巨大的交通压力，相当规模的停车场占地使旧城空间不堪重负；再次，建在中心地带的大型购物中心仍然不能解决欧美城市发展中的中心城市空心化的问题。而城市的文化发展战略注重对历史文化的保护，注重文化基础设施建设，注重市民精神世界的需求，注重通过文化营造宜人的环境与和睦的人际关系，因此，文化的诉求可以在保护旧城风貌、传承城市文脉的同时增强城市的经济活力，缓解给交通与土地造成的压力，促进城市的可持续发展。

值得注意的问题是，城市在吸引投资开发"文化区"的过程中往往会导致本地区的"高档化"趋势，地价与租金的上扬，导致本地生活费用的提高，本地居民搬迁。20世纪后期，欧洲一些城市的文化复兴策略重点放在引进私人资本投资文化项目，在文化区进行住宅开发，地价飙升导致公共空间日渐昂贵，本地社区被边缘化。批评者认为，当地文化旅游业的发展并没有改变城市的工业基础，解决本地失业率问题；博物馆建筑大都不是为本地居民服务的，加上一些城市建筑过多模仿现有的国际大都市的建筑风格，不能融合到当地的文化环境中。那么，文化在复兴中究竟能在多大的范围内为社区提供一种机会，使其既能够重新改造城市空间，确定其特征，并从各种文化行动方案中受益呢？这就需要首先要建立适宜的文化规划体系。就国家层面而言，要有文化发展战略，重视文化不可取代的作用；就地区而言，通过整合地区间的文化优势来完善文化资源的合理布局，增强文化影响力。因此，我们注重文化在目前城市建设中的核心地位的同时，要避免文化的塑造在拉动城市经济增长时被市场"这只看不见的手"左右，迷失了城市文化的发展方向。

（五）注重城市文化建设的历史承接与创新发展，保持城市民族个性与城市文化特色

在世界城市国际化浪潮中，北京要实现其国际城市发展目标，就必须让更多的国际政治、经济、文化机构做客北京，让更多的国际活动、国际会议频繁在北京举行，让更多的外国人在北京安居乐业，让更多的市民开口讲英语……所有这一切都将使北京日益成为国际活动的积极参与者，成为国际上各种思潮、各种文化价值观念交汇的中心。但是，全球性经济因素的自发影响，世界经济全球化的负面影响，也会使一些北京人受到金钱主义、消费享乐思想的影响，淡漠多年来形成的亲情以及友善、和睦的中国传统伦理道德，甚至削弱千百年来维系华夏子孙的民族亲和力和凝聚力。

北京在推进城市国际化的进程中，要保持城市民族个性与城市文化特色。一方面，要将城市历史中的优势文化遗产保护好，延续下去；另一方面，要善于展现城市在新的历史时期的新风貌和新观念，这就是城市创新的意义。试想一下，尽管早在 19 世纪中叶的伦敦已经出现了令今天城市管理者头痛的诸多"城市病"，如住房紧张、环境污染、交通拥挤、失业人口增多等，但是无论是发达资本主义国家还是其他发展中国家都无一例外地选择了集中发展城市经济的道路。为什么各国政府与民众对本国城市发展有如此高的热情呢？关键在于城市的创造力。城市在深刻地改变人类生活的同时，也创造了独具个性、千姿百态的城市自身价值。各个历史时期在世界城市格局中占据优势地位的明星城市，无一不是顺应当时科技与生产力发展变化要求，创造出时代领先的优势产业与产品，并且不断摆脱传统与禁忌束缚，拥有创新体系的新型城市。这些有着不同历史文化背景又各具特色的城市成为了后来城市发展研究和学习的典范。

如今，摆在我们面前的问题是，作为拥有 13 亿人口的社会主义中国的首都，北京必须代表中国的形象，展现民族精神，而不能让民族个性在多元化的浪潮中被吞噬掉。这就使得北京在国际化进程中面临新的矛盾、新的难点。如何发扬华夏文化兼容并蓄的优良传统，发展文化的多元性，同时又保证国家统一、社会稳定，有效控制城市发展模式和文化内涵为国家利益服务，成为北京实现国际化城市发展目标的又一课题。这一难题的解决将为全国主要城市实现国际化目标起到积极的示范作用，对世界经济一体化趋势下的国家整体发展作出积极的贡献，同时也为发展中国家的首都在世界经济全球化进程中发挥国家城市体系中首位城市的作用探索出一条新路。

参 考 文 献

[1] 史念海著《中国古都和文化》，中华书局，1998，第1版。

[2] 辛向阳、倪建中主编《首都中国：迁都与中国历史大动脉的流向》，中国国际广播出版社，1997，第1版。

[3] 北京市社会科学联合会等编《漫步北京历史长河》，中国书店，2004，第1版。

[4] 谭新生、倪洁著《北京通史简编》，南开大学出版社，2004，第1版。

[5] 罗保平著《明清北京城》，北京出版社，2000，第1版。

[6] 王岗著《通往首都的历程》，北京出版社，2000，第1版。

[7] 杨东平著《城市季风：北京和上海的文化精神》，东方出版社，1994，第1版。

[8] 陈金川主编《地缘中国》，中国档案出版社，1998，第1版。

[9] 叶晓军著《都城论》，甘肃文化出版社，1994，第1版。

[10] 朱祖希著《北京城：营国之最》，中国城市出版社，1997，第2版。

[11] 侯仁之、邓辉著《北京城的起源和变迁》，1997，第1版。

[12] 罗哲文等著《北京历史文化》，北京大学出版社，2004，第1版。

[13] 景体华主编《2004年：中国首都发展报告》，社会科学文献出版社，2004，第1版。

[14] 连明玉主编《中国数字黄皮书》，中国时代经济出版社，2003，第1版。

[15] 李文堂：《文化是一种"活法"》，《大地》2002年第5期。

[16] 风笑天、林南等著《中国城市居民生活质量研究》，华中理工大

学出版社，1998，第 1 版。

[17] 汤雪梅：《北京、上海、广州消费文化解读》，《商业时代》2004
年第 20 期。

[18] 汤雪梅：《地域消费文化的差异》，北京数字 100 市场研究有限公
司，http：//www.3see.com，2004 年 11 月 10 日。

[19] 贺新：《透视京沪穗三地消费文化 北京人潜在贵族意识?》，2004
年 7 月 16 日《中华工商时报》。

[20] 娜斯：《是文化，也是生产力》，《三联生活周刊》2004 年第
24 期。

[21] 冯骥才：《对城市而言文物与文化不是一个概念》，2000 年 7 月 25
日《北京青年报》。

[22] 《邓小平文选》第 3 卷，人民出版社，1993，第 1 版。

[23] 王哲平：《中国文化体制改革面临的挑战》，《新闻界》2004 年第
2 期。

[24] 金梦玉：《文化体制改革的几点思考》，《新闻界》2004 年第 2 期。

[25] 李郁香：《浅谈发展社会主义文化事业的几点问题》，《哈尔滨市
委党校学报》2001 年第 11 期。

[26] 谷志科：《大力促进文化事业和文化产业的发展》，《探索与求是》
2003 年第 2 期。

[27] 王一儒：《如何理解"文化事业和文化产业协调发展"》，2004 年
4 月 22 日《解放军报》。

[28] 谢武军：《文化事业怎能"一卖到底"》，2004 年 7 月 20 日《文汇
报》。

[29] 关世杰：《国际传播学》，北京大学出版社，2004。

[30] 〔美〕塞缪尔·亨廷顿：《全球化的文化动力》，新华出版
社，2004。

[31] 蔡帼芬：《国际传播与对外宣传》，北京广播学院出版社，2000。

[32] 蔡帼芬：《国际传播与媒体研究》，北京广播学院出版社，2002。

[33] 郭镇之：《全球化与文化间传播》，北京广播学院出版社，2004。

[34] 拉里·A. 萨默瓦等主编《文化模式与传播方式——跨文化交流文
集》，北京广播学院出版社，2003。

[35] 孙玉萍：《中国高校在当代文化传播中的作为》，《三峡大学学

报・人文社会科学版》2002 年第 5 期。

[36] 北京市教育委员会：《实施首都教育发展战略率先基本实现教育现代化》，《教育政策法规通讯》2005 年第 2 期（总第 34 期）。

[37] 杨鲜兰：《论大学精神的培育》，《高等教育研究》2004 年第 2 期。

[38] 张晓明等主编《2004 年：中国文化产业发展报告》，社会科学文献出版社，2004。

[39] 文魁主编《首都新经济研究报告》，首都经济贸易大学出版社，2002。

[40] 〔美〕塞缪尔・亨廷顿：《文明的冲突与世界秩序的重建》，新华出版社，2002。

[41] 林拓等主编《世界文化产业发展前沿报告》，社会科学文献出版社，2004。

[42] 范中汇：《英国文化管理》，文化艺术出版社，2001。

[43] 联合国教科文组织编《世界文化报告（1998）》，北京大学出版社，2000。

[44] 〔美〕塞缪尔・亨廷顿、比德・伯格主编《全球化的文化动力》，新华出版社，2004。

[45] 〔美〕刘易斯・芒福德著《城市发展史》，中国建筑工业出版社，1990。

[46] 理查德・E. 凯夫斯：《创意产业经济学》，新华出版社，2004。

[47] 李其荣编著《城市规划与历史文化保护》，东南大学出版社，2003。

[48] 〔美〕维克托・R. 福克斯著《谁将生存？健康、经济学和社会选择》，上海人民出版社，2000。

[49] The World Bank, *The Quality of Growth*, Oxford University Press, 2000.

后　记

本书从策划到完成，经历了三年时间，现在终于要出版了。这其中的艰辛只有亲自经历才能体会。其中最大的困难，就是多人参与研究工作，在写作风格上有很大的差异，难以协调。所以，经过了多次的修改。但是，参与这项研究的教师一直都抱着非常认真的态度，不断按照主编的意见进行修改。作为主编，我们对教师们的这种认真负责的态度表示感谢。

全书的编写分工如下：第一篇，申建军、梁玉秋、卢海峰；第二篇，石刚、华世珍、张晓萍；第三篇，陈荣荣、宋恩平、彭京华、白习凤；第四篇，李启英、谷军、陆彦明、何绍明、夏凡、刘丹萍；第五篇，周宇宏、成林萍、刘宁元；第六篇，李丽娜、张夕萍、王昕、贺心颖；第七篇，段霞、王晓红、汪朝晖。

在研究的过程中，我们得到了很多人的帮助和支持。首先是首都经济贸易大学的文魁校长，从2004年春天开始，他就鼓励我们组织人文学院的教师开展"首都文化发展战略"的研究，并期待我们能够成为与"首都经济问题"相得益彰的另一支研究队伍。虽然这三年中，我们做得还不够尽如人意，但是，毕竟我们也在首都文化的研究方面出了一些成果，积蓄了一些研究实力。在此，我们对文魁校长的鼓励和支持表示感谢。

在研究过程中，我们得到了《首都经济贸易大学学报》的大力支持，不定期地刊登我们的部分研究论文。这使一些教师能够持续关注文化发展问题，对于强化人文学院的研究特色起到了重要作用。在此，我们也对学报在两年中的支持表示感谢。

在此书的修改过程中，我们得到了人文学院先后两任科研秘书薄绍欣和郭锦鹏老师的大力支持和帮助，在此一并表示感谢。

另外，社会科学文献出版社的周丽主任、王莉莉编辑在该书的出版过程中，付出了大量辛勤的劳动。对她们认真负责的精神，我们致以崇高的敬意及谢意。

申建军　李丽娜

21 世纪首都文化发展研究

主　　编／申建军　李丽娜

出 版 人／谢寿光
出 版 者／社会科学文献出版社
地　　址／北京市东城区先晓胡同 10 号
邮政编码／100005
网　　址／http://www.ssap.com.cn
网站支持／(010) 65269967
责任部门／财经与管理图书事业部
　　　　　(010) 65286768
电子信箱／caijingbu@ssap.cn
项目负责／周　丽
责任编辑／王莉莉
责任印制／盖永东

总 经 销／社会科学文献出版社发行部
　　　　　(010) 65139961　65139963
经　　销／各地书店
读者服务／市场部
　　　　　(010) 65285539
法律顾问／北京建元律师事务所
排　　版／北京亿方合创科技发展有限公司
印　　刷／北京季蜂印刷有限公司

开　　本／787×1092 毫米　1/16 开
印　　张／22.25
字　　数／357 千字
版　　次／2006 年 11 月第 1 版
印　　次／2006 年 11 月第 1 次印刷

书　　号／ISBN 7-80230-324-9/D·064
定　　价／45.00 元

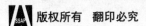